JN297298

Light by M.JOHN HARRISON

ライト

M・ジョン・ハリスン
小野田和子 訳

国書刊行会

キャスへ、愛を込めて

ライト

1　現実に幻滅

一九九九年――

そろそろおひらきになろうかというころ、誰かがマイケル・カーニーにたずねた――「つぎの千年紀に入ったとき、自分はなにをしていると思います?」講演で訪れた寒々しいイングランド中部地方(ミッドランド)のある街で、夕食後のゲームとして連中が思いついたのがこれだった。冷たい冬の雨が家族用のダイニングルームの窓を打ち、オレンジ色の街灯の明かりのなか、ガラスをすべりおちていく。テーブルを囲んでつぎつぎに、明々白々、意外性ゼロの答えがあがる。茶目っ気のあるもの、慎ましいもの、いろいろあるが、おしなべて楽観的だ。ぶっ倒れるまで飲むとか、セックスするとか、ジェット機から花火を見るとか、どこまでも日の出を追いかけるとか。そのうち誰かが道化役を買ってでた。

「悪ガキどもといっしょ、がいいかな」

どっと笑いが起きて、すぐに誰かがこうつづけた――「ぼくの子供といってもおかしくないくらい若いのがいいな」

さっきより大きな笑いの渦。拍手喝采。

テーブルを囲む十二人の大半は似たようなことしか考えていない。カーニーには誰ひとりとして、たいした人物とは思えず、そのことを連中に知らせてやりたかった。こんなところへ連れてきた女に腹が立ち、そのことを女に知らせてやりたかった。そこで、自分の番がくると、彼はいった――

「どこかの街から街へ、誰かの車で走ってる」

沈黙がつづくのもかまわず、わざとらしくこうつけたした。「車は高級車でないとだめだな」

まばらな笑いが起きた。

「あらまあ」誰かがいった。その女が笑顔でテーブルを見まわす。「なんて暗いんでしょ」

誰かが話題を変えた。

カーニーは意に介さず、煙草に火をつけて、いまいったことをじっくりと考えてみた。自分でも意外な気がしていた。口にした瞬間――自分は正しいことをいっていると認めた瞬間――、これはかなり諷刺がきいていると思った。そこそこ学術的でそこそこ政治的な自己満足に浸っているこの小集団では、その孤独で自己中心主義的なイメージが効果的だと思ったからではなく、大人げなさがものをいうと思ったからだ。車内の暖かさや、がらんとした雰囲気、プラスチックや煙草の匂い、夜の闇に静かに流れるラジオの音、計器盤の緑色の明かり、道を曲がるたびに伝わる、こいつはこのために、こう使うためにあるんだと思える精密機器としての、あるいは精密機器的判断の連続としての車の感覚――そうしたものに象徴される自由気ままさは、心を満たしてくれると同時に幼稚でもある。それはそのときまでの彼の人生を描写したものともいえた。

帰りしな、連れの女がいった――

「あれはちょっと大人げなかったわね」

カーニーはいちばん子供っぽい笑顔を向けた。「だよな」

女の名はクララ。三十代後半の赤毛で、身体つきはまだかなり若々しいが、必死で頑張っているせいで、顔にはしわがではじめて、やつれている。仕事が忙しい。シングル・マザーとしてりっぱにやっていかねばならない。毎朝五マイル走らねばならない。セックスもうまくて、まだまだ必要としていて、たのしんでいて、夜には子犬が甘えるような声で「ああ、そうよ。そう、そこ。ああ、そうよ」なんて睦言をささやくすべも知っていなければならない。この女は、彼女の苦労などなにひとつ理解しているとは思えない男と、いつのまにかこんな赤レンガとテラコッタのヴィクトリア朝風ホテルにいて、なにも疑問に思わないのか？　カーニーにはわからなかった。彼は光沢のあるオフホワイトの廊下の壁を眺めまわし、ふと自分が通った小学校を思いだした。

「しけたところだな」

　彼は女の手をとって階段を駆けおり、ビリヤード台が二つ三つあるだけの空き部屋に彼女をひっぱりこむと、ほかの女たちとおなじように手早く殺した。彼女は彼を見上げ、その目のなかの好奇心が疑問に変わり、やがてそれも薄膜が張ったようにかすんでいった。知りあって四カ月ほどだろうか。つきあいはじめたころ、彼女に〝逐次単婚主義者（シリアル・モノガミスト）〟といわれたことがあったが、いまでは彼女もその言葉に秘められた皮肉に気づいていることだろう。もっともそれ以上に言葉をふくらませるところまでは思い至らなかっただろうが。

　肩をすくめ、片手で何度もせわしなく口をぬぐいながら外の街路にでたとたん、なにかが動いたような、壁を影が走ったような、オレンジ色の街灯のなかに動きらしきものが見えたような気がした。小雨とみぞれと雪がいちどに降っているような具合だ。そのぜんぶが混じりあったなかに、何十もの小さな光の粒が見えるような気がした。火花、と彼は思った。なにもかもに火花。彼はコートの襟を立てて、足早に歩きだした。車を停めた場所を捜し歩くうち、迷路のような街路や歩行者専用モールの連続ですぐに方向がわからなくなり、いつのまにか駅にでていた。そこで車はやめにして電車に乗った。四、五日してもどってみると車はもとの場所にあった。赤のランチア・インテグラーレ。けっこう気に入っている車だ。

カーニーはインテグラーレの後部座席に荷物——古いノートパソコンとポウエルの『ア・ダンス・トゥ・ザ・ミュージック・オブ・タイム』一巻と二巻——を放り込んでロンドンまでもどると、わざとドアはロックせず、キーはイグニッションに入れたままにして、サウス・トテナムの道端に乗り捨てた。それから地下鉄で、仕事のほとんどをこなしている研究室に向かった。研究室がこんないささか場ちがいなガウアー・ストリートとトテナムコート・ロードのあいだの横丁にあるのは、資金調達先が分析不能なほど入り組んでいるからだ。彼とブライアン・テートという物理学者とでそこに所有している三室つづきの細長い部屋にはびっしりとベオウルフ・システム・コンピュータが並び、ある装置につながれていて、テートはこれがいつかは周囲の磁気ノイズからイオン対の相互作用を分離してくれるものと期待している。理論的には、それで量子的事象の情報をコード化できることになるというのだ。カーニーは頭から信じていたわけではなかった——が、なにしろテートはＭＩＴ経由のケンブリッジ出だ。いや、たぶんそれよりもっと重要なのはロスアラモスにいたことがあるという点だろう。というわけで、カーニーもそこそこ期待をもってはいた。

ここに神経生理学者のグループが入って生きた猫で実験していたころには、過激な動物愛護主義者にくりかえし放火されて、いまでも湿気の多い日の朝にはかすかに焦げた木材やプラスチックの匂いがする。この一件にたいする科学界の道義的憤りを感じとっていたカーニーは、おおっぴらに動物解放戦線（ALF）に寄付をしただけでなく、わざわざオリエンタルの仔猫を二匹——黒の雄と白の雌——飼って、火に油をそそいだ。猫たちはその長い肢と野性的な細い胴体をくねらせてモデルのように隙のない動きでそこらをうろつき、奇妙なポーズをきめたり、テートの足元にもぐりこんだりしている。

　カーニーは雌猫を抱きあげた。雌猫は少しいやがったが、すぐに喉を鳴らして彼の肩におちついた。雄は、おまえなんか見たことがないといいたげな目つきでカーニーをちらっと見ると、耳を寝かせて長椅子の下にひっこんでいった。

「きょうは二匹ともナーバスだな」カーニーはいった。

「ゴードン・メドウズがきてたんだ。こいつら、やつが猫ぎらいだってことを知ってるからな」

「ゴードンが？　なにしに？」

「ひょっとしてプレゼンする気はないだろうか、というんだ」

「やつがそんないい方をしたのか？」カーニーはそうたずねて、テートが笑うと、つづけて質問した。

「誰にプレゼンするんだって？」

「ソニーの人間らしい」

　こんどはカーニーが笑う番だった。

「ゴードンのばかめが」とカーニーはいった。

「ゴードンはいい財源（ファンディング）だぞ」テートがいった。「スペルを教えてやろうか？　FUではじまるんだ」

「おまえもくそったれ（ファック・ユー）だよ。ソニーは、ゴードンなんかコップ一杯の水で飲み込めるんだぞ」カーニーは装置を眺めわたした。「向こうは、よほどこいつがほしいとみえるな。で、今週の成果は？」

　テートは肩をすくめた。「問題はいつもおなじさ」

　ブライアン・テートは背の高い、柔和な目をした男で、ひまなときには——たいしてあるわけではないが——彼いうところの〝ナチュラルな〟形や曲線にあふれた複雑さを基本とする建築システムの考案に余念がない。住まいはクロイドンにあって、妻は十歳年上。妻の連れ子が二人いる。たぶんロスアラモスにいたころのなごりだろう、好んでボウリング・シャツを着、べっこう縁の眼鏡をかけ、髪は入念にカットしていて、バディ・ホリーそっくりだ。

「俺たちは量子ビットがフェイズを獲得する速度を落とすことができる。いまのところ、その点はキールピンスキーより上をいってる――今週は、係数四ちょっとでてるからな」

彼は肩をすくめた。

「その先はノイズの勝ちだ。量子ビットがなけりゃ、量子コンピュータもない」

「それでおしまいか？」

「それでおしまいだ」テートは眼鏡をはずして目頭を揉んだ。「あ、そうだ。もうひとつあった」

「なんだ？」

「ちょっと見てくれ」

テートは部屋のいちばん奥にあるサイドキャビネットに三十インチのスーパーフラット・ディスプレーを据えつけていた。彼がキーボードをいじると、ディスプレーが明るくなってアイスブルーの光を放った。ベオウルフ・システムが、その並列迷路のどこかでデコヒーレンスが起きない亜空間――キールピンスキー空間――のモデリングを開始したのだ。その薄膜状のものが活発にのびひろがるさまは、北極光を思い起こさせる。「まえにも見たぞ」カーニーはいった。

「いいから、よく見てろよ」テートが忠告した。「減衰する直前だ。もう、これでもかってくらいスピードを落としてるんだが、それでもへたをすると見逃す――あれだ！」

鳥の翼のようなフラクタルの滝。ごく小さなものだったが、カーニーはかろうじてとらえることができた。ところが、知覚モーターの理解時間が人間とはちがう生物学的考察によって処理されている雌のオリエンタルは、あっというまに彼の肩からおりてディスプレーに近づいていき、すでに空白になってしまった画面を前肢で叩いては、なにかつかまえたと思っているかのように、はたと動きを止めてのぞきこむ動作をせわしなくくりかえした。まもなく雄猫がどこやら隠れていた場所からでてきて、おなじことをしようとすると、雌は雄を見下ろして不機嫌そうな声をあげた。

テートは笑いながらディスプレーのスイッチを切った。

「こいつはいつもこうするんだ」

「俺たちには見えないものが見えるんだろう。なんだかわからないが、俺たちにも見えた部分のつづきが」

「つづきといったって、なにもありゃしないんだぞ」

「もういちど、やってみろよ」

「人為的なものさ」とテートは主張した。「実際のデータ内のことじゃない。もしそうだと思ったら、おまえに見せたりしないさ」

カーニーは笑った。

「そいつはいい心がけだ。もっと遅くできるのか？」

「できなくはないだろうな。でも、そんなことをしてどうする？　ただのバグだぜ」

「いいから、やってくれよ」カーニーはいった。「お遊びでさ」カーニーが雌猫をなでると、雌猫は彼の肩にとびのった。「いい子だなあ、おまえは」カーニーはうわのそらでいいながら、机の引き出しからいくつかの物をとりだした。そのなかに二十三年まえにシュランダーから盗んだダイスが入った色褪せた革袋があった。なかに手をつっこむと、指に触れたダイスが温かい。と、ふいにミッドランドの女が真夜中、ベッドでひざまずいて「あたしって欲張りなの」とひとりごとをいっている姿が鮮明に浮かんで、カーニーは身ぶるいした。彼はテートにいった――「しばらく留守にしなきゃならないかもしれない」

「いまもどってきたばかりじゃないか。おまえがもっとしょっちゅうここにいてくれれば、仕事だってもっとはかどるんだぜ。低温ガス組がすぐそこまで迫ってきてるんだ。連中はこっちがロバスト性を確保できていない場所で確保してる――このままいったら、時代遅れの田舎っぺになるのはこっちなんだぞ。わかってるのか？」

「ああ、わかってるさ」

カーニーは戸口でテートに向かって白猫をさしだした。彼女は彼の手のなかで身をよじった。きょうだい猫はまだからっぽのディスプレーを見つめている。

「こいつらに名前はつけてやったのか？」

テートはきまり悪そうな顔をした。

「雌のほうだけな」と彼はいった。「ジュスティーヌがいいんじゃないかと思ったんだが」

「ぴったりだ」カーニーにも異論はなかった。その晩、彼はからっぽの家に帰る気になれず、最初の妻アンナに電話をかけた。

2　AD二四〇〇年の金鉱掘り

Kシップ船長セリア・マウ・ゲンリヒャーは、〈ホワイト・キャット〉号とともに客を探して銀河系を取り巻くハローのなかをうろついていた。

頭上には、銀河核からのあまたの光、ケファフチ宙域が空の半分をおおって流れ、目に見えぬ膨大な暗黒物質の尾をひいている。セリア・マウはここが好きだった。ハローが好きだった。宙域の不規則にひろがる縁のあたりが好きだった。そこは〝ビーチ〟と呼ばれ、いにしえの前人類時代の腐食した観測所が、混沌とした軌道を織りなしている。いまはどこにいるのか——いや、それをいうなら、いまはなにになってしまっているのか——見当もつかないような存在が何百万年もまえに放棄したツール・プラットフォーム衛星や研究施設。かれらはみんな、このケファフチ宙域を間近で見たいと思ったにちがいない。あるものは惑星ぜんぶをそこまで移動させ、やがてどこかへ去っていったか、死に絶えてしまったか、いつか姿を消し、またあるものは恒星系をまるごと移動させながら、やがてはすべてを失ってしまった。

たとえそうしたもろもろがなくとも、ハローを航行するのはむずかしい。だからこそここはセリア・マウにとって格好の猟場なのだ。彼女はいま、典型的な白色矮星団の軌道のもつれのなかで、一種の非ニュートン力学的休止状態に身を置いて、獲物にとびかかるときを待っている。彼女はこの時間がいちばん好きだ。エンジンは止まっている。コムも切られている。彼女が耳をすませていられるよう、すべてが停止している。

　彼女は数時間まえ、小規模な護送船団――ビーチ沿いに二十光いった鉱山ベルトから〝考古学的〟人工物を運んできたダイナフロー貨物船三隻と、それをやけに急かせている〈ラ・ヴィ・フェアリーク〉という名の高速小型武装艇――をこの暗闇に包まれたスポットに誘い込んだのだが、ほかのことをしているあいだ、ずっとほったらかしにしてあった。彼女の船の計算体は船団がいまどこにいるか正確に割りだす方法を知っている――が、標準的テート＝カーニー変換に拘束されているので、きょうが何日なのかはよくわかっていない。彼女がふたたび船団に目を向けると、護衛任務が重すぎたのか、小型艇は貨物船を年老いたガス巨星の陰に誘導して、そのあいだに罠からの脱出路をはじきだそうとしていた。彼女はそのようすを興味津々で見まもった。彼女はおちついたものだが、相手はちがう。交信をきくうちに、向こうが彼女の存在に気づきかけていることがわかった。〈ラ・ヴィ・フェアリーク〉はすでに小型無人機（ドローン）を送りだしていた。小さな化学線の光のスパンコールがはじけているのは、船団到着の何日かまえに星団の重力底流内に敷設しておいた機雷原にドローンが入りはじめた証拠だ。

「あらら」セリア・マウ・ゲンリヒャーは相手にきこえているかのように声にだしていった。「こういうからっぽの空間じゃ、もっと気をつけなくちゃだめじゃない」

　彼女がしゃべっているあいだに、〈ホワイト・キャット〉は非バリオン物質のジャンクの雲にすべりこんでいた。雲はそのなかを通過する彼女にかすかに反応を示し、彼女の船殻を幽霊のようになでていく。船のからっぽの人間用区画にあるマニュアル・バックアップ・システムの計器盤がいくつか目覚めて、ちかちか瞬いたと思うと、またゼロにもどった。こういう雲は、物質としては存在しないも同然だが、シャドウ・オペレーターたちはこれにひきよせられるように舷窓に集まって、もっとも悲劇的な光景を現出させるべく周囲にふりそそぐ光を調整し、そこに映るおのれの姿を見つめ、ささやきを交わしながら、細い指を口許に走らせたり、髪をすいたり、乾いた翼をさらさらとなでたりしている。

「おまえもこのように育っておればなあ、シンデレラ」かれらが古語で、さも悲しげにいう。

「これほどの祝福があろうか」

　いまこんなのとつきあうのは勘弁、と彼女は思った。

「持ち場にもどりなさい」彼女は命令した。「さもないと舷窓をなくしちゃうわよ」

「われらはつねに持ち場におる――」

「われらにはおまえを怒らせるつもりなど微塵もないのに」

「――つねに持ち場におるのに」

　これが合図だったかのように、近くの太陽に向かって突っ走っていた〈ラ・ヴィ・フェアリーク〉がうっかり機雷原に入り込んでしまった。

　機雷は二マイクログラムの反物質で、一センチ四方のシリコン・ウェーハーに食刻されたヒドラジン・エンジンで所定の位置に向かうようにできている。ネズミ程度の知能しかないが、やつらに居場所を知られたら、死んだも同然だ。昔ながらのジレンマ。動くわけにはいかないし、動かないわけにもいかない。ほんの一瞬の出来事だったが、〈ラ・ヴィ・フェアリーク〉のクルーはなにが起こったのか理解していた。叫び声が飛び交うなか、小型艇は縦に裂け、梃子でこじあけられるかのようにまっぷたつになっていった。それからまもなく、宇宙の構造物に爪をひっかけて潜んでいたダイナフロー・ドライバーたちは、なかばやけくそで計算途中のE&E軌道に沿って隠れ場所からとびだしたあげく、三隻の貨物船のうちの二隻が衝突。残る一隻はガス巨星周辺のデブリのなかにこそこそ逃げ込み、そこですべての機器をオフにして彼女がでてくるのを待つ態勢に入った。

「なになに、これって、あたしたちのやり方じゃないわよ」セリア・マウはいった。「太っちょのおちびちゃん」

彼女は船尾左舷の区画にどこからともなくあらわれた。検知されるのは承知のうえだ。船内のインターコムでのやりとりが爆発的に増加し、安全をもとめて突っ走ろうとする動きも見られたが、それも彼女の、より洗練されたとはいいがたいものの、より本格的な武器類の使用で終焉を迎えた。爆発の炎はいくつかの小型小惑星を明るく照らしだし、混沌とした局所的アトラクターに閉じ込められた小型艇の残骸がくるくる回転しながら通りすぎていくのが見えた。残骸はとても美しい放射線の輝きに包まれていた。

「あれって、どういう意味?」とセリア・マウはシャドウ・オペレーターたちにたずねた――「〈ラ・ヴィ・フェアリーク〉って」

答えはなかった。

まもなく彼女は残骸と速度を一致させ、残骸がゆっくりと周囲を旋回しているあいだ、そこにとどまった――ゆがんだ船殻プレート、ダイナフロー・マシンの継ぎ目のない部材、何マイルも延々とゆるやかにうねるケーブルのようなもの。「ケーブル?」セリア・マウは笑い声をあげた。「いったいどういうテクノロジーよ」ビーチは奇妙なものだらけだ。百万年まえに打ち上げられたアイディアが、少し修正されてこういう太っちょの小型船に襲いかかる。けっきょくのところ、こういうことだ――い、い、い、どんなものでも役に立つ。どっちを向いても、なにかが見つかる。それは誰にとっても最悪の悪夢。

これほど人を興奮させることはない。そんなことばかり考えながら、彼女は残骸のなか、死体が真空中でくるくるまわっているほうへと〈ホワイト・キャット〉を慎重に進めていった。死体は人間だった。ふくれあがり、凍りつき、手足を妙にセクシーな角度に曲げた、彼女とおなじくらいの年恰好の男や女の死体が、持ち物の海のなかでゆっくりと回転しながら船首すれすれに流れ去っていく。彼女はそのまっただなかを静かに進みながら、かれらのぼんやりとした恐怖と受容の表情のなかになにかを探しもとめていたが、それがなんなのかは彼女にもわからなかった。証し。自分が自分である証し。「自分が自分である証し」彼女は思わず声にだしていた。

「それはおまえのまわりじゅうにある」シャドウ・オペレーターたちが、レースのような指のあいだから悲劇的な眼差しを投げながら、ささやいた。「あれを見よ!」

かれらは気密スーツを着たひとりの生存者を発見していた。大きな白い人影が、腕を風車のようにふりまわし、なんとか虚空を歩こうとしている。苦痛のためか、あるいは単に恐怖と先見当識とすべてを否定したい気持ちのせいか、身体を折り曲げるさまが、なにか海底でひらいたり閉じたりしている生き物を思わせる。セリア・マウはその人物からの送信をききながら思った——あんたはきっと目を閉じて、自分にいいきかせたんだよね、冷静にしていればこの状態から脱出できるって。それから目をあけて、自分の置かれた立場をもういちど最初から考えなおしてみたんだ。そしたら、それだけの悲鳴もでるってもんよね。

この生存者をどう片付けたものか考えていると、ひとつの影が彼女の船体をよぎった。また別の船だ。かなり大きい。Kシップ全体に警報が鳴り響いた。シャドウ・オペレーターたちがあちこちへ流れていく。〈ホワイト・キャット〉は右に左に急激に方向を変えて、量子論的事象の泡のなかの局所空間、非可換性の極微幾何学構造、短命でエキゾチックな真空状態から姿を消し、もとの位置から一キロ離れた場所に、戦闘準備を完璧に整えた状態で、ふたたび姿をあらわした。が、それでもまだ侵入者の影のなかとわかって、セリア・マウはげんなりした。そこまで巨大な船は、雇い主のもの以外ありえない。彼女は、とにかく威嚇射撃をお見舞いしてやった。ナスティックの司令官は、むっとしながら船をじりじり遠ざけると同時に、彼自身のホログラムの写像（フェッチ）を〈ホワイト・キャット〉に送り込んだ。生霊のようなフェッチはセリア・マウが入っているタンクのまえにしゃがみこんでいた。数本の黄色っぽい肢の関節からリアルに小便を洩らし、なんのためなのかわからないが、しょっちゅう肢をすりあわせてギシギシ甲高い音をだしている。骨まるだしみたいな頭には髭やモザイク状の目があり、ねばつく糸が生えていて、できれば見ていたくない。とはいえ、見て見ぬふりをしていられるしろものでもない。

「われわれのことはわかっているはずだ」とそいつはいった。

「あんなふうにKシップを驚かすのが気が利いてるとでも思ってるわけ？」セリア・マウは怒鳴った。

ナスティックのフェッチは辛抱強くカチカチいっている。

「われわれはおまえを動揺させようとした覚えはない」と、そいつはいった。「われわれはあくまでも堂々と接近していった。おまえはずっとわれわれの通信を無視していたのだぞ。おまえが……」言葉を探しているのか、少し間があり、やがて完全に途方に暮れて、「これをしてからずっとだ」と、自信なさげにいった。

「ついさっきのことじゃない」

「五時間まえのことだ」とフェッチはいった。「われわれはあれからずっと、おまえと話そうとしていた」

セリア・マウは自分が連絡を絶っていたと知って動揺し、ナスティックのフェッチが茶色い煙めいたもののなかに消えて透かし絵のようになると、考える時間をとるために〈ホワイト・キャット〉を少し離れた小惑星群のなかに隠した。彼女は自分を恥じていた。なぜそんなことをしてしまったんだろう？　そんなふうに無防備になってしまうなんて、あんなところで五時間もなにも気づかずにいたなんて、いったいなにを考えていたんだろう？　彼女が懸命に思いだそうとしているあいだ、ナスティックの船の計算体は彼女の所在にかんして一ナノセコンドに二、三十億回の推理をおこなって、ふたたび彼女のあとをつけはじめた。彼女もそれ以上隠れようとはしなかったので、相手が彼女の居場所をつきとめたのは、ほんの一、二秒後のことだった。ナスティックのフェッチはたちまちのうちに形をとった。

「ねえ、『自分が自分である証し』っていう言葉から、なにかわかることはある？」セリア・マウはフェッチにたずねた。

「たいしてない」とフェッチはいった。「それが、おまえがこんなことをした理由なのか？　おまえがおまえである証しを残すためにしたのか？　こちらでは、なぜおまえが同類をあれほど無慈悲に殺してしまうのか、みんなふしぎに思っている」

セリア・マウは、まえにもおなじことをいわれたことがあった。

「あれは同類なんかじゃないもん」と彼女はいった。

「かれらは人間だ」

彼女はこの議論にしかるべき沈黙をもって答え、ひと呼吸おいて、こういった――

「お金はどこ？」

「ああ、金か。いつものところにある」

「地方通貨はごめんよ」

「われわれが地方通貨を使うことはめったにない。たまに扱うことはあるがな」大きな関節があらわれて、なにかのガスを吐きだした。「また戦う準備はできたか？　ビーチ沿いに四十光いった地点で、いくつか、たのみたい仕事がある。こんどは軍艦と接触することになるだろう。ほんものの戦争だ。さっきのように民間の船を待ち伏せするのとはわけがちがう」

「ああ、おたくたちの戦争ね」彼女はそっけなくいった。ケファフチ宙域がはっきりと見えるこのあたりでは、大小五十もの戦争が進行している——が、争いの理由はひとつ。戦利品の奪い合いだ。かれらの敵が何者なのか、彼女はいちどもたずねたことがなかった。知りたくもなかった。ナスティックは、まったくわけのわからない連中だ。ふつう、異星人の動機を理解するのは不可能といっていい。〝動機は〟と彼女は、目のまえにいる肢と目のかたまりを見つめながら思った——〝知覚の産物。環境（ウンヴェルト）の産物。猫が口のなかのイエバエの動機を推し測るのはたいへん〟。彼女はもうひとつ考えを進めて、〝イエバエのほうはもっとたいへん〟と結論した。

「もうほしいものはいただいたわ」と彼女はフェッチにいった。「おたくたちのために戦うのは、これでおしまい」

「報酬ははずむぞ」

「関係ないわ」

セリア・マウは声をあげて笑った。

「おまえはわれわれのいうとおりに動くしかない」

「あたしは、おたくの船が考えるまもなく、ここからおさらばできるのよ。そしたら、どうやって見つける気？　これはＫシップなのよ」

フェッチはわざとらしく沈黙した。

「おまえの行先はわかっている」

これにはセリア・マウもぞっとしたが、それもほんの一瞬のことだった。ナスティックからは、いただくものはいただいた。やれるもんならやってごらん。彼女は通信を切って、シップの計算体空間をひらいた。

「あれを見ろよ！」計算体が応じた。「あそこへいけるぞ。あそこにも。ほら、あ、あそこにも。どこへでもいける。どこかへいこう！」

物事は、彼女が予想したとおりに進んだ。セリア・マウはナスティックの船が反応するより早く計算体を作動させ、計算体は現実の代役をつとめられるなにものかを立ちあげていた——そして〈ホワイト・キャット〉は荷電粒子の崩壊する渦を残して宙域から消えた。「どうよ」セリア・マウはいった。そのあとは、いつもの退屈な旅だった。〈ホワイト・キャット〉のアレイ——船殻の二十メートル四方の区画に積層した形で収まるようフラクタルに一・五次元に折りたたまれた長さ一天文単位のアンテナ——は、フォティーノのささやき以外、なにも検知していない。シャドウ・オペレーターたちが数体、舷窓に集まってダイナフローを見つめている。舌打ちしたり、ぶつぶつ文句をいったり、まるで、そこでなにかをなくしてしまったかのような騒ぎだ。たぶんほんとうに、なにかを失ってしまったのだろう。「いま現在」と計算体が報告した。「わたしは十空間次元プラス四時間次元のグリッド上のすべての点にたいするシュレディンガー方程式を解いている。こんなことができるものは、ほかにはいない」

3　ニュー・ヴィーナスポート、AD二四〇〇年

ティグ・ヴェシクルはピアポイント・ストリートでタンク・ファームを経営している。典型的な新人類(ニュー・マン)で、長身、顔は青白く、髪はあの一生びっくりしっぱなしみたいな独特のショッキング・オレンジ。タンク・ファームはピアポイントのかなりはずれのほうにあるので、たいした商いにはならない。番地は七百番台のおしまいのほうで、銀行街が尽きて、衣料品店や仕立て屋、時代遅れの栽培変種や感覚タトゥ販売権を一手に握っている格安の解体屋などに変わるあたりだ。

つまりヴェシクルとしては、なにかほかのこともしないとやっていけない状況だった。彼はクレイ姉妹の不動産賃貸料の取り立てをしたり、たまには地球ミリタリー・コントラクト(EMC)が扱いを禁じている〝外世界輸入もの〟とも呼ばれる品物やサービスを扱うブローカーみたいなことにも手をだしたりしていた。地元の野生動物の副腎生成物と混ぜた特製ヘロインも少量だがさばいている。どれもこれも片手間仕事だから、ファームにいるあいだはほとんど一日中、ホログラムのポルノ番組を見ながら二十分に一回ぐらいの割合でマスをかきっぱなし――ニュー・マンは凄腕のマスターベーターなのだ。タンクにはいつも気を配っている。あとの時間はお寝んねだ。

といってもニュー・マンのつねで、あまりよく眠れない。なにか、地球型惑星では絶対に生みだせ

ないもの、起きているあいだには身体があまり必要としないものが欠けているのかもしれない（彼が〝家〟と思っている、ぬくぬくした暗いウサギ穴で寝ていても、身体がひきつったり、赤ん坊みたいなぐずり声をあげたり、長くて痩せおとろえた足で空を蹴ったりしている。女房もおなじだ）。見るのはいやな夢ばかりで、なかでも最悪なのはクレイ姉妹の命令で地代を集金しようとしているのにピアポイント・ストリートそのものにたぶらかされてしまうやつだ。その夢のなかでは、ピアポイントは彼の存在に気づいていて、思いきり裏切りと悪知恵をぶつけてくる通りになっている。

まだ昼まで間があるというのに、もう太ったポリ公が二人、身もだえするリキシャ・ガールを人力車のシャフトのあいだからひっぱりだそうとしている。リキシャ・ガールは倒れた馬さながらに両腕をふりまわし、唇はチアノーゼ状態。まるでなにもかもが彼女から遠ざかっていって、もう見えないほど小さくなってしまったかのようだ。彼女がきいているパーソナル・サントラにはストリート・ライフの曲が流れていた。カフェ・エレクトリークが、固く決意していた心をまたひとつ吹きとばしてしまったらしい。ピアポイント・ストリートを半分ほど進んだところで、ヴェシクルは建物にそれとわかるような番号がいっさいついていないことに気づく。大きい番号のほうへいくには右にいけばいいのか、それとも左か？　自分がばかになったみたいな気分だ。その気分はすみやかにパニックに移行して、彼は人通りに逆らっていったりきたりをくりかえしはじめる。結果、最初にでてきた横丁からせいぜい一、二ブロックしか動いていないありさま。しばらくすると、クレイ姉妹がちらちら見ているのに気づく。姉妹はファラフェル（ヒヨコ豆などをつぶして揚げた中近東のコロッケ風の食べ物。それをピタパンにはさんだもの）屋の外に陣取り、女王然としたふるまいで彼が地代を取り立ててくるのを待っている。姿を見られたのはまちがいない。すっと顔をそらす。仕事は昼飯まえまでにすまさなければならないのに、まだ手をつけてもいない。ようやくレストランにとびこんで、最初に目についた客にここはどこかときくと、この通りはピアポイント・ストリートではないとわかる。まるでちがう通りだ。そもそもいくはずだった場所までは何時間もかかる。みんな自分が悪いんだ。動きだすのが遅かったんだから。

　ヴェシクルは泣きながら、この夢から覚めた。死にかけていたリキシャ・ガールと自分とを重ね合わせずにはいられない――悪いことに、夢と現（うつつ）のはざまで〝地代〟が〝涙〟になってしまった。それに、これは彼の種全体の命運をあらわしている気がした。彼は立ちあがり、コートの袖で口をぬぐって、外の通りにでた。その動きはどこか関節のつながり具合がおかしくて、よたよたともたついているように見える。ニュー・マンはみんなそうだ。彼は外来病専門病院方向へ二ブロックいったところでムラニーズ・フィッシュカレーを買い、プラスチック容器をあごにくっつけて使い捨ての木のフォークでぎごちなく、がつがつかっこむと、タンク・ファームにもどってクレイ姉妹のことを考えた。

　イーヴィとベラのクレイ姉妹は、まえからデジタルのアート・レトロポルノ――見た目がやたらリアルなのが特徴で、そのせいで性行為がどこか機械めいた、おもしろみのあるものになって、見慣れない映像のように見える――を扱っていたが、二三九七年の上げ相場崩壊後はタンク業や、それがらみの詐欺もはじめて経営を多角化している。いまは滅法、羽振りがいい。ヴェシクルはたしかに姉妹を恐れていたが、それよりも畏敬の念のほうが強かった。姉妹が地代の集金や稼ぎのチェックをしに店にくるたびに、スターを見るようにぼうっとしてしまうし、姉妹のことになると話がくどくなるうえに、話し方まで真似しようとするありさまだ。

　ヴェシクルは少し眠ってからファームをまわってタンクをチェックしていった。と、あるタンクがなぜか気になって足を止め、手をあててみた。まるで内部の動きが活発化しているみたいに温かい。卵のようなぬくもりだ。

タンクのなかでは、こんなことが起こっていた――

チャイニーズ・エドが目覚めると、家のなかのものがなにもかも、まともに動かなくなっていた。ベッドサイドの目覚ましは鳴らないし、テレビは灰色にかすんだままだし、冷蔵庫はしゃべらない。寝起きのコーヒーを一杯飲んだあと、事態はさらに悪化した。地方検事のオフィスから男が二人やってきて彼の家のドアをノックしたのだ。二人ともシャークスキンのダブルのスーツに身を包み、銃が見えるように上着のまえをあけていた。エドは地方検事のオフィスに勤めていたことがあって、二人ともそのころからの知り合いだった。二人ともまぬけ野郎だ。名前はハンソンとランク。ハンソンはお気楽なデブだが、オットー・ランクは心に溜まった垢みたいなやつで、一睡もしないで地方検事の座を狙っているという、もっぱらの噂だ。二人はキッチンの朝食用カウンターのスツールにすわり、エドはコーヒーを淹れてやった。

「よう」ハンソンがいった。「チャイニーズ・エド」

「ハンソン」とエド。

「で、なにを知ってるんだ、エド?」ランクがいった。「ブレイディの一件に興味をもってるらしいじゃないか」笑みを浮かべて、エドの顔にくっつきそうになるまで、顔をつきだしてくる。「俺たちも興味をもってるんだ」

ハンソンがおちつかなげにいった――「おまえが現場にいたことはわかってるんだぞ」

「よけいなことはいうな」間髪入れずランクがいう。「こいつと話し合う必要はないんだ」ランクはエドに向かってにやりと笑った。「エド、どうしてやつを殺っちまったんだ?」

「誰を殺ったって?」

ランクはハンソンに向かって、このアホ、手のほどこしようがない、とでもいいたげに首をふった。

エドはいった。「冗談はよせよ、ランク。コーヒー、もう一杯どうだ？」

「おい、おまえこそ冗談いってる場合じゃないぞ」ランクは真鍮の薬莢をひと握りとりだして、カウンターにばらまいた。「コルト45。軍の支給品だ。ダムダム弾。銃は二丁」真鍮の薬莢がカタカタ踊っている。「エド、おまえの銃、見せてくれるな？　テレビの探偵気どりでもってるあのコルト二丁。俺たちにわたしてくれるよな？」

エドは、かっと歯をむきだした。

「そんなことで、あの銃をよこせっていうのか。いま、ここで、俺からとりあげるつもりか？　オットー、そんなことができると思ってるのか？」

ハンソンの顔に不安が浮かぶ。「エド、そこまでいってないだろ」

「なんなら、令状をとってでなおしてきてから、銃をいただいてもいいんだぜ」ランクはいって、肩をすくめた。「おまえを連行したっていいんだ。家を接収してもいい。場合によっちゃあ、おまえの女房を、まだひとりいるみたいだから、連行して、土曜までめためたに責めまくったっていいんだぜ。荒っぽくいくか、穏やかにすませるか、どっちにするんだ、エド？」

エドはいった――「どっちだってだいじょぶさ」

「いや、そうはいかない」オットー・ランクはいった。「こんどばかりはな。そんなこともわかってないとは、驚いたな」ランクは肩をすくめた。「いやあ、わかってると思ってたのになあ」彼は人差し指をつきだして、銃のようにエドの顔に狙いをつけた。「じゃ、あとでな」

「くたばりやがれ」エドはいった。

ランクがただ笑っただけで、なにもいわずにでていくと、さすがのエドもなにか不穏なものを感じた。

「最悪だぜ、エド」ハンソンがひとことといって肩をすくめ、ランクのあとからでていった。

二人が帰ったことをたしかめると、エドは外へでて車に乗り込んだ。四七年型の四段変速のダッジ。誰かが五二年型のキャデラックの四百九馬力エンジンを押し込んだやつだ。彼はエンジンを始動させて運転席にすわったまま、しばらくのあいだ四本のキャブレターが空気を吸い込む音に耳を傾けていた。じっと手を見る。

「どっちだってだいじょぶさ、くそったれめ」とつぶやくと、車を急発進させてダウンタウンに向かう。

どういうことになっているのか、さぐらねばならない。さいわい、地方検事のオフィスにロビンソンという知り合いがいる。彼はサリヴァンの店で昼飯を食おうと、言葉巧みに彼女を誘いだした。彼女は背が高くて、笑顔が派手で、いいおっぱいの持ち主で、口の端についたマヨネーズをうまいことぺろっと舐める。男の口の端についたマヨネーズを舐めるのも、たぶんうまいんだろう。その気になればたしかめられる自信はある。自信はあるが、いまはブレイディの一件と、ランクとハンソンがなにをつかんでいるのか、そっちのほうが気になる。

「やあ、リタ」

「おべんちゃらはたくさんよ、チャイニーズ・エド」リタは指でコツコツ、テーブルを叩いて、窓の外の賑わう往来に目をやる。彼女はなにか新しいものをもとめてデトロイトからやってきたのだが、ここもまた二酸化硫黄の街、なんの希望もない、エンジンから吐きだされる黒い霧におおわれた街だった。「甘い言葉はもうたくさん」と彼女は口ずさんだ。

チャイニーズ・エドが肩をすくめて、サリヴァンの店のドアをでかかったとき、彼女がこういうのがきこえた——

「ねえ、エド、まだお盛んにやってるの?」

彼はくるりと踵をかえした。なんだかましな一日になりそうな気がしてきた。リタ・ロビンソンが大きな笑みを浮かべ、エドが彼女に向かって歩きだしたとき、妙なことが起こった。店の入口あたりが薄暗くなったのだ。リタにはその理由がわかっていた。エドの背後をじっと見つめるリタの顔に恐怖が兆している。エドはわけがわからず、どうしたんだと訊こうとした。と、リタが手をあげて指さした。

「なんてことなの、エド」彼女はいった。「見て」

エドはふりむいた。見えたのは、店に無理やり入ろうとしている巨大な黄色いアヒルの姿だった。

4　心の働き

「でもさ、電話一本かけてきたことないじゃないの!」アンナ・カーニーはいった。

「いま電話してるじゃないか」子供にいいきかせるように、マイケル・カーニーはいった。

「ちっとも会いにきてくれないし」

アンナ・カーニーはグローヴ・パークに住んでいる。線路と川のあいだの道路が入り組んでいるあたりだ。痩せっぽちでしょっちゅう食欲不振に陥り、いつも途方に暮れたような顔をしている――旧姓よりこっちのほうがいいからと、名字はカーニーのままだ。住んでいるフラットはもとは公営住宅だったところで、暗くて散らかっていて、手作り石鹸とアールグレイと悪くなりかけた牛乳の匂いがする。ここを借りてすぐのころ、彼女はバスルームの壁に魚の絵を描き、ドアというドアの裏には友だちからの手紙やポラロイドや自分宛のメモを貼りつけた。その習慣は昔とおなじだが、メモの多くは新しくなっている。

したくないことは、しなくていい。できることだけすればいい。あとは野となれ山となれ。

「元気そうじゃないか」カーニーはいった。

「太ってるっていいたいんでしょ?　わかってるのよ、人がそういうときは太りすぎてるときなんだから」

　カーニーは肩をすくめた。

「まあ、とにかく会えてうれしいよ」

「あたし、お風呂に入るとこだったのよ。電話くれたとき、お湯を入れてる最中だったの」

　フラットの奥の部屋には彼のものが置いたままになっていた――ベッド、椅子、緑色に塗られた小ぶりの整理ダンス、その上には染色した鳥の羽根が二、三本、使いかけの三角形の香料入りキャンドル、そしてまだかすかに海の匂いがする小石がいくつか、彼が七歳のときの写真が入った写真立てのまえに、きれいに並べてある。

　自分の持ち物でありながら、そこにあるものがどんな暮らしをあらわしているのか、読みとれないし、なにも感じられない。彼はしばらく見つめていたが、やがて両手で顔をごしごしこすって、キャンドルに火を灯した。小さな革袋からシュランダーのダイスをふりだして、何度もころがす。ふつうより大ぶりで、よく磨かれた茶色っぽい材質――彼は人間の骨ではないかと思っている――でできているダイスは、こまごましたもののあいだを軽やかにころがっていくが、でるのはなんの意味も読みとれないパターンばかりだ。このダイスを盗むまえは、おなじ目的でタロットカードを使っていた――まだ整理ダンスの引き出しのどこかに、使い込んで薄汚れてはいるものの買ったときの箱に入ったままのやつが二、三組、入っているはずだ。

「なんか食べる?」アンナがバスルームから声をかけてよこした。湯船のなかで動いている音がする。

「よかったら、なんかつくるわよ」

　カーニーはためいきをついた。

「それはありがたいな」

彼はもういちどダイスをふって袋にもどし、部屋のなかを見まわした。小さな部屋だ。なんの加工も手入れもしていない床板。ほかのフラットの黒くて太い下水管が見えるだけの窓。整理ダンスの上のオフホワイトの壁には、カーニー自身が何年もまえに色チョークで書いた図形が二つ、三つ。だが、なんの図形なのかさっぱりわからない。

食事がすむと、アンナはキャンドルを灯し、ベッドをともにするよう彼を説き伏せた。「あたし、くたくた」と彼女はいった。「ほんとに疲れてるの」ためいきを洩らして彼にかじりつく。風呂に入ったせいで、肌がまだしっとりとして火照っている。カーニーは彼女の尻の割れ目に沿って指を下に走らせていった。彼女はヒッと息を吸ってうつぶせになり、彼の指がもっと楽に届くように腰を浮かせた。彼女の性器は、とびきり柔らかいスエードのような感触だった。それをこすりつづけてやると、彼女は全身を硬直させて喘ぎ、小さな咳のような呻き声を洩らし、絶頂に達した。と、驚いたことに、彼は勃起していた。それがおさまるのを待つこと数分。彼はいった——

「たぶん、これでお別れってことになりそうだ」

アンナは彼を見つめた。「あたしはどうなるの?」

「アンナ、俺たちはずっと昔に別れたんだぜ」

「でも、いまだって、こうしてここにいるじゃない。あなたはここにきて、あたしと寝るのが好きなのよ——それが目当てでくるくせに」

「寝たがるのはおまえのほうだぞ」

アンナは彼の手をつかんだ。「でも、あたしあれを見るのよ。いまじゃ毎日、見てるんだから」

「いつだ? あれはおまえに用はないはずだ。まえからそうだった」

「あたし、きょうはくたくた。なにがどうなってるのか、わけわかんない」

「もっとちゃんと食べていれば――」

アンナはふいに背を向けた。

「あなたがなんでここにくるのか、ほんとわかんない」と彼女はつぶやいた。そして激しい口調で――「あたし見たのよ。あの部屋で見たの。あの部屋で、立って、窓の外を眺めてた」

「なんだって?」彼はいった。「どうして早くいわなかったんだ?」

「なんであたしがいわなくちゃいけないのよ?」

それからすぐに、彼女はぐっすりと寝入ってしまった。カーニーは彼女から離れて、横になったまま天井を見つめ、チズィック橋をわたる車の音に耳をすませた。彼が眠りについたのは、それからだいぶあとのことだった。眠りに落ちると、彼は夢という形で子供のころのある思い出を追体験した。

恐ろしくはっきりした夢だった。彼は三歳になるかならないか、浜辺(ビーチ)で小石を集めている。ビーチの光景は増感現像した広告写真のように、なにもかもが、やや鮮明すぎるし、やや明るすぎるし、ややくっきりしすぎている。引き潮に陽光が煌めく。リネンの日よけ色の砂は穏やかな曲線を描き、そばの突堤には一列に並んだカモメ。マイケル・カーニーは小石に囲まれてしゃがんでいる。小石はまだ濡れていて、引き波でさまざまな大きさのいくつもの群れに分類され、まるで宝石かドライフルーツか骨のかけらのように、彼のまわりに並んでいる。彼はそれを指のふるいにかけ、選んでは捨て、選んでは捨て。クリーム色、白、グレイ――虎斑もある。ルビー・レッドも。ぜんぶほしい! 目をあげて母親がちゃんと見まもっているのをたしかめ、また目をおろすと、なぜか見え方が変化して、全体の配置がさっきとはちがって見えた――大きな石同士の隙間と、小さな石同士の隙間とがおなじような形になっているのが、はっきりとわかる。見れば見るほど、おなじ配列がくりかえされているのがよくわかる。そして突然、これは物事のありようを示しているのだと、彼は悟った——もし波がつくりだすパターンがわかれば、あるいは無数の小さな白い雲の形を覚えていられれば、それこそが、この世界のあらゆるプロセスにおける、なんとも説明のつかない、つぎつぎ沸きあがってはくるくると変わっていく、相似性のはずだ。それは静かな咆哮とともに、たえず変化をくりかえしながら遠ざかっていく。いつもおなじでありながら、二度とおなじ形をとることはない。

その瞬間、頭のなかが真っ白になり、砂から、空から、小石から——のちに、彼が物事に秘められた意図的フラクタル性とみなすようになったものから——シュランダーが立ちあらわれたのだった。そのときは、なんと呼べばいいのかわからなかった。形すら判然としなかった。が、それ以降、そいつは彼の夢のなかに、うつろな穴として、そこにはないものとして、ドアに映る影として存在するようになった。それから四十年後、この最新の夢から目覚めると、どんよりとした湿っぽい朝で、道の向かい側の木々が霧にかすんでいた。アンナ・カーニーが彼の名を呼びながら、しがみついてくる。

「あたし、ゆうべ、ひどかったでしょ？　もうだいぶ気分がよくなったけど」

彼はもういちど彼女をファックしてから家をでた。フラットの戸口で彼女がいった——「ひとり暮らしはよくないっていうけど、そんなことないわ。よくないのは誰かさんと暮らすことよ。だって、ほかのことが見えなくなっちゃうもの」ドアの裏にもメモが貼ってあった——**誰かがあなたを愛してる。**カーニーは生まれてからずっと、男より女のほうが好きだった。これは本能的にか遺伝子のなせるわざか、最初からきまっているものだ。彼が女を興奮させれば、そのぶん女は彼を鎮めてくれる。たぶんそのせいだろう、男とのつきあいはたちまちのうちに、ぎくしゃくした、不毛な、摩擦だらけのものになってしまう。

ダイスはなんとアドバイスしていたんだ？　なんだか最近はまえほど自信がない。彼はヴァレンタイン・スプレイクを捜してみることにした。スプレイクは昔から折に触れて力になってくれる男で、住まいは北ロンドンのどこかだ。電話番号は知っているが、通じるかどうか。とにかくヴィクトリア駅からかけてみた。静寂のあと、女の声が流れてきた――

「こちらはBT携帯ネット留守番サービスです」

「もしもし？」カーニーはかけた番号を見直した。「携帯じゃないだろ。この番号は携帯じゃないぞ。もしもし？」電話の向こうは静寂がつづいている。遠くで息遣いのようなものがきこえた気がした。

「スプレイクか？」返事はない。彼は電話を切って、ヴィクトリア線のホームへ向かった。グリーンパークで乗り換え、ベイカー・ストリートでもういちど乗り換えて斜交いに市の中心部に向かう。グリーク・ストリートのリンフ・クラブで日の高いうちから飲んでいる連中に話をきくつもりだった。それ以外にスプレイクの情報を得られそうな場所はない。

ソーホースクエアには分裂症患者があふれている。薄汚れた小型犬を連れ、衣類を詰め込んだ袋をもち、地域社会の世話になりつつ漂いながら、活気や人込みや人とのやりとり、物のやりとりに惹かれて、こういう場所に集まってくるのだ。どこのかよくわからないが独特のアクセントのある中年女が、広場のまんなかに建ついんちきチューダー様式のボロ家のそばにあるベンチを占領して、生き生きした、しかしどこに向けたわけでもない好奇心をみなぎらせて、あたりを見まわしている。上唇がしょっちゅうまるまって、その口から叫びではないが言葉にもなっていない奇声が洩れる。カーニーがオックスフォード・ストリートの端から足早に近づいていくと、女の目にどこからともなく教養の光が射し込み、大きな声でひとりごとをいいはじめた。いっていることは支離滅裂で、なんのまとまりもない。カーニーはそそくさと通りすぎたが、ふと踵を返した。

わけのわからない言葉が耳についたのだ。

　ケファフチ宙域。

「それはどういう意味なんだ？」と彼は声をかけた。「なにを意味しているんだ？」

　咎（とが）められたと勘ちがいして、女は黙り込み、彼の足元の地面に目を落とした。いでたちは上等なコートとカーディガンにグリーンのウェリントンブーツ、指先のない手編みの長手袋という奇妙な取り合わせ。ほかの連中とちがって、荷物はひとつももっていない。排気ガスとアルコールとセンターポイントの下で絶えず吹きまわしているビル風とで焼けた顔は妙に健康的で田舎臭い。女がやっと目をあげた。瞳は淡いブルーだ。「お茶代、めぐんでもらえませんかね？」

「もっとはずむよ」カーニーは請け合った。「どういう意味なのか教えてくれればそれでいい」

　女は目をぱちくりさせている。

「ちょっと待っててくれ！」カーニーはそういうと、いちばん近いプレット（イギリスのサンドイッチ・チェーン）でオールデイ・ブレックファーストを三つ買い、ラッテのラージサイズひとつといっしょに紙袋に入れた。ソーホースクエアにもどると、女はもとの場所にすわっていた。弱い陽光に目をすがめ、ときおり通行人に声をかけたりしているが、あとはずっと目のまえをよちよち歩く二、三羽の鳩の動きを追っている。カーニーは女に紙袋をわたした。

「さあ、なにが見えるのか教えてくれ」

　女はほがらかな笑顔を向けた。「なんにも見えやしないよ。ヤクを飲んでるだけさ。ヤクは切らせないんだ」女は、いったん手にしたプレットの紙袋をカーニーにかえしてよこした。「かえすよ」

「とっておけよ」カーニーは袋から中身をとりだした。「ほら！　オールデイ・ブレックファーストだぞ！」

「あんたが食べりゃいいさ」

カーニーは袋をベンチの女の脇に置いて、肩に手をかけた。なにかうまいきき方をすれば、女は予言してくれるはずだ。「きいてくれ」彼は女を力づけるようにいった。「俺は、あんたがなにを知っているか、知ってるんだ。わかるか？」

「なにが望みなんだい？　怖い人だね、あんたは」

カーニーは笑った。

「怖がってるのはこっちさ。さあ、食べてくれよ。ぜんぶ食べてくれ」

女は彼が手にしたサンドイッチをちらっと見たが、すぐに誰か知り合いでも見つけたかのように、左の肩ごしに目をやった。

「いらない。いらないよ」女は彼のほうを向くまいと、身体をつっぱらせている。「あたしはもういく」

「なにが見えるんだ？」カーニーはしつこくたずねた。

「なにも」

「なにが見える？」

「なにかが降ってくる。火が降ってくる」

「なんの火だ？」

「離しとくれよ」

「なんの火なんだ？」

「離しとくれよ、早く離しとくれ」

カーニーは女から手を離して、その場から立ち去った。十八のころ、人生、最後にはいまの女みたいになっているだろうと思っていた。いまの彼はどこことも知れぬ路地をよろよろ歩いている。思いがけぬ事実が病のように頭を占領している。もういい年だし、悔いることばかりの毎日だが、何年かまえから身体の芯から外側に向かってなにかが燃えつづけ、とどめるすべもあらばこそ、いまや指先から、目から、口から、性器から、噴きだして服に火がつきかかっている。あとになって考えれば、そんなことはありえないとわかるのだが。なんにせよ、自分は気が狂っているわけでもなければ、アル中でもないし、運が悪いわけでもない。ソーホースクエアをふりかえると、精神分裂病患者どもが彼が置いてきたサンドイッチを手から手へわたしてはパンをあけて具を見ている。彼は連中をスープのようにかきまわしたのだ。表面になにが浮かんでくるか、誰にもわからない。基本的には、かれらに同情するし、気のいい連中だとすら思う。が、実際問題となると、そう甘いことはいっていられない。期待はずれという点では子供とおなじだ。その目に光はあるが、それは人を惑わせる鬼火だ。けっきょく、連中よりブライアン・テートのほうがましなのだろうが、そのテートにしてからがなにも知らないときている。

カーニーとおなじくらい、いやたぶんそれ以上にものを知っていると豪語していたヴァレンタイン・スプレイクはリンフ・クラブにはいなかった——ここひと月ばかり、店には姿を見せていないという。黄色い壁、昼間から飲んでいる連中、カウンターの上のテレビに目をやりながらカーニーは一杯注文し、つぎはどこを捜そうかと思案した。外は雨に変わり、道には携帯電話でしゃべる連中があふれている。遅かれ早かれ、からっぽのアパートメントにもどるという事実に直面するしかないと思うと、もどかしくてためいきがでる。カーニーは上着の襟を立てて、家に向かった。家に着くと、不安はぬぐえないものの、ブライアン・テートやアンナ、それにあのソーホースクエアの女がつきつけてきた感情的圧力というようなもののおかげですっかり疲れ果てていて、カーニーは電気をぜんぶ消し、アームチェアにすわったまま眠りに落ちた。

「いとこたちがくるわよ」カーニーの母親がいった。

　カーニーは八歳だった。興奮が抑えられなくて、いとこたちがくると同時に家の裏庭を走りぬけ、細長い林を横切って、柳に囲まれた池といってもいいような浅い湖のほとりに着いた。そこは、誰もきたことのないお気に入りの場所だった。冬には水辺の縁に張った白い薄氷（キャット・アイス）から茶色い葦が顔をだし、夏には柳のあいだを虫たちがブンブン飛び交う。カーニーは、ほかの子供たちのだんだん小さくなる声をききながら、長いことそこに立っていた。誰もついてきていないのがはっきりすると、とたんに催眠術にかかったような静穏な気分に包まれた。彼は半ズボンをおろし、陽光を浴びて仁王立ちになり、自分のものを見下ろした。学校の友だちが、こすり方を教えてくれたことがあった。そのとおりやると大きくなったが、それ以上はなにが起こるわけでもなかった。やがてそれに飽きると、柳の幹の割れ目に沿ってよじのぼり、葉陰に寝そべって、小さなほんものの魚が群れをなしている湖水をのぞきこんだ。

　彼はほかの子と面と向きあうことができなかった。興奮しすぎてしまうのだ。いとこたちとも顔をあわせることができなかった。それから二、三年たったころ、彼は〝ゴースランド（ハリエニシダの生えた荒地）〟という名の――ときには〝ピースランド〟と呼ぶこともあったが――空想上の家をつくりだした。そこでは、いやらしい妄想をくすぐるくせにどこか理想化された彼女たちが登場する夢が、なにに脅かされることもなく、ひとつの光景として成就するのだった。

　ゴースランドはいつも真夏だった。道路からは、蔦がびっしりからまった木々と玄関に通じる苔むした私道がほんの数ヤード、そして表札のかかった古い木戸しか見えない。毎日、午後になると、やっと十代の仲間入りをしたばかりの青白い顔をしたいとこたちが木漏れ日がちらつく木陰にやってきてしゃがみこむ――汚れた足を少しひらき、擦り傷だらけの膝小僧とたくしあげたスカートを胸までひきよせ――足のあいだの伸びた白い生地を小刻みにこすっている。マイケル・カーニーは木の上からそれを見ている。分厚いパンツとグレイの制服の半ズボンの奥が疼く。

彼がいるのに気づいて、いとこたちが急に上を見上げ、茫然！

なんにせよ、こんな人生の不毛の地にカーニーを追いやったものは、すでに八歳までに、彼をシュランダーの注意をひかずにはいられない人間につくりあげていた。それは、二、三歳のとき浜辺で石ころをきれいに並べてみせたときとおなじように、柳の影のなかを小魚とともに泳いでいた。それは、どんな景色のなかにも、その景色を特徴づけるものとして存在していた。それはずっと昔から彼に注目していた。最初は夢だった。静かな運河の緑色の水面を歩いている夢や、レゴのブロックの山のなかになにか恐ろしいものが住んでいると感じる夢。エンジンからは煙の形をとったドラゴンがあらわれ、エンジンの部品は吐き気をもよおすような油っこいとろんとした動きで回転し、カーニーは目覚めて浴室のシンクにゴム製品が浸かっているのをみつけた。

そのすべてに、シュランダーがいた。

5　仕立て屋アンクル・ジップ

ハローの大半は、銀河系の進化の初期段階でできた燃えかすやクズだ。若い太陽は貴重品だが、探せばあることはある。いまだに水素を燃料として燃えつづけている太陽は、伝説的な宿、旧地球さながら、やわらかな温もりで訪れる人間を迎えてくれる。二日後、そんな太陽のひとつのすぐそばに〈ホワイト・キャット〉はポンと出現し、ダイナフロー・ドライヴを切って、第四惑星上空に慎ましく停船した。その惑星は、多彩な設備に敬意を表してモーテル・スプレンディードと呼ばれていた。

モーテル・スプレンディードは、人間の居住地ということでいえば、ビーチのその宙域にあるあまたの岩塊とおなじくらい古くから存在している。気候は穏やかで海があり、空気はまだ誰にもめちゃくちゃにされていない。大陸が二つあって、そのどちらにも宙港があるが、名の通ったものは少数で、あとはたいしたことはない。昔からいくつもの遠征隊がここで船を艤装し、装備をととのえ、オーロラのように夜空に咆哮するケファフチ宙域の、そのすべてを隔絶するかのようなぎらつきのもと、彼方へと飛び立っていった。モーテル・スプレンディードは昔からずっと、そしていまもなお、英雄たちの姿を見つづけている。ＡＤ二四〇〇年の金鉱掘りたちは、なにもかもダイスのひとふりに賭ける。かれらは自分たちを科学者と思い、研究者と思っているが、じつのところは泥棒で、相場師で、インテリ・カウボーイ。かれらのいう科学は四百年まえに定義された科学の伝統をそのまま引き継いだもの。かれらはビーチに打ち上げられた物を拾って歩く浮浪者なのだ。ある朝、よれよれの人生をかかえてでていったと思うと、夕べには特許満載の企業のCEOになってもどってくる。それがモーテル・スプレンディードでの典型的道筋。それが物事のなりゆき。要するに、ここは金儲けにもってこいの惑星なのだ。この惑星の砂漠には謎の人工物がひとつふたつ、隔離された状態で横たわっているが、もとはといえばそこも砂漠ではなかった。それが四十年まえ、ビーチ沿いに二光年ほどいったところにあった遺棄船で、誰かが二百万年まえの遺伝子パッチ・プログラムを拾い、それが流出したのがきっかけで、不毛の地と化してしまったのだ。問題のプログラムはその世代最大の発見だった。

　モーテル・スプレンディードでは大発見なしには夜も日も明けない。毎日、どこのバーでも、最新の発見が話題にのぼっている。どこかの誰かが、あのおびただしい異星のガラクタのなかから、これまでの物理学を、宇宙論を、いや宇宙そのものをひっくりかえしてしまうようななにかを見つけた、という話だ。だが、ほんものの秘密、遥か昔から保たれてきた秘密などというものがもしあるとするなら、それはケファフチ宙域にある。そしてそこからもどってきた者はひとりもいない。

　この先も、誰ひとりもどってくることはあるまい。

　たいていの人間は、ひと山当てるか名をあげるかするのが目的で、モーテル・スプレンディードにやってくる。が、セリア・マウ・ゲンリヒャーは手がかりをもとめてやってきた。仕立て屋のアンクル・ジップと取引きしにきたのだ。彼女はパーキング軌道上からフェッチを送信して彼と話をした。が、そのまえに、シャドウ・オペレーターたちに、直接、地表にいったほうがいいと説得されていた。

「地表に？」彼女はちょっとオーバーな笑い声をあげた。「あたしが（モワ）？」

「たのしい経験になるにきまっておる。見よ！」

「口出ししないで」と警告したものの、けっきょくかれらはカーモディに降りればどんなにたのしいか、彼女に見せつけたのだった。かつては宙港、いまは海港となっているカーモディは迫りくる夜に向かってその粘っこく芳しい翼をひろげ……。

人間の男たちが仕事をしている場所に例外なく聳え立っているガラスの塔には、すでに明かりが灯っている。眼下の港湾都市の街路は心地よい温もりを感じさせるぼんやりとした黄昏に満ち、カーモディの知的生命はこぞってマネータウンから崖沿いの道をたどり、フリー・キー・アヴェニューのヌードル・バーからあがる湯気めざして流れていく。ありとあらゆる種類、大きさの栽培変種や高等キメラ――ばかでかくて牙のあるやつ、矮小化されて染色されているやつ、象のペニスとおなじくらいのサイズの一物をつけたやつ、トンボの羽や白鳥の羽がついたやつ、むきだしの胸が、流行の、あざやかな宝探し地図のタトゥのパッチワークになっているやつ――が、おたがいの流行最先端のピアスに目をやりながら、ふんぞりかえって舗道を歩いている。そのあいだを縫って、ふくらはぎと大腿四頭筋を雌馬の長期収縮筋線維に、アデノシン三燐酸の運搬プロトコルを加速中のチータのそれに改変されたリキシャ・ガールが疾走する。彼女たちのなぐさめは現地産のアヘンもどき。みんなカフェ・エレクトリーク漬けで生きている。もちろん、シャドウ・ボーイもあちこちにいる。目にも止まらぬ速さで動くかれらは、あっちの角で瞬き、こっちの路地に実体化しては、誘い文句をささやきつづけている――

お客さんのほしいもの、なんでも調達しますよ。

遺伝子コード・パーラー、タトゥ・パーラー――どれも、カーモディ・ローズ・バーボン浸りの六十歳の片目の詩人が経営している――、店先で手術している仕立て屋、改造バイク屋、などなど、居並ぶ店の小さなショーウィンドウには架空戦争のキャンペーン・バッジや切手、無垢な彩りのキャンディが入った袋といった、生き生きしたデザインがあふれ、早くも客がたてこんでいる。かと思えば、崖上にテラス状に集まった企業包領からはデザイナー・ブランドの服を着こなした男女がでてきて、ゆったりした足どりで港に面したレストラン街に向かっていく。地球料理への期待に、つんと顔をあげ、暗いワインカラーの海には港の明かり、そして食事のあとはマネータウンへと深夜のおでかけ——財産クリエーターに成功メーカー、ご本人たちの弁によれば、安っぽい悪趣味なものとはあまり縁のない暮らしをしているはずなのに、なぜかその手のものに燃えてしまうという連中。声があがる。そこに笑い声がかぶさる。いたるところ音楽があふれ、トランスフォーメーション・ダブが耳を聾し、その攻撃的な低音域は二十マイル沖まできこえるほどだ。この喧騒の上に、鋭く、切迫した人間の期待のフェロモンがたちのぼる——性欲や食欲や攻撃性というよりはむしろ、薬物濫用と安いファラフェルと高い香水からなる香りだ。

セリア・マウは、視覚、聴覚同様、嗅覚のもたらすものも知っていた。

「あたしが、こういうのを知らないと思ってるみたいだけど」彼女はシャドウ・オペレーターたちに向かっていった。「おあいにくさま。ちゃんと知ってます。リキシャ・ガールもタトゥ・ボーイもね。身体がなんぼのもんよ！　あたしはあそこでぜんぶやってみたの。ぜんぶ見て、ぜんぶいらないと思ったんだから」

「せめて栽培変種でランしてみてもいいのではないかな。たいそう可愛らしいこと請け合いだ」

かれらは一体の栽培変種をだしてみせた。七歳のときの彼女だ。かれらはその青白い小さな手にヘンナで込み入った螺旋模様を描き、モスリンのリボンを散らして、クリーム色のレースでドレープをよせた白いサテンのロングドレスを着せていた。それは恥ずかしそうに自分の足元を見つめて、こうささやいた――「いちどは捨てられたけど、もどってきたわ」

セリア・マウはシャドウ・オペレーターたちを追い払った。

「身体なんかいらないのっ！」彼女はシャドウ・オペレーターに向かって金切り声をあげた。「可愛らしくなくてけっこう！　あたしはね、身体がもってる、あの感触がいやなのっ！」

栽培変種はきょとんとした顔で隔壁まであとずさると、そのままデッキへとすべっていった。「あたしがほしくないの？」と栽培変種はいった。憑かれたように顔をこすりながら、目玉をあげたりさげたりしていたが、「あたし、どこにいるのかしら」というと同時にくったりと目を閉じて動かなくなった。それを見たシャドウ・オペレーターたちは、ごつごつした細い手で顔をおおい、ズルズルッ、ズルズルッと音をたてながら隅っこへひっこんでいった。

「アンクル・ジップにつないでちょうだい」セリア・マウはいった。


仕立て屋アンクル・ジップは、ハーバー・モール沿いのヘンリー・ストリートにあるパーラーで商売を仕切っている。若いころは、主な港ならどこででも彼のカット・スタイルがフランチャイズされていて、なかなかの有名人だった。でっぷり太った、どこか必死さの漂う男で、目はこぼれそうにとびだしていて、色はチャイナブルー、ほっぺたはぷっくりしていて真っ白、唇は薔薇のつぼみ、そして腹は蠟細工の洋梨のように固い。彼は、ケファフチ宙域の端から二十光たらずのところにあるラジオ・ベイのとある星系で、蛋白質の化石のなかにコード化された生命の源泉を発見したというふれこみだが、それを信じるかどうかは、彼をどれくらい知っているかによる。旅立つまえから有能な男だったが、帰ってきたら焦点が定まっていた、ということだけはたしかだ。どんなコードを見つけたにせよ、優秀な仕立て屋にふさわしい程度に金持ちになっただけだった――が、アンクル・ジップはそれ以上のことは望まない、とは本人の弁。彼の一家は店の上に住んでいるが、そこそこに豊かな暮らしをしている。奥方は真紅のフラメンコ・ドレスを着ている。子供はぜんぶ女の子だ。

セリア・マウがパーラーの床の中央にあらわれたとき、アンクル・ジップは客をもてなしている最中だった。

「きょうはちょっと友だちがきてくれててね」足元にあらわれた彼女を見て、アンクル・ジップはいった。「ここにいて、ちょっとお勉強しててくれてもいいし、あとできてくれてもいいよ」

アンクル・ジップは白いドレスシャツに脇下までずりあげた黒いズボンといういでたちで、立ってピアノアコーディオンを演奏していた。チョークのように白いほっぺたに丸く薔薇色の紅をさしているので、まるで汗の釉薬をかけた巨大な磁器の人形のようだ。ピアノアコーディオンは象牙の鍵盤にクロムのボタンがきらきら光る精緻な細工の骨董品で、カーモディのネオンを反射してピカピカ、チカチカと煌めいている。彼は演奏しながらサイドステップを踏んでビートを刻み、歌いだしてみればその声はすみきった圧倒的なカウンターテナー。声だけきいていたら、女性か少年、どっちだろうと思ってしまいそうだ。かろうじてコントロールされた攻撃性がのぞいたところではじめて、人間の男の声だとわかる。聴衆は三、四人。細身の黒い肌の男たちで、タイトなパンツにルレックス（プラスチックにアルミ被覆をした繊維）のシャツ、髪型は漆黒のポンパドゥール、酔っ払っていて、アンクル・ジップにたいして注意を払うふうもなく、しゃべっているが、高音の強烈なビブラートがきまると、うっすらと笑みを浮かべてみせた。ときどき子供が二、三人、あけたままのパーラーの入口にやってきて手を叩きながら、パパ、パパとはやしたてる。アンクル・ジップは足を踏み鳴らし、アコーディオンを弾き、磁器の顔をゆすって汗をとばす。

彼は適当なところで客を帰すと——客たちは上品で狡賢い最新流行通らしい優雅さで、まるで最初からそこにいなかったかのように、夜のマネータウンへと姿を消した——荒い息遣いでスツールに腰をおろし、セリア・マウに向かって太い人差し指をふった。

「おい、あんた、フェッチで降りてきたね？」

「勘弁してね」セリア・マウはいった。「フェッチにこっちへこられるのは、うんざりなのよ」

セリア・マウのフェッチは猫のような姿をしていた。気分によって色が変えられる安いモデルだ。色以外は旧地球の飼い猫の一種にそっくりで、身体は小さく、神経質で、顔が尖っていて、なにかというと頭の横を物にこすりつける。

「裁断師にたいする侮辱だね、フェッチなんてものは。アンクル・ジップをたずねるなら直接こい。でなければ一切くるな」彼は大きな白いハンカチでひたいをぬぐって、さも愉快そうに高笑いした。「おまえさんは猫になりたいのか。だったら簡単にしてやるよ」彼はかがんでホログラムに何度か手をつっこんだ。「なんだね、これは？　おまえさんは幽霊か。お嬢ちゃん、身体がないんじゃ、おまえさんはフォティーノだ。この世界に弱い反応しか示せない。飲み物もすすめられないじゃないか」

「アンクル、あたし、身体はもうあるのよ」セリア・マウは静かに念を押した。

「ではなぜ、ここにもどってきたんだね？」

「あのパッケージ、ちゃんと動かないのよ。話してくれないの。そもそもなんのためのものなのかもいってくれないし」

「複雑なものだといったはずだよ。問題があるかもしれない、ともいった」

「あんたのものじゃない、とはいわなかった」

アンクル・ジップの白いひたいに、かすかに不服そうなしわが浮かんだ。

「わたしは、わたしの所有物だといったんだ」認めるつもりらしい。「しかし、わたしがつくったとはいってない。あれはビリー・アンカーから手に入れたものでね。あの男は、近代のものだと思うといっていた。Kテクで、軍事関連のものだろうともね」アンクル・ジップは肩をすくめた。「あの手の輩には、いいかげんなことをいうやつもいるからなあ――」裁判官気どりで首をふり、口をすぼめる。「――しかし、このビリーという男、ふだんは非常に鋭い眼識の持ち主だし、非常にたよりにもなる」いまこんなことをいってもしょうがないと気づいて、アンクル・ジップは肩をすくめた。「ラジオ・ベイで手に入れたといっていたが、どんな働きをするものなのかは、けっきょくわからなかったようだ」

「あんたにも?」

「裁断師の手は入っていなかった」アンクル・ジップは自分の手をひろげて、まじまじと見つめた。「このわたしが、一日で、やってのけたんだよ」自慢のぽっちゃりした指、清潔な、へらのような爪。靴型をあつかう靴職人さながら遺伝子を直に裁断するかのような、その指さばきも自慢だ。「まっすぐ、いっきに、裏側まで。それでばっちりだ――なんの問題もない」

「じゃあどうしてちゃんと動いてくれないのよ?」

「ここへもっておいで。もういちど見てみよう」

「ずうっと、ドクター・ヘインズをお願い、っていいつづけてるの」

6　夢のなか

　クレイ姉妹は、使い捨ての栽培変種みたいなもので自分たちをランさせているんじゃないか、と誰でも最初はそう思う。が、それにしては用心深いことは、見ていればすぐにわかる。とはいうものの、図体はでかいし、栽培変種特有の、尋常一様でない元気さ（これはユーザーが、なにが起ころうとかまわないと思っているせいだが）の持ち主であることはたしかだ。大きくてパワフルなヒップ。黒いナイロンのミニスカート。短くて太い足。ずっと履きつづけている四インチのヒールのおかげできゅっとひきしまったまま固まってしまったふくらはぎ。白い半袖の〝秘書風〟ブラウスの肩にはひだがとってあり、パッドが入って大きくふくらんでいる。むっちりした上腕には蛇のタトゥがのっそりと巻きついたりほぐれたり。

　ある日、ティグ・ヴェシクルの店に二人が入ってきて、イーヴィのほうが、エド・チャイアニーズというトウィンクがタンクに入っていないかとたずねた。これくらい背が高くて（とイーヴィは自分より二インチくらい高い背丈を示した）、脱色した金髪のモヒカンで、少し生えかけのところがあって、安っぽいタトゥを二、三個、入れている。少なくともタンク浸りの暮らしになるまえは、かなり筋骨たくましいタイプだったはずだという。

「そんなやつは見たことありませんねえ」ヴェシクルは嘘をついた。

とたんに身のうちに恐怖があふれた。できるならクレイ姉妹に嘘はつかないほうがいい。二人は毎朝、白のパンケーキを塗り、真っ赤なルージュを太くひいて、肉感的であると同時に怒っているようでもあり、道化のようにも見える顔をつくりあげる。そしてその口でピアポイント・ストリート全体を脅して金を吸いあげているのだ。二人には数え切れないほどの兵隊がいる。栽培変種に入ったシャドウ・ボーイや、銃をもった十代のけちなパンク野郎ども。それに二人がもっているアンティークのブリーフケースや大きなソフトレザーのバッグのなかには、チェンバーズの反動ピストルが入っている。最初は、この二人、矛盾の塊じゃないかと思えるが、そうでないことはすぐにわかる。

じつをいえば、このチャイアニーズというトウィンクはティグ・ヴェシクルの唯一の常連客だった。ピアポントもはずれの七百番台くんだりのタンク・ファームまでくるやつなんか、ほかにはいない。投資銀行がいくつもあって、十年まえに死んだ犬のことをいまだに嘆いている女たちがいるような、商売がうまくまわっている場所は、ここは正反対の方角にある。昼時に客が入っているのは、小さい数字の番地、せいぜい三、四百番台まで。金があるときには三週間ぶっつづけでトウィンクしてくれるチャイアニーズなしでは、ヴェシクルの商売は完全にあがったりだ。そうなったら、ハローの向こうのアンクル・ジップとかいうやつから手に入れたＤＩＹ遺伝子パッチにしか興味のないガキども相手に、日がな一日、街角に立って、ＡｂＨや地球のスピードをさばくしかなくなる。

クレイ姉妹はティグ・ヴェシクルに、いかにも「ここで嘘をついたら、ばらばらにして希少な蛋白質、とらせてもらうよ」といいたげな眼差しを投げた。

「ほんとですよ」とヴェシクルはいった。

ついにイーヴィ・クレイが肩をすくめた。

「もしそういうやつを見かけたら、いの一番に、あたしらに知らせな。いの一番に、だよ」

彼女はタンク・ファームのむきだしの灰色の床や壁から剝がれかかったポップアップ・ポスターを眺めまわすと、ヴェシクルにばかにしたような視線を投げた。「おまえなあ、ここをあとほんのちょっとでも、いまより感じ悪い雰囲気にできるかい？　え、できると思うかい？」

ベラ・クレイが笑いながらいった。

「彼女のためならできるかな？」

二人が帰ってしまうと、ヴェシクルは椅子にすわって、「できると思うかい？」と「もしそういうやつを見かけたら、いの一番に、あたしらに知らせな」というセリフを、口調を完全にものにできるまでくりかえした。そのあとはタンクの見まわりだ。戸棚からぼろ布をだしてタンクのほこりを拭いていく。チャイアニーズのタンクを拭くと、温かくなっていた。「いったい何者なんだ？」とヴェシクルは自問した。「クレイ姉妹がいきなり捜しはじめるなんて。これまで、こいつを捜すやつなんてひとりもいなかったのによ」チャイアニーズがどんな顔をしていたか思いだそうとしたが、なにも思いだせなかった。トウィンキーはみんなおなじに見える。

彼は屋台へいって、またぞろフィッシュカレーを買った。「もしそういうやつを見かけたら」金を払うと、彼はためしに屋台の女に向かっていってみた。「いの一番に、あたしらに知らせな」

屋台の女はじっと彼を見つめている。

「いの一番に、だよ」ヴェシクルはいった。

ニュー・マンか――片足を妙な角度にだしながらピアポイントを歩いていくヴェシクルを見ながら、女は思った。あいつら、いったいどんなヤクをやってるんだろう？

二十世紀のラジオやテレビのCMが、なにやらたよりない、もつれた（とはいえ、ミステリアスな異星のバイタリティにあふれた）一条の通信としてニュー・マンのもとに届き、かれらはそれにひきよせられるようにして、二一〇〇年代なかばに地球を侵略した。かれらは二足歩行の――拡大解釈すれば――ヒト型生物で、一様に背が高く、肌は白く、髪は燃え立つような赤で、アイルランド人のジャンキーと見分けがつかない。一見しただけでは、性別もよくわからない。手足が病的に軟弱で、くねくねよく曲がる。だが、とにかく楽観的でエネルギッシュで、かれらにとっては地球のなにもかもが驚嘆の的だった。かれらは地球を支配し、気立てのいい父親のような態度で、誤解だらけの、とんちんかんな管理を押し進めた。どうやらかれらは、一九八二年のコカコーラのCMで人類というものを理解しようとしているようだった。誰も食べられない食物を生産したり、政治活動を禁止して政府の奨励金付きお芸術みたいな妙な階級制を採用したり、地殻下部に巨大なマシンを埋めて、そのせいで何百万人も殺してしまったり、といろいろやらかしたあげく、困惑して表舞台から去り、ドラッグやポップ・ミュージックや、当時は信頼性は低いもののエキサイティングな新しい娯楽テクノロジーだったトウィンク・タンクに手をだすようになった。

その後は、人類とともに宇宙に進出していったが、そのありようは、版図拡大や自由貿易のねじれた記録のようなものだった。組織犯罪のいちばん下っ端として使われているのは、たいていかれらだ。かれらの目的は、人類社会に適合することだったが、かれらはどうしようもなく後ろ向きだった。なにしろ、いつもこんなことばかりいっているのだ――「なあ、あんちゃん、俺、あんたがもってる、そのコーンフレークとかいうやつ、大好物なんだよ。な？」

ヴェシクルはタンク・ファームにもどった。タンクの頭のほうは重層ボードの四角い箱の肩あたりから二フィートくらい突きでていて、やたらごてごてした安っぽい飾りでおおいつくされた、ばかばかしいほど装飾過剰の真鍮の棺桶のようだ。どの箱の奥の壁にも貼ってあるポップアップ・ポスターには、**なりたいものに、なんでもなれる**という謳い文句が大書してある。チャイアニーズのタンクは、まえよりいちだんと温かくなっている。ヴェシクルにはその理由がわかっていた——このトウィンク、そろそろ入金分がなくなりかけているのだ。タンクの計器盤の数字だと、たぶんあと半日ぐらいだろう。そのあとは冷たい世界が待っている。タンクのプロテオーム——栄養分や調整されたホルモンのスライムみたいなムコイド——が、彼の身体があとにしてきた生活にもどれるよう準備をはじめているのだ。

三月の、あるどんよりした金曜日の午後三時半。イーストリバーは濁った鉄色。西方向への車の流れは正午ごろから、ホナルチ橋を先頭に渋滞していた。チャイニーズ・エドは、まえのほうがどうなっているのか様子を見ようと、融通のきかないダッジのサイドウィンドウから、熱いディーゼルと鉛の匂いのなかに顔を突きだした。が、なにも見えない。あっちではなにかが故障して、明かりが消えている。溶けてしまったやつもいる。そっちでは誰も彼もオーバーロード——便所オーバーロード、ガキ二・四人（一九九〇年代イギリスの平均的家庭像は夫婦と子供二・四人）オーバーロード、ゴミ箱オーバーロード。車から降りて、気だるそうに意味もなく殴り合っている。なにがあったのか、誰にもわからない。相変わらずの日常。エドは人類のむなしいあがきぶりに首をふって首都圏交通情報を切り、リタ・ロビンソンのほうを向いた。

「なあ、リタ」

二、三分後には、リタの白地にペパーミント・グリーンのストライプ柄のスカートはウエストのところまでまくれあがっていた。

「おちついて（ステディ）、エド」リタがいった。「どうせしばらくここにいることになると思うわよ」

エドは笑った。「まじめなエディたあ、俺のこった」

リタも笑った。「さあ、準備ＯＫよ。どーんといらっしゃい、ステディ・エディ」

リタがいったとおりだった。

二時間後も、二人はおなじところにいた。

「ほんとにむかつくわよねえ」エドのダッジの二台先にいるピンクのムスタングから降りてきた女が声をかけてきた。

女は車をのぞきこんでリタに目をやると――もうスカートをちゃんとおろしてガーターベルトを直し、折りたたみ式の化粧用鏡をだして、むっつりとプロ並みに厳しく顔をチェックしている――急に興味を失ったようだった。「あら、どうも、こんにちは」と女はいった。「ちょっと気分転換てのもよくない？」みんなエンジンは切っているし、舗道をいったりきたりして足をのばしている連中も大勢いる。ホットドッグ屋はいちどに十台から十二台を相手にしながら西方向へ進んでいく。「こんなにひどいとは思わなかった」ムスタングの女がいった。女は笑いながら下唇からタバコの吸いさしをはずして、しげしげと見ている。「ロシア人が着陸したのかもね」

「なるほど、そうかもしれないな」エドがいうと、女はにっこりほほえんでタバコを踏み消し、車にもどっていった。エドはラジオをつけてみた。ロシア人は着陸していなかった。火星人も着陸していなかった。目新しいニュースはなにひとつなかった。

「ところで、例のブレイディの件だが」エドはリタにいった。「地方検事のオフィスじゃ、なんていってるんだ？」

「ねえ、エディ」リタはエドをつかのま見つめたが、すぐに首をふって鏡に目をもどした。いまは口紅を手にしている。「そのことは訊かないものと思ってたわ」リタはなんの感情も込めずにいった。

口紅の色が似合わないと思ったのか、いらだたしげにしまいこむと、窓の外を流れる川に目をやる。

「そのことは訊かないものと思ってた」リタは苦々しげにくりかえした。

そのときだった。大きな黄色いアヒルがエドの車のサイドウィンドウに頭をつっこんできた。そいつがしゃべっているというのに、こんどはリタは気づいていないらしい。

「きこえますか、七番さん」そいつがいう。「お時間です」

エドは、背中に〝ハイビョウヤミ・ドジヤロウ・スーパーストックス〟と書かれたベースボール・ジャンパーのふところから二丁のコルトのうちの一丁をとりだした。

「いやいや」アヒルがいった。「冗談ですって。ただ、念のためにね。閉店まで、残ってるクレジットは十一分ぶんですから。エドさん、わが社の大事なお客様として、もっと金をつぎこむなり、残り時間を最大限活用するなり、どちらでもお好きなように」

アヒルは首を傾げて、ビーズのようなひとつの目でリタを見た。

「どっちにするか、わたしなら迷いませんけどね」とそいつはいった。

7　神をもとめて

マイケル・カーニーが目を覚ますと、すっかり夜が更けていた。部屋の電気は消えている。誰かの荒い息遣いがきこえる。

「誰だ？」カーニーは鋭くいった。「リジーか？」

　音が止まった。

　麦藁色の硬材の床に最小限の家具しかない部屋がひとつと狭いキッチン、二階に寝室がひとつあるだけのこのアパートメントは、二番めの妻、エリザベスのもので、彼女は結婚生活も終焉を迎えるころにはアメリカにもどってしまっていた。上の窓からはチズィック・エイトからカースルノーまで見わたせる。カーニーは顔をごしごしこすってアームチェアから立ちあがると二階にあがった。二階にも人気はなく、乱れたベッドに街灯の明かりがぐっしょりとあふれ、エリザベスの服の残り香がいまもほのかに漂っているだけだ。下にもどって電気をつける。と、ヒールズ（ロンドンの家具専門店）のソファの背もたれに、胴体から切り離された首があぶなっかしくのっていた。いかにも古びた、ひどい様相だ。肉はすっかり顔面のでっぱった部分まで後退していて、灰色っぽい皮膚の下の骨格が露わになっている。なんの首なのかさだかでないし、性別もわからない。そいつはカーニーを目にするやいなや、しきりにごくんごくんと喉を動かしはじめた。唾がたりなくてうまくしゃべれないので口のなかを潤そうとしているらしい。

「この人生にどれだけ嫌気がさしているか、言葉にあらわしようもないほどだ！」そいつはいきなり叫んだ。「カーニー、感じたことがあるか？　自分の人生がいかにみすぼらしいか？　人生がこの使い古しのカーテンみたいなものだと感じたことはないのか？　怒りや嫉妬や挫折感、けっして表にはでようとしない、自分をすりへらす野心や欲望をかろうじて隠しているカーテン、それがおのれの人生なんだと感じたことはないのか？」

「後生だ」カーニーはあとずさりながら、いった。

首が、さげすんだような笑みを浮かべた。

「まずなにより、いかにも安っぽいカーテンだ。そう思うだろう？　ここの窓に掛かっているのとおなじ、掛けたその日からのほこりが積もった、ぞっとするほど汚いオレンジ色のやつさ」

カーニーはしゃべろうとしたが、口がからからに乾いてしまっていた。

やっとのことで、いう――「エリザベスはカーテンなんか掛けたことはない」

首が唇を舐めた。「いいから黙ってきけ、カーニー――そいつはどっちみち、おまえを隠してはくれないんだぞ！　おまえのそのじつにおぞましい痩せた身体は、四十年間、そいつの陰で悶えたり、身構えたり、笑ったり、憤懣の相をつくったり（おおそうだ、カーニー、糞便もつくってきたな！）、どでかいビアズリー風ペニスをふりまわしたり、誰が見てもわかるようなことをしてきた。誰の目にもあきらかなことをな。だが、おまえは見ようとしない、そうだろう？　なぜなら、ひとたびそのカーテンをあけたら、おまえはその圧縮されたエネルギーで焼かれて、薄っぺらいパリパリのかけらになってしまうからだ」

首は、いいかげん疲れたというふうに、あたりを見まわすと、ひと呼吸おいて、さっきより静かな声でいった――

「そんなふうに感じたこと、あるだろう、カーニー？」

カーニーはじっくりと考えた。

「いや、ない」

ヴァレンタイン・スプレイクの顔は内側から青白い蛍光を発しているように見える。「ないのか？」スプレイクはいった。「まあ、いいだろう」

スプレイクは立ちあがってソファのうしろからでてきた。五十がらみ、猫背で、オレンジがかった茶色い髪、顎にはやぎひげをたくわえた、エネルギッシュな印象の男だ。無彩色の目は片意地をのぞかせると同時にどこかうわのそら。丈が長すぎる茶色のフリースジャケットに、ぴっちりした古いリーヴァイス。タイトなせいで、太腿が細く、がに股気味に見える。足元はメレルのトレイル・ブーツ。紙巻煙草と、どこの銘柄とも知れないウイスキーの匂いがする。片手――長年使ってきたせいか、病気なのか、ひどく節くれだっている――に本を一冊もっている。スプレイクははっとしたようにその本に目を落とすと、カーニーに向かってさしだした。

「これを見ろ」

「いや、いい」カーニーはあとずさった。「そんなものはいらない」

「ばかだな」ヴァレンタイン・スプレイクはいった。「そこの本棚にあったやつだぞ」二、三ページ破りとって――よく見ると、エリザベスが愛蔵していた三十年まえのペンギン・クラシックの『ボヴァリー夫人』だ――ジャケットのあちこちのポケットにつっこんでいく。「自分がなにを考えているかわからないようなやつらとは、かかわっちゃいられない」

「なにが望みなんだ?」

スプレイクは肩をすくめた。「そっちが電話してきたんだぞ。俺はそうきいてる」

「いや」カーニーはいった。「留守電サービスみたいなのにはつながったが、メッセージは残さなかった」

スプレイクは笑った。

「いいや、残したさ。アリスがおまえのことを覚えてたんだ。おまえにご執心だからな」スプレイクはせわしなげに手をこすりあわせた。「紅茶でも淹れてくれないか?」

「おまえがここにいるのが、まだ信じられないよ」不安げにソファのほうを見ながら、カーニーはいった。「さっきあそこでいったことだが、意味がわかっていってたのか?」いったん口をつぐんで、「またあれに捕まったんだ。二日まえ、ミッドランドで。どうすればいいか、あんたならわかるかと思って」

スプレイクは肩をすくめた。

「そりゃあ、おまえだってとっくにわかってるじゃないか」

「もううんざりなんだ、ヴァレンタイン」

「だったら、逃げるんだな。なにをしようと無事に逃げ切れるとは思えんが」

「もう、効き目がないんだ。これまでだって、効果があったのかどうか」

スプレイクは無彩色のかすかな笑みを浮かべた。「なにいってるんだ、効果はある。おまえがぼんくらなだけさ」彼は、気分を害したら勘弁とでもいいたげに片手をあげた。「冗談だよ、冗談」彼はしばし笑みを浮かべたまま、もうひとことといった――「煙草、巻いてもいいかな?」スプレイクの左手首の内側には、自分でいれたタトゥがあった。かすれたブルーブラックのインクでFUGAという文字が書いてある。カーニーは肩をすくめてキッチンへ入っていった。カーニーが紅茶を淹れているあいだ、スプレイクはいらいらと煙草をふかしたり、下唇についた煙草の葉をとったりしながら大股で歩きまわり、電気を消して、部屋に街灯の明かりがあふれていくのを満ちたりたようすで眺めていた。

そしてふと、「グノーシス主義はまちがってるぞ」といい、カーニーが答えないと――

「川霧がかかってきた」

そのあとかなり長い間があった。カーニーは、本棚から本を抜くような小さな音を二、三回、耳にした。そして、息を吸い込む音。「よくきけよ――」スプレイクが話しはじめたが、すぐに静かになってしまった。カーニーがキッチンからでてみると、玄関ドアがあけっぱなしで部屋はもぬけの殻になっていた。床に本が何冊か落ちていて、そのまわりに引きちぎられたページが翼のように置いてある。ソファの上のなにもない白い壁にあたった平行四辺形のまばゆいナトリウム光のなかに、なにか外のものに照らされた大きな嘴のついた頭の影が浮かびあがっている。どう考えても鳥の頭とは思えない。「まさか」カーニーの心臓が上半身が揺れるほど激しく脈打つ。「まさか！」影がこっちを向こうとしている。まるでその影の主が午前二時のチズィックの街路の二階の高さに浮かんで、こっちを向こうとしているかのように。いや、悪くしたら、影なんかじゃないのかもしれない、とも思える。「どうしよう、スプレイク、あいつがここにいる！」カーニーは叫んでアパートメントからとびだした。スプレイクの足音が行く手の舗道にこだまするのがきこえる――しかし、追いつくことはできなかった。

ロンドン中心部、午前三時。

アイスブルーのディスプレーにフラクタルがあふれて、昔のひとコマひとコマぴくぴく動くスローモーション映像を思わせるものになっていく。ブライアン・テートはごしごし目をこすって画面を見つめた。背後のつづき部屋は真っ暗で、ジャンクフードと冷めたコーヒーの匂いがする。テートの足元では、雄猫が散らばった発泡スチロールのカップやハンバーガーの容器の匂いを嗅いでまわっている。雌猫は静かに彼の肩にすわり、気のおけない相棒みたいな雰囲気を漂わせて、数学の化け物が目のまえの画面に映しだされていくのを見まもっている。そしてときおりひょいと前肢をだしては、テートが見逃しているものを教えてやろうとするかのように、じれったそうにミャーと鳴く。どこで重要なことが起きているのか、彼女にはわかっているのだ。テートは眼鏡をはずして、まえのデスクに置いた。このスピードでも、なにも見えない。

いや、ほとんどなにも見えないといったほうがいいだろう。ロスアラモスにいたころ、けっして人まえでは口にしなかったが、明けても暮れても物理学と金の話ばかりなのにうんざりして、自由時間はほとんど自室でテレビの音声を消してチャンネルをつぎつぎに切り替えてすごしていた。そして、それがきっかけで選択について考えるようになった。選択の瞬間は、ある映像が瞬いて、崩れて、つぎの映像に置き換わる、まさにその一瞬と位置づけることができる、と彼は考えた。もしそこのところをこじあけることができたら、その移行の瞬間に入り込むことができたら、いったいなにが見つかるのだろうか？　その隙間、つまり選択の瞬間に信号を送る未知のチャンネル——『バフィ／恋する十字架』の再放送よりは見るに耐えるもの——の存在を夢想して、彼はチャンネルをつぎつぎ変える過程をビデオに撮り、静止画で見直してみようとした。が、いざやってみると、それはできないことがはっきりしただけだった。

テートは雌猫の耳を掻いてやろうと手をのばしたが、雌猫はするりと逃げて床にとびおり、雄猫に向かってシューッと声をあげた。雄猫はこそこそとテートの椅子の下にひっこんでいった。

かたやテートは受話器をとって、カーニーの家に電話をかけてみた。空振りだ。

彼はまたメッセージを残した。

8　仕立て屋の裁断

　セリア・マウが〝ドクター・ヘインズ〟という言葉を口にした瞬間、アンクル・ジップはほんの一瞬、完全に固まった。そしてすぐに肩をすくめると、「ここへもっておいで」とくりかえした。彼流の謝罪だ。「おまえさんには特別サービスだ」

「アンクル・ジップ、ドクター・ヘインズを知ってるの？」

「きいたこともない」アンクル・ジップは間髪入れず答えた。「ここから銀河核まで、仕立て屋はひとり残らず知っているんだがなあ」

「軍がらみのものだと思う？」

「いや」

「近代のものだと思う？」

「いや？」

「じゃあ、どうすりゃいいのよ」

アンクル・ジップはためいきをついた。「だからいっただろう――ここへもっておいで」

がっかりだった。ここからまた別の道がひらけてしまったような気分だった。彼女はいった――

「これであんたへの信頼度はゼロ――」

アンクル・ジップは両手をあげて笑った。

「――だからそのビリー・アンカーという男に会ってみる」

「フェッチとやりあうなんざ、愚の骨頂だったな！」アンクル・ジップはまだ愉快げに、しかしにわかに警戒の色を見せて、セリア・マウを見つめていた。「第一に、ビリー・アンカーは返品には応じないという方針で知られている男だ」彼は静かにいった。「さらにだ、やつはわたしの知り合いであって、おまえさんのじゃない。第三に、やつは裁断師じゃない。わかったかね？　お嬢ちゃん、わたしじゃだめで、やつならなんとかなるって、おまえさん、いったいなにがご所望なんだね？」

「さあね。なにかな。あたしにもわかんない。でも、あんたは知ってることをいってくれないし。あたしとしては、どこかからはじめるしかないわけよ」

アンクル・ジップはしばしば彼女を見つめていた。考えているらしい。

やがて、さりげない口調で――「オーケイ」

「お金はあるわ」

「この件で金をとるつもりはない。考えてみると、みんなにとっていい結果になりそうだよ。ビリーにとってもな」アンクル・ジップは含み笑いを洩らした。「特別に、ビリーにつなぎをつけてあげよう。いずれ、なにかの折りにお返ししてもらうってことで」いかにも高慢に片手をふる。「なに、たいしたことじゃない。気にすることはないよ」

「ただより高いものはないっていうわよね」

アンクル・ジップは優雅な身のこなしで立ちあがった。

「人の好意にけちをつけるもんじゃない」きっぱりした口調でいう。「これで手を打ちなさい。ビリーの居場所を教えてやるから。やつがいまどんな野望を抱いているかも教えてやれるかもしれないよ」

「考えさせてもらう」

「おい、なるべく早くたのむよ」

アンクル・ジップは、すわっているあいだ馬力のありそうな太腿にのせていたアコーディオンを両手でかかえてストラップを肩にかけ、イントロの和音を長く絞りだした。「金がなんだというんだ?」彼はいった。「金がすべてではないぞ。わたしは銀河核まで足をのばす。つまり五百光年分の金ってことだな。道中ずっと金。自由貿易地帯（FTZ）に指定された無傷の惑星系がいくつもある。そこには二日間、講習をうけただけで、ちゃちな家庭用遺伝子スプライシング・キットの成果を待ちわびてる女たちがいたよ。なんのためだと思う？　子供たちに食わせるためさ。ああ、それから、地球では、子供の第五因子の標識位置に合法的にパッチを入れてやるためでもある。土曜の夜に遺伝子コードの封印を破って、代謝機能を崩壊させるのさ。そういう企業の連中がなんといってるか、知ってるかね？」

「なんていってるの？」

「『金にモラルはない』ってね、吐き気を催すような声でいうんだ。やつらにとっては、それが誇りなんだよ」

午前二時のカーモディの空では、ケファアフチ宙域がアンクル・ジップのアコーディオンさながらに燦然たる輝きを放っている。アンクル・ジップはまた別の和音を奏でると、けたたましいアルペジオを漣（さざなみ）のようにつぎつぎとくりだしていった。ほっぺたをふくらませて足踏みしはじめる。すると、ひとりまたひとりとパーラーに客がもどってきた。みんなセリア・マウのフェッチに申し訳なさそうな薄い笑顔を向けて、するりと店に入ってくる。まるでヘンリー・ストリートのそう遠くないバーかどこかで、音楽が再開するのを待っていたかのような按配だ。みんな——こんどはひとりふたり女も恥ずかしそうにまじっている——茶色い紙袋に入れた酒持参で、目の端でちらっとアンクル・ジップを見ては、すぐに視線をそらす。セリア・マウは一曲だけきいてから、茶色い煙のなかに姿を消した。

アンクル・ジップは一見、手堅そうでどっしりしている。が、商売で扱っているのはその場かぎりのものばかり——慰み用の栽培変種や感覚タトゥ、はじめての赤ん坊にエルヴィスの幸運の遺伝子を入れてやると請け合うような迷信そこのけのDNAの切り貼りといったたぐいだ。毎日、午後になると彼の店には赤ん坊に特殊な才能をさずけてやりたいと願う母親候補たちが押しよせる。「まったく猫も杓子も金持ちになりたがる」と彼はよく愚痴っている。「これまで数え切れないほどの天才をつくってきたよ。誰も彼もバディ・ホリーやバーブラ・ストライサンドやシェークスピアになりたがるんでね。いっとくが、その連中がどんな顔をしていたかなんて、誰も知らないんだよ」ぎりぎり違法ではない。すべて、彼がいうように、ちょっとしたお遊びなのだ。彼としてはできるかぎりのことをするまでだ。労働の日に買うキスミークイック・ハットの現代版と思えばいい、と彼はいう。さもなければ、その当時の古めかしいタトゥか。だが、ラボでは客を選ばず裁断する。軍隊の注文もうければシャドウ・ボーイの注文もうける。ウイルス・ジャンキーのために裁断することもある。選りすぐりの脳病に最新のパッチを入れてやるのだ。異星人のDNAだって裁断する。金さえ払ってくれれば、なにを裁断することになろうと、誰の注文だろうと、一向にかまわない。

聴衆はといえば、みんな栽培変種。黒いチューブスカートのシャイな若い女たちも含めて、ひとり残らず、彼自身の幹細胞——ラジオ・ベイにいったときにとりだした、いわば冷凍保存した保険——からつくったクローンだ。みんな、若いときの彼、つまり重大な秘密を発見し、その成功によって社(やしろ)を建て、毎晩二回お参りにいくようになるまえの彼自身なのだ。

〈ホワイト・キャット〉の下でモーテル・スプレンディードが回転し、夜の側が上になった。セリア・マウはそのようすをパーキング軌道から見下ろしていた。南の海の湾曲部に浮かぶ島にあるカーモディは、色も大きさも判然としない、けちな、べとつく光のしみみたいに見える。彼女は魔法のような照明が煌めく街路を、フェッチを使ってぶらついてみた。ダウンタウンは、黒とゴールドの高層ビル、人気のないパステル画風のモールに並ぶデザイナー・グッズ、マット仕上げのプラスチックの精密な曲面やレースと灰白色のサテンの泡の表面を音もなくすべっていく蛍光。海辺のバーからは脈打つようなトランスフォーメーション・ダブやソルトウォーター・ダブが流れてくる。〝ダーク・ナイト、ブライト・ライト〟等々、人間生活のサウンドトラックだ。人間！　こうして眺めていると、ぬくぬくとした漆黒の心臓部で生きている人間たちの興奮が匂ってくるような気がする。罪の匂いも漂ってきそうだ。あたしはなにを探しているんだろう？　答えはでてこなかった。たしかなのは、アンクル・ジップの偽善的な態度が不安をかきたてていることだけだった。

ふいに夜が明けた。堤防の一角、海へとつづく階段がいまは波打ち際となった砂地に接しているあたりに、夜明けの淡い光のなか、灰色の人影が三つ、目に入った。シャドウ・ボーイだ。使い捨ての栽培変種でランしている——二十四時間で使い捨てるタイプで、そろいもそろって牙があり、筋肉は腐ったような悪臭を放ち、ノースリーブのデニム・ジャケット姿、無茶な動きをして物にぶつかるせいで、そこらじゅう傷だらけだ。三人は夜明けの風のなかでしゃがみこみ、毛布をひろげてシップゲームに興じていた。ダイスがころがるたびにうなり声をあげ、ときおりキーッ、キーッとヒステリックな悲鳴じみた音をたてて高速のデータストリームをやりとりしている。複雑な賭けが進行中で、対象はゲームそのものというより、それを囲む世界——鳥の羽ばたきや波の高さ、陽光の色——の偶然性のようだ。三人はダイスをふるたびに、乱暴につかみかかったり、取っ組みあったりするようなそぶりをしては、鼻を鳴らして笑いながら札を投げあっている。

「おい」セリア・マウのフェッチが通りかかると、かれらは声をかけてよこした。「よお、よお、仔猫ちゃん！」

　向こうは彼女に指一本触れることもできない。彼女の身にはなんの危険もない。年の離れた兄弟のようなものだ。三人は、ほんのしばし、目も眩むようなスピードでダイスをころがしていたが、そのうちひとりが顔もあげずにいった――「退屈しねえのか、そんな非現実的な格好でさ」

　三人は勝負ができないほど笑いこけた。

　セリア・マウはそれでもゲームを見物していたが、やがて〈ホワイト・キャット〉でそっとベルが鳴って、船にひきもどされてしまった。

　彼女が姿を消すやいなや、シャドウ・ボーイのひとりがインチキをしたといって、ほかの二人が食ってかかり、喉を掻き切った。と、そこで純然たる実存時間の短さに圧倒されたのか、こんどはその頭をあやすように揺らしはじめた。当のシャドウ・ボーイは、温かい黄金色の光のなかで、おのれの命をかれらの上に天恵のようにぶくぶくと吹きだしながら、虚空を見上げてほほえんでいる。「なあ、おい」二人は彼になぐさめの言葉をかけた。「またぜんぶやりなおせるからさ。夜になれば、またやりなおせるから」


　上空のパーキング軌道で、セリア・マウはためいきをついて顔をそむけた。

「ほらね」彼女はからっぽの船に話しかけた。「けっきょくそうなんだ。うだうだもめて喧嘩して、けっきょくなんにも残らない。小突いてどついて。やりとりするのは、そればっかり。あたし、ほんの一瞬だけど、なんだか――」まだ泣けるのだろうか？　彼女は、なんの脈絡もなくいった――「あの日の光を浴びた美しい男の子たち」そういったとたん、あのばかでかい船の影のなかでナスティックの司令官にいった言葉が脳裏に浮かび、そこからまたアンクル・ジップから買ったパッケージのこと、そしてそれでなにをするつもりだったかを思いだした。それにアンクル・ジップの申し出のことも。彼女はアンクル・ジップへの通信を再開した――

「オーケイ、そのビリー・アンカーって男の居場所、教えてちょうだい」彼女は笑いながら、仕立屋の口ぶりをまねした。「それからやつがいまどんな野望を抱いているかも」

アンクル・ジップも笑っていたが、つぎの瞬間には無表情になっていた。

「その無償の申し出にかんしては、返事が遅すぎたな」と彼はいった。「気が変わった」

アンクル・ジップは店の上の居間でスツールに腰かけていた。半袖のセーラー服を着てセーラーハットをかぶっている。白いキャンバス地のズボンは太腿のあたりがはちきれそうだ。ひろげた太腿には娘をひとりずつのせている。真っ赤なほっぺに青い瞳、金の巻き毛の幼い娘たちが笑いながらセーラーハットに手をのばしているさまは、まるで一葉の写真のようだ。この写真のなかの人肌は、どこもかしこも生き生きとしてニスをかけたように光沢を帯びている。どの色も増感されていて鮮やかだ。アンクル・ジップのぼってりした腕は娘たちを抱えこみ、手はそれぞれのウエストあたりに添えられていて、ちょうどアコーディオンの蛇腹の両端を押さえているような具合だ。背景の室内は赤と緑に塗られていて、棚には地球の歴史を物語る、ぴかぴかに磨かれたオートバイの部品をはじめキッチュなコレクションの数々が並んでいる。アンクル・ジップは、家のなかのものはいろいろと人目にさらすが、女房だけは絶対人前にださないし、商売道具も一切、人目には触れさせない。「やつの居場所にかんしては」アンクル・ジップがいった。「ここにいけばいい……」

彼はある星系と惑星の名前を彼女に教えた。

「3-アルファ-フェリスⅦ。地元の連中は――といっても、たいしているわけじゃないが――レッドラインと呼んでいる」

「でも、それって――」

「――ああ、ラジオ・ベイにある」彼は肩をすくめた。「お嬢ちゃん、世のなか、簡単に手に入るものなんざ、ひとつもないんだよ。心底ほしいのかどうか、自分で答えをだすしかない」

セリア・マウは唐突にスイッチを切った。

「バイバイ、アンクル・ジップ」彼女はいって、しこたま金をかけた家族をかかえ、安っぽいせりふを吐く男を置き去りにした。

それから二、三日あと、ニュー・ソルのヴィーナスポートからきた海賊として登録されていたKシップ〈ホワイト・キャット〉はモーテル・スプレンディードのパーキング軌道を離れてハローの長い夜のなかへとすべりこんでいった。燃料も武器もどっさり積み込んだ。宙港当局の検査後、船殻をほんの少々修理して、言語道断といいたい額の税金も払った。果たすべき責務はすべて果たした。そして最後の最後に、船長にも理解しがたい、なんらかの理由で、客と荷物を乗せた――サントリーⅣまでいく企業の宇宙地質学者一行とその仕事関係の装置類だ。船の人間用区画に一年ぶりに光があふれた。シャドウ・オペレーターたちは顔をしかめて隅っこに集まり、ささやいたり、手を握りあったりして、骨ばったよろこびとでもいうようなものを発散させている。

かれらはいったい何者なのか？　かれらは独自の生命をもったアルゴリズムだ。〈ホワイト・キャット〉のような宇宙船にも、街なかにも、人がいるところならどこにでもいる。かれらは大事な仕事をしているのだ。大昔から銀河系にいて、人類が出現するのを待っていたのだろうか？　その正体は、からっぽの空間にみずからをアップロードしてしまった異星人なのだろうか？　それとも、みずからのハードウェアによって放逐されて、なかば失われ、なかば有用なまま、誰かがなんとかしてくれるのを一縷の望みに漂白の旅をつづけている古代のコンピュータ・プログラムなのだろうか？　かれらは、わずか数百年で、ありとあらゆる機械装置のなかに入り込んだ。いまでは、かれらなしには、なにひとつ動かない。おまけにかれらは、罪と美と不可解な動機に満ちたシャドウ・ボーイのような生物組織でランすることさえできる。その気になれば——ときおりセリア・マウに耳打ちするところによると——下のほうの口でもランできるのだという。

9　お目覚めの時間です

ティグ・ヴェシクルはタンク・ファームを経営しているが、自分ではタンクはやらない。あんなのは、腕をＡｂＨでいっぱいにするようなものだ。彼はタンクをこんなふうに見ていた――おいらの人生はクズだが、それでも生（なま）の人生さ。だから見るポルノはふつうの、安い、非没入系のホログラムのやつだ。よく侵入ポルノという名前で宣伝している。こいつのミソは、どこかの女の部屋に当人に知られないようにマイクロカメラをセットしてあることだ。その女のやることはぜんぶ見られるが、最後はたいてい栽培変種――牙だらけで、馬並みの一物の持ち主――が、女がシャワーを浴びているのを見つけるところで終わる。ヴェシクルは、その場面をはぶくことが多い。いちばんよく見る番組は、遙か彼方のハローから配信されているやつで、主人公はモーナーという若い女。彼女はモーテル・スプレンディードのどこかにある企業包領に住んでいるらしい。旦那はいつも留守という設定だ（が、実際には予期せぬときに仕事の同僚を五人連れて帰ってくる。なかのひとりは女だ）。モーナーはピンクのラテックスのミニスカートにチューブトップ、短い白いソックスというファッション。彼女は恥毛でつくった小さなマットをもっている。彼女は退屈しています――と、ナレーションはつづく。彼女は動きが機敏なタイプで、甘やかされて育ったためわがままなところがあります。ヴェシクルは、彼女がなんということもない、ふつうのことをしているのを見るのが好きだった。たとえば、裸でペディキュアを塗っているところとか、鏡で自分の背中を見ようとしてふりむいているところとか。彼女の美点をひとつあげれば――クローンだが、ボディは本物としか思えないできばえ、というところだ。絶対に再建種ではない。〝仕立て屋にはいったことがない〟というふれこみだったが、ヴェシクルには、なるほどとうなずける謳い文句だった。

もうひとつお教えすると、彼女はあなたがそこにいることは知りませんが、あなたの存在には気づいています。

このパラドックス、おわかりですか？　ヴェシクルは、わかると思っている。もしわかったら、宇宙について、でなければおなじくらい大事な人間について、なにかがわかるはずだと信じている。ヴェシクルには、彼女は、彼がそこにいるのを知っているとしか思えなかった。そしていつも、あの子はただのポルノ・スターなんかじゃないぞ、と自分にいいきかせていた。

彼がこんな安っぽい愚にもつかないニュー・マンの夢を見ている最中――かたやモーナーはあくびしながら、大きなボタンとそれにぴったりのサスペンダーがついた、おニューの黄色いミッキーマウス柄のショーツを試着中――のことだった。タンク・ファームのドアがバンッとひらいて、街路からの冷たい灰色の風とともに六、七人の小さなガキどもが入ってきた。全員、黒の短髪、きりっとして怒りに満ちた、アジア系の顔立ちだ。だぼっとした黒のレインコートの肩先で雪が融けている。最年長の女の子は八歳くらいか、耳の上のあたりに稲妻の刈り込みをいれ、両手でしっかりとナガサキ・ハイライト自動装塡銃（オートローダー）を握っている。ガキどもはさっと分散して、タンクのあいだを歩きだした。なにかを捜しているらしく、粘っこい声で早口に叫びながら、タンクの電気ケーブルをひっこぬいて、緊急目覚ましコールがかかるようにしている。

「おい！」ティグ・ヴェシクルは声をかけた。

ガキどもは動きを止めて、しんと静まりかえった。最年長の子が金切り声をあげて、両手をふりまわす。ほかのガキどもはこすっからい目つきでその子とヴェシクルをちらちら見くらべると、またタンクからタンクへとなにかを捜す作業にもどった――そして釘抜きを見つけると、七番タンクのふたをこじあけはじめた。一方、リーダーの少女はつかつかとヴェシクルに近づいてきて、正面に立ちはだかった。背丈はヴェシクルの半分くらいしかない。その小さなふぞろいの歯は、すでにカフェ・エレクトリークに侵されてぼろぼろだ。目玉がとびだしそうなほどハイになっている。ナガサキの重みで手首がふるえている――が、照準スポットがヴェシクルの横隔膜あたりをふらふらうろつくあたりまで、どうにか銃をもちあげると、なにか口走った――

「おめしじゅうよかしたか？　あん？」

しゃべるやいなや飲み込んでいるみたいなしゃべり方だ。

「いや、悪いな」ヴェシクルはいった。「ちょっと、なにいってるのかわからないんだが」

これがわけもなく癇に障ったらしい。「しじゅう！」と少女は金切り声をあげた。

答えをもとめて思案するうち、ヴェシクルはトゥインクのチャイアニーズがいったことを思いだした。やつがまだまともな暮らしをしていたころにどうたらこうたらいう逸話の一部だ。トゥインクはみんなまともなころのことを覚えているふりをする。話そのものは退屈だったが、短い話に極端な体験が詰め込まれていることに興味をひかれて、大よろこびで記憶したのだ。彼はチャイアニーズがこの話をしたときのぶっきらぼうなジェスチャーを正確に思いだしてから少女を見下ろして、いった。

「あんまりおっかなくて、笑えばいいのか、びびりゃいいのか、わかんねえよ」

少女の目がますますとびだした。ナガサキ・ハイライトの引き金をぐっと引きかけているのが見える。ヴェシクルは、このあらたな憤怒を押しとどめるにはなにをいえばいいのか考えながら口をひらいたが、もう言葉を発している間もなかった。大きな爆発音がした。が、奇妙なことに、その音は街路に面したドアのあたりからきこえた。少女の目がさらにとびだし、視神経の長さいっぱいまで顔面からとびでる。と同時に、頭が蒸発して灰赤色の懸濁液が散った。ヴェシクルはその液体を浴びながら、よろよろとあとずさり、仰向けにひっくりかえった。なにがどうなってるんだ？

真相はこうだ――

夜のピアポイント、タンク・ファームの外には使い捨ての栽培変種たちがずらりと並んでいた。数は十人強。降りしきる雪のなか、短距離核反応銃の引き金に指をかけたまま足踏みしている。全員、両サイドの三インチのあきをひもで編みあげた汚れたレザー・パンツに短いレザー・ベストといういでたち。凍りつくような空気のなか、かれらの呼吸は大型のたよりがいのある動物のそれのように凝縮されている。その影にすら、くっきりと牙が見えている。太い腕は寒さで青くなっているが、興奮しきっていてそれさえ気にならないようだ。「なあ」たがいに声をかけあう。「これでも着すぎってて気がするぜ。だろ？」突入パターンはこうだ――かれらはトウィンク・パーラーのドアに二列で突進し、なかのガキどもは棺の陰からかれらを迎え撃つ。

かれらがハイライトをもった少女を倒した直後、タンク・ファームは狂乱の場と化した。核反応が放つ電撃の単調なアークとシュッという音、煙のなかで明滅するレーザーの照準スポット、濃厚な体液の臭い。正面の窓は吹きとび、壁には大穴がいくつもあいて、くすぶっている。タンクのうち二つは架台からころげおち、残りはショッキングピンクの警報グラフィックを派手に光らせて、急速に温まりつつある。ティグ・ヴェシクルには、すべてが七番タンクを中心に展開しているように見えた。ガキどもは、さすがにこじあけるのをあきらめていた――が、それでも他人にわたす気はないらしい。

早々とそれを見てとったヴェシクルは、四つん這いでできるだけ七番タンクから遠ざかり、片隅にひっこんで両手で顔をおおっていた。そのあいだにも栽培変種たちは「おい、俺にかまうなよ！」と叫びながら煙のなかを突進し、ひとりまたひとりと狙い撃ちにされていく。戦術的にはガキどものほうが優位――が、火力で劣り、ツキに見放されて、いまは押され気味だ。金切り声で粘っこい隠語を叫び合い、レインコートの下から新しい銃をとりだす。肩ごしに別の出口を捜しながらも、足を撃たれ、背骨を撃たれ、たちまちのうちに仕立て屋にも手のほどこしようのない状態になっていく。事態は悪化の一途、と思えた矢先、二つのことが起こった。

まず、誰かの短距離核反応弾が七番タンクに命中した。

そしてタンク・ファームの入口にクレイ姉妹があらわれた。そろって首をふりながら、バッグに手を入れて小銭をいじっている。

チャイニーズ・エドとリタ・ロビンソンは、燃えさかる洗車場の裏手に生い茂る雑草のなかを走っていた。ハンソンは死んだにちがいない。DAもだ。となると、そっち方面からの助けは望めない。オットー・ランクのほうが優位だ。おまけにやつはホグファット・ウィスコンシンのティーンエイジャーの娘を責め殺したあとでウィスコンシンの家のキッチンからくすねた30・06ライフルをもっている。娘の死体の置き方が、謎を解く手がかりだった。気づいてしかるべきだったのに、腕っこきの探偵を気どることばかりに気をとられて、肝心なことを見落としてしまった。それでさらに二つの命が失われることになるところまで思いがおよばなかった。もっとも、ひとつは俺のだから、どうってことはないが。

エドの頭は草叢から高く突きでている。30・06の平板なビシッという音が、ものうい午後の空気を切り裂く。四分の一マイル先の土手から鳥が何羽か飛び立った。

十六発め。弾が底をつきかけているかもしれない。

エドの剛直なダッジは駐車場の反対側の側道に停めたままだ。リタは撃たれている。エドも撃たれているが、たいしたことはない。そこまではとてもいけそうにない。なぐさめは、片方のコルトに弾が二発残っていることだ。エドは走る速度をあげたが、そのせいでリタの傷口がひらいてしまったらしい。

「ねえ、エド、横にならせて。ここでしましょうよ」

リタは笑ってみせたが、顔は灰色で、ゆがんでいる。

「なんてこった、リタ」

「わかってるわ。可哀想にっていいたいんでしょ。そんな必要ないのよ、エド。あんたといっしょに撃たれたんだもの。並みの女にはおよびもつかないことよ」リタはまた笑おうとした。「草叢であたしとやりたくない？」

「リタ……」

「エド、あたし疲れちゃった」

それきりリタはなにもいわず、表情も動かなくなった。やがてエドは彼女を草叢に横たえて嗚咽した。そして一、二分後、彼は叫んだ――

「オットー、クソ野郎！」

「おう！」オットー・ランクの声がかえってきた。

「彼女は死んだ」

沈黙。しばしあってランクがいった――

「投降するか？」

「彼女が死んだんだぞ、オットー。つぎはきさまだ」

笑い声。

「投降すれば――」いいかけて、ランクは考えているようだった。「その先はなんだっけかな？」声高にいう。「おい、知恵を貸してくれよ、エド。いや、待った、思いだしたぞ――投降すれば、公平な裁判をうけさせてやる、だ」さっきまでエドの頭があった位置めがけて一発。「わかるか？」こだまが消えると、ランクはいった。「エド、俺も撃たれてるんだ。リタに心の臓をな。あいつがおまえと会うずっとまえの話さ。まったく女ってやつはよ！　ズドンと直撃さ。わかるか？」

「逆立ちしたって、わかるわけがないだろ」

エドは極力、冷静に立ちあがった。すると、オットー・ランクが洗車場の屋根の端で30・06の吊革をしっかり肘に巻きつけ、古典的な膝射姿勢をとって構えているのが見えた。エドはコルトを両手でもってゆっくりとあげていった。まだ二発残っている。大事なのは、一発めをはずすことだ。まばたきして汗をとばし、慎重に引き金を引いた。弾は十フィート以上もそれ、エドは銃をもった手をストンと脇におろした。草叢からエドがいきなり立ちあがるのを見てあわてていたオットーは、ほっとしてゲラゲラと笑った。

「エド、銃の選択をまちがったようだな！」オットーが怒鳴った。

そして立ちあがった。「おい、もう一発いってみろよ。好きに撃っていいぞ！」

両手を大きくひろげている。「八十ヤードの距離からコルト45で命中させるやつなんか、いやしないからな」

エドはふたたび銃を構えて、撃った。

ランクは頭のてっぺんを撃たれ、足を宙に投げあげて、ひっくりかえると、屋根から草叢に落ちた。

「エドのくそったれ！」と叫んでいたが、頭は半分しかなく、すでに死んだも同然だった。チャイニーズ・エドは愛用のコルトを見下ろした。そして遠くへ放り投げようとするかのように腕をふりあげ、

「リタ、気の毒だったな」といいかけたとき、洗車場の背景の鋼鉄を思わせる空の色が変化し、安っぽい本のページのようにびりっと裂けた。今回のアヒルはやけにでかい。それにどうもおかしい。黄色い羽が脂ぎっているし、くちばしの横から人間の舌がだらりとたれている。

「ここでサービスを休止させていただきます」とそいつはいった。「大切なお客様であるあなたに——」


その時点で、チャイニーズ・エドの意識は引き離され、彼は世知辛いこの宇宙にうけとめられた。彼の世界から色という色が消え、それとともに美しく単純な皮肉もひとつ残らず消えてなくなると、世界そのものが折りたたまれて、ついにはどんなに努力してもティグ・ヴェシクルのタンク・ファームのしけた蛍光灯の光しか見えなくなってしまった。彼は七番タンクの残骸から、なかば溺れそうになりながらぽかっと顔をだし、失見当識と恐怖とで吐いた。あたりを見まわすと、たなびく煙とガキの死体と茫然とした面持ちの栽培変種たちが目に入った。プロテオームが、腐った卵の白身みたいに彼の身体からトロトロ流れ落ちていく。哀れリタは命を落として永遠の別れを告げ、彼はもはや探偵のチャイニーズ・エドですらない。いまはトウィンクのエド・チャイアニーズだ。

「おい、これは俺の家なんだぜ」と彼はいった。「わかってるのか？　ノックぐらいしてくれよ」

戸口のほうから笑い声がした。

「あんたには貸しがあるんだけどね、エド・チャイアニーズ」ベラ・クレイがいった。

彼女は瞑想するようなまなざしで部屋を眺めわたし、生き残った二人のガン・キッドを見やった。「このヒヨッコどもは、あたしがよこしたんじゃないよ」彼女はティグ・ヴェシクルに向かってそういった。さっきまで床に這いつくばっていたヴェシクルは、やっとのことで立ちあがり、じりじりと横歩きして安普請の合板のカウンターの奥にもどっていた。

イーヴィ・クレイがゲラゲラ笑った。

「あたしでもないけどね」

イーヴィはチェンバーズ反動ピストルで二人のガン・キッドの顔をつづけざまに撃ち抜き、にっと歯を見せた。「払うもんを払わないと、こうなるんだよ、エド」

「ちょっと」ベラがいった。「あたしがやりたかったのに」

「このヒヨッコどもはフェイドーラ・ギャシュんとこのチンピラだよ」イーヴィがティグ・ヴェシクルにいった。「どうしてなかに入れたのさ？」

ヴェシクルは肩をすくめた。どうしようもなかった、という意味だ。

栽培変種たちは片手に仲間の死体や怪我人をひきずって、ファームからでていこうとしていた。怪我人たちは、自分の身体を見てちょんちょんと手でつついては、毎日、これくらい撃たれたって、どうってことないだのなんだの、しゃべっている。エド・チャイアニーズは一行がぞろぞろ通りすぎるのを見送って身ぶるいすると、めちゃくちゃになったタンクからやっと外にでて脊髄からゴム・ケーブルを抜き、プロテオームまみれの身体を両手でぬぐった。早くも、ひきこもれという邪悪な声がきこえてくる気がする。頭のずっと奥のほうで、誰かがあの手この手で説得しようとしているみたいだ。

「俺はあんたなんか知らない」と彼はいった。「あんたには、なんの借りもない」

イーヴィが口紅をてらてら光らせて、にっと大きく笑った。

「あたしらが、あんたの不渡り小切手をフェディ・ギャシュから買い取ったのさ」彼女はそういうと、廃墟と化したタンク・ファームをじっくり見まわした。「けど、あの女、ほんとは売りたくなかったみたいだね」もういちど、大きくほほえんで見せる。「とはいってもねえ。あんたみたいなトウィンクは、世間のみなさまに借りがあるんだよ、エド。トウィンクってのはそういうもの、大海のなかの一片の原形質なのさ」彼女は肩をすくめた。「どうしようもないだろ、エド？　あたしたちはみんな魚なんだから」

そのとおりだった。エドはなすすべもなく身体をぬぐっていたが、カウンターのうしろにヴェシクルがいるのに気づくと、近づいていって声をかけた――

「そこにティシュかなんか、ないか？」

「ああ、エド」ヴェシクルがいった。「これならあるぜ」

ヴェシクルは死んだ少女からくすねたハイライト・オートローダーをとりだすと、天井に向けてぶっ放した。「あんまりおっかなくて、ちびるぜ！」クレイ姉妹に向かって叫ぶ。二人は仰天の体。「さあ、いくぜ――くそったれ！」カウンターの奥からぎくしゃくした動きでとびだしてきた。身体中の神経が勝手に爆発しているみたいだ。手足のコントロールもほとんどきかない。「ようよう、エド、どうだい、カッコいいだろ？」金切り声でいう。エドは、クレイ姉妹同様、びっくり仰天して、彼を見つめていた。ベラとイーヴィはいまにも我にかえって動きだすにちがいない。二人が肩から漆喰の粉を払い落とすと同時に深刻な事態が勃発するのはわかりきっている。

「まずいぜ、ティグ」エドはいった。

素っ裸で、防腐液の匂いを漂わせ、〝標準的神経エネルギー・サイト〟のタンクのせいでいかれてしまった、のびかけモヒカン、二匹の蛇のタトゥをいれた地球人は、道路にとびだした。ピアポイントは閑散としていた。一瞬のち、爆発音が轟いて閃光がタンク・ファームの窓を染めた。と、ティグ・ヴェシクルが後ろ向きによろよろとでてきた。反動ピストルの炎の逆流でコートの袖に火がつき、「くそったれ!」だの「ちくしょう!」だのわめいている。二人は恐怖と安堵がないまぜになった眼差しで見つめあい、エド・チャイアニーズはヴェシクルの袖の火を両手で叩いて消してやった。身体から発散される化学物質と友情に酔った二人は、しっかりと肩を組み合って、よたよたと夜のなかへ歩みだしていった。

10　運命の使者

午前三時。ヴァレンタイン・スプレイクはさっぱりつかまらない。マイケル・カーニーはテムズ河の北岸をおぼつかない足どりで歩いた末に木陰に身を潜めていたが、ふと声をきいたような気がした。これでまた怖じ気づいた彼は、闇と風のなかを突っ走り、やっと気がおちついたときにはトウィッケナムまできていた。冷静に考えようとしても、頭に浮かぶのはシュランダーの姿ばかりだ。彼はアンナに電話しようときめた。そしてタクシーを呼ぶことにした。だが、手がふるえて電話がかけられない。けっきょくどちらにも電話はせずに、引き船道沿いに東にもどった。一時間後、彼はアンナのフラットの戸口で、木綿の長いナイトガウン姿の彼女と向かいあっていた。彼女の顔は上気していて、二フィート離れていても身体の熱気が伝わってくる。

「ティムがいるのよ」いらだたしげにアンナはいった。

カーニーはその顔をじっと見つめた。

「ティムって誰だ?」

アンナは奥をふりかえった。

「だいじょうぶ。マイケルよ」と声をかける。そしてカーニーに向かっていった。「朝になってから出直してもらえない？」

「ちょっと必要なものがあるんだ」カーニーはいった。「すぐすむ」

「マイケル――」

カーニーは彼女を押しのけてなかに入った。強い香と蠟燭の匂いがする。持ち物を置いてある部屋へいくには、アンナの寝室のまえを通らなければならない。寝室のドアが少しあいている。誰だか知らないがティムという男は、ベッドの頭のほうの壁によりかかって、すわっていた。常夜灯がわりの二、三本の蠟燭の黄色い光に四分の三ほどこっちを向いた横顔が浮かびあがる。三十代なかば、肌つやがよく、細身だがスポーツマンタイプ、四十すぎても少年ぽさを感じさせるにちがいない顔立ち。片手に赤ワインのグラスをもって、思案深げに見つめている。

カーニーは男を上から下までじろじろと眺めた。

「誰だ、こいつは？」

「マイケル、こちらティムよ。ティム、こちらマイケル」

「どうも」ティムがいって、手をさしだした。「ちょっと起きられないんでね」

「畏れ入ったよ、アンナ」カーニーはいった。

彼は奥の部屋へいき、洗濯してあるリーヴァイスと、好きで捨てるに捨てられなかった古い黒の革ジャケットを手早く捜しだして、着替えた。フラップに海兵隊のロゴが入ったクーリエ・バッグがあったので、そこに小さな緑色のチェストの引き出しの中身を詰め込んでいく。手を動かしながらふと顔をあげると、壁にチョークで書いた図形が消されているのが目に入った。アンナはなぜそんなことをしたのだろう？　寝室から彼女の声がきこえてくる。なにかいいわけしようとするときは必ず声が子供っぽくなるし、しゃべり方も説得口調になる。しばらくすると、あきらめたらしく、きつい口調に変わった。「もちろん、ちがうわよ！　どういう意味よ？」カーニーは、昔、おなじようなセリフを彼女にいわれたことがあるのを思いだした。ドアの外でガタガタ音がしたと思うと、ティムがドアの陰から顔をだした。

「勝手にのぞくな」カーニーはいった。「それでなくても気が立ってるんだ」

「いや、なにか手伝えることはないかと思って」

「なにもない」

「だってほら、まだ朝の五時だし、泥だらけで入ってくるし」

カーニーは肩をすくめた。

「ああ、そうだな、そりゃそうだ」

アンナはぷりぷりして戸口に立ち、彼がでていくのを見ていた。「元気でな」カーニーは精一杯やさしくいってやった。石段を二つ降りたときだった。うしろからアンナの足音がきこえた。「マイケル」彼女が呼びかける。「マイケル」返事をしないでいると、彼女は通りまで降りてきてその場に立ちつくし、裸足に白のナイトガウンという姿で叫んだ。「セックスしたくてきたんでしょ？」閑散とした郊外の街路に彼女の声がこだまする。「したいんでしょ？」

「アンナ」カーニーはいった。「朝の五時だぞ」

「かまうもんですか。マイケル、二度とここへはこないでちょうだい。ティムはいい人だし、あたしを愛してるんだから」

カーニーはにっこりほほえんだ。

「それはよかった」

「そんなこと思ってないくせに！」アンナは叫んだ。「思ってるわけないわよ！」

彼女のうしろからティムがでてきた。ちゃんと服を着て、車のキーを手にしている。アンナにもカーニーにも目もくれずに舗道を横切って車に直行する。二人のどちらかになにかいおうとしたのか、運転席の窓を下げたが、けっきょく首をふっただけでそのまま いってしまった。その姿をぽかんと見つめていたアンナの目から涙があふれだした。カーニーが肩を抱いてやると、アンナは彼にしなだれかかってきた。

「もしかして、あたしを殺しに帰ってきたの？」アンナは静かにいった。「ほかの人たちを殺したみたいに」

　カーニーは地下鉄のガナーズベリー駅に向かって歩きだした。突然、携帯電話の着信音が鳴り響いたが、彼は無視した。


　長い夜が明けたばかりのヒースロー空港第三ターミナルは静かで、ゆったりとした乾いた暖かさが保たれている。カーニーは下着と洗面用具を買うと、出発ラウンジの外にある店に入って腰をおろし、ダブル・エスプレッソをちびちび飲みながらガーディアンを読んでいた。

　店のカウンターにいる女たちは、なにかのニュースを肴におしゃべりしている。「永遠に生きるのなんて、絶対いや」ひとりがいった。その女が呼びかけてきた。「お客さん、お釣りですよ」新聞の二ページめをひらいて自分の名前を捜していたカーニーが顔をあげると、女はにっこりほほえんだ。「お釣り、忘れてますよ」見つかったのは、ミッドランドで殺された女の名前だけだった──誰もランチア・インテグラーレを捜してはいない。彼は新聞をたたんで、ぽつりぽつりと出発ラウンジを横切っていくアジア人たちに目を向けた。ロサンゼルス国際空港行きの便に乗る客だ。また携帯が鳴った。だしてみると、メッセージが入っていた。

「どうも」ブライアン・テートの声だ。「ずっと家に連絡してたんだ」いらついている。「二時間ばかりまえに、いいアイディアが浮かんだ。折り返し電話してくれ」声が途切れた。メッセージはそれだけかと思ったら、つづきがあった。「ちょっと、まじで心配になってるんだ。おまえが帰ったあとで、またゴードンがきた。とにかく電話をくれ」カーニーは電話を切って、じっと見つめた。テートの声の向こうで、注意をひこうとする白猫の鳴き声がしていた。

「『ジュスティーヌ！』」彼は心のなかで呼びかけ、思わずほほえんだ。

そしてバッグをひっかきまわしてシュランダーのダイスを捜しだした。握りしめると温かい。いつもそうだ。各面に描かれたシンボルは、彼の知るかぎり古今東西どこの言葉でも数字でもなさそうだ。ふつうの二個一組のダイスなら、模様はおなじのが二個ずつになる——これはひとつとしておなじものがない。カーニーはテーブルの上でころがしたダイスが、からになったカップの横のこぼれたコーヒーのところで止まるのを目で追った。そしてしばし見つめると、それをすくいあげ、新聞と携帯をいそいでバッグに詰め込んで、その場をあとにした。

「お客さん、お釣り！」

女たちは彼のうしろ姿を見ていたが、やがて顔を見合わせた。ひとりが肩をすくめる。そのころにはカーニーはトイレにいて、ぶるぶるふるえながら嘔吐していた。トイレからでると、アンナが待っているのが目に入った。いまやヒースローは目を覚まし、人々は飛行機へいそぎ、せっせと電話をかけ、物事を進めている。アンナは弱々しく、はかなげにコンコースの真ん中に立って、横をすりぬけていく人たちの顔をひっきりなしに見ている。彼を見つけた、と思うたびに、顔がぱっと明るくなる。カーニーはケンブリッジの学生だったころの彼女を思いだした。出会ってまもなく、彼女の友だちにこういわれた。「まえにいちど、もう少しで彼女と永遠に会えなくなりそうなことがあったのよ。だからちゃんと面倒を見てあげてね」そう忠告されても、そのときはぴんとこなかった。アンナには、簡単に忘れてしまえそうな、ちょっと可愛い女の子というイメージしかなかったからだ。それが身に沁みてわかったのは、その一カ月後、彼女がバスルームで両手首をさしだして、あらぬ方を見ながら泣いているのを見つけたときだった。いま彼女は彼を見ている――

「やっぱりここだったのね」

カーニーは信じられない思いで彼女を見つめていたが、そのうち笑いがこみあげてきた。アンナも笑っている。「ここにいると思ってた。いりそうなもの、もってきてあげたわよ」

「アンナ――」

「いつまでも逃げてはいられないのよ」

カーニーのいっそう大きな笑い声が響き、ぴたりとやんだ。

カーニーの思春期は夢のようにすぎていった。野原にでていないときには、ゴーストランドと名づけた空想の地に入り込んでいた。そこには松林があり、そこから急に砂がちの荒地がひろがり、花が咲き乱れる岩だらけの深い谷間があった。そこはいつも真夏だった。彼はそこで、足のすらりとしたエレガントないとこたちが夜明けに裸で浜辺を散歩するのを眺めていた――二人が屋根裏部屋でひそひそ話をするのをきいていた。マスターベーションのしすぎで、いつもひりひりしていた。ゴーストランドにはつねになにかがあり、その先にもさらになにかが待っていた。ひっと吸い込む息、空っぽの部屋にふいに漂う刺激的な匂い。かすかな驚きの声。

「夢ばかり見ていたって、どうにもならないわよ」と母親はいった。

誰もがそういった。だが、彼はすでに数学の妙を理解していた。銀河系の構造と巻貝の構造は、おなじ配列が下敷きになっていることに気づいていた。偶然性と決定、カオスと創発的秩序――物理学と生物学の新しいツールだ。コンピュータがマンデルブロー集合内の怪物からお粗末なアートを描きだす何年もまえから、カーニーはそいつが物事の心臓部で沸き立ち、流れ、荒れ狂うのを目にしていた。その数学的発見を意識してからは、さらに集中力が高まった――おかげでいろいろなものに注意を向けるようになった。退屈と野蛮がいりまじったようなところがいやで腰がひけていた学校生活も、むしろそこがいいと思えるようになった。そういうことを避けていたらケンブリッジにいくこともなかっただろうとわかったのも、そのおかげだ。ケンブリッジでは、はじめて世界の現実的構造と取り組むようになった。

彼は数学の妙を理解していた。そして一年の三学期のこと、タロットカードと出会った。見せてくれたのはインゲという名の子だった。彼は彼女の望みのままにブラウンズホテルに連れていったり、エミール・クストリッツァの『黒猫白猫』を観にいったりした。インゲは手が細長くて、ちょっと癇に障る笑い方をする子だった。カレッジは彼とは別だ。「よく見て！」と彼女にいわれて、彼は身をのりだした。午後遅くの陽光のなか、カードは蛍光色に光りながら、古いシュニール織のテーブルクロスの上にばらまかれた。一枚一枚が、そこに描かれたシンボルのすばらしい、またみじめな人生をのぞかせる窓になっている。カーニーは驚きを隠せなかった。

「こういうのを見たのははじめてだ」彼はいった。

「集中して」大アルカナが花のようにひらいていくにつれ、彼女の話が意味をなしていく。

「そんなばかな」彼はいった。

彼女が黒い瞳を彼に向けた。まばたきひとつしない。

数学と予言――この二つの行為にはつながりがあると、カーニーにはすぐにわかったが、言葉では表現のしようがなかった。そしてつぎの日の朝、キングズクロス行きの電車を待っているとき、静かな室内でぱらぱら落ちていくカードの動きと、駅の行き先表示板のぱたぱた変わるボードの動きとの関係に気づいた。この類似性は、もちろんメタファーだと思った（なぜなら、タロットカードの散らばり方はランダムだ——もしくは、そう見える——が、行き先の配列はきまっている——もしくは、そう見える——からだ）。が、彼はそうとわかった上で、カードの落ち方が示すとおりに移動する旅をしてみよう、それもいますぐに、と決意したのだった。どの方角へ旅するかは、いくつかの単純なルールできめるが——なんとはなしにメタファーに敬意を表して——移動にはかならず電車を使うことにした。

彼はこのことをインゲに説明しようとした。

「ランダムだといわれていることが、じつはそうではないことがよくあるんだ」彼女の手がカードをシャッフルしては配り、シャッフルしては配るのを見ながら、彼はいった。「ただ予言できないだけなんだよ」この区別をわかってほしい、と彼は念じた。

「ちょっとおもしろい話ね」

彼女はついに彼をベッドに誘ったものの、当惑するしかなかった。彼がいっこうに挿入しようとしないのだ。あたしとしては、これが縁の切れ目、というのが彼女のいいぶんだった。カーニーにとっては、それがすべてのはじまりになった。彼は自分用のタロットカードを買った——クロウリーのデッキで、その絵柄は、かの狂気の老予言者のもてるテストステロンを総動員して派手に誇張されたものだった——そしてそれ以降、どこへ旅しようが、やることなすことすべて、見ききすることすべてが、彼をシュランダーへとひきよせていったのだった。

「なにを考えてるの?」ニューヨークに着くと、アンナがいった。

「太陽の光は、すべてを変容させてしまうな、と考えてた」

ほんとうは、恐怖はすべてを変容させてしまうと考えていた。コップ一杯のミネラルウォーターも、手の甲の毛も、ダウンタウンの街路をいきかう人の顔も。恐怖は、こういうものすべてを、あまりにリアルすぎて、一時的とはいえ、表現しようのないものにしてしまう。水の入ったコップの、くもりや小さな傷といった欠点ですら、ある意味、扱い方を示すというより、それ自体の意味を伝えるものになっていた。

「ああ、そうよね」アンナはいった。「そうでしょうとも」

二人はフルトン・マーケットのはずれにあるレストランにいた。六時間の空の旅で、アンナは子供みたいに扱いにくくなっていた。「あなたはいつだって正直なのよね」そういって、二人が二十歳のころに彼を虜にした、とげとげしく輝かしい笑みを投げる。フライト待ちが四時間もあったせいで、彼女は飛行機のなかではほとんど居眠りしていて、起きたときには疲れて不機嫌そのものだった。カーニーは、このニューヨークで彼女をどうしたものかと思案した。そもそも、なぜいっしょにきてもいいなどといってしまったのだろう。

「ほんとは、なにを考えてたの?」

「おまえをどうやって追い払おうかと考えてたのさ」

アンナは笑って彼の腕に触れた。

「冗談にもならないわよ、でしょ?」

「ああ、そのとおりだ」カーニーはいった。「見ろよ!」

道路の下にある古いセントラルヒーティング・システムのスチームパイプが一本、折れていて、フルトン・ストリートの曲がり角の舗道から湯気があがり、アスファルトが溶けている。別に珍しくもない光景だが、アンナは楽しげにカーニーの腕にかじりついた。「あたしたち、トム・ウェイツの歌のなかにいるみたい」いつもながら、にっこりすればするほど、その顔は凶相に近くなっていく。カーニーは首をふるしかなかった。しばらくして、彼はシュランダーのダイスが入った革袋をとりだした。結びひもをといて、手の上にダイスを落とす。アンナが笑みをひっこめて、冷たい視線で彼を見た。長い足をまっすぐのばし、彼から身体を離して椅子の背にもたれる。

「ここでそれをふるのなら、ご自由にどうぞ。ひとりにしてあげるから」

このセリフが、思った以上に効いたようだった。

カーニーは彼女を、そして湯気のあがる通りを見やって斟酌した。「近くにはいない感じだ」と彼は認めた。「こんどばかりは、必要ないかもしれないな」彼はダイスをゆっくりと革袋にしまった。「グローヴ・パークに」と彼はいった。「おまえのフラットの、俺のものを置いてある部屋の緑色のチェストの上の壁にさ、チョークで描いた図表があっただろ？　どうしてあれを消したんだ？」

「知らないわよ、そんなこと」彼女はどうでもよさそうに答えた。「見飽きちゃったからじゃないの？　そろそろ潮時だと思ったのかもね。マイケル、これからここでなにをするの？」

カーニーは笑った。「なにも考えてないんだ」

三千マイルも逃げてきて恐怖が和らいでみると、いったいなぜ、ほかのどこでもなくここにきたのか、彼にもさっぱりわからなくなっていた。

二人は、その日の夕暮れまえには、モーニングサイド・ハイツにある彼の友人のアパートメントに移っていた。そこに着いて最初にしたのは、ロンドンのブライアン・テートに電話をかけることだった。研究室にかけても返事がなかったので、自宅にかけてみたが、そっちも留守電になっていた。カーニーは受話器を置いて、いらだたしげに顔をこすった。

その後、数日は買い物にあてた。彼はダフィーズで服を、バーンズ&ノーブルで本を、ユニオンスクエア近くの安いアウトレットでノートパソコンを買った。アンナもあちこち買い物をして歩いた。二人でメアリー・ブーン・ギャラリーにいったり、メトロポリタン美術館の分館でフォートトライオン・パークにある中世の建物を利用したクロイスター美術館に足を運んだりもした。アンナは、「もっと古い感じかと思ってた」と、がっかりしていた。「もっと古びた雰囲気かと思ってたのにな」ほかにすることもなくなると、ウエストエンドゲートで地ビールのニューアムステルダムを飲んだ。夜が更けると、アパートメントのうんざりする熱気のなかで、アンナは服を脱いだり着たりしながら嘆息を洩らしては、うろうろしたりすわったりをくりかえしていた。

11　マシンの夢

アンクル・ジップがセリア・マウに明かしたところによると、ビリー・アンカーの居場所は、モーテル・スプレンディードからビーチ沿いに数日いったところだった。ラジオ・ベイの複雑な重力の浅瀬や腐食性の素粒子の風に出会うまでは、ナヴィゲーション面ではなんの心配もないといっていい。貨物上乗人を人間用区画に入れてしまうと、あとはセリア・マウのでる幕はなかった。〈ホワイト・キャット〉の計算体は船の管理を引き継いで、彼女を眠らせた。彼女に抵抗する力はなく、身の内から夢と悪夢が温かいタールのように染みでてきた。

セリア・マウがいちばんよく見るのは、子供の夢だ。たぶん自分自身の子供時代なのだろうと思っている。この夢のなかの像は、光のあたり具合がおかしいわりにははっきりとしていて、ピアノの上に飾られた古めかしい写真のように縁どりがあり、あらわれては消えていく。何人かの人がいて、いろいろなことが起こる。たのしい一日。ペット。ボート。笑い声。なにひとつ残らない。目のまえにある顔。唇がせわしなく動いている。彼女がききたくないことを、なんとしてもきかせようとしている。なにかが、みずからの存在を知らせようとしている。語りそのものが、その存在を知らせようとしている。最後の像は、庭だ。月桂樹と枝垂れ樺が鬱蒼と茂った、ほの暗い庭。そして率直そうな丸い茶色の目をした、魅力的な黒髪の女性を中心にした家族。その女性の笑顔は、よろこびと皮肉をあわせもっている——思いがけず母親になっていたことに驚いている、活発な女学生のような笑顔だ。彼女のまえには十歳と七歳の、二人の子供。女の子と男の子で、目のあたりが母親そっくり。男の子の髪は漆黒で、胸に仔猫を抱いている。そしてその三人のうしろに、片手を女性の肩に置いて、ひとりの男が立っている。顔が少しピンぼけだ。一家の父親だろうか？　セリア・マウには知りようもない。でも、とても重要なことだという気がする。その顔をよく見ようとして、写真の奥深くをのぞきこむ——と、写真は漂う灰色の煙のなかにゆっくりと消えていき、目には涙が浮かんでくる。

　この夢にはつづきがある。最初の夢の解説のようなものだ——

　セリア・マウは、どこかの室内の壁を見ている。一面に白茶のシルクのひだ飾り（ルーシュ）をつけただけで、ほかにはなにもないシンプルな壁だ。しばらくするとその映像のフレームのなかに、男の上半身ががみこむようにして入ってくる。背が高くて細身——黒の燕尾服に、糊のきいた白シャツを着ている。白手袋をした片手でシルクハットの縁をもち、もう片方の手には短い黒檀のステッキ。漆黒の髪はブリリアンティン（頭髪用香油）できれいになでつけてある。すべてを見透すような淡いブルーの目。細い黒の口ひげ。おじぎをしているのだ、とふいに思いあたる。ゆっくり時間をかけて、彼女の視界に目一杯かがみこんでくると——とはいえ、けっきょくは踏み込まないままだが——男は彼女を見てにっこりとほほえんだ。と、ルーシュで飾ったシルクの背景が、三つのアーチ型の窓に変わった。窓の向こうには、ケファフチ宙域の厳然たる光輝がのぞめる。この映像は、宇宙空間で回転している部屋のなかで撮られたものらしい。燕尾服の男がゆっくり身体を起こして、フレームからはずれていく。

　もしこの夢の目的が、まえの夢の説明をすることだとしたら、目的はまったく果たされていないというしかない。セリア・マウはタンクのなかで目を覚まし、ふと底知れぬ虚しさを感じた。

「ただいま」彼女は不機嫌な声で船の計算体にいった。「どうしてあんなところへいかせたのよ？なんの意味があるわけ？」

返事はない。

計算体は、彼女を起こすと同時に船の制御権を返上して静かにみずからの空間にひっこみ、そこで確率共鳴というテクニックを使って、航行中の重要な事象から洩れてくる量子の整理作業にとりかかっていた。セリア・マウは、なぜだかよくわからないが腹立たしく、すっきりしない気分のままとり残されてしまった。計算体は、好きなときに彼女を眠らせることができる。もちろん、好きなときに起こすこともできる。計算体こそが、彼女がどう逆立ちしてもなりえない、船の中枢なのだ。その正体はなんなのか、Kテクで彼女と永遠につながれるまえはなんだったのか、彼女には見当もつかなかった。計算体は、しっかりと彼女に巻きついている――やさしく、辛抱強く、愛想よく、非人間的で、ハローとおなじくらい年を経た存在として。いつも変わりなく、彼女の面倒を見てくれている。が、その動機はいっさい不明だ。

「ときどき、あんたのこと大っきらいになる」と彼女は計算体に忠告してやった。

が、そこで正直さが頭をもたげた。「自分のことも大っきらいになるけどね」悔しいが認めざるをえなかった。

はじめてKシップを見たのは七歳のときだった。その目的にかなったラインに強い印象をうけて興奮し、「あたし、こういうのがほしいとは思わない。こういうのになりたい」と叫んだ。おとなしい子で、七歳にしてすでに、みずからの内なる力とつねに対峙していた。「見て、ほら見て」なにかが彼女をボロ布のようにゆさぶった。なにか――最終的にはほかの感情すべてを整理して束ねてしまうような、ある感情――が漣をたてて、身体を通りぬけていった。そのときは、それがほしくてたまらなかったのだ。

いまはそんなふうにはぜんぜん思わないけれど、もう遅すぎる。アンクル・ジップのパッケージは、なにかがあると思わせるだけ思わせておいて、いまだになんの働きも見せてくれない。どうも信用できなくて、船の基幹部から離れたところに置いたままだ。


パッケージの有形の部分は、人間用区画にある小部屋の鋼甲板の上に置いてある。真っ赤な浅いダンボール箱に入って、光沢のある緑色のリボンがかかっている。アンクル・ジップが彼流のいつものやり方で、月桂樹の冠をかぶり火を灯した蠟燭を手にしたプット（ルネサンスの装飾的絵画でキューピッドなど裸の子供の像）を描いたサイン入りのカードと、長い茎のついた薔薇の花十二本を添えて、わたしてくれたものだ。通風装置からの冷たい風に吹かれたのか、薔薇は甲板に散らばり、落ちた黒い花びらがかすかに揺れている。

が、箱の価値などたいしたことはない。肝心なのは中身だ。中身はどれもこれも恐ろしく古いものばかりだ。アンクル・ジップがどれほど飾り立てようと、その本来の用途は彼にも、ほかの誰にもわからない。こうした遺物のなかには、百万年も時代遅れの期待を抱いた、独自の主体性をもつものもある。狂っていたり、壊れていたりするものもあれば、想像もつかないようなことをするためにつくられたものもある。遺棄されたものだったり、もとの使用者が消えたあとまで生き残ったものだったり。理解しようといくら頑張ってみても、しょせんは推測の域をでない。アンクル・ジップのような人間が、橋渡しとなるソフトウェアをインストールする場合もあるが、橋の向こう側になにがあるのか、誰にもわかりはしない。箱のなかにはコードが仕込まれている。本来、危険なものなのだろうが、そのコードで作動するナノテク基板もある。たぶん、なにかをつくるためのものなのだろう。だが、接続して作動させると、まず虚空に優雅なチャイム音が響く。それから白い泡のようなものがあふれだしてきて薔薇の上にこぼれ、遠くからきこえてくるような、やさしい女の声で、ドクター・ヘインズの名を呼ぶ。

「そんな人、知らない」セリア・マウはパッケージに向かって、ぷりぷりしながらいった。「あたし、そんな人、知らない」

「ドクター・ヘインズをお願い」彼女の声などきこえないかのように、パッケージはくりかえす。

「いったいなにが望みなのよ」セリア・マウはいう。

「ドクター・ヘインズを、外科へ」

泡は、ソフトウェアを閉じるまで、床にあふれつづけた。もし匂いが嗅げたら、アーモンドとバニラの強烈な香りがしたにちがいない。一瞬、その匂いが鮮明によみがえって、くらくらした。全感覚が、二十年におよぶ〈ホワイト・キャット〉との連結を断ち切って、暗闇とすさまじい眩暈のなかへ転げ落ちたような気がした。セリア・マウはタンクのなかで両手をふりまわした。目が見えない。ふいのことで、なにもできない。迷子になりそうで、死んでしまいそうで、何者でもなくなってしまいそうで、怖くてしかたなかった。シャドウ・オペレーターたちは心配そうに、蜘蛛の巣さながら片隅にべったり寄り集まって、両手の指を組み合わせ、ひそひそと話し合っている。「あれはすみ申した」ひとりがみんなに念を押す。「あれのほうはまだすみ申さん」

「あの娘はまだまだ幼い」声をそろえていう。

それに答えて彼女は叫び声をあげたが、その声には彼女の嘆き、自己嫌悪、言葉にならない怒りがあふれんばかりに込められていた。モーテル・スプレンディードのパーキング軌道でかれらになんといったにせよ、いまはすっかり考えが変わっていた。セリア・マウ・ゲンリヒャーは、もういちど人間になりたいと思っていた。とはいえ、船の乗客を見ていると、なんでだろうと思うこともたびたびあるのだが。

乗客は四人か五人だ。女性客のひとりがもうひとりのクローンなので、そもそもどう数えたらいいのか迷った。かれらはまるまる一トンもあるフィールド発生装置とともに、散歩気どりのゆったりした動きで乗り込んできた。着ているものは一見実用的だが、その実、布地は驚くほどやわらかい。女たちの髪はベリーショートで、軽くムースを使って、記号論的に主張や断定を思わせるスタイルに整えている。男たちは、控えめなブランド・インプラント――昔の大企業へのトリビュートをあらわす動くロゴの入ったやつ――を着ている。〈ホワイト・キャット〉の秘密めいた、そしていかにも軍関係のものという雰囲気は、乗客たちを少年のような気分にさせていた。全員、Kキャプテンとしゃべるのは生まれてはじめてだったから、セリア・マウが話しかけると、みんなどこを見ていいのかわからないまま恥ずかしげに「どうも」と返事した。

そして、自分たちだけになったと思ったとたん、口々に「うわあ！　いいねえ！　ちょっと不気味？」などといいあっていた。

「キャビンはつねにきれいにしておいてください」乗客のおしゃべりをさえぎるように、セリア・マウはいった。

彼女は乗客の行動、とくにほぼのべつまくなしセックスするようすを、ナノカメラを通してモニターしていた。カメラは人間用区画の片隅や衣類のしわに宿っていたり、ほこりのように空中を漂っていたりして、接続すれば、ほとんどいつでも薄暗い海底のようなイメージの人間生活を垣間見ることができる――食べて、運動して、排泄して。性交して、身体を洗って、また性交。もちあげた尻、ひろげた足、いくつ組み合わせがあったか、途中でわからなくなってしまった。音量をあげると、いつも誰かが「いい」とささやいている。男たちが女二人の片方と交わり、つぎはその女が男たちの見ているまえで自分のクローンをファックする。日常的には、クローンは従順で感じやすくて、急に腹を立ててめそめそしたり、金融関係の相談をもちかけたりすることがよくあった。自信がないの、とクローンはいった。なにもかも自信がないの。かれらは彼女をファックし、眠ったあとで、セリア・マウに人工重力を切ることはできるかとたずねた。

「それは無理ですね」セリア・マウは嘘をついた。

彼女はかれらを嫌悪すると同時にかれらに魅せられてもいた。ナノカメラの解像度が低いせいで、かれらの動きは、どこか彼女の夢のなかのような雰囲気を帯びている。なにかつながりがあるのだろうか？

彼女はささやき声の練習を重ねた――「ああ、いい、そうよ」

同時に〈ホワイト・キャット〉の貨物室に積み込まれた装置の検査もした。とりあえず天体地質学とはなんの関係もなさそうだが、かなりエキゾチックな状態にあるアイソトープを少量保持しておけるように設計されていることがわかった。乗客は探鉱者だった。ご多聞に漏れず、ビーチで金のなる木を探しているのだ。そう思ったとたん、どういうわけか怒りがこみあげてきて、船の計算体は彼女をふたたび眠りにつかせた。

と、ほとんど間を置かずに彼女は呼び起こされた。

「これを見てくれ」と計算体はいった。

「なに？」

「二日まえ、後部の素粒子検知器を作動させた」計算体はいった（〝後部〟といっても、いまかかわっている幾何学上では方向としてはほとんど意味がない、と彼女に説明してやる必要があるとは思いつつだが)。「すると、重大な量子事象が記録されはじめた。これがその結果だ」

「二日まえ?」

「確率共鳴は時間がかかるんだ」

セリア・マウは、粒子の痕跡を示すシグネチャー・ダイアグラムの形のデータを自分のタンクに流し込んで検討した。〈ホワイト・キャット〉の、十空間次元を四次元で表現する能力には限界があるため、彼女が見られるものは限られている――が、照明で照らされているような灰色の空間、そのまんなかあたりにスペクトル光の黄色い色をした虫が何匹か寄り集まって、たえまなく位置を変えたり、脈動したり、二手にわかれたり、色を変えたりしているのはわかった。このモデルに各種のグリッドを重ねれば、別の領域や分析を表示させることができる。

「なんなの、これ?」

「船だと思う」

セリア・マウはもういちど像をじっくりと観察してから、比較検証にかけた。「こんな船ははじめてだわ。古いのかな? あそこでなにしてるんだろう?」

「それには答えられない」

「どうして?」

「〝あそこ〟がどこなのか、まだはっきりわかっていないからだ」

「勘弁してよ。なんかまともな情報はあるの?」

「我々のあとをついてきている」

セリア・マウは痕跡を見つめた。「そんなことできっこないじゃん。Kシップみたいな船、ほかにないんだから。で、どうするの?」

「量子の解析をつづける」

セリア・マウは船の人間用区画へのラインをオンにした。

見ると、ひとりの男がホログラム・ディスプレーを稼動させていた。ほかの連中になにかを説明しているようだ。女のクローンは隅っこにすわってマニキュアを塗りながら、男がなにかいうたびに、ちょっと意地の悪そうな笑い声を立てては的はずれなことばかりいっている。

「わからないのは、どうして彼女はやらなくていいのかってこと。どうしてあたしがしなくちゃならないのかってことよ」

ディスプレーは大きな立方体で、煙ったようにくすんだなかに、ラジオ・ベイ星団、とくにサントリーⅣと3‐アルファ‐フェリスⅦからの飛行コースが示されている。年老いた茶色い矮星は、渦巻き逆巻く低温の星間ガスごしにちらちらと瞬いて、どことなく酔っ払いが霧の高速道路を横切っているみたいに見えてしまう。と、画像がひとつの惑星に切り替わった。マッシュルーム色で、硫黄のようなクリーム色の帯がある惑星だ。ついでその地表のようすがあらわれた。雲、無秩序にふりそそぐ雨――自然現象というより化学現象だ。二十万年まえに放棄された、人間のものではない建物が散在している。全体は迷路のように見える。異星人はよく迷路を残していく。「ここのやつは古いな」男が結論をくだした。「かなり古そうだ」カメラがいきなりケファフチ宙域全景をバックにしたひとつの小惑星にジャンプした。黒いベルベットの上においたコスチューム・ジュエリーのように画面の外にまでまばゆい輝きを放っている。

「あれは、またこんどってことにしとこうな」男がいった。

みんながどっと笑ったが、クローンだけはにこりともせず、両手をひろげて眺めている。「どうしてみんな、あたしをきらうの？」真っ赤な爪ごしに男を見ながら、彼女はいった。「どうしてその人にはやらせないで、あたしにばっかりさせるのよ？」

男は彼女のそばへいってやさしく立ちあがらせると、キスをした。「みんな、きみが好きだから、きみにやってほしいんじゃないか。ぼくらはみんな、きみが好きなんだよ」男は彼女の手をとって、爪を眺めた。「大昔からそういうものなんだ」ホログラムが瞬いて幅四、五フィートまでひろがったと思うと、突然、性的興奮に悶えるクローンの顔が大写しになった。口をあけ、目を大きく見ひらいているが、苦痛からなのか悦びからなのか、セリア・マウにはわからなかった。彼女がなにをされているのかは見えない。乗客たちはみんな腰をおろして、ホログラムがまだラジオ・ベイにある異星人の古代遺跡を、壮大な謎を、かれらがもっとも欲しているものを映しだしているかのように、画像に全神経を集中させて見入り、まもなくまた乱交がはじまった。

かれらがいったいなんのために乗船したのか、いぶかしく思いはじめていたセリア・マウは、もうしばらく胡散臭そうにかれらのようすを眺めてから、接続を切った。

夢は、相変わらず彼女を悩ませつづけた。

夢を見ると、自分がたちの悪い折り紙というか、見かけからは考えられない理不尽なほど大量のものが入ったアコーディオン・プリーツのように折りたたまれた空間、ハローさながら目に見えないものがみっちり詰まった空間のように思えてならなかった。人間は自分のことをこんなふうに夢想するものなのだろうか？　彼女には見当もつかなかった。

航海がはじまって十日め、彼女は川で舟遊びをしている夢を見た。ニュー・パール・リバーという名の川で、幅は一マイル以上もある、と母はいっていた。両岸からは、穏やかだけれど風変わりな形に刈り込まれた草木が水中に垂れ下がり、水面の波紋は固体のようにしっかりとして真珠の光沢を帯び、アーモンドとバニラの香りを放っている。母は子供たちに負けず劣らず舟遊びが大好きで、冷たい真珠色の水に素足をひたして笑っている。そして「わたしたち、果報者ね!」とくりかえす。「わたしたち、果報者ね!」子供たちは、そんな母の茶色の瞳が大好きだった。世のなかのものすべてに感激するところが大好きだった。

「わたしたち、果報者ね!」

この言葉がこだまするうちに場面は暗転し、つぎにはまた鬱蒼と月桂樹が生い茂る庭の場面になった。

時は午後。雨が降っている。老人——父親なのだが、その責任がいかに彼を悩ませているか、いかに努力が必要なものか、一見してわかる風情だ——が、焚き火をしている。子供たちは二人ともそばに立って、父親が焚き火にものをくべるのを見ている。箱、書類、写真、服。煙が初冬の逆転層にとらえられて、庭一面に長くたいらにたゆたい、三人は熱い炎の芯を見つめている。その匂いは、ふつうの焚き火の匂いとなんの変わりもないのに、なぜか三人は興奮を覚えていた。三人ともきちんとコートを着てスカーフと手袋をつけ、日も暮れかかる寒い午後、悲しげな、罪深い表情で炎を見つめ、灰色の煙のなかで咳き込んでいた。

老人は、父親役をつとめるには年をとりすぎている、と訴えているように見えた。わたしは年をとりすぎている。

もう耐えられないと思ったとたん、誰かがこの夢をひったくっていった。気がつくと、セリア・マウは明々と照明の灯ったショーウィンドウをのぞきこんでいた。それはレトロな品物があふれたレトロなショーウィンドウだった。地球から持ち込まれた、手品師が使うようなものや、子供向けのもの。

粗悪なプラスチックや羽毛、安いゴムでできた、当時はガラクタ同然だったのに、いまやコレクターにとってはお宝といえる品々だ。つくりものの甘草の束。内側に仕込まれた忠実なダイオードの働きで、みずから光を放つヴァレンタインのハート。X線眼鏡に厚底靴。なかにビリヤードの玉を入れると、音だけはいつまでもごろごろきこえているのに、玉は二度と見つからない、沈んだ赤の漆塗りの手箱。よく見ると、底に自分ではない顔が映っているカップ。おもちゃのエタニティ・リングに、絶対はずせない手錠。見ていると、黒のシルクハットに燕尾服の男がショーウィンドウのなかへゆっくりと上半身をかがめてきた。シルクハットはかぶったままだが、白いキッドの手袋ははずして、美しい黒檀のステッキといっしょに手にもっている。温かいのに、きらきらと皮肉をちりばめたような、いつに変わらぬ笑顔。知りすぎてしまった男の笑顔だ。男は大きくゆったりとした動きで、あいているほうの手を使ってシルクハットをとると、ショーウィンドウの中身をひとわたり指し示した。セリア・マウに、さあどうぞとすすめているかのようだ。と同時に、彼自身をさしだしてもいる、とセリア・マウは気づいた。ある意味、彼すなわちここにある品物すべてなのだ。男の笑顔はけっして崩れない。男はゆっくりとシルクハットをかぶると、礼儀正しく沈黙を保ったまま身体を起こして姿を消した。

声がきこえてきた――「生身の肉体は、毎日、その夢を奪い去り、廃嫡扱いにしなければならない」そして声はこうつづけた――「おまえは成長しないが、これはおまえが子供のときに最後に見たものだ」

セリア・マウはふるえながら目を覚ました。

ふるえてふるえてふるえつづけ、ついには船の計算体が気の毒がってタンクの液体をいったん流し、彼女のプロテオームの特定のエリアが複雑な人工プロテインで満たされるようにした。

「話がある」と計算体はいった。「問題が生じた」

「見せて」セリア・マウはいった。

でてきたのは、またしてもあのシグネチャー・ダイアグラムだった。中心に——四次元で表現された十次元に中心があるといえるならば、の話だが——可能性を示すラインがびっしりと寄り集まって、ひと塊になっている。クルミのような形で動きは鈍く、まえほどの変化は見られない。一見してセリア・マウは思った——いくらでも推測できて、けっきょく推測しきれなかったってことね。もともとのシグナルが際限なく複雑化して、この確率の塊になったあげく、よけい判読しにくくなってしまったということだろう。

「こんなの使いものにならないじゃない」彼女は文句をいった。

「そのようだな」計算体はさらりと答えた。「しかし、ダイナフローによる偏移を補正して、Nをかなり大きく設定してやると、こんなふうになる……」

突然、像が大きく変化した。ランダムだったものに秩序が生まれたのだ。シグナルは単純化して二つに分かれ、より薄いほうの深紅のシグナルは高速で瞬いて、見えたり、見えなくなったりしている。

「いったいなにを見せてくれてるわけ？」セリア・マウはたずねた。

「二隻の船だ」と計算体は答えた。「安定している痕跡はKシップのもの。その計算体にフェーズ・ロックされているのはナスティックの大型艦——たぶん巡洋艦だろう。誰にもシグネチャーが読みとれないというのが利点だが、それは枝葉末節。ほんとうに肝心なのは、Kシップをナヴィゲーション・ツールとして使っているという点だ。こんなのは見たことがない。誰だか知らないが、このコードを書いた者は、わたしに負けず劣らず優秀といっていい」

セリア・マウはじっとディスプレーを見つめた。

「なにをしてるんだろう?」彼女はつぶやいた。
「もちろん、我々のあとをついてきているんだよ」計算体がいった。

12　ウサギ穴

ティグ・ヴェシクルは、でるだけでたアドレナリンが消えていくにつれて、一種の強いられた茫然自失状態に陥り、途方に暮れていたが、頑としてそれを認めようとはしなかった。一方、エド・チャイアニーズはといえば、遠くから響く悪魔どもの声しか耳に入らず、ほかにどうしたらいいかわからないまま、ヴェシクルのあとについていった。腹がへっているし、自分自身の行動にいささかとまどってもいる。二人はクレイ姉妹から逃げたあと、ピアポイントの東の街路を右往左往した末に、いつのまにかユルグレイヴとディメインが接する角に近い高台にたどりついていた。ここからだと、波止場へと下っていく街の全景が見わたせる。ところどころにある光のかたまりは大きな交差点だ。なんだか自信がよみがえってきて、ヴェシクルは思わず大きく両手をひろげた。

「ウサギ穴だ！」

下り坂になった光と闇の迷路にとびこむと、すぐにまたどこがどこやらわからなくなり、突風に逆らって無闇やたらに角を曲がっているうちに、いつのまにかまたユルグレイヴにもどっていた。ユルグレイヴ——真っ暗で人っ子ひとりいない、声をだせばこだまが返る、倉庫街と貨物操車場のあいだにえんえんとひろがる地域。そこでは、二人はある異様な出来事の目撃者になるのだが、それがあまりに異様だったので、チャイアニーズはずっとあとになるまで、そのことを頭から閉めだしてしまっていた。けっきょく、思いだしたときには遅すぎたのだが、とにかくその当座はこう思っていた――

これは実際には起こっていない。

つぎには、これはたしかに起きているが、俺はまだタンクのなかにいる、と思った。

「俺はまだタンクのなかにいるんだよな」チャイアニーズは声にだしていってみた。

返事はなかった。彼は思った――俺は誰かほかの人間になっているのかもしれない。

まだ雪は降りつづいているが、クリンカー湾から吹きあげる、沿岸の油田掘削装置や熱分解プラントの匂いがかすかにまじった暖かい空気のせいでみぞれに変わり、水銀灯の光のなかを、見えない鉄床から飛び散る火花の束のように落ちてくる。その火花のなかを、ひとりの女が歩いてきた。小柄でぽっちゃりした、東洋風の顔立ちの女で、太腿までスリットの入った金箔のチョンサン（襟が高く、片側にスリットが入った女性用中国服）を着ている。こんな悪天候にハイヒールをはいているせいで、足取りが癇癪もちのようにぎくしゃくしている。チャイアニーズは、この女はここにはいない、と確信し――つぎの瞬間には、たしかにいる、と思った。まばたきする。手で顔をごしごしこする。フラッシュバック、幻覚、トウィンクの悪夢。

「おまえにも、あの女が見えるか？」彼はヴェシクルにたずねた。

「わかんねえよ」どうでもよさそうにヴェシクルは答えた。

エド・チャイアニーズが女を見下ろすと、女は彼を見上げた。顔が、どう見てもおかしい。一方から見ると卵形で頬骨の高い、東洋風の、美しい顔立ち。ところが顔の向きが変わるかエドが見る角度を変えるかすると、ぼうっとぼやけてしわだらけの黄色い老婆の顔になってしまう。それでもおなじ顔なのだ。それはまちがいない。だがたえず変化し、たえずぼやけている。たまに、年とっていると同時に若く見えるときもある。その効果たるや尋常一様ではない。

「どういうしかけなんだ？」エドはつぶやいた。

女を見据えたまま、ティグ・ヴェシクルのほうに手をのばす。「銃をよこせ」

「なんでだよ」ヴェシクルがいう。「おいらのだぜ」

エドは念を押すようにいう――「銃をよこせ」

女が金色の小さなケースをとりだした。ふたをあけて長円形のタバコを一本だす。

「火、もってない？」女がいった。「エド・チャイアニーズ」

女が彼を見上げた。その顔は、ぼやけては変化し、またぼやけては変化している。と、突然、横なぐりのみぞれが二人を包み、環境の鉄床から熱いオレンジ色の火花が飛び散った。エドはティグ・ヴェシクルの手からハイライト・オートローダーをひったくって、ぶっ放した。

「眉間を撃ち抜いた」あとになって、エドはそういった。「眉間を直射してやった」

すぐには、なにも起こらなかった。女はそこに立ったまま彼を見上げていた。と思うと、エネルギッシュな金色の塵に分解し、撃たれた箇所からはらはらと雨の火花に同化していった。まず頭が溶け、それから胴体が溶けていく。まるで花火がおのれを消費して光をつくりだしていくように、とてもゆっくりと燃えていく。が、なんの音もきこえない。

そのときエドは女の声を耳にした。エコーがかかったようなささやき声だ。

「エド」と女はいった。「エド・チャイアニーズ」

通りには、また人っ子ひとりいなくなっていた。エドは手にした銃を見下ろし、目をあげてティグ・ヴェシクルを見た。ヴェシクルは空を見上げている。あんぐりとあけた口に雨粒が降り注ぐ。

「まいったな」エドはいった。

彼は銃をしまい、二人はまた走りはじめた。一、二分も走ると、エドは足を止めて壁によりかかった。「俺はもう限界だ。おまえは？」口をぬぐう。「胸がむかむかしてどうしようもない」眩暈を覚えながら星を見上げる。星もまた火花のように煌いて、倉庫の屋根の真上の空を輪転花火のように回転しながら、薔薇色ににじむケファフチ宙域へと突進していく。これを見てエドはずっと訊こうと思っていたことを思いだした。「なあ、ここはなんていう惑星なんだ？」

ヴェシクルはじっと彼を見ている。

「おい」エドはいった。「フェアにいこうぜ。誰だって、わからなくなるときはあるさ」

ニュー・ヴィーナスポートはハローにある地球の最初の入植地だ――

南半球にはいくつもの軍事都市が不規則にひろがっている。これらは都市というより地球ミリタリー・コントラクト（EMC）の囲い地とでもいうようなもので、自由貿易ゾーンとして機能していて、ブラックホールが降着円盤からガスをひきはがすように、ハロー中から労働力となる入植者をひきよせている。そこには負け組の種属がひきよせられてくる。弱った者、愚かな者がひきよせられてくる。ニュー・マンがひきよせられてくる。灯火に集まる蛾のように。ニュー・ヴィーナスポートにいくのは、ほかにいくところがないからだ。

ニュー・ヴィーナスポートの南半球は、いわばメインテナンス管制室だ。Kシップが空を埋め尽くし、マッハ五十で垂直に軌道にとびこんでいく。昼も夜もサービス・ベイにはKシップがうずくまり、そのダークグレイの脇腹をアーク灯の光が舐めるように照らしだす。Kシップはおちつきがない。ナヴィゲーション・システムが十の空間次元をくまなく漁っているあいだ、見えたり見えなくなったり、ちかちか瞬いている。防御システムや標的捕捉システムは絶対にオフにはしないから、Kシップの周囲の空気はつねにガンマ線からマイクロ波まで、あらゆるものを浴びていることになる。近くで仕事をするときは鉛のスーツを着るきまりだ。船体に塗られた塗料でさえ命取りになる。ここにあるのはメインテナンス・ベイだけではない——EMCの資源開発請負業者が、古代の異星人のテクノロジーで動力を供給し操縦するマシンを使って、南半球に民族国家並みのとてつもなく大きい露天鉱をいくつも掘ったのだ。かれらはスイッチを入れて離れたところに立つと、期待に胸躍らせて顔を見合わせた。

「おい、こいつなら惑星を丸裸にできるぞ！」

都市では、空気も食べ物も汚染されていて、雨にはなにがまじっているか見当もつかない。ウサギ穴に詰め込まれたニュー・マンたちは、ギャングや世間の注目を集めたい政治フリークやEMC警察によってたかって食い物にされながら、灰色の夜明けがくるたびに、ぶるぶるふるえて咳き込みつつ、困惑顔で、ぶざまに背中をまるめて仕事にでかけていく。だが、悪いことばかりじゃない。企業がみずから課し、みずから検閲する、作業場の新安全ガイドラインのおかげで、男性労働者の平均寿命は二ポイントあがって、二十四年になった。これは、誰が見ても進歩といえるはずだ。

一方、北半球には旧地球そっくりにつくられた企業包領が散在している。

人気があるのは、小さな市場がある、ソールシニョンとかブランデット・ハーシャムといった、こぢんまりとした街——チョコレート色の耕作地の真ん中を可愛い清潔な列車が走っているような街だ。EMCの男たちは背の高い美人を選んで、蜂蜜色の本物の毛皮のコートをプレゼントする。そして女たちは上級管理職の男を選んで、狂おしいばかりのすさまじく献身的な愛を捧げ、蜂蜜色の髪をした子供たちをプレゼントする。街には魔女の帽子のような尖塔がついた灰色の石造りの教会や城や狩小屋がある。ニュー・パール・リバーの支流は肥沃な牧草地にふちどられている——夏には花々が咲き乱れ、冬がくれば幅一マイルの長い凍った川でスケート。あなたも運がよくて、しかも働き者なら、ニュー・ヴィーナスポートへいける。会社は仕事をさせるために送り込むが、人は雨あがりの青空と白い積雲をもとめてニュー・ヴィーナスポートをめざす。美しく手入れされた馬たち。カントリー・スポーツ。それにソールシニョンにはめっぽう美味いものがある——何種類ものチーズ！

新人募集パンフレットは、こう謳っている——ニュー・ヴィーナスポートはえりぬきの惑星です。

ウサギ穴は、まるまる一ブロックを占めていた。二方向はドック、一方向は昔の工場の事故で生じた産業廃棄物の置き場、もう一方向はガーメント地区の西の境界にあたるストレイント・ストリートに面している。

ウサギ穴のなかは、つねに照明が灯っているが、照明といっても、ホログラム・チャンネルか、ニュー・マンの目にあうようにできている電灯の明かり——だから実際には、あたりを支配しているのは骨董並みのモニターの光のような、ブルーグレイの薄暮だ。ごみごみしていて、暑くて、ドアのないベニヤ板の小部屋がつづく迷路。小部屋同士は廊下でつながっているわけではない。入ったら最後、自分がどこにいるのかわからなくなる。ひとつの小部屋から隣の小部屋へいくのに、別の小部屋を通らなくてはならないありさまだ。外へ通じるドアへたどりつくのに、ひどいときは三十もの小部屋を通るはめになる。いや、ときには、もっと細かく区切られていることもある。

「さあ、ここが我が家だ」ティグ・ヴェシクルがいった。

エド・チャイアニーズはタンクの禁断症状でぶるぶるふるえながら、あたりを見まわした。「いいじゃないか。いいところだ」

ひとつの小部屋にはつねに八、九人いて、料理だか洗濯だかわからないが、なにかをしている。もっと大勢いることもある。なんとも形容しがたい体臭がある――シナモンとラードをまぜたような匂いといえばいいだろうか。みんな、床にじかに敷いたマットレスの上で寝ている。男たちは例のぎくしゃくした動きでてんでに足を蹴りだすので、つまずかないで通り抜けるのは不可能だ――ぶつかった相手は一瞬、マスターベーションの手を止めて目をあげるが、その目は空疎で、奇妙なグレイの光を反射するだけの動物の目だ。女たちは、なかなか美しい卵形の頭蓋に、ふんわりしたショートヘア。黄土色のコットンの袖なしスモックのようなものを着ている。肩からすとんとさがった、何風といいようもない服だ。彼女たちは、とにかく忙しくしていないと自分の居場所を思いだしてしまう、と身体で物語っている。子供らはKシップになったつもりで、そこらじゅうを走りまわっている。どの壁にも、よく見かけるケファァフチ宙域のポスターが貼ってある。ニュー・マンのあいだには、かれらの発祥の地はここだという説を奉じる、一種の宗教めいたものがある。これまた、かれらにまつわる悲しい事実のひとつだ。子供らはみんな自分の出身地を知っているが、それはケファァフチ宙域ではないのだから。

ついにティグ・ヴェシクルが、ほかとなんの変わりもない小部屋で、自信なさげに足を止めた。

「そうだ。ここが我が家だ」

部屋の隅では、彼そっくりの女がぼうっとホログラムを見ていた。

「こいつがニーナ」ティグ・ヴェシクルがいった。「女房だ」

エドは女を見下ろした。顔に大きな笑みがひろがる。

「どうも。会えてうれしいよ、ニーナ。なにか食べるものはあるかな？」

どの小部屋にも安っぽいコンロがひとつある。ニュー・マンが食べるのは、ヌードル・スープのようなものだ（ときどき、青みをおびた生ぬるいだけのアイス・キューブのような具が入っていることがある）。エドはかれらのウサギ穴に四週間、居候し、ほかの連中とおなじように床に敷いたマットレスで眠った。昼間はティグ・ヴェシクルが街にいってしまうので——クレイ姉妹の目を避けながら、こっちでＡｂＨをちょっとさばき、あっちで混ぜ物をしたスピードをちょっとさばくという具合だ——エドはホログラムを見て、ニーナがつくってくれた食事を食べていた。そういうときは、なかなか時間がたたないものだ。エドは禁断症状を起こしていた。苦しかった——それに、かなりの時間、現実が遠く離れたものに感じられる状態だったし、ニュー・マンに囲まれているという違和感がその状態をさらに悪化させていた。彼は自分が本当は誰なのか思いだそうと、ずっと考えつづけていた。思いだせるのは、フィクションのエド、実際には起こらなかったダイヤモンドのようにクリアな出来事の集合体であるエドのことだけだった。ウサギ穴にきて三日めの午後のこと、彼がマットレスにすわっていると、ニーナ・ヴェシクルがやってきて、すぐそばにひざまずいた。

「なにか、あたしにできることない？」

エドは彼女を見上げた。

「そうだな、あるんじゃないかな」

彼は両手をあげてニーナの脇腹にあて、少し横向きに力を入れて彼女の身体をひきよせようとした。ひと呼吸あって、彼女は彼の意図を察した。そして、ぎごちなく、けれど真剣に、応じる気持ちを見せてくれた。「あたし、手と足ばっかりよ」と彼女はいった。彼女に触れるまでは、ほとんどなんの匂いもしなかったのに、触れたとたんに濃厚な甘い香りがあふれでてきた。彼が新しい場所に触れるたびに、彼女は片足をびくんとはねあげたり、息を呑むと同時に叫び声をあげたり、ぶるぶるふるえたり、身体を半分にまるめたりした。彼女はコットンの服をウエストまでたくしあげながら、エドの手を見下ろした。

「ああ、あんたを見て」といって彼女は笑った。「あたしを、ってことよ」

彼女の肋骨は、なんだかよくわからない、ふしぎなつながり方をしていた。

あとになって、彼女はいった。「よかった？　あたしたち、あんたのために道を踏みはずしてるのよ。ちょっとだけだけどね」嫌悪感のにじむ声でささやき、手で顔を下から上へ、そしてそのまま頭のほうまでなであげた。「よかった？」タンク中毒は骨までしみついている。内臓まで、細胞まで、しみついている。だが、それと同時に別離の苦悶でもある。あんなに愛していた失われた世界へもどりたいという、持続的な悲鳴。それを癒せるものなどないが、セックスは多少の効き目がある。禁断症状のでたトウィンクは、どうしようもなくセックスがしたくなる。いわばモルヒネのようなものだ。

「よかったよ」エドはいった。「ああ、ほんとに。すばらしかった」

ウサギ穴に四週間いるあいだ、みんなこぞって彼の真似をしていた。これまで人間とこれほど密に接したことがなかったのだろうか？　かれらにとって、それはどんな意味があるのだろうか？　みんな、小部屋の入口にやってきては、くそまじめな受身一本やりの態度で彼を眺めていた。彼がよくする身ぶりやしゃべり方は、一時間もしないうちにウサギ穴中にひろまっているようだったし、子供らは彼の真似をしながら部屋から部屋へと走りまわっていた。ニーナ・ヴェシクルにいたっては、セックスの最中まで彼の真似をする始末だった。

「もうちょっとひろげてくれ」といってみたり、「さあ、おまえのなかに入ったぞ」といって笑いだす。「つまり、あんたがあたしのなかにってことよ。ああ、いいわ。もっと。もっと強く」

ニーナは、彼にとって完璧な相手だった。なぜなら、彼女は彼よりも風変わりで理解しがたい存在だったからだ。事が終わると、彼女は彼の腕のなかにぎごちなく横たわって、いった。「ああ、まいったわ、すてき、すごくいい気持ち」彼女はたずねた――「あんたは何者なの、エド・チャイアニーズ？」答えようはいくつかあったが、彼女には好みの答えがあった。たとえば「ただのトウィンクさ」と答えると、すごく不機嫌そうな顔をした。三、四日すると、タンクから現実にもどりつつあるのが実感できるようになった。遥か彼方にあった現実がだいぶ近くになり、禁断症状の声のほうはいつのまにか崖っぷちにしりぞいていた。それにつれて、ほんもののエド・チャイアニーズの記憶もよみがえってきた。

「俺は、借りがあるんだ」と彼は説明した。「たぶん、世界中のみんなに借りがあるんだと思う」彼はニーナを見下ろした。ニーナは彼を見上げたが、そんなつもりはなかったというように、唐突に目をそらせた。「シー、シーッ」彼はうわのそらでいった。そして――「みんなが俺からなにか取り立てようとか、俺をカモにしようとか狙ってる気がするんだ。あのタンク・ファームでの騒ぎは、誰が最初にカモるかの争いだったんだよ」

ニーナは彼の手に自分の手をかさねた。

「あんたはそんな人じゃない」

しばらくして、彼はいった――「ガキのころのことを思いだした」

「どんなこと？」

「どんなって、おふくろは死んで、姉貴はどこかへいっちまった。俺は、とにかくロケット乗りになりたかったなあ」

ニーナはにっこりとほほえんだ。

「男の子はみんなそう」と彼女はいった。

13　モンスター・ビーチ

　カーニーとアンナがニューヨークに滞在して一週間。カーニーはまたシュランダーの姿を見た。一一〇番街のカテドラル・パークウェイ駅でのことだ。ちょうど、ごまかして稼いだ時間といおうか、隙間といおうか、一日のうちでぽっかりと穴のあいたような時間帯だった。ついいましがたまでホームに人があふれていたような気がしたのに、ふと気づくと人っ子ひとりいなくなっていた——びっしりとリベットを打ち付けた大梁が、こだまが響く両方向の闇のなかへとのびている。カーニーは、その梁のあたりから鳥の羽ばたきのような音がきこえた気がして上を見た。するとそこにシュランダーが、というかその頭がぶらさがっていたのだ。

「想像してみてくれ」と彼はアンナにいったことがあった。「馬の頭蓋骨みたいなものなんだ。馬の頭じゃない」彼はそこのところを強調した。「頭蓋骨だ」馬の頭蓋骨は、馬の頭とはまるで別物で、湾曲した大きな植木バサミ、でなければ先端だけが触れ合っている骨でできた嘴のようなものだ。「想像するんだ。どう見てもしゃべれるはずのない、邪悪で、理知的で、無意味そうなもの。肉片が何本かリボンみたいにぶらさがって、ひらひらしている。影でさえ、見るに耐えないようなしろものだ」カテドラル・パークウェイ駅のホームにたったひとりでいるときに、そんなものを見ていられるわけがなかった。彼は見上げるやいなやすぐに目をそらせて走りだした。声はしなかったが、そいつはたしかに彼になにかを告げていた。しばらくして気がついてみると、セントラルパークのなかを雨に打たれてよろよろと歩いていた。それからしばらくして、彼はアパートメントにもどった。身体はぶるぶるとふるえ、服は嘔吐物で汚れていた。

「どうしたの?」アンナがたずねた。「いったいなにがあったのよ?」

「荷造りだ」彼はいった。

「とにかく着替えてよ」

彼はいわれたとおりに服を着替え、アンナが荷造りをして、エイヴィス社のレンタカーを借り、カーニーができるかぎりのスピードで運転してヘンリー・ハドソン・パークウェイまでとばし、そこから市街を離れて北へ向かった。みんな運転は荒っぽいし、高速道路は暗くて汚いし、交差点はどこもかしこもカーニーの神経さながらもつれあっているしで、一時間もしないうちにアンナが運転を代ってやらなければならなかった。カーニーは絶対に車を止めようとしなかったが、じつはひどい頭痛と対向車のライトとで、ほとんどなにも見えなくなっていたのだ。車内まで闇と風雨が支配しているように思えた。ラジオは、どこの局か名のることもなく、まるでこれが新しい生活スタイルだといわんばかりに、ただギャングスタ・ラップを垂れ流している。「ここはどこなんだ?」「ここはどこなの?」カーニーとアンナは音楽に負けじと叫び合った。「左だ! 左!」「止めるわよ」「だめだ、止めるな、このままいくんだ!」まるで霧のなかの水夫だった。カーニーはなすすべもなくフロントガラスから外をにらんでいたが、やがてシートを乗り越えて後部座席へ移ると、いきなり眠り込んでしまった。

何時間かして目覚めると、車はインターステート・ハイウェイ九十三号線の待避所に停まっていた。

カーニーが目を覚ましたのは、粗野な、動物じみた、泣き叫ぶような声を耳にしたからだ。アンナだった。助手席で膝立ちになってフロントグラスから顔をそむけ、レンタカーそなえつけの全米自動車協会（AAA）の道路マップのページを手当たりしだいひきちぎっているのだ。破ったページをもみくちゃにして足元に投げ捨てては、「ここはどこなの、ここはどこなの」とつぶやいている。安っぽいブルーのポンティアックの車内には怒りとみじめさが充満していたので――それというのもアンナは生まれてこのかたずっと道に迷いっぱなしで、いまも自分の居場所がつかめそうにないからだが――カーニーはまた眠ってしまった。最後に見たのは、行き来するトラックのヘッドライトのなかでちらちら光っている、四百ヤードほど先の州間標識だった。それがいまは昼間で、二人はマサチューセッツ州にいる。

アンナはボストンのすぐ南のマンヒル・ビーチでモーテルを見つけた。昨夜の鬱状態はどうやら乗り越えたようだった。彼女は薄日の射す駐車場に立って海のまばゆさに目をしばたたきながら、カーニーがあくびをして後部座席から動きだすまで、彼の顔のまえでルーム・キーをふっていた。

「ほら、見てよ!」彼女はカーニーをせかしたてた。「すてきじゃない?」

「ただのモーテルだろ」カーニーはうたがわしげな眼差しで、ルーシュのついた偽ギンガムチェックのカーテンを見ながらいった。

「ボストンのモーテルよ」

マンヒル・ビーチには、ニューヨークよりも長く滞在した。毎朝、海辺特有の霧がでたが、それも早い時間に消えて、あとは日暮れまで、なにもかもが透明な冬日にさらされて白く光っていた。夜になると入り江の向こうのプロヴィンスタウンの灯が見えた。二人に近づいてくる人間はいなかった。

最初のうちカーニーは二時間ごとに部屋中を調べ、枕元の明かりをつけたままでないと眠れなかったが、徐々に肩の力が抜けていった。一方、アンナはビーチをいったりきたりして、波打ち際に打ち上げられたものを、これといった目的もないまま熱心に拾い集めていた。ポンティアックを慎重にボストンに乗り入れて、イタリアン・レストランで軽い食事をとることもあった。「いっしょにくればいいのに」と彼女はいった。「日曜日みたいよ。気分転換になると思うな」やおら鏡でスタイルをチェックする――「あたし、太ったでしょ？　太りすぎよね？」

　カーニーはもっぱら部屋にこもって、テレビをつけたまま音を絞っておくか――ブライアン・テートの真似からはじまった習慣だ――一九八〇年代の曲だけ流すラジオのローカル局をきくかしていた。彼はこれがいたく気に入っていた。うつらうつらまどろむ回復期の患者のような気分になれるからだ。そんなある晩、ラジオからトム・ウェイツの『ダウンタウン・トレイン』が流れてきた。

　好きな曲ではなかった――なのに、最初のコードが鳴ったとたん、ぽんと昔の自分にもどってしまった。あまり唐突だったので、なにがなんだかわからなかった。なんでこれほど残酷なまでに年をとってしまったのか、なんで知らない女とモーテルにいるのか、理解できなかった。これまで会ったことのない年上の女は、彼がその薄い肩に触れると、横目で彼を見てほほえんだ。涙がこみあげてきた。ほんのつかのまの混乱だったが、それは肉食性で、それを認識したことで、それが身の内に入るのを許してしまったのだ、と彼は悟った。この先、それはシュランダーのように執拗に彼についてまわることだろう。ある意味、それこそがシュランダーなのかもしれない。なにかしていないと、刻一刻とそいつに食い尽くされていってしまうことになりそうだ。そこで彼は翌朝、アンナよりも早く起きてポンティアックでボストンへでかけた。

　ボストンで、彼はソニーのハンディカムを買った。それからしばらく時間をかけて、ガーデニングに使うようなやわらかいビニール被覆のついた針金を探した——が、カーボンスチールのシェフナイフのほうが簡単に見つかった。そして思いつきでビーコン・ヒルにいき、モンラッシェ（ブルゴーニュ産の辛口の白ワイン）を二本買った。車にもどる途中、チャールズ・リヴァー・ベイスンの南側に立ってMITを眺めているうちに、ふと思いたってブライアン・テートに電話してみた。返事はなかった。モーテルにもどると、アンナが裸でベッドの上に足を抱えてすわりこみ、おいおい泣いていた。まだ朝の十時だというのに、壁にもドアにもメモが貼ってある。**どうして心配ばかりしているの**、とか、**無理な背伸びはしないこと**、などと書いてある。何度も通っている海峡でも迷ってしまう、方向音痴の船乗りのための航路標識みたいだ。バスルームには、香水をスプレーして消そうとしたらしい嘔吐物の匂いが、かすかに残っていた。アンナはすでに痩せたようにみえる。彼はアンナの肩に腕をまわした。

「元気をだせよ」

「でかけるならでかけるって、いってくれればいいのに」

カーニーはソニーのハンディカムをかかげてみせた。「ほうら！　さあ、ビーチへ散歩にいこう」

「あなたとは口きかないわ」

そういいながらも、アンナはビデオで撮られるのが大好きだった。海鳥が浅瀬をかすめたり、凧のように上空にとどまったりしている白砂のビーチで、海辺の透明な光を背景に、彼女はその日一日、走り、腰をおろし、ころがり、海を眺めるポーズをとってすごした。「見せて！」と彼女はせがんだ。「見せてよ！」小さなモニターに宝石の奔流のように映像が流れ、けたたましい笑い声が響く。テレビ画面で見るのが待ちきれないのだ。我慢のなさは十四歳並み——でも人生は十四歳のままでいさせてはくれない、それが彼女ならではの悲劇なのだと思えることが、彼女を見ているとよくあった。

「あなたが知らない話をしてあげるわ」彼女がいった。二人はいっとき砂山に腰をおろし、彼女はマンヒルの海のモンスターの話をはじめた——
時は一九七〇年十一月。マサチューセッツの砂浜に、三千ポンドの腐った肉塊が打ち上げられた。翌日には南はプロヴィデンスから、北はボストンから、大群衆が車で詰めかけた。親たちは分厚いヒレに仰天し、食い入るように見つめた。子供たちはすぐそばまで勢いよく走っていって、ふるえあがっていた。だが、その物体は腐敗が進みすぎていて、正体を見極めるのは困難だった——そして、骨格がプレシオサウルスに似てはいたものの、けっきょくは強風で運ばれてきたウバザメの残骸にすぎないという一応の結論がだされた。大群衆はひきあげていったが、三十年たっても論争はつづいている——

「知らなかったでしょ！」アンナはカーニーの胸にもたれて、彼の両腕を自分の身体にまわすよう、うながした。「でも、知ってたっていうのよね」アンナはあくびをしながら、入り江を眺めわたした。入り江は水銀の小滴のつるりとした表面のように暮れなずんでいる。「疲れたわ。でもすごく心地いい疲れ」

「きょうは早く寝たほうがいい」

その晩、彼女はワインのほとんどをひとりで飲み、おおいに笑い、服を脱いだと思うと、ベッドでことんと寝てしまった。カーニーは上掛けを掛けてやり、偽ギンガムチェックのカーテンをひいてから、ハンディカムをテレビにつないだ。明かりを消し、ビーチで撮った映像をしばらくのあいだ見るともなく見ていた。目をこする。アンナが突然、鼻を鳴らして、むにゃむにゃ寝言をいった。ハンディカムの映像の最後の部分、光が足りないし、粒子も粗いが、部屋の隅にいるアンナが写っている。もうジーンズのボタンをはずしているところだ。すでに胸は露わで、カーニーがなにか話しかけたのか、ふっとこっちを向く。目は大きく見ひらかれ、口許は愛らしいが、うけいれることに疲れた風情。まるでこれから自分の身になにが起こるのか知っているかのようだ。

カーニーはその場面をスクリーン上に静止させておいて、ハサミを捜しだし、朝、買ってきた針金を少し長めに二、三本切った。それをすぐ手の届くベッドサイドテーブルに置く。そして服を脱ぎ、シェフナイフのビニールカバーをとると、上掛けをはいでアンナを見下ろした。アンナはくるっとまるまった姿勢で、片手でゆるく膝を抱いている。背中や肩は筋肉がなくて子供のように薄く、背骨が無防備に隆起している。顔は、横から見るとシャープで、くりぬかれたような印象。眠っていても、アンナとして生きるという大難問からは逃れられないようだ。カーニーは彼女をまたいで立ちあがり、彼女をここへ導いたことども、彼をここへ導いたことどもへの怒りから、ぎりぎりと歯を嚙みしめ、シューッと息を洩らした。そしていざという刹那、ふと思った。念のためシュランダーのダイスをふってみようと。

ベッドサイドテーブルでダイスがころがる音がきこえたにちがいない。ふりむくと、アンナは目を覚まして、彼を見上げていた。眠たげで不機嫌なけだるい眼差し。ワインの酸味がまじった息。彼女の目はナイフを、針金を、いつにないカーニーの勃起をとらえていた。いったいなにが起きているのか理解できずに、彼女は片手をのばして彼をひきよせようとした。

「いま、やりたいの?」彼女はささやいた。

カーニーは首をふって、ためいきをついた。

「アンナ、アンナ」彼は身体を離そうとした。

「わかってた」彼女はいった。声がちがっていた。「いつかはこうなるって、わかってたわ」

カーニーはそっと身体を離すと、ナイフをベッドサイドテーブルに置いた。「膝立ちになって」彼はささやいた。「膝立ちになるんだ」

彼女はぎごちなく膝立ちになった。とまどったような表情だ。

「パンティ、はいたままよ」

「シーッ」

カーニーは片手で彼女を抱きよせた。彼女は彼に身体をぶつけるように動きだし、小さな声をあげて、すぐに達した。

「あなたもいって！　あなたもいってよ！」

カーニーは首をふった。そして夜の闇のなか、そのまま静かに彼女を抱きしめていた。やがて彼女は自分をコントロールしようとするのをやめて枕に顔をうずめた。彼はワインボトルをもってきて、グラスに半分注ぎ、彼女にわたしてやり、二人でベッドに横になってビデオを見た。最初はビーチにいるアンナ、つぎは服を脱ごうとしているアンナ。カメラはゆっくりと彼女のボディの片側を上から下へ、そして反対側を下から上へ舐めていく。そのうちアンナが飽きてくると、CNNのニュースのひとコマ。カーニーがボリュームをあげたとたん、「……発見者の名前をとって、ケファフチ宙域と名づけられました」という声がとびこんできた。スクリーンにあふれるとても自然のものとは思えない色彩のゆらめきは、誰にも理解できない宇宙物体のように見えた。なにに似ているともいいようがない。中央部分が心持ち明るい、薔薇色のガスの靄。

「きれい」衝撃をうけたような声で、アンナがいった。

カーニーは急に汗ばんで、テレビのボリュームを落とした。

「ときどき思うんだ、ここもやっぱりめちゃくちゃなんだろうって」

「でも、きれいだわ」アンナは反論した。

「あんなふうに見えるわけじゃないんだぞ」カーニーはいった。「どんなふうに見えるわけでもない。あれはただのX線望遠鏡のデータだ。映像をつくれるように操作された数字にすぎない。ぐるっと見まわしてごらん」より静かな声で彼はいった。「すべて、そう。なにもかも統計にすぎないんだ」量子理論を解説してみたが、アンナはぽかんときいているだけだった。「まあ、いい」彼はいった。「要するに、なにも存在していないってことさ。デコヒーレンスってものが、世界を俺たちが見ているような形におちつかせているんだ——ところがブライアン・テートみたいな連中はその裏をかく数学を見つけようとしてる。きょうにも、その数学の背後にあるデコヒーレンスを迂回できるようになる。そうなったら、こういうものがみんな——」テレビを、室内の影を、指し示す。「——フォトンに対するとおなじ意味を、俺たちに対してももつようになるんだ」

「それって、どのくらい重要なことなの?」

「たいしたことはない」

「なんだか怖いわ。なにもたよりにできない感じ。なんかこう、なにもかもが——」漠然と手を動かす。「——沸き返ってるみたい。パーッと飛び散ってるみたい」

カーニーは彼女の方を見た。

「いまだって、そうなってるさ」彼は片肘をついて身体を起こし、ワインを飲んだ。「ひと皮むけば、混沌の渦だ」いやでも認めざるをえなかった。「空間はなんの意味ももたないらしい。ということは時間もなんの意味ももたないということだ」笑いがこみあげてくる。「見ようによっては、それが美しいんだが」

アンナが小声でいった。「もういちど、ファックしてくれない?」

つぎの日、やっとのことでブライアン・テートと電話がつながって、彼はテートにたずねた。「テレビのあのクズ番組、見たか？」

「どんなやつ？」

「なんだか知らないが、例のX線のやつだ。ケンブリッジのなんとかいうのが、ペンローズと事象の地平線のない特異点のこととか、そんなようなことをうだうだしゃべってるのをきいて――」

テートは取り乱しているようだった。「いや、なんにもきいてない。それよりマイケル、話したいことがあるんだ――」

電話が切れた。カーニーは憤然と電話を見つめて、ペンローズの事象の地平線の定義について考えた。人間の知覚の限界としてではなく、それがなければ宇宙に漏出してしまう物理学の法則の崩壊を食い止める防護壁として考えてみたのだ。彼はテレビをつけた。チャンネルはCNNになったままだ。めぼしいものはなにもない。

「どうしたの？」アンナがいった。

「さあ。なあ、そろそろ家へ帰らないか？」

カーニーはポンティアックを走らせてローガン国際空港に向かった。三時間後、二人はキャンセル待ちで乗り込んだ便でニューファンドランドの海岸線上空を上昇していた。島はまるで海の上にひろがる土の薄膜のように見えた。飛行機はさらに上昇して雲の層を突きぬけ、まばゆい陽光のなかにでた。アンナは前夜の出来事などすっかり忘れているかのように、ほとんどの時間、皮肉めいた微笑を浮かべて、雲の表面を見下ろしていた。が、いちどだけカーニーの手をとってささやいた――

「あたし、空の上って好き」

しかしカーニーの心は、別の旅にでていた。

ケンブリッジの二年生になるころには、彼は午前中勉強して、午後は自室でカードをひろげるという生活をしていた。

自分をあらわすカードとして、彼はいつも〝愚者〟を選んだ（タロットの愚者のカードには崖が迫っていることに気づかず前進していく旅人が描かれている）。

「あたしたちは前進しているの」と、ちゃんとセックスしてくれる相手を見つけるまえに、インゲはいっていた。「欲望という、足元を深く切り取る行動によってね。〝愚者〟が崖から宙へと踏みだしていくように、あたしたちは、あたしたちをまえへ進ませた不在を満たそうとする存在なの」これをきいた当時は、彼女がなにをいわんとしているのか、さっぱりわからなかった。どこかでききかじった、話を面白くする呪文みたいなものだろうと思っていた。が、彼は彼なりのイメージで事を進めていった――どの旅も、あらゆる意味でほんとうの旅、小旅行風のものになるようにしたのだ。

カードをひろげるまえに、〝愚者〟を除いておかなくてはいけない。午後遅く、部屋から光が消えるころ、カードを椅子の肘掛に置くと、カードは彼に向かって蛍光を放ち、絵というよりもひとつの事象のように見えた。

彼は単純なルールをつくって、カードの出方で旅の条件をきめていた。たとえば、最初に出たカードが〝ワンド〟だったら、その年の後半に旅行する場合にかぎって北へいくことにするとか、二枚めが〝ナイト〟だったらそうするとか。ほかにもいろいろと直感できめたルールがあって、その条件や反対条件によって、東、西、南、目的地、着ていくものまでカードの配置、再配置で決定していた。

旅がはじまってしまったら、カードをひろげることはなかった。ほかのことで頭がいっぱいだったからだ。目をあげれば、なにかしら新しいものが見えた。てっぺんに牧場がある小さな丘の急峻な斜面にこぼれるハリエニシダ（ゴース）。まともに見ていられないほど強烈な太陽の火炎に溶け込む工場の煙突。

車両の少し先で、窓打つ雨のような音をたてて、いきなりひらかれる新聞。それぞれの事象のあいだには、夢想が黄金色のシロップのように途切れることなく注ぎ込まれていく。リーズやニューカッスルの天気はどうだろうと思ってインディペンデント紙に目をもどすと、〝世界経済、依然として低調〟という見出しが目に入る。と、突然、通路をはさんだ席にすわっている女の腕時計が目についた。プラスチック製で文字盤が透明だから、なかの機構が透けて見える。緑色がかった歯車のちらつくような複雑な動きにまぎれて、針の位置がわからない！

俺はいったいなにを探しているんだろう？　わかっているのはインターシティ・トレインの鮮やかな黄色いフロントを見ると、興奮で胸がいっぱいになるということだけだ。

カーニーは午前中、勉強した。午後になると、タロットカードをひろげた。そして週末には小旅行をした。たまに街でインゲと会うこともあった。カードのことを話すと、インゲは、どこか悲しげに彼の腕に触れた。インゲはいつも陽気だが、ちょっと謎めいたところもある。「あれはただの遊びよ」と彼女はくりかえしたものだった。カーニーは十九歳。彼のまえに数理物理学が花ひらき、そのなかにある彼の未来が姿をあらわしつつあった。が、未来だけではものたりなかった。彼はそのころ、こうして旅をつづけていけば、彼が〝五次元〟と考えている世界がひらけてくるにちがいないと信じていた。それはたぶんほんとうのゴースランドへとつづく世界――なにもかもが約束と運命と光とで満たされていた子供時代の夢が実現される世界。

「マイケル！」

カーニーは、一瞬、自分がどこにいるのかわからないまま、あたりを見まわした。光は、あらゆるものを変身させてしまう――ミネラルウォーターが入ったプラスチックのコップも、自分の手の甲に生えている毛も、大西洋の上空三万フィートを飛ぶ飛行機の翼も。どれもみな、ほんの一瞬、解放されて本質的なそのもの自身になることができる。キャビン・クルーが通路を足早にいったりきたりして、シートバック・テーブルの上を片付けはじめていた。まもなく、エンジンが推力をあげ、つづいて下げ、機体が傾いて雲のなかにすべるように降下していった。翼端の乱流で雲が掻き乱され、滑走路が見えてくると、輝かしい一日が突如として、じめじめした吹きさらしの空間がひろがるヒースロー空港へと変身した。

「着陸するわ！」アンナが興奮気味にいった。

彼女は彼の二の腕をつかんで、窓の外をのぞいている。「着陸よ！」

けっきょく、当然のことだが、どの旅も最後にいきつく先はシュランダーだった。シュランダーは彼に追いつこうと、ずっと彼を待っていたのだ。

14　ゴースト・トレイン

セリア・マウが人間用区画のラインをオンにすると、人間たちはまたホログラム・ディスプレーのまわりに集まっていた。映しだされているのは、こんどは〈ホワイト・キャット〉の船倉にある、複雑な機械類だ。カンラン石の砂に背の低い溶けたような岩の山が散らばる砂漠――よくよく見れば廃墟――のまんなかで、現地運用される予定のものだ。

「連中はパーティのやり方をわきまえてたってことだ」男がしゃべっている。「こいつは、大規模なガンマ線エミッターみたいなものから一万二千ケルヴィンか、それ以上の高温で発射された。小さな星の産出物をここへ流し込んでいたようだ。百万年まえにな。しかも連中は、そのまた百万年まえの遺産を奪い合っていたんだから。まったく！　ちょっとこいつを見てくれないか？」

「まったく」女のクローンが、面倒くさそうにくりかえした。「うんざりするほどすごいわ」

ディスプレーを囲む全員が笑っている。おそろいのサテンふうの光沢のあるショッキングピンクのチューブスカートをはいた女二人は、そろって後ろ手を組んでいる。

セリア・マウはかれらを見ているうちに腹が立ってきた。またセックスと口論とどつきあいだ。話すことといったら、儲けの分配のことと、まえに見たアート展のことと、銀河核での休暇のことだけ。

話題はこれまでに買ったクズのことと、これから買いたいクズのことだけ。いったい連中は誰の役に立っているんだろう？　連中自身の役にさえ立っているんだろうか？　この船になにをもちこんだんだろう？　「わたしの船になにをもちこんだの？」セリア・マウは大声で詰問した。かれらはぎくりとして顔を見合わせ、彼女は罪の意識を覚えた。「なぜこれをこの船にもちこんだの？」

かれらが答えるまえに、彼女はラインを切ってメインディスプレーにアクセスした。例のKシップがいる。そして短いロープでつながれた盲目のラクダさながらそのKシップにテザーで繋がれているのは、ナスティックの巡洋戦艦だ。正体はわかっている。〈ホワイト・キャット〉のデータバンクにある闇ファイル（フェイクブック）（フェイクブックは、版権所有者に無断でつくったポピュラーソング楽譜集）でシグネチャーを照合したのだ。前線に配置されている巡洋戦艦で、艦名は〈深淵に触れる（タッチング・ザ・ヴォイド）〉。この艦の司令官は、彼女に〈ラ・ヴィ・フェアリーク〉の待ち伏せを依頼した人物だ。彼が「おまえの行先はわかっている」といっていたことを思いだして、彼女はタンクのなかでふるえあがった。

「あいつら、なにしてるの？」彼女は計算体にたずねた。

「ずっとあそこにいる」と計算体は報告した。

「あたしがどこへいこうと、ずっと追ってくる気なんだ！」セリア・マウは金切り声をあげた。「おかしい！　絶対おかしい！　誰もあたしたちを追ってこれるわけない。そんなやついるわけないもん」

計算体は思考を巡らせた。

「かれらのナヴィゲーション・システムはわたしとおなじくらい賢い」と計算体は結論した。「向こうのパイロットは軍人だ。彼のほうがあなたより優秀だ」

「始末してよ」と彼女は命令した。

「あんたたちのしわざね」彼女は人間たちを非難した。男たちはしだいに不安げな表情を浮かべながら、彼女がおなじキャビンにいる実体をもつ存在であるかのように、ちらちらとあたりをうかがっている。女二人は手をつないで、なにごとかささやきあっている。こうしていると、どっちが栽培変種なのか見分けがつかない。「それを消して」セリア・マウがいうと、かれらはホログラムを消した。

「じゃあ、あんたたちはほかの人のどんな役に立っているのか、いってもらいましょうか」かれらが答えを考えているあいだに、〈ホワイト・キャット〉の骨組みを小さな振動が走りぬけ、一瞬遅れてベルが鳴った。

「なんなの？」いらだたしげにセリア・マウはいった。

「かれらが近づいてきた」計算体が報告した。「三十ナノセコンドまえに半光までできた。まだ警戒度は低いが、今後高まる可能性がある」

「半光？　まさか」

「どうする？」

「武器の準備をして」

「向こうは、いまはただ――」

「あっちとこっちのあいだに、なにか置いて。なにかでかいやつを。全素粒子領域で出力できるようにしといて。あいつらの目をくらませたいのよ。できたら叩いちゃって。でもとにかく、あいつらからこっちが見えない状態でやって」

「四分の一光」計算体がいった。「高度警報」

「なるほど、たしかに優秀なやつね」

「もうそこまできている。キロメートル単位だ」

セリア・マウはいった——「災難に突入して九十五ナノセコンドか。いまいった武器はどうなってるの？」

船殻にかすかな鳴動が響き、外ののっぺりした灰色の虚空に大きな閃光が噴出した。クライアントのハードウェアを保護するため、〈ホワイト・キャット〉の巨大なアレイアンテナが一・五ナノセコンドだけシャットダウンされた。このときには、くだんの武器はより高い周波数による過熱で爆発してしまっていた。X線が局所空間の温度を一時的に二万五千ケルヴィンまで上昇させ、もろもろの素粒子があらゆるセンサーを無効にし、いっとき存在した亜空間は、非整数の次元（フラクタル）として兵器級の特異点から蒸発した。衝撃波がダイナフロー媒体を通して天使の声のように響いてくる。陽子と電子が再結合するまえの初期宇宙の粘性基質を通してこだました原初の音楽もかくやと思わせる響きだ。この瞬間——あまり優雅とはいいがたい、むしろ粗野な狂気の、そして文字通り形而上学的な瞬間——を利して、セリア・マウはドライヴを切り、船を通常空間に脱出させた。〈ホワイト・キャット〉はちかちか瞬いて、十光年四方なにもない空間にもどった。ほかには誰もいない。

「ざっとこんなもんよ」セリア・マウはいった。「敵さんもたいしたことないわね」

「残念ながら、向こうのパイロットはわれわれより先にこっちにもどっていた」計算体がいった。「しかし、ナスティックの船もいっしょに連れてきたかどうかはさだかでない」

「あっちの船は見える？」

「いや、見えない」

「だったら、とにかくどこか隠れられるところへいって」

「どこかいきたいところは？」

セリア・マウはタンクのなかで大儀そうに寝返りを打った。

「いまんとこ、ないな」

後方では――十の空間次元および四つの時間次元において〝後方〟という言葉がなにがしかの意味をもつなら、の話だが――爆発が消え残っている。真空それ自体の目に強固に焼きついた残像のようなものだ。すべては四百五十ナノセコンドのうちに起こったことであり、人間用区画の客たちはなにひとつ気づかず、ただ彼女が突然黙ってしまったことに驚いているだけだった。

夢の第二葉、いわば完結編のなかでは、セリア・マウはふたたび庭にいた――

焚き火をしてから何週間もたつというのに、家のなかにはまだその匂いが充満していた。あらゆる場所に煙がしみこんでいた。あらゆるものが汚染されていた。父親が燃やした古いものたちが、みんな煙になってもどってきて、棚や調度品や窓台に舞い降りていた。みんな匂いになってもどってきたのだ。二人の子供はコートにマフラー姿で、庭に黒いプールのように丸く残った灰のそばに立っている。二人はその縁のところまでじりじりと爪先を寄せていくと、じっとその爪先を見下ろした。二人が重々しい驚きのようなものを覚えて顔を見合わせているあいだ、父親は家のなかをゆっくりと歩きまわっていた。父さんはどうしてあんなことをしてしまったんだろう？　どうしてあんなとんでもないあやまちを犯してしまったんだろう？　つぎはなにが起こるのだろう、と二人はいぶかしんだ。

女の子はなにも食べようとしなかった。食べ物も飲み物も、一切拒んでいた。父親が深刻な表情で娘を見下ろし、娘が彼の目を見ざるをえないように、娘の手をとった。彼の目はオレンジ色に近いほど明るい茶色だった。人はその目を魅力的だという。魅力あふれる目だ。

「おまえはお母さんにならなくちゃいけないんだよ」と父親はいった。「わたしたちを助けてくれるね？　お母さんになってくれるね？」

女の子は庭の奥に走っていって泣いた。誰の母親にもなりたくなかった。自分の母親になってくれる人が欲しかった。もしこの出来事が人生の欠かせない一部なら、そんな人生はごめんだった。そんな人生など信用できなかった。なにもかもが無に帰してしまう人生など。彼女は両手を真横にひろげて、大声でわめきながら庭を走りまわった。そのうち弟が笑いながらいっしょに走りだし、父親が庭にでてきて、またその悲しげな茶色の瞳をのぞきこませて、お母さんになってくれるね、といった。彼女は力いっぱい、そっぽを向いた。父親がどれほど大きなあやまちを犯したか、彼女にはわかっていた——写真から逃れるのがむずかしいなら、匂いから逃れるのはもっとむずかしいにきまっている。「母さんにもどってきてもらえばよかったじゃない」と彼女はいった。「栽培変種として、もどってきてもらえばよかったじゃない。簡単よ。簡単だったはずだわ」

父親は首をふった。そしてなぜそうしたくなかったのかを説明した。「じゃあ、あたしは母さんにはならない」少女はいった。「もっといいものになる」

計算体は首尾よくかれらの居場所を隠しとおしたうえに、太陽まで見つけてくれた。小さなG型の、少しくたびれた、とはいえ夜空に針穴のように光る一連の惑星をもつ星だった。

この〝パーキンズのほころび(レント)〟という名の星系で記憶すべきは、なんといっても異星の宇宙船が数珠つなぎになって彗星のような軌道を描いていることだ。この軌道は長大で、遠日点は隣の恒星までの距離の半分のところにある。宇宙船は長さ一キロから三十キロまでさまざまで船殻は分厚くて頑丈、色は光沢のない灰色、形は小惑星のようにまちまちで、ジャガイモのようなのもあれば、ダンベル形もあるし、穴だらけで釣合いがとれていないのもある。そしてどれもみな、厚さ二フィートの塵におおわれている。あまり最近のものではない、予測可能な恒星の大変動で吹きとばされてきた生物の塵だ。といっても、ここには生物は存在しない。この乗り物の持ち主は、地球に蛋白質が登場するまえに、乗り物を放棄して姿を消してしまっている。とはいえ、そのオウム貝のような内部空間はきれいさっぱりなにもなくて、何者かが暮らしていたとはとても思えないほどだ。ときおり、一部が太陽に落下していったり、一隻、また一隻と星系のガス巨星のメタンの海に突入していったりすることはある――が、かつては完璧だったのだ。

　このゴースト・トレインこそが、パーキンズ・レントの経済の要だ。この星系の人間は、鉱山を掘って資源を得るように、この宇宙船群から収穫を得ている。宇宙船がここでなにをしていたのか、どうやってここまできたのか、どう動かすのか、そんなことは誰も知らない――だから切って、溶かして、下請け会社経由で銀河核のどこかの企業に売る。それで地域経済が成り立っている。実に単純な話だ。使い切った船のまわりには、予測不能の動きをするスクラップの雲――燃え殻、誰もほしがらない、あるいは理解さえできない、正体不明の金属性の内部構造物、自動精錬機からでた廃棄物――が漂っている。〈ホワイト・キャット〉はそうした雲のなかに、格好の隠れ場所を見つけた。周囲のスクラップはどれも彼女の二、三倍の大きさがある。彼女はエンジンを切り、混沌としたアトラクター（時間の経過とともにある形に収束する閉軌道などをさす）に身をゆだねて、あっというまに行方をくらませた――ひとつの統計値になったのだ。セリア・マウ・ゲンリヒャーは怒り狂って夢から覚めると、貨物上乗人たちへのラインをオンにした。

「ここで降りてもらうわ」と彼女は通告した。

　かれらの荷物を船倉から落とし、人間用区画をあけて真空にさらす。空気がゴーッと音を立てて吹きだしていく。まもなくKシップのまわりにも、凍った気体やスーツケースやちっぽけな衣類の雲ができた。そのなかには、減圧された、青い、五つの死体も浮かんでいた。そのうち二体はセックスの最中で、合体したままだ。排除するのにいちばん苦労したのはクローンだった。クローンは家具にしがみついて叫んでいたが、すぐにぴしゃりと口を閉じた。空気が轟音とともに吹きぬけていっても、彼女はあきらめず、なかに残ろうとした。一分もたつと、さすがのセリア・マウもなんだかかわいそうな気がしてきて、ハッチを閉じた。人間用区画の気圧も、もとにもどした。

「外に死体が五つある」と彼女は計算体にいった。「男のひとりもクローンだったってことよね」

答えはなかった。

シャドウ・オペレーターたちは隅に集まって、手で口をおおっていたが、ついと顔をそむけた。

「そんな目で見ないでよ」セリア・マウはいった。「あいつらはトランスポンダーかなにかをもちこんでたのよ。でなきゃ、あとをつけられるわけないじゃない」

「トランスポンダーはなかった」計算体がいった。

シャドウ・オペレーターたちは水中の水草のようにゆらゆらと動きながら、異様な声で静かにかさこそとささやきあっている。「彼女はなにをしたのじゃ?」「皆殺しにした」「ぜんぶ殺してしまったのじゃ」

セリア・マウはきこえないふりをした。

「なにかあったにきまってる」

「なにもなかった」計算体は断言した。「ごくふつうの人間だった」

「だけど——」

「ごくふつうの人間だった」計算体はいった。

「なにさ」セリア・マウは少し口ごもってからいった。「なんの罪もない人間なんていやしないわよ」

クローンは片隅にうずくまっていた。気圧の低下で服はほとんどちぎれ、両腕で上半身をかかえこんでいた。肌は紅潮し、吸いだされていく空気でこすられた部分はみみず腫れのようになっている。脇腹のあちこちにある赤黒い傷は、そこらのものが宇宙空間に飛びだしていくときにぶつかってできたものだ。目はどんよりとして、ショックとなにが起きたのかちゃんと把握できない戸惑いからくる病的興奮に満ちている。キャビンにはレモンと嘔吐物の匂いが漂い、壁には固定具や調度品がひきはがされた傷。セリア・マウが声をかけると、クローンはパニックを起こしたかのようにあたりを見まわして、さらに隅へ身体を寄せようとした。

「ひとりにして」クローンはいった。

「ほかはみんな死んじゃったわよ」セリア・マウはいった。

「え?」

「どうして、あんなことされて黙ってたのよ? あたし、見てたんだから。あいつらがあんたにどんな仕打ちをしてたか、見てたのよ」

「くそったれ」とクローンはいった。「信じられない。できそこないのマシンが、みんなを殺したあげくに、あたしにお説教するなんて信じられない」

「あんたは、あいつらにいいように利用されてたのよ」

クローンは自分の身体をひしと抱きしめた。鼻の両脇を涙が流れ落ちていく。「どうしてそんなことがいえるのよ? あんたなんか、ただのできそこないのマシンじゃないさ」

そしてクローンはいった――「あたしは、あの人たちを愛してたのに」

「あたしはマシンじゃないわ」セリア・マウはいった。

クローンはケラケラと笑った。

「じゃあ、なんなのよ？」

「Ｋキャプテンよ」

クローンは嫌悪に満ちた、いかにもうんざりといいたげな表情を浮かべた。「どんなことしたって、あんたみたいにだけはなりたくない」

「同感」セリア・マウはいった。

「あたしを殺す気？」

「殺してほしいの？」

「いやよ！」

クローンは傷ついた唇に触れ、寂しげにキャビンを見まわした。「服は一枚も残ってないわよね」そういうと、突然、身をふるわせて声もなく泣きはじめた。「みんな外へでていっちゃったのね。友だちといっしょに。すてきな服がたくさんあったのに！」

セリア・マウはキャビンの室温をあげた。

「シャドウ・オペレーターがなんとかしてくれるわよ」セリア・マウはぶっきらぼうにいった。「ほかになにか、してほしいことは？」

クローンはじっくりと考えていた。

「どこか、ほんものの人間がいるところへ連れてって」

この星系で人が住んでいるのはパーキンズⅣという惑星だったが、住人はニュー・ミッドランドと呼んでいた。いちおうはテラフォーミングされていて、昔ながらの原則にのっとった農業が営まれ、周囲から隔離された囲い地内にいくつか自由貿易地帯（FTZ）スタイルの組立て工場があり、人口五、六万の街が二つ、三つ。すべて北半球の準平原化されたひとつの大陸におさまっている。農作物はビートやジャガイモ、それに地元独特のカボチャ類などで、カボチャはどこかの仕立て屋が安くつくる方法を編みだすまでは、遠くビーチにまで流通していた――この三世紀半というもの、昔ながらの農業の行く末はみんなこれだ。いちばん大きな街には映画館や役所、教会などがある。住人はみんな、自分たちはごくふつうの人間だと思っている。仕立てはなんとなく不自然だと思っているので、遺伝子をいじることはあまりない。宗教は、厳しいというよりは事実重視。学校ではゴースト・トレインのこと、そこからの資源の収穫の仕方を教えている。

雲行きの怪しい早春の第一月曜日のこと、子供たちが「素粒子市場へいきました」という遊びに興じていた。「素粒子市場へいきました、そこでわたしが買ったのは……」

「……ヒッグスボソン一個、中性Ｋ中間子何個か、ＣＰ破り処理でパイオン二個に崩壊する長命な中性カオン一個」までいったときだった。校舎の窓がビリビリッとふるえたと思うと、マットグレイの楔形の物体に吸気口とダイヴブレーキと動力部のふくらみがくっついたものが街の上空百フィートのところを突っ走って、窓から船体の全長とおなじ距離のところでぴたりと静止した。〈ホワイト・キャット〉だ。子供たちは歓声をあげて窓に駆けよった。

セリア・マウは貨物搬入口からクローンを外にだした。

「じゃあね」

クローンは彼女を無視して、「あたしは、あの人たちを愛してたのに」とつぶやいた。「あの人たちも、あたしを愛してたのに」

もう五時間も、おなじひとりごとをくりかえしている。クローンは役所を、トラクターの駐車場を、そして砂塵のなかに紙くずが舞う校庭をぐるりと見やった。

なんてしけたところ。パーキンズ・レント！　彼女はケラケラと笑った。Kシップから少し離れてタバコに火をつけ、道端に立って、乗せてくれそうな車を待つ。「そんな感じね」彼女はつぶやいた。「パーキンズのほころび、なんて名前がつきそうな感じ」

彼女はまた泣きだしたが、校庭をはさんでいるので、まだ窓にはりついたままの子供たちからは見えなかった。女の子たちは彼女のピンクのサテンのチューブスカートやエナメルのハイヒールや真紅のマニキュアをうらやましそうに眺め、男の子たちは恥ずかしそうに横目で彼女を観察している。大きくなったら、と男の子たちは考えていた――遥か彼方の銀河核で遺伝子医者やならず者の栽培変種どもに囲まれて困っている彼女を助けだしてあげるんだ。そうしたら彼女はよろこんで、お礼におっぱいを見せてくれる。ひょっとしたら、さわらせてくれるかもしれない。あのおっぱいをこの手で包んだら、あったかくて、すげえ気持ちいいだろうなあ。

こんな妄想を感じとったのかどうか、クローンはくるりと向きを変えて、〈ホワイト・キャット〉の船殻をガンガン叩いた。

「なかにいれて」と彼女は呼びかけた。

貨物搬入口がひらいた。

「もどるんなら覚悟してよ」セリア・マウはいった。

Kシップが大気圏外層に突入すると同時にスクランブルがかかった防空戦闘機の編隊が、一、二分後に姿をあらわした。しっかりターゲットにロックして追走を開始する。「ばかじゃないの」とセリア・マウはいった。そしてオープン・チャンネルで――「いったでしょ、すぐにでていくって」彼女はドライヴに点火すると、かすかながら目に見えるイオン化されたガスに乗り、マッハ四十近い速度で垂直に重力井戸から脱出した。子供たちからふたたび歓声があがった。パーキンズⅣの周囲を轟音がぐるりとまわって、反対側からきた轟音とであった。

大気圏外から見ると、パーキンズ・レントは白濁した眼球のようだった。クローンはキャビンに腰をおろしてものうげに惑星を見下ろしていた。彼女のまわりにはシャドウ・オペレーターたちが集まって、彼女に触れようとするかのように、手をのばしては、罪深いことだ、痛ましいことだとかれらの言語でささやきあっている。「いいかげんにしなさいよ」とセリア・マウ・ゲンリヒャーは警告した。「いつまでもうだうだと」軌道上防空戦闘機二機を安いほうの武器で撃退。つづいて計算体に相談してダイナフロー・ドライヴに点火すると、船を無窮の闇のなかへとゆだねた。

数十ナノセコンド後、見覚えのある物体がひそかにゴースト・トレインの列から離脱して、こっそりとセリア・マウのあとをつけはじめた。その船殻にはついさっきの高温事象で穿たれたあばたがいくつか見てとれた。

15 「こいつを殺っちゃってよ、ベラ」

エドは、ティグともニーナとおなじくらいしゃべるよう心がけていた。

街中はやばい。警察がそこらじゅうにいる。クレイ姉妹もそこらじゅうにいる（エドは冷酷きわまりない連中が不平不満の種を大事に育てながら夜のニュー・ヴィーナスポートをうろついているのを感じとっていた。この地面の皮一枚下にある、ほの暗い青い光に満ちたウサギ穴は安全な場所ではない、自分みたいなプランクトンばかりが集まっているこんな場所で安穏としていられるわけがない、それは百も承知だった）。ティグの帰宅時間は日毎に遅くなってきていた。いつも腹ぺこなのに、食べる時間もないありさまだ。くたびれていると、足取りもよけいぎくしゃくする。

「俺、ティグだ」彼はいつも戸口で声をかける。エドの許しがないと部屋に入りにくいらしい。

たまにはエドもティグといっしょに街にでることもあったが、山の手にとどまってちびちび稼いだ。あちこちの街角で細かい商売をするだけだ。仮にティグがエドと女房との仲に気づいていたとしても、ティグはそんなそぶりは毛ほども見せなかった。二人は暗黙の了解で、クレイ姉妹のことも口にしなかった。ほかに共通の話題はあまりなかったから、話すのはもっぱらエドのことだった。エドにとってはこれがよかった。しゃべることで気がまぎれた。三週間もたつころには、ニーナの寛容さのおかげで、エドも過去のかなりの部分をぽつぽつ思いだせるまでになっていた。問題はその部分部分がひとつにまとまらないことだった。フラッシュバックのように唐突にイメージや人や場所、出来事が、ろくな照明もなしにぐらつくカメラでとらえたように浮かぶのだ。結合組織が欠けている。エド自身のちゃんとした語りもない。

「すごいやつらがいたんだよな」ある晩、エドは唐突にしゃべりだした。しゃべれば、はっきりするかもしれないと思ったからだ。「それが、ほんとにマッドなやつらでな。不死身なんだ」

「どういうやつらなんだい？」

「だから、銀河中に、なにかやってのけるやつがいるのさ」エドはなんとか説明しようとした。「あちこちにいるんだ。あちこちで、たのしくやってる」

「なにをやってるんだい？」

エドにとっては、ティグがまだわかっていないのが不可解だった。「そりゃあ、なんでもさ」と彼は答えた。二人はダイオキシンとフォティーノが接する角のあたりに立っていた。午前二時半か三時半ごろのことだ。通りは閑散としている。人っ子ひとりいない。見上げれば満天の星空。片隅にはケファフチ宙域がまばゆく輝いて、邪悪な目のように二人をねめつけている。本気でそう思ったわけではなかったが、エドはすべてをひっくるめるように手を大きくまわした。「とにかく、なんでもだ」

真相はこういうことだった――

エド・チャイアニーズは、若いころからいわば流れ者で、直感で行動するタイプだった。どこの惑星で生まれたかは覚えていなかった。「案外、ここだったりしてな！」彼はそういって笑った。家をでたのは、かなり早い時期だった。家にはなんの魅力もなかったからだ。大柄で、いかにもダサい、大の猫好きの黒髪のガキで、わけもなく四六時中、興奮していた。家に閉じ込められているというのではないが、なにかと世話を焼かれすぎて、それがうっとうしくてしかたなかった。彼はダイナフロー・シップを乗り継いで惑星から惑星へと飛び歩き、三年後、道をはずれてビーチに降り立った。そこで親しくなったのが、ぎりぎり切羽詰まった場面にでも遭遇しないかぎり、命などなんの意味もないと思っているような連中だった。というわけで、彼もケファフチ・ブギを踊ることになった。つまり、探鉱と開拓(エントラーダ)——ディップ・シップと称する、ほとんど計算体と磁場と一種のスマート・カーボンだけでできているようなひとり乗りのロケットで、星々の包被をサーフィンして歩くのだ。いまではそんなことをしている人間はそう多くない。

なにをするかといえば、ハローにある人工星系に散在する異星人の迷宮をランさせるのだ。エドはこれが得意だった。当代きってのマッドマンと誰もが認めていたアル・ハートマイヤーが〈ヘヴィサイド・レイヤー〉（エリオットの未発表の詩に登場する猫にとっての天国）を降りたあとはエド・チャイアニーズの右にでる者なしといわれたほどの名手で、最盛期にはカシオトーン9を攻略した。アスケーシスの迷宮に彼ほど深く入り込んだ者はいない。なぜなら、そこから脱出できた者は彼しかいなかったから。クソEMCの子会社あたりとの契約で、金のためにやることもあれば、たのしみとしてやることもあった。目的はともあれ、エドはその何年間か、開拓者(エントラディスタ)や飛行機乗り、素粒子ジョッキー、といった連中とつきあっていた。みんな、ばかでかくてやっかいな異星人のマシンのどまんなかでなんとか収穫を得ようと全力を傾ける過激な連中だ。なかには女もいた。リヴ・フーラがハイパーディップ・シップ〈ソーシー・サル〉（モンゴメリ作のエミリー三部作に登場するエミリーの飼い猫の名前）で太陽の光球からでてきたのは、ちょうどエドがその星系のフランス・チャンスⅣのヴェニス・ホテルに滞在していたときのことだった。それまでそんなに深く入った人間はいなかったから、成功した瞬間には歓声が一光年先まで届いたほどだった。彼女は、そこまで深く侵入した最初の人間——彼女こそがまぎれもない第一号だった。タンブルホームのパーキング軌道に駐船中の貨物輸送船で四週間すごしたときには、ダニー・ルフェーブルと遭遇した。彼女は惑星上でかかった未知の病気が進行するのをなすすべもなく待つだけという境遇だった。けっきょく彼女を惑星から連れだしてやったのはエドだった。彼女はなかば正気を失い、瀕死の状態だった。別によく知っている相手というわけでもなかったのだが。

興奮の種があるところ、それをもとめる連中が集まるところ、エドはかならずそこにいた。かれらはたがいに「ゴー、ディープ」と声をかけあった——ヘイ、ゴー、ディープ。そして彼の記憶にないなにかが起こり、彼はそうしたことすべてから遠ざかることになった。原因は知り合いの誰かかもしれないし、自分がしでかしたことかもしれない——もしかしたら、二度としゃべることもできないいま彼を見上げていたダニーのせいかも。彼女の頰をひと筋の涙が伝っていた。それ以後、彼の人生はいくらか下り坂になったようだったが、それでもまだまだおたのしみはいくらもあった。バッドマーシュにプロアサヴィンD‐2を投下したこともあったし、カウフマン星団の軌道都市では遺伝子改変したマーモセットのリボソームを混ぜた地球へロインを打ちまくった。懐が寂しくなると、コソ泥やディーラー、ポン引きのまねごともした。まあ、まねごと、といえない部分もあったかもしれないが。しかし、手は汚れていたとはいえ、心は狂おしいほどに生をもとめていた。そして生をいちばん切実に感じられるのは死と背中合わせのときだった。幼いころ、姉が去っていったとき以来、そう信じてきた。やがてたどりついた先はビーチのシグマ・エンドで、そこで知り合ったのが、伝説の男ビリー・アンカーをはじめとする連中だった。そのころのビリー・アンカーはラジオＲＸ１にとりつかれていた。

「悪いな」エドはティグにいった。「あの男がどんなことをやってのけたかは、いえないんだ」彼はにやりと笑った。「いくつかは、俺もからんでるんだ。でも最高の仕事とはいえない」思いだして首をふる。

ティグ・ヴェシクルはきょとんとしていた。彼には子供がいる。ニーナがいる。暮らしがある。そしてそのどれにも意義を見いだせずにいる。が、問題はそれではなかった。どうしてエドはトウィンクなんかになり果ててしまったのか、知りたいのはそこだった。トウィンクは、それまでのエドの人生の対極にあるもののはずなのに。ブラックホールのシュワルツシルト半径をサーフィンしたあとで、タンクに入って安っぽい夢を見てなにがおもしろいのか？

エドはゆっくりと歯を見せて笑った。

「俺にいわせれば」と彼はいった。「やる価値のあることをやり倒したあとは、やる価値のないことをするしかなくなるのさ」

本当のところは、彼にもわかっていなかった。もしかしたら、最初からずっとトウィンクだったのかもしれない。トウィンキングが、生まれたときから彼を待ち伏せしていたのかもしれない。そいつは時節を待っていた。そしてある日、彼が角を曲がったら——どこの惑星でだったかも思いだせないが——そこにいた。**なんにでも、なりたいものになれます。**ほかのことはなんでもやってきた。だったらこれもいいじゃないか。それ以来、なりたいものになるために、人生のすべてとはいわないまでも、その大半をつぎこんできた。悪いことに、あの昔のワイルドな日々が彼にとってたいして価値のあるものではないとしたら、いまはそれよりもっとお粗末な毎日だ。

彼は心の内で、いくらか金ができしだい、また徹底的にトウィンクしてやると思っていた。

このままでいられるはずがない。それはわかっていた。エドは罪悪感が充満した夢ばかり見ていた。夜中に目を覚ましては、不吉な予感を覚えた。そしてついに、ある宵、ニーナとセックスしている最中にすべてが一気に起こったのだった。

ウサギ穴では毎日、ざわざわと騒々しい動きがいつのまにかしんとしずまりかえって、また喧騒がもどるというサイクルがくりかえされている。日に三度か四度だろうか。エドには、その静かな時間帯がなんとも薄気味悪く感じられた。ひんやりした隙間風が小部屋から小部屋へと通り抜け、安っぽいポスターのケファフチ宙域の写真がなにかの宗教の聖像のように光を放つ。子供らはすやすや寝ているか、造船所のほうの廃棄物置き場にでかけているか。ときどき、いびきやためいきがきこえる――それがまたよくない。なにもかもに見捨てられたような気分になる。宵のうちはいつもそうだ――その日はウサギ穴ばかりでなく、世界中の人間の暮らしが止まってしまったような気がしていた。

エドの耳に入ってくるのは、ニーナの不規則な呼吸音だけだった。ニーナは不自然な体勢になっていた。うつぶせで、片膝を身体の下に折りこみ、ほっぺたを壁にくっつけて、くぐもった声で「もっと強く」といいつづけている。追憶にふけり、メランコリーに沈んでいたエドは、ふとその言葉に気づいて少し姿勢を変えた。と、ニーナの白くのびた背中のむこうの戸口に、こっちをうかがっている人影が見えた。最初は父親の幻でも見ているのかと思った。あいまいな記憶が、寒々とした薄闇のようにおおいかぶさってくる。彼はぶるっと身ぶるいし(「そうよ」ニーナがいう。「そう、いいわ」)、目をしばたたいた。

「なんてこった、おまえか、ティグ?」

「ああ、おいらだよ」

「こんな早くに帰ってきたことなんかなかったじゃないか」

ティグ・ヴェシクルはおずおずと部屋をのぞきこんで、傷ついたというよりは、わけがわからないといいたげな表情を浮かべた。「おまえなのか、ニーナ?」

「そうにきまってるでしょ」ニーナは腹立たしげに答えると、エドを押しのけてぽんと立ちあがり、服を直して、髪に指を走らせた。「いったい誰だと思ったのよ」

ティグは一瞬、考え込んでいるようだった。

「さあな」ひと呼吸おいて、ティグは正面切ってエドを見た。「誰かなんて、考えてなかったよ。ただ――」

「そろそろでていかなくちゃな」なにか意思表示しなくてはと感じて、エドはいった。

ニーナがじっと彼を見つめている。

「なにいってるの、だめよ」と彼女はいった。「でていくなんてだめ」彼女は急に二人に背を向けて、コンロのほうへ近づいていった。「明かりをつけて。寒くてしょうがないわ」

「おいらたちは、人間とは子供をつくれないんだぞ」ティグがいった。

ニーナの左肩が勝手にぴくっとあがる。「ヌードル、食べる?」と彼女は二人に訊いた。「それしかないから」

エドの心臓の鼓動もやっとおちつき、集中力ももどって、ウサギ穴の騒音も耳に入るようになった。最初はいつもどおりの音のようだった――子供らの金切り声、ホログラムのサウンドトラック、家事をこなすカタカタ、ガタガタいう音。と、大声がきこえた。叫び声が近づいてくる。単調な爆発音が二、三度。

「なんだ、こりゃあ? 大勢で走りまわってるぞ。シーッ!」

ニーナがティグを見た。ティグはエドを見た。三人はたがいの顔を見合った。

「クレイ姉妹だ」エドはいった。「俺をつかまえにきたんだ」

ニーナは、そうすればこんなことは無視できるとでもいうように、くるりとコンロのほうを向いた。

「ヌ、ー、ド、ル、食べるでしょ?」ニーナはいらだたしげにくりかえした。

エドはいった。「ティグ、銃をだせ」

ティグ・ヴェシクルは、金網張りのハエ帳みたいなもののなかからボロ布にくるんだ銃をとりだし、布をはずしてじっと眺めてから、エドにさしだした。

「どうする?」ティグは小声でたずねた。

「ここをでる」とエドはいった。

「子供たちはどうするのよ?」ふいにニーナが叫んだ。「子供たちを置いていけるわけないでしょ!」

「あとでもどってくればいい」エドはいった。「やつらが追いかけているのは、俺なんだから」

「きょうはまだなんにも食べてないのよ!」

ニーナはコンロにしがみついた。けっきょくエドとティグは二人で彼女をコンロからひきはがし、小部屋をでてウサギ穴のなかをストレイント・ストリート側の出口に向かって進んでいった。永遠かと思えるほど時間がかかった。青みがかった光のなか、大の字に寝ころがった連中の手足にあちこちでつまずくものだから、ちっともスピードがでない。ニーナは思いっきり腰が引けたままだし、とんでもない方向へいこうとする。ひとつドアをくぐるたびに、誰かを、あるいはなにかを驚かせてしまう。まるで全部の小部屋同士が隣り合っているみたいだ。ウサギ穴が安っぽい悪夢のなかの迷路みたいだとしたら、追手の動きもおなじことだった——そろそろ終わりかと思ってエドがリラックスしかけると、とたんにこんどはまた別の方向から、まえよりもすごいのがスタートする。銃撃戦がはじまり、暴走し、徐々におさまって静寂がもどる。悲鳴と爆発音がこだまする。煙が充満し、残響が轟く小部屋のなかで、いったい誰が誰を撃っているのか?　レインコートを着たチビのガン・パンクども。長さ一フィートの牙をもつ使い捨ての栽培変種ども。発砲のたび、突然の閃光に、男や女や子供らがぎくしゃくした動きで逃げまどうシルエットが浮かぶ。ニーナ・ヴェシクルがふりかえった。全身をぶるっとふるわせる。そしていきなり笑いだした。

「ねえ、こんなに走ったの、何十年ぶりよ！」

彼女はエドの腕にしがみついた。生き生きとした、興奮で少し焦点があっていない瞳が、きらきらと彼の瞳をのぞきこんでくる。この輝きはまえにも見たことがある。彼は笑顔を返した。

「おちつかなきゃだめだぞ」

それからほどなく、あたりの光の青みが薄れて灰色がかってきた。空気もいっそう冷え冷えとしてきている。誰かの夕食を床にぶちまけたと思うと――エドには弧を描く液体とコインのように縁でぐるぐるまわっている陶器の茶碗と教会音楽とともに流れるホログラムのケファフチ宙域の輝きがかろうじて見てとれた――つぎの瞬間、かれらは息をはずませ、たがいの背中にぶつかりながら、ストレイント・ストリートにでていた。

外はまた雪模様になっていた。壁沿いに街灯が並ぶストレイント・ストリートは、遥か彼方までまっすぐにのびていて、まるで紙吹雪で埋め尽くされた峡谷のようだった。どこかの政党の古いポスターが壁からはがれかかってパタパタ揺れている。エドはぶるっと身をふるわせた。火花、と彼は唐突に思った――なにもかもに火花。彼は思った――クソ。

やがて笑いがこみあげてきた。

「やったな」

ティグ・ヴェシクルも笑いだした。「おいらたち、何者？」

「やった」ニーナがおずおずといい、二、三度くりかえした。「やっ、やった」

「たしかにやったよ」そう認めたのはベラ・クレイだった。

イーヴィ・クレイがいう——「こっちへでてくると思ってたよ」

「そうにちがいないと踏んでたんだ」

二人は吹きすさぶ雪のなか、通りのまんなかに立っていた。そこでずっと、かれらを待っていたのだ。ばっちり化粧して、大きなバッグを胸にかかえている。夜の七時にガーメントセンターの端に立って、これから酒とドラッグをやって、あとはなにが起こるかおたのしみと心躍らせている女たちそっくりだ。寒さ対策だろう、いつもの黒いスカートと秘書風ブラウスの上にウエスト丈のフェイク・ファーのジャケットを羽織っている。ベラはさらにおなじ素材の縁なしの帽子をかぶっている。黒のふくらはぎ丈のウインター・ブーツからでている素足は真っ赤になって、あかぎれができている。イーヴィ・クレイがバッグのジッパーをあけはじめたが、途中で顔をあげた。

「ああ、あんたはいっていいよ」彼女はニーナに向かっていった。ニーナがまだそこにいたことに驚いているふうだった。「あんたに用はないから」

ニーナ・ヴェシクルはエドを、そして夫を見ると、ぎごちなく手をふった。

「だめよ」

「いけよ」エドが静かにいった。「用があるのは俺だけなんだから」

ニーナは頑として首を横にふった。

「いっていいんだから」エドはいった。

「そう、用があるのはその男だけだよ」イーヴィ・クレイがいった。「あんたはいきな」

ティグ・ヴェシクルがニーナの手をとった。ニーナはティグにひっぱられるままに一歩、二歩と進んだが、身体も視線もエドに向けられたままだった。エドは最高の笑顔を見せて、いけよ、と声にださずに口を動かした。そして、声にだしていった——

「いろいろありがとう」

ニーナは不安げに笑みを返した。

「ところで」イーヴィ・クレイがいった。「こっちは、あんたのダンナにも用があるんだけどね」

イーヴィがバッグに手を入れたが、エドはすでにハイライト・オートローダーを手にして、彼女の顔に向けて構えていた。銃口が彼女の左目の下まぶたの肉をへこませるほど近くだ。「イーヴィ、手はそのままだ。バッグからだすなよ」と彼は忠告した。「なにもするな」彼は上から下まで、まじまじとイーヴィを眺めた。「こいつが、あんたがランしてる栽培変種じゃ、意味ないけどな」

「絶対わかりっこないね、くそったれ（ディップ・シット）」

イーヴィはいった——「こいつを殺っちゃってよ、ベラ」

エドがふと目をあげると、イーヴィの頭ごしにベラ・クレイのでかいチェンバーズ・ピストルの銃口がこっちを狙っているのが見えた。彼は肩をすくめた。

「俺を殺っちゃってみろよ、ベラ」

ティグ・ヴェシクルはこの膠着状態を見ながら、静かにあとずさっていった。ニーナの手はしっかり握ったままだ。「さよなら、エド」と彼はいった。そしてくるりと背を向けて駆けだした。はじめのうちはニーナをひっぱらなくてはならなかったが、ニーナもすぐに目が覚めたようで、必死になって走りだした。二人の姿は背の高い不恰好な鳥のようだった。二人のまわりには雪が渦巻き、手足の関節のおかしな動きや奇妙な走り方もなかばぼやけてしまっている。エド・チャイアニーズはある意味ほっとしていた。二人にはずいぶん世話になった。二人で問題を解決して、子供のところにもどって、しあわせに暮らしてくれよ、と彼は祈った。

「ヘイ」彼はうわのそらで口にしていた。「ゴー・ディープ」

「くそったれ（ディップ・シット）」イーヴィ・クレイがいった。

大きな発砲音が響いた。彼女がバッグのなかの銃の引き金を引いたのだ。バッグは吹っとんで、チェンバーズの電光が通りを駆け抜けた。エドはびっくりしてとびあがった拍子にイーヴィの横っ面を撃っていた。イーヴィは身体を硬直させて、うしろにいたベラの腕のなかに倒れ込み、その拍子にベラはイーヴィの後頭部を撃ってしまった。エドは倒れてくるイーヴィをよけてとびのき、ベラのあごにハイライトを突きつけた。

「栽培変種だといいんだがな、ベラ」彼はそういってから警告を発した――「あんたも栽培変種をランしてるんでなければ、銃を捨てることだ」

ベラはイーヴィの亡骸を、そしてエドを見た。

「ちくしょう」ベラは銃を地面に落とした。「この先、おまえに安住の地はないと思いな。永遠にずっと、安全な場所なんかどこにもないからね」

「じゃあ、栽培変種じゃなかったのか」エドは肩をすくめた。「そりゃ、お気の毒さまだった」

彼はティグとニーナが完全に逃げ切れるまで待ってから、武器を全部拾い集め、ストレイント・ストリートを、二人が逃げたのとは反対の方向に走りだした。どこへいくあてもなかった。雪はすでに雨に変わりはじめている。うしろから、ベラ・クレイがガン・パンクどもを呼び集める金切り声がきこえてきた。ふりかえると、ベラはイーヴィを起きあがらせようとしていた。街灯の明かりのなか、イーヴィの頭の残骸が濡れたボロ雑巾のようにくたっと倒れるのが見えた。直射だ、と彼は思った。眉間を直撃だ。

16 ベンチャー・キャピタル

ロンドンにもどったその日のうちに、マイケル・カーニーはチズィックの家を閉めて、アンナのフラットに移った。

引越し荷物はたいした量にはならなかった。アンナは、自分自身と自分の思考とを隔てる手段として物を溜め込んでいたから、荷物が少ないのは幸いだった。なにしろ、ここはウサギ穴同然なのだ――部屋が一列に並んでいるのだが、大きさはばらばら、というか、ひとつがほかの二つの部屋のあいだの通路として機能するようなつくりになっている。おかげで、自分がいまどこにいるのか、いつも迷う。自然光はあまり入らない。おまけにアンナが壁を麦藁みたいな黄色に変えた上にラグロール・ペインティングでぼやけた赤褐色をのせたものだから、なおさら暗い。キッチンと洗面所は狭いし、洗面所には青みがかったゴールドの魚が描いてある。そこらじゅうに飾られた仮面、リボン、中国風のランプシェード、ほこりだらけのちっぽけなカーテン、角が欠けたガラス製の枝付き燭台、彼女がいちどもいったことのない国々の大きな乾燥した木の実。重みで傾いだ軟材の棚からこぼれて糖蜜色の床に漂いでている本。

カーニーは奥の部屋でフトンを敷いて寝るつもりでいたが、横になったとたんに動悸が激しくなり、わけのわからない不安感に苛まれて、一日、二日あとにはアンナのベッドで寝るようになった。たぶん、これがまちがいだったのだろう。

「なんだか、また結婚しちゃったみたいね」ある朝、起きぬけに、痛々しいほど明るい笑顔でアンナはそういった。

カーニーがバスルームからでてくると、ポーチドエッグとカビ臭いトーストと、これまたカビ臭いクロワッサンが用意されていた。朝の九時だというのに、ランチョンマットを使い、蠟燭を灯した、念の入ったテーブルセッティング。だが、総じてアンナはまえよりもおちついているようだった。ウォーターマンズ・アートセンターでヨガのクラスを予約している。自分宛のメモを書くのはやめたものの、それまでに書いた分は寝室のドアの内側に画鋲で留めてあるので、カーニーとしては忘れていた気持ちの負い目と直面させられている気分だった。**誰かがあなたを愛してる。**彼は毎晩、ほとんどの時間を部屋の天井に映る淡い街灯の光を見つめ、チズィック橋を往来する車のかすかな音に耳を傾けてすごした。そしてどうにかおちついたと思えると、とるものもとりあえずブライアン・テートに会いにフィッツローヴィアに出向いた。

冷え込みのきびしい月曜の午後だった。雨が降ったせいで、トテナムコート・ロードの東側の街路に人影はない。

研究室——最近インペリアル・カレッジに見捨てられて自由市場経済の手にゆだねられた、カレッジの別館——には寒々しいほど清潔な地階から入るようになっていた。梨地仕上げのプレートが貼ってあり、磨きたての鉄の手すりがついている。もう二、三本東寄りの通りだったら、著作権エージェンシーでも入っていそうな構えだ。換気装置がやかましい音を立てている。カーニーは、霜におおわれたガラス窓ごしに人影が動くのを見たような気がした。かすかなラジオの音も洩れてくる。カーニーは階段をおりてドア横のキーパッドにアクセスコードを打ち込んだ。ドアはあかない。インターホンのブザーを押して、テートがなかに入れてくれるのを待つ。インターホンはパチパチいっているのに、返事はないし、ドアもあかない。

彼はひと呼吸おいて、「ブライアン」と声をかけた。

もういちどブザーを押して、そのまま親指で押しっぱなしにした。なんの返事もない。階段をあがって道路にもどり、手すりのあいだからのぞきこむと、こんどは人影は見えなかった。きこえてくるのも換気装置の音だけだ。

「ブライアン？」

どうやら勘ちがいだったらしい。研究室はからっぽだ。カーニーはそう結論して革ジャケットの襟を立て、センターポイント・ビルの方向へ歩きだしたが、通りの端までいかないうちに、テートの家へ電話してみようと思いついた。電話にでたのはテートの妻だった。「うちにはいません」と彼女はいった。「いなくて幸いだけど。あたしたちが起きるまえに、でかけちゃったわ」彼女は少し考えてから、冷淡な口調でこうつけくわえた——「もし、ゆうべ、帰ってきたんだとしたらね。あの人に会ったら、いっといてください、子供たちを連れてボルティモアにいきますからって。本気よ」カーニーは、彼女の名前や顔つきを思いだそうとしながら、受話器を見つめていた。「まあね」と彼女はつづけた。「正直いうと、本気じゃないけど。でもすぐそうなるわ」カーニーが答えずにいると、彼女は尖った声で呼びかけてきた。「マイケル？」

カーニーは、彼女の名前はエリザベスだが、みんなはベスと呼んでいたことを思いだした。「あ、悪い、ベス」

「ほらね?」テートの妻はいった。「あなたたちは、みんなおんなじ。どうして彼が目を覚ますまでドアを叩きつづけないのよ?」そして——「女といっしょだとでも思ってるの? だとしたら、ほっとするわ。そのほうがよっぽど人間的だもの」

カーニーはいった。「なあ、待ってくれ、ぼくは——」

ふりむくと、ちょうどテートが研究室から階段をあがって通りにでてきて立ち止まるのが目に入った。左右を見て道路をわたると足早にガウアー・ストリートのほうへ歩きだす。「ブライアン!」カーニーは大声で呼びかけた。その声を拾った電話が、彼にむかって切羽詰まった声でぎゃあぎゃあわめきはじめた。カーニーは電話を切り、「ブライアン! 俺だ!」と叫びながらテートのあとを追った。「ブライアン、なにがどうなってるんだ?」

テートはきこえたそぶりを見せない。両手をポケットにつっこんで、背をまるめて歩いている。雨足が強くなってきた。「テート!」カーニーは声を張りあげた。テートは肩ごしにカーニーを認めると、ぎょっとしたようすで、いきなり駆けだした。ブルームズベリー・スクエアで追いついたときには、二人とも大きく息をはずませていた。カーニーが、グレイのスノーボーダー・ジャケットを着たテートの肩をつかんで、ぐいっとふりむかせると、テートはしゃくりあげるような喘ぎ声を洩らした。「ほっといてくれ」テートはそういうと、突然打ちのめされたようすでその場に立ちつくした。涙がとめどなく頬を伝っている。

カーニーはつかんでいた手を離した。

「どうした、なにがあったんだ?」

テートはしばし喘いでいたが、やがて、やっとのことでいった——「おまえにはうんざりだ」

「え?」

「おまえにはうんざりなんだよ。いっしょにやってるはずだったのに、おまえはいやしない、電話にもでない。血も涙もないゴードンは、いまや俺たちの研究の四十パーセントをマーチャントバンクに売りとばす気でいるんだぞ。俺は金のことなんかちんぷんかんぷんだ。そもそも俺の担当じゃなかったんだからな。この二週間、いったいどこへ雲隠れしてたんだよ？」

カーニーはテートの両腕をぎゅっとつかんだ。

「こっちを見ろ。もう大丈夫だ」カーニーは大声で笑ってみせた。「驚いたな、ブライアン、おまえでもトラブることはあるんだな」

テートは不機嫌そうな顔でカーニーを見ていたが、やがていっしょになって笑いだした。

「なあ」カーニーはいった。「リンフ・クラブで一杯やろうじゃないか」

だが、テートはそうすんなりといいなりにはならなかった。リンフ・クラブはいやだ、と彼はいった。どっちにしろ、仕事がある、と。「いっしょにもどるってのはどうだ？」彼はそう提案した。

カーニーは笑顔をつくり、それがいちばんよさそうだ、と応じた。

研究所は、猫と悪くなりかけた食べ物とジラフビールの匂いがした。「ほとんど毎晩、ここの床で寝てるんでね」テートがすまなそうにいった。「家に帰る時間がなくてさ」猫たちはテートのデスクの足元に散らかったハンバーガーのカートンの山にもぐりこんでいて、カーニーが近づいていくと、そろって顔をあげた。雄は一目散にとんできて足にじゃれついたが、雌はじっとすわったままだ。白い毛のまわりに明かりの具合でできた透明なコロナをまとい、彼がくるのを待っている。カーニーはその小さな角張った頭をなでて笑った。

「おやおや、これがプリマドンナのお住まいか」と彼は雌猫に話しかけた。

テートは気まずそうな顔でいった。「そいつら、おまえがいなくて寂しがってたぞ。それはともかく、見てほしいものがある」

テートは量子ビットの平均有効寿命を八倍から十倍ひきのばすことに成功していた。二人は部屋の奥にあるサイドキャビネットまわりのがらくたを片付けて、ずらりと並ぶ大きなフラットスクリーン・ディスプレーのひとつのまえに腰をおろした。雌猫は尻尾を宙でゆらゆらさせながら歩きまわったり、カーニーの肩にのって耳元でゴロゴロ喉を鳴らしたりしている。試験結果は、デコヒーレンス・フリーの空間内で、シナプスがぽっぽっと活発に活動するかのように、つぎつぎと展開していった。カーニーがおめでとうというと、テートは「これは量子コンピュータじゃない」と答えた。「でも、いまはキールピンスキーのチームより先をいってると思う。なあ、どうしておまえにここにいてほしいか、わかってるのか？　ゴードンに裏切られるような目にだけは遭いたくないんだ。いまなら、どんな相手にだってどんな条件でもだせるんだから」彼がキーボードに手をのばしてなにか打ち込もうとすると、カーニーはそれを止めた。

「もうひとつのほうはどうなってる？」

「もうひとつのほうって？」

「モデルの、正体不明のグリッチさ」

「ああ、あれか。やれるだけのことはやってみたよ」テートは二つ三つキーを叩いて、新しいプログラムを始動させた。アイスブルーの閃光が走る——と、カーニーの肩にのっていた雌のオリエンタルが身を硬くした——ベオウルフ・システムが空間をだましはじめると同時に、かれらの目のまえにさっきの試験結果が花ひらいた。こんどはさっきよりずっとゆっくりしているし、鮮明だ。なにかが、どこかのコードの背後で力を奮い起こして、一気にスクリーンにひろがった。無数の色の光が、なにかに驚いた魚の群れのように沸き立ち、流れていく。白猫はたちまちカーニーの肩からとびおり、ディスプレーが揺れるほどの勢いで体当たりした。たっぷり三十秒ほど、フラクタルはスクリーンにあふれ、ひくひくと動きつづけた。そして、すべてが静止した。白猫はその毛にディスプレーのアイスブルーの光を反射させて、もう三十秒ほど踊っていたと思うと、急に興味を失って熱心に毛づくろいをはじめた。

「どういうことだと思う?」テートがいった。「カーニー?」

カーニーは漠然とした恐怖に包まれて、ひたすら猫をなでていた。フラクタルの爆発が起こる直前、モデルが崩壊した瞬間に、なにか別のものが見えたのだ。どうしたら自分を救うことができるのか?どうしたらすべてをひとつにまとめることができるのか? やっとのことで、彼はいった――「やっぱり、人為的なミスだろうな」

「俺もそう思ってたんだ。これ以上つっついても意味ないさ」テートはそういって笑った。「猫がよろこぶ以外はな」これをきいてもカーニーが立ちあがらずにいると、テートはそこを離れて別の試験の準備にとりかかった。五分ほどたったころ、さっきの会話がまだつづいていたかのように、テートはいった。「ああ、それから、なんだかいかれたやつがおまえに会いにきたぞ。いちどじゃない。ストレイクっていうやつだ」

「スプレイクだ」

「そういったさ」

運悪く、夜中に目が覚めてしまったような気分だった。カーニーは白猫をそっと下におろすと、研究室を眺めまわした。スプレイクのやつ、どうやってここにたどりついたのだろう?

「なにかもっていったりしなかったか?」モニターを指さす。「これは見なかったろうな?」

テートは笑いながら答えた。

「冗談じゃないぜ。なかに入れたりするもんか。腕をふりまわして、何語だか知らないが、俺に向かって熱弁をふるいながら、このへんをいったりきたりしてたよ」

「あいつに吠えられるのは、嚙まれるよりたちが悪い」カーニーはいった。

「二度めにきたあとで、ドアのコードを変えたんだ」

「そのようだな」

「万が一のためさ」弁解がましく、テートはいった。

カーニーがスプレイクと出会ったのは、あのダイスを盗んで五年ばかりたったころだった。キルバーンを通ってユーストンに向かう込み合う通勤地下鉄にたまたま乗り合わせたのだ。キルバーン駅の壁は落書きだらけだった。慎重に計算したうえで描かれた、あふれかえるような赤と紫と緑の爆発。炸裂する花火のような形や、壁の表面が濡れて光っているせいで、じっとりと湿気をおびたトロピカルフルーツのように見える、ぷっくりふくらんだ形。エディ、ダッゴ、ミンス——名前というよりはイラストに近い、大胆にデザイン化した文字。あれを見たあとでは、ほかはみんなうっとおしく、だるく見えたものだった。

キルバーン駅のホームには人気がなかったが、電車は誰かを待っているかのように長いこと停車していた。そしてついに、ひとりの男が込み合う電車に乗り込んできた。赤毛、淡色の目、鋭いまなざし、左頰全体に走る黄色くなった古い傷跡。軍放出のベルト付きコートを羽織っているが、その下にはジャケットも、シャツも着ていない。ドアが閉まったのに、電車は停車したままだった。男は乗り込むやいなや煙草を巻くと、まわりの乗客に笑顔で会釈しながら、さもうまそうに吸いはじめた。男たちは、きれいに磨いた自分の靴を見つめている。女たちは男の胸筋のあいだの薄茶色の胸毛の量を品定めし、たがいに険悪な視線を交わす。ドアは閉まったのに、電車は動かない。一、二分後、男が腕時計を見ようと袖口をまくった拍子に、垢で汚れた手首の内側にＦＵＧＡという刺青が見えた。男はにやっと笑って、外の落書きを指さした。

「あれのこと、〝爆撃〟ていうんだぜ」そばの女に話しかける。「俺たちみんな、ああいうふうに生きるべきだよな」女はすぐさまデイリー・テレグラフを熱心に読みはじめた。

その男、スプレイクは、女がなにかいったかのようにうなずいた。口から煙草をはずして、ひらべったくなった、穴だらけの、唾で汚れた吸い口を眺める。「あんたらよう、みんなすげえ自己満足の塊って感じだぜ」まわりにいるのは二十代なかばのＩＴ企業や不動産会社の社員で、デザイナー・タイや肩パッド入りのスーツでシティの剣呑な会計士をよそおっている。「それが望みなんだろ？」大声で笑う。「俺たちは、刑務所の壁に名前の爆弾を落としてやるべきなんだ」と叫ぶ。まわりの乗客はじりじりと遠ざかって、カーニーひとりが残された。

「おまえの場合は」スプレイクは鳥みたいに妙な角度に首を傾げて、興味深そうにカーニーを見上げながら、かろうじてききとれる程度に声を落として、こういった――

「殺しつづけるしかない、だろ？　あれを遠ざけておくには、それしかないんだから。そうだろ？」

この出会いにはすでに、シュランダーがらみの多くの出来事で感じたのとおなじ強い不安が――予兆が、ひどい癇癪が起こる前兆が――漂っていた。まるであの存在がなにか特別な光で周囲を照らしているかのようだった。だが、そのときは、カーニーはまだなにか確たる前向きなものが得られると思っていた。まだ、シュランダーから逃れるには、逆コース――シュランダーに向かっていく動き――も必要なのだと考えようとしていた。そこから、なにか変わった形の出会いが進行していく可能性があるような動きも必要なのだと。だが実際には、彼はスプレイクと出会うまえから、一生ずっとかと思えるほど長いあいだ、ダイスをふり、いきあたりばったりの、行き先の見えない旅をつづけていたのだ。彼はふと眩暈を覚え(もしかしたら、電車がふたたび発車し、最初はゆっくりと、しだいに速く、ハムステッド・サウス駅に向けて走りだした、それだけのことなのかもしれないが)、倒れそうな気がして、スプレイクの肩に手をのばした。

「どうして知ってるんだ?」カーニーはいった。自分の声が威嚇的なしゃがれ声にきこえた。長いこと使われていなかった声みたいだった。

スプレイクはつかのま彼を見つめると、車内の乗客を見まわしてクックッと含み笑いを洩らした。「熊の耳に念仏」と彼はいった。「あ、馬か」

スプレイクはカーニーがのばした手をするりとかわしていた。カーニーはデイリー・テレグラフの陰に隠れていた女に倒れかかりそうになり、あやまりながら体勢を立て直した。そしてその瞬間、気づいた。肉体がいかに比喩が巧みかということに。眩暈。彼は敗走していたのだ。もうなにもいいことは起こらないだろう。ダイスを手にした瞬間から、彼はずっと倒れそうになった姿勢のまま生きてきたのだ。彼はスプレイクといっしょに地下鉄を降り、騒々しいぴかぴかのコンコースを抜けてユーストン・ロードへとでていった。

それからの年月、かれらは、かれらなりのシュランダー理論を展開させていった。といってもそこに説明の要素はひとかけらもなかったし、かれらの行動以外、その理論が明確に語られることもほとんどなかった。ある土曜日の午後、かれらはリーズ行きの列車の隙間風が吹き抜ける車両連結部で老婦人を殺害した。死体をトイレに押し込めるまえに、かれらは死体の腋の下に赤のジェルペンで〝永劫の心をくれ/内側を探せ〟という文句を書いた。それが二人のはじめての共同作業だった。その後は反語的にふつうとは逆コースをたどって、放火をしたり、動物を殺したりした。最初のうちカーニーは、たんに仲間意識——共犯意識——からきたものなのかもしれないが、いくばくかの安堵感を得ていた。彼の顔は死人といってもおかしくないほど空疎だったが、その表情はやわらいでいた。仕事にも、まえより身が入るようになった。

だがやがて、得られたのは共犯関係だけだということがはっきりした。贖罪行為を重ねたにもかかわらず、彼の置かれた状況はなにひとつ変わらず、どこへいこうとシュランダーは彼を追ってきた。一方、スプレイクはますます彼の時間を占領するようになった。彼の出世の道は断たれ、アンナとの結婚生活も終焉を迎えた。三十になるころには、不安で全身が硬化していた。

彼が緊張を解いていると、スプレイクが尻を叩く。

「おまえ、まだこれが現実だと思ってないだろ」スプレイクはふいに、猫なで声でいうのだ——「そうだろ？」

そして——「認めろよ、ミック。ミッキー。マイケル。認めていいんだぞ」

ヴァレンタイン・スプレイクはもう四十をすぎていたが、まだ実家で暮らしていた。彼の一家はノース・ロンドンで中古衣料品店を営んでいた。家にはどこかしら中央ヨーロッパなまりのある婆さんがいて、壁に並んだ宗教画のどこかねじれた空間を、疲れ果てた、一種のトランス状態で見上げたまま何時間もすごしていた。スプレイクの弟は十四、五歳で、明けても暮れても店のカウンターのうしろにすわって、アニスの匂いのするなにかをくちゃくちゃ嚙んでいた。妹のアリス・スプレイクは、がっしりした足と繊細さのかけらもないうつろな笑顔とオリーヴ色の肌の持ち主で、うっすらと口ひげが生え、好奇心むきだしの大きな茶色の瞳でカーニーを見つめていた。二人きりになることがあると、彼女はカーニーの隣にすわって、その湿った手をそっと彼のペニスの上に置く。彼がたちまち勃起すると、彼女は手入れの悪い歯をのぞかせて、支配欲のにじむ笑みを投げてよこす。誰も気づいていなかったが、いろいろ欠点はあるにしろ、あの家族全員が相手をひるませるほど強烈な感情に訴える知性の持ち主であることはまちがいなかった。

「一発やりたいんだろ、え?」スプレイクはいった。「ぬるっと熱いやつを一発かましてやれよ、ミッキー君よお。俺はかまわないぜ――」大声で笑う。「――けど、ほかの二人が許さないだろうな」

ヨーロッパ本土へいこうと誘ったのは、スプレイクのほうだった。

かれらはフランクフルトでトルコ人の売春婦を殺し、アントワープでミラノ生まれのデザイナーを殺した。そんなやり放題の日々も半年近くになろうかというある晩、かれらはハーグにいて、クアハウス・ホテルの向かいにある高級イタリアンレストランで食事をしていた。海からの夜風が広場に砂を吹きよせて静まっていく。テーブルに置かれたランプの炎が揺れて、ワイングラスの影がテーブルクロスの上でおちつきなく動いた。惑星の食の本影と半影が錯綜したかのようだ。二つの影のあいだをスプレイクの手が行き来し、やがてひどく疲れたといいたげに、たいらにのびて動かなくなった。

「俺たち、穴にこもった熊みたいだな」と彼はいった。

「こなきゃよかったっていうのか?」

「〝リコッタチーズ入りクレスペッレ〟」スプレイクはメニューをテーブルに放りだした。「どうだ?」

一、二時間後、夕闇迫る街角をひとりの若い男がぶらぶらと通りかかった。背はおそらく五フィート十インチ、年のころは二十六といったところか。髪をうしろにひっつめてきっちりと編み、黄色いハイウエストの短パンをはいている。×印に交差した黄色のズボン吊りつきだ。腕には、その格好に似合いの黄色いやわらかそうなオモチャを抱えている。全体に華奢なつくりだが、肩や尻、ふとももあたりは肉付きがよさそうで、顔には公衆の面前で夢想を実演している人間にありがちな自己満足に満ちた、それでいてどこかひるんでいるような表情が浮かんでいる。

スプレイクがカーニーに向かってにやりとした。

「見ろよ、あれ」スプレイクはささやいた。「あいつはおまえに死の収容所に入れてもらいたがってる。そういう性癖なのさ。で、おまえはあいつを締めてやりたいと思ってる。理由はあいつがまぬけだからだ」スプレイクは口をぬぐって立ちあがった。「おまえら二人、いいおデートができるかもな」

後刻、ホテルの部屋で二人はその若い男にしたことを見下ろしていた。「わかったか？」スプレイクがいった。「これでわからなきゃ、なにをいってもわからねえな」カーニーがただ見つめていると、スプレイクは師匠が弟子に向けるようなつくづく厭わしいといいたげな顔つきで引用してみせた――「〝かれらにとって、自分たちがそうとは知らずにずっと父なる神の内にあったことは、ひとつの神秘であった〟」

「もういちどいってくれる？」若い男がいった。「ね？」

けっきょく、わかりあえる見込みなどないも同然だった。かれらのつながりは、せいぜい前向きに考えてもまちがい程度のものにもならず、何年もかかってわかったことはスプレイクはたよりにならない共犯者でしかないということだった。彼の動機は――彼自身にとってすら――秘められたままだった。彼が、これぞいま起きている現象を理解する鍵だと声高にいっていた形而上学といい勝負だ。あの日の午後、ユーストン行きの電車のなかで、彼は大義名分を探していた。気分まかせの野望を現実に近づけてくれる二人精神病（感応性精神病の一種）の相棒を探していたのだ。口は達者だがなにも知らない、スプレイクはそういう男だった。

夜も更けていた。アンナ・カーニーのアパートメントの壁に蠟燭の明かりがちらついている。アンナが寝返りを打って両腕を投げだし、むにゃむにゃと寝言をいった。A三一六号線のハマースミス方向からまばらに車がやってきては橋をわたってブーンと南西へ去っていく。カーニーはダイスをふった。ダイスがからからと音をたててころがる。この二十年というもの、ダイスは人にはいえない謎であり、人生に立ちはだかる難問の塊の一部だった。彼はダイスを拾いあげて重さをたしかめるように掌であやすと、もういちどころがして、ダイスが熱波を浴びた昆虫のようにカーペットの上をころがり、はずむのを見つめた。

ダイスの外観は——

色からすると象牙か骨のようだが、どちらでもない。どの面にも細かなひび割れが均等に入っているので、磁器ではないかと思ったこともあった。磁器。それもかなり古いもの。が、どうやら、どちらもはずれのようだった。手にしたときの重さや硬さは、ときにポーカーダイスや麻雀牌を思わせた。どの面にも記号のようなものが深く彫り込まれている。記号は色つきだ（赤や青など一部の色は、明かりの具合を考えても、いつもやけに鮮やかで、ほかの色はひどく薄い）。意味を読み取れるような記号ではない。象形文字のようなものかもしれない。数体系をあらわしているのかもしれない。ときどき、まるで投げた結果が系全体に影響をおよぼすかのように、最初に投げたときとつぎに投げたときとで、記号が変わることもある。といろいろあって、けっきょくはどう考えればいいのかわからないままだ。そこで、考えるのはやめにして、記号に名前をつけてみた——〝ヴートマン・ムーヴ〟、〝ハイ・ドラゴン〟、〝牡鹿の大角〟。潜在意識のどのあたりからこういう名前がでてきたのか、自分でも見当がつかなかった。どれも不安な気分にさせるものばかりだが、なかでも〝牡鹿の大角〟には鳥肌が立った。ほかには、フードプロセッサーみたいに見えるものもあった。また船、それも昔の船に見えるのもあった。ある方向から見ると昔の船のように見えるのに、別の方向から見るとなんの形にも見えない。見てもなんの解決にもならない――どっちが上かなど、わかるわけもない。長い年月のうちには、記号のなかに円周率が見えたこともあった。プランク定数が見えたこともあった。フィボナッチの数列のモデルも見えた。自己触媒集合をなしている原始的プロテイン分子の水素結合配列をきめる遺伝子コードではないかと思えるものが見えたこともあった。

何度手にしてみても最初のときとおなじで、ほとんどなにもわからぬままだ。毎日、一からはじめるしかない。

彼はアンナ・カーニーの寝室で、もういちどダイスをふった。

いったいどっちから見ればいいんだ？

でた目を見て、彼は身ぶるいした。〝牡鹿の大角〟だ。あわててひっくりかえして革袋にもどした。ダイスがなければ、自分できめた組み合わせにのっとったルールがなければ、なにかがなければ、もはやなにひとつきめられない。彼はアンナの隣に横になり、片肘で身体を支えてアンナの寝顔を見つめた。中身はからっぽなのに、いかにも安らかな、ひどく年老いた人間のように見える。彼女の名前をささやくと、目を覚ましはしなかったが、なにかぶつぶつとつぶやいて、両足がわずかにひらいた。手で触れられそうな熱気が立ちのぼってくる。

二日まえの晩、彼は彼女の日記を見つけていた。そこにこんな一節があった――

マイケルがアメリカで撮ってくれたビデオを見てるんだけど、もう、この女はきらい。まぶしそうに片手をかざして、モンスター・ビーチから入り江のほうを眺めてるところ。酔っ払って服を脱いでるところ――にかっと笑って流木を拾ったりしてる。砂浜で踊ってるし。いまは明るい色のパンツに薄手のウールのジャンパー姿で、火のない暖炉のまえで両肘をついて、あおむけに寝そべってる。カメラが全身を舐めていく。ハンディカムのうしろの恋人のほうを見て、大声で笑ってる。膝を立てて、足を少しひらいてる。全身リラックスしてるけど、ぜんぜん官能的じゃない。これじゃ、恋人もがっかりよね――でも彼女が元気そうなのは、もっとがっかりだろうな。これは部屋のせい？　あの暖炉のせいで、あっというまにベールがはがれちゃった。ボディが露骨にむきだしになってる。安心しきってる。エネルギーが画面の外まであふれてる。目配せしてる。ひどすぎ。彼が見慣れてたのは、もっとほっそりした顔、こけた頬、苦痛の文法とセックスの文法のあいだで揺れるボディ・ランゲージ。小さくまるまってもいないし、生理的欲求でぶるぶるふるえてもいないし、彼女はもう、彼が知っていた女じゃなくなってる。彼が見慣れてたのは、もっと切羽詰まった女。

彼はこんな幸せそうな女には魅力を感じないにきまってる。

カーニーは眠りこけている女に背を向けて、この記述の正当性をじっくりと考えた。そして、あの日の午後、テートのフラットスクリーン・モニターに映ったもののことも。またすぐにでもスプレイクと話さなければ――そう考えながら、彼は眠りに落ちていった。

目を覚ますと、アンナが膝立ちになってのぞきこんでいた。

「あたしのロシアン・ハットのこと、覚えてる？」

「え？」

カーニーは寝ぼけまなこでアンナを見上げた。時計を見る――朝の十時。カーテンがあいている。窓もあけてある。部屋には光と人の声と車の音が賑やかにあふれている。アンナは片手をうしろにまわし、片手で体重を支えてまえかがみになっていた。白いコットンのナイトガウンの襟元がたるんで胸がまる見えだ。なんだかわからないが彼女なりの込み入った理由があって、これまで彼女のほうから胸に触ってとせがんだことはいちどもない。彼女は石鹸と歯磨きの匂いがした。

「フラムの映画館にいったことがあったでしょ、タルコフスキーの映画を観に。『鏡』だったと思うけど。でもあたし、ちがう映画館にいっちゃって。すごく寒い日だった。あたし、外の階段に腰かけて一時間もあなたを待ってたのよ。で、あなたがきたときには、あたしのロシアン・ハットしか目に入らなかった」

「あの帽子なら覚えてるよ」カーニーはいった。「顔が太って見えるっていってたよな」

「大きく、よ」アンナはいった。「顔がすごく大きく見えちゃうっていったのよ。そしたらあなた、間髪入れずに『そいつはきみの顔をきみらしくしてるだけだ。それだけだよ、アンナ。きみの顔だ』っていったんだから。あとなんていったか覚えてる?」

カーニーは首をふった。本当は、彼女に腹を立てながら、フラムの映画館をあちこち捜しまわったことしか覚えていなかった。

「『あやまったり、いいわけしたりするのに時間を使うのはもうよせ。人生の無駄遣いだぞ』っていったのよ」

彼女は彼を見下ろし、ひと息ついて、こういった。「あれをきいて、あたし、ぞっこんになっちゃったの。どんなに愛してるか言葉じゃいえないくらい」

「そりゃ、うれしいな」

「マイケル?」

「うん?」

「あのロシアン・ハットをかぶったあたしをファックして」

アンナがうしろにまわしていた手をまえにだすと、そこには猫ぐらいの大きさのシルキー・グレイの毛皮の帽子があった。カーニーは思わず笑いだした。アンナも笑う。アンナが帽子をかぶると、たちまち十歳若返って見えた。彼女の満面の笑みは愛らしく、彼女の手首のように脆弱だった。「タルコフスキーを観るのにロシアン・ハットをかぶる人間なんて、およそ理解できなかったよ」彼はアンナのナイトガウンをウエストまでたくしあげると、手を下にのばした。アンナが呻き声をあげる。彼はまだ望みを捨ててはいなかった。よく頭に浮かぶことが、こんども頭に浮かんだ——たぶん、これで充分だろう、これで解放されるだろう、これで俺と俺とのあいだの壁を突き抜けられるだろう。

彼は思った——これで彼女も俺から救われるだろう。

後刻、カーニーは電話をかけた。そしてその結果、その日の午後にヴァレンタイン・スプレイクに会うことができた。スプレイクはヴィクトリア駅のタクシー乗場をいったりきたりしていた。歩く足のあいだを黒ずんだ鳩が二、三羽ちょこまかと走っている。みんな片足をひきずっている。スプレイクはいらいらしているようだった。

「あの番号には絶対かけてくるな」と彼はいった。

「どうしてだ?」カーニーはたずねた。

「絶対にかけてほしくないからだ」

スプレイクはこのまえ会ったときのことを覚えているようなそぶりは一切、見せなかった。スプレイクのシュランダーとのかかわり——なんなら、逃避と表現してもいいかもしれない——は、カーニーのそれ同様、内に秘されたものであり、狂気同様、秘すべきものであり、あまりに内面化しているがゆえに、彼の行動全体から部分的に、おぼろげに、推論するしかない対話なのだ。カーニーはスプレイクをタクシーに乗せてロンドン中心部の渋滞を抜け、リー・ヴァレーにでた。リー・ヴァレーは退化した組織の痕跡さながらいまだに残る住宅街に、ショッピング街や工業団地が埋め込まれたようなところで、とくにきれいでもなければ汚くもないし、新しくもなければ古くもなく、いるのは真昼にジョギングにいそしむ連中と半分死にかけた野良猫。スプレイクは仏頂面で、タクシーの窓から合金の外壁や人気のないビルを眺めている。なにやらぶつぶつひとりごとをいっているらしい。

「例のケファファフチっていうやつ、見たのか」カーニーはおずおずとたずねた。「ニュースで」

「なんのニュースだよ？」

　スプレイクはいきなり花屋のまえの舗道に並べてある花を指さした。「あれ、花輪かと思ったぜ」寒々しく笑いながら、彼はいった。「カラフルだが、陰気臭い」そういったあとは気分が上向いたようだったが、それでもタクシーがMVC-カプラン社に着くまで軽蔑したような口調で「ニュース！」とつぶやきつづけていた。平日の退社時間をすぎた社屋は、人気がなく、静かで、暖かかった。

　ゴードン・メドウズは遺伝子特許の仕事からはじめて、スイスに本拠を置く製薬会社で世間の耳目を集める一連の薬品の開発にたずさわったのち、やすやすと金勘定の世界に横すべりした。得意とするのはアイディアの提供と、事業にはずみをつけるための補助資金の注入、そして独自のリサーチ。仕事のやり方は、重量ゼロの純然たるシャボン玉をふくらませるスタイル——資本総額をふやし、株券を発行し、風説を流布して株価を上げ、製品が本格生産に入る一、二段階まえに売り抜けて利益を得る。そこまでとんとん拍子にいかなければ、とれるものだけとって、さっさと見捨てる。その結果メドウズ・ベンチャー・キャピタル（MVC）は、ウォールサムストー〝美観〟地区の手入れのいきとどいた合金外壁のビルのあいだに居心地悪そうに輝く風変わりなボルト留めのガラス張りのビル一棟をまるごと手に入れた。そして、カプランのことは誰も覚えていない。カプランは要するにフリー・マーケットという考え方についていくことができなかった悩めるインテリで、いったんは分子生物学の道にもどったものの、それも短期間のことで、けっきょくランカシャーの中学の教師におちついたという。

メドウズは背が高くてほっそりした、柳のようにしなやかな身体つきの男だった。カーニーがはじめて会ったのは製薬会社で大殊勲をあげたばかりのころで、冷酷そうなサフラン色のヘアとネット業界人ふうのやぎひげを好んでいた。いまはピオンボのスーツに身を包み、仕事場――古いリー・ヴァレー運河の引船道沿いの並木がのぞめる（いかめしい眺めだ）――はウォールペーパー誌の紙面から抜けでたようなインテリア。再溶解ガラスの一枚板でできたデスクのまえにはB&Bイタリアの椅子。デスクの上には、たがいになにか関係があるかのように立つマック・キューブとソットサスのコーヒーポット。メドウズはそのうしろにすわって、ヴァレンタイン・スプレイクを用心深く、たのしげなまなざしで見つめている。

「紹介してくれよ」メドウズがカーニーにいった。

エレベーターのなかで懸命にテンションをあげていたスプレイクは、いまはビルのガラスの壁に顔をくっつけて、黄昏迫る運河を冷蔵庫ぐらいの大きさの荷物が二、三個ぷかぷか流れていくのを眺めている。

「あいつのことはあとにしようじゃないか」とカーニーはいった。「新薬のことで、すごいアイディアをもってるんだ」メドウズのデスクの端に腰かける。「ゴードン、あんたのことで、ブライアン・テートがえらく心配してるんだ」

「ほお?」ゴードンはいった。「もしそうなら、申し訳ないことをしたな」

「あんたが進捗具合ばかり気にしているといってた。俺たちをソニーに売るんじゃないかと心配してるんだよ。こっちとしては、それは願い下げなんでね」

「思うに、ブライアンは――」

「理由をいおうか、ゴードン？　ソニーに売られちゃ困るのは、ブライアンはプリマドンナだからだ。プリマドンナは自信満々でなくちゃならない。ちょっと思考実験してみてくれ」カーニーは両手をてのひらを上にしてまえにだした。左手を見て「自信なし」、それから右手を見て「量子コンピュータもなし」彼はもういちどおなじ動作をくりかえした。「自信がなければ、量子コンピュータもない。ゴードン、このつながりが理解できる程度の知性はあるよな？」

メドウズは声を立てて笑った。

「どうやらおたくは見かけほどウブじゃなそうだ。それにブライアンはまちがいなく、見かけほど神経が細いわけじゃない。さてと、どれどれ……」キーを二つほど叩くと、モニターに熟れた果実のようにスプレッドシートがひらいた。「おたくたちのバーンレート（起業したばかりのIT関連企業が、利益がでるまえに資本を消費する割合）は非常に高い」ややあって、メドウズは結論すると、カーニーの真似をして両手をだし、左のてのひらから右のてのひらへと目をやった。「資金がなければ、研究もなし。われわれにはあらたな資本が必要だ。こういう手段は――科学のためになると思えるのであれば――われわれのチャンスをひろげこそすれ、狭めることにはならない」

「〝われわれ〟って、誰のことだ？」カーニーはいった。

「きいてなかったのか？　ブライアンは自分の部署をもつことになるんだぞ。それも一括条項に入ってる。マイケル、彼はおたくがちゃんと仕事をする気があるのかどうか、疑問に思ってるぞ。彼が心配しているのは、自分のアイディアのことだ」

「どうやら俺たちをお払い箱にする準備は万端のようだな。ひとつアドヴァイスしてやる。そんなことはするな」

メドウズはじっと自分の手を見ていた。

「マイケル、偏執症になりかけてるぞ」

「よく考えてものをいうんだな」カーニーはいった。

ヴァレンタイン・スプレイクが暗くなりつつある外の風景から目をそらして、ぎくしゃくした足取りでせかせかと部屋を横切ってきた。まるで外の水路になにかぎょっとするようなものを見たかのようだった。彼はメドウズのデスクにかがみこむと、コーヒーポットをもちあげて、注ぎ口から直接飲みだした。「先週」と彼はメドウズに向かっていった。「ユリゼン（ウィリアム・ブレイクの詩にでてくる理性と秩序をあらわす神を思わせる人物）がわれらの世界にもどってきたそうだ。〝彼〟の名はオールド・イングランド。われらはみな、この時空の海をさまよっているのだぞ。そのことも考えるんだな」彼は胸のまえで手を組み、ゆっくりと大股でオフィスからでていった。

メドウズはたのしげな表情を浮かべている。

「カーニー、あれはいったい何者なんだ？」

「知るか」カーニーはうわのそらでいい、オフィスからでしな、ひとことといいおいた――「それから、ブライアンにつきまとうのはよせ」

「おたくら二人を永遠にまもれといわれても無理な話だ」メドウズがカーニーの背中に向かっていった。そのときカーニーは、メドウズがすでにかれらをソニーに売り渡してしまったことを悟ったのだった。

ＭＶＣ－カプラン社の面白みのないボルト留めのガラスの天幕内にプライバシー空間をつくりだしているのは、パステルカラーの軽量セパレーターだ。カーニーがメドウズのワークスペースをでて最初に目にしたのはシュランダーの影だった。それは、どういうわけか建物の内側から、セパレーターに投射されていた。実物大で、最初はややぼやけて光が散乱しているように見えたが、そのうちしっかり固まってくっきりとした影となり、生垣にぶらさがった蝶のサナギのようにゆっくりとまわりだした。まわるにつれて、二十年ぶりに耳にする衣ずれのような音がきこえてきた――いまだに忘れえぬ匂いも。恐怖で全身が冷たく硬直していく。彼は二、三歩あとずさり、メドウズのオフィスに駆けもどると、ガラスのデスク越しにメドウズのスーツの胸元をつかんでひきよせ、つづけざまに三、四発、右頬を殴った。

「何なんだ」メドウズが声にならない声をあげた。「うあ」

カーニーはメドウズをひっぱってデスクを越えさせ、ずるずるひきずって部屋を横切り、ドアの外へでた。ちょうどそのときエレベーターがきて、スプレイクが降りてきた。

「見たんだ。あいつを見た」カーニーはいった。

スプレイクが威嚇するように歯をむきだした。「ここにはいねえよ」

「いいから、いくぞ。あんなに近くまできたことはない。俺になにかさせたがってるんだ」

二人はメドウズをエレベーターに押し込んで三フロア下までおりた。ロビーを横切り、運河の土手までひきずっていくあいだに、メドウズは気がついたようだった。「カーニー?」彼は何度もくりかえした。「おまえなんだろ? わたしがなにをしたっていうんだ?」カーニーはメドウズを離して頭を蹴りはじめた。スプレイクが二人のあいだに割って入って、カーニーの興奮がおさまるまで彼を押さえていた。二人はメドウズを水際に連れていき、両足をもって逆さづりにした。メドウズは背をそらせて水面から顔をだそうとしていたが、やがて呻き声とともに抵抗がやんだ。水面にあぶくがあがってくる。身体から力が抜けていった。

「なんだよ、おい」カーニーはよろよろとあとずさった。「死んだのか?」

スプレイクがにやりとした。「のようだな」彼は頭をぐっとそらせてウォールサムストーの空にかすかに輝く星をまっすぐ見上げ、両手を肩の高さまであげて踊りながら、引船道を北へ、エドモントンの方へとゆっくり去っていった。

「ユリゼン！」と彼は叫んだ。

「くそくらえだ」カーニーは逆方向に走ってリー・ブリッジまでいき、ミニキャブを呼んでグローヴ・パークに向かった。


人を殺めるたびに、シュランダーの家のことを考えずにはいられない。ある意味、カーニーはそこから一歩もでたことがない。彼はそのときから倒れかかっていたのだ。どこまでも倒れていくという認識が、彼をそこに閉じ込めている。別のいい方をすれば、年来のシュランダーの追跡とは、まさにその認識にほかならない——彼は倒れていくという認識に向かって倒れつづけているのだ。人を、とくに女を殺めるときは、その自覚から解放される気がする。その一瞬だけ、また逃げることができたと感じる。

ほこりっぽい、むきだしの灰色の床板、メッシュのカーテン、冷たい灰色の光。さえない通りのさえない家。無傷にして不動、朽ちることを知らぬシュランダーは、その二階の窓から船長のようにあたりを睥睨していた。カーニーはそいつから逃げだした。なぜなら、そいつが着ているコートが怖かったからだ。湿ったウールの匂いが怖かったからだ。その匂いを嗅いだときから、落下がはじまったような気がする。

嘴がひらいた。言葉がでてくる。パニック——彼自身のものだ——が透明な液体のように、卵白のように、にべ（魚の浮き袋から得るゼラチン）のように部屋に満ち、その濃密さに耐えかねて彼は背を向け、泳ぐようにして、あいたドアから外へでた。腕は平泳ぎのように空をかき、足はスローモーションで無為に宙を駆ける。よろめきながら踊り場を通って、まっすぐ階段をおり——恐怖とエクスタシーに満たされ、手にはダイス——雨模様の街路へでて、殺す相手を物色する。誰かを殺さないかぎり、救われないのだ。横向きの重力のようなものが彼に味方した——彼はシュランダーの家から鉄道の駅まで、いっきに落ちていった。旅することで、落下が変質するのではないか、落下の角度がもう少しましな、もう少し慈悲深いものになるのではないかと彼は期待していた。

　雨がそぼふる冬の日の午後遅く。電車はしぶしぶ動き、暖房がききすぎていて、からっぽ。なにもかもがゆっくりゆっくりゆっくりしている。彼はロンドンからバッキンガムシャーまで青息吐息で走っている各駅停車に乗った。手にしたダイスを見下ろすたびに世界がぐらりと傾いて、目をそらさずにはいられない。汗ばむほどの車両にすわっていると、ハロー・オン・ザ・ヒルから二つ三つ先の駅で、ひとりの女が乗り込んできた。よく日焼けしているが、疲れた顔。黒のビジネススーツ姿で、片手にブリーフケース、もう片方の手にマークス＆スペンサーのレジ袋をさげている。女は携帯電話をいじりながら自己啓発本のページをめくりだした。どうやら『なぜ欲しいものが手に入らないのか？』というやつのようだ。北へ二ついった駅で、電車がスピードを落として停車すると、女は立ちあがってドアがあくのを待った。視線は暗くなりかかったホームに、その向こうの明かりのついた切符売り場にそそがれている。コツコツと床を踏み鳴らす。時計を見る。サーブ（スウェーデン製の自動車）に乗った旦那が駐車場で待っていて、二人でジムへ直行するという寸法か。まえからうしろまで、ほかの車両のドアが開いて閉じて、乗客が足早に去っていく。女はおちつかなげに左右を見、カーニーを見た。暖房過剰の空車両のなかで、彼女の旅はチューインガムのようにのびて、ぷつんと切れた。

「すいません」女がいった。「あたし、降ろしてもらえないみたい」

女は笑った。

カーニーも笑った。

「なんとかしなくちゃねえ」

睫の浮きでた女の首には細い金のネックレスが五、六本まとわりつき、それぞれにイニシャルやクリスチャンネームがはいったトップがさがっている。「なんとかしなくちゃねえ、ソフィー」淡いイエロー系のファウンデーションを厚塗りした女の口の端に彼が指をのばすと同時に、列車がゆっくりと動きだした。女が倒れて買った物がこぼれおちた。なにか――シュリンク包装のレタスらしきもの――がレジ袋からとびだして、からっぽの車両をころがっていく。ホームが後方にすべっていって、暗い夜に置き換わる。ドアはついにあかなかった。


カーニーは、いつ事が発覚するかと、日がな一日、ニュース番組をはしごした――が、メドウズの名はいっこうにでてこなかった。テムズ川のハンガーフォード橋付近で回収された人間の上半身は腐敗しているうえに女のものだとわかった。もうひとり、ペッカムで発見された遺体はナイジェリア人の少年だった。このふたつの事件以外、なにもない。カーニーは疑念をつのらせながら画面を見つめた。どうしてまんまと逃げおおせたのか、わけがわからなかった。ベンチャー・キャピタリストを好きな人間はいない。がそれにしてもおかしい、と、その夜、彼は考えた。

「つぎは」とキャスターの女が明るくいった。「スポーツです」

カーニーは、自分が事の発覚よりもシュランダーのほうを恐れていることに気づいた。メドウズの一件でシュランダーを遠ざけておけるだろうか？　だいじょうぶ、と思いながら、つぎの瞬間には絶望的になる。外の通りでちょっと物音がしただけで、鼓動が速くなる。電話が鳴っても無視した。よく、朝のうちに二、三回鳴って切れるのだ。留守電サービスに伝言が残されているのに、あえて電話してきこうとはしなかった。そのかわり、憑かれたようにダイスをふり、ダイスが人間の骨のように床をころがって自分から遠ざかるのを見ていた。食事は喉を通らず、温度が少しあがっただけで汗が吹きだしてきた。なかなか眠れず、やっと眠れたと思ったら自分が殺した相手は自分だったと気づく夢を見た。どう考えても深い悲しみとしか思えない憂鬱と不安におおわれてこの夢から覚めると、アンナが上に乗って、泣きながら必死の形相でささやいていた――

「だいじょうぶよ。ねえ、お願い。だいじょうぶだから」

彼女は彼の叫び声を抑えつけようとするかのように、両手両足をしっかり彼の身体に巻きつけていた。いかにもぎごちなくて、慣れないことをしているのがよくわかる。人をなだめようとするなど、まるでアンナらしくないことだったから、カーニーはいささかぞっとしながら彼女を押しのけて、いそいそともとの夢のなかへ、狂気のなかへともどってしまった。

「あなたって人がわからないわ」翌朝、アンナがこぼした。「つい二、三日まえまでは、あんなにやさしかったのに」

カーニーはバスルームで、なにかほかのものが見えはしないかと用心しながら鏡をのぞきこんだ。たるみとしわが目立つ顔。そのうしろの湯気の向こうには、ローズオイルと蜂蜜の香りのする浴槽に寝そべるアンナが見える。熱気のせいで血色がよく、いかにもほんとうにわからないというふうに、不機嫌そうな顔をしている。カーニーはカミソリを置き、浴槽にかがみこんでアンナの唇にキスした。アンナの足のあいだに手を入れる。アンナは姿勢を変えて彼女自身をさらけだそうと身もだえし、喘ぎながら浴槽の湯をはねとばした。カーニーの携帯電話が鳴った。

「ほっときなさいよ」アンナがいった。「でちゃだめ。ああ」

あとになって、カーニーはたまっていた留守番メッセージをきいた。ほとんどはブライアン・テートからのものだった。テートは毎日、二、三回かけてきていた。カーニーが忘れたとでも思っているのか研究室の電話番号だけを吹き込んでいるときもあれば、留守番サービスに切られるまでえんえんしゃべっているときもあった。最初のうちは傷ついたような、辛抱強い、どこか非難めいた口調だったが、そのうち、かなり切羽詰まった感じに変わった。「マイケル、たのむよ」と彼はいった。「どこにいるんだ？　もう気が狂いそうだ」その通話は夜の八時ちょうどにかかってきていて、背後にどっと笑う声がきこえるところを見ると、パブからのようだった。それが唐突に切れたと思うと、五分もしないうちにこんどは携帯から――

「ほんとにいやあなシグナルなんだ」という言葉からはじまって、なにやらききとれない話がつづき、ついで――「あのデータはクズだ。猫たちは――」

それから二、三日のうちに、どうやらなにか重大な局面を迎えたようで、「もしこないなら」と、脅しめいた調子になってきた。「俺は手をひくからな。もういいかげんうんざりだ」少し間があって――「マイケル？　すまない。わかってるんだ、おまえがこれを――」

そのあと、最後のがかかってくるまで、しばらく音沙汰なしだった。そして最後のメッセージはひとことだけ――

「カーニー？」

背後に、雨が降っているような音が入っている。返事をしようとかけてみたが、テートは電源を切っているようだった。メッセージをききなおしてみると、雨の音のほかに、シグナルがフィードバックしたと思うと唐突にそれ自体を飲み込んでしまうような音がきこえた。

「カーニー？」とテートはいった。雨とフィードバック。「カーニー？」たとえようもなくおずおずとした口調だった。

カーニーは首をふって、コートを羽織った。

「どうせまたでていくんだろうと思ってたわ」アンナがいった。


カーニーが入っていくやいなや、雄の黒猫が彼の注意をひこうと媚びるような声で鳴きながら走りよってきた。ところがカーニーが急に手をのばして猫の腰をおろさせた動きが、勢いがよすぎて叩くような形になってしまったものだから、猫はぷいと走り去ってしまった。

「シーッ」カーニーはうわのそらでいった。「シーッ」

彼は耳をすませた。研究室内は温度も湿度もきちんと調整されているようなのに、ファンの音も加湿器の音もしない。照明のスイッチに触れると、静寂のなかにジーッと音が響いて、蛍光灯が灯った。彼は思わずまばたきした。家具以外、なにもかもが木箱にきちんと詰め込まれて別の場所に移されている。カーペットにはビニールのクッション材が散らばり、ヒートシールテープの切れ端が落ちている。片隅には、ブレイニー・リサーチ・ロジスティックスという会社のロゴが入った、壊れた段ボール箱が二つ。長椅子やデスクの上には、かれらが何カ月かここにいたあいだに積もったほこりがのっているだけ。そうした家具は、付帯設備のあいだに、回路のようなパターンを描いて残されている。

「猫ちゃん?」カーニーは指でほこりをこすった。

テートが使っていたサイドキャビネットに黄色いポストイットが一枚、貼ってあるのが目に入った。電話番号とメールアドレスが書いてある。

「マイケル、すまない」いちばん下にテートの走り書きがあった。

カーニーはじっくりとあたりを見まわした。ゴードン・メドウズがテートについていったことがひとつひとつよみがえってくる。思いだしながら、カーニーは首をふっていた。「ブライアン」と彼はつぶやいた。「まんまとやってくれたじゃないか」

MVC - カプランの後押しがあったにしろなかったにしろ、テートは自分のアイディアをソニーにもっていったのだ。何週間もまえから画策していたのはまちがいない。ところがここでなにかが起きた。なにか、もっとわかりにくいことが。どうして猫たちを置き去りにしたのか？　どうしてフラットスクリーン・ディスプレーの接続を切ったあとで、怒りにまかせてひとつ残らず床に落としたうえにばらばらに蹴とばしたりしたのか？　テートに怒りは似合わない。カーニーは足で破片をかきまわした。破片は、いつも見慣れたジャンクフードの包み紙やゴミのあいだにまでとび散っていた。ゴミのなかには一週間以上まえのものもある。猫たちはそれをトイレがわりに使っていた。雄猫が残骸のなかにちぢこまって、まるで小さな生きたガーゴイルのように彼を見上げている。

「シーッ」

こんどは慎重にかがみこんで手をのばすと、雄猫は身体をすりよせてきた。その腹は痩せおとろえてぶるぶるふるえ、その頭は斧のように尖り、その目は相反する感情——不信と安心、恐怖と感謝——でふくれあがっている。カーニーは抱きあげて胸にかかえこんだ。

耳をなでながら雌猫の名前を呼び、期待を込めてあたりを見まわす。が、反応はない。

「いるのはわかってるんだぞ」

カーニーは電気を消してテートのサイドキャビネットに腰かけた。雌猫はどこに隠れているにしろ、彼がここにいることに慣れれば、そのうち姿を見せるだろうと考えたのだ。やがてきょうだい猫のふるえがおさまったと思うと、こんどは喉を鳴らしはじめた。ゴロゴロ、グルグルと腹に響く、調子の狂った機械音のような嗄れ声だ。「これはまた奇っ怪な騒音だな」カーニーはいった。「おまえみたいな小さい動物の声とは思えない」そして——「あいつ、しまいにはおまえのことをシュレディンガーって呼んでたんじゃないか？　そうだろ？　あいつ、そんなに鈍いやつだったっけか？」雄猫はもうしばらく喉をゴロゴロいわせてから、急におとなしくなって身体をこわばらせた。壊れた備品とハンバーガー容器の山の奥をのぞきこんでいる。

カーニーも視線を落とした。

「ハロー？」とカーニーはささやきかけた。

雄猫の姿が見えるものと思っていたし、たしかに足元にちらっと白っぽいものが見えた——が、猫ではなかった。それは音もなく洩れだしている光だった。破壊されたディスプレーのひとつから液体のように湧きでて床を舐め、カーニーの足元めざして走ってくる。「なんだ、これは！」彼は叫んでとびあがった。雄猫が驚いてシューッと声をあげ、身をよじって彼の腕のなかからとびだしていった。猫が床におりて闇のなかへ走り込む音がきこえた。光は壊れたスクリーンからあふれつづけ、無数の光点が冷たいフラクタルのダンスを踊りながら彼の足元に群れ、徐々に彼がもっとも恐れる形になっていく。彼にはわかっていた。どの点も——そしてその点を形づくるすべての点も、さらにそのひとつひとつを形づくるすべての点も——おなじ形をつくりあげていくのだ。「つねに先があるんだ」カーニーはつぶやいた。「その先にもさらに先がある」彼は突然、嘔吐した——よろよろとあとずさり、闇のなかで物にぶつかりながら、やっとのことで外に通じるドアにたどりつく。

テートを破壊行為に走らせたのは怒りではなかった——恐怖だったのだ。カーニーはいちどもふりかえらずに街路に走りでた。

17　失われたエントラーダ

ケファフチ宙域の謎にとりつかれた人類は、宇宙進出を果たしてから二百年後にその戸口にたどりついた。

かれらは、カウボーイ経済（牧草がなくなったらつぎに移動すればいいと考える経済）が幅をきかせる世界にあらたに発生した熱情に突き動かされてやってきた、まったくの新参者だった。なにをもとめてやってきたのかも、それをどうやって手に入れるのかも、なにも考えていなかった――ただ、ここへくるのが当然のなりゆきなのだと信じて疑わなかった。自分たちの身の処し方すら知らなかった。かれらは金の匂いを嗅ぎつけて、頭からとびこんできた。そして戦争をはじめた。この銀河を占有する異星種属のうち五つめまでは、度肝を抜かれておとなしくひきさがったが、六つめの種属――その種属の言葉で〝空間〟を意味する単語を種属名と誤解して〝ナスティック〟と名づけてしまったのだが――このナスティックとは戦闘の末に、緊張はつづいているものの、一応の休戦状態にもちこんだ。そのあとは、仲間内で戦争をくりかえしている。

この無作法なふるまいの背後にあるのは、その規模壮大にしてその本質きわめて抽象的な不安感だった。宇宙はひろくて大きくて、地球からやってきた野郎どもはそこで見つけたものに、我知らず畏敬の念を抱いていた——しかもまずいことに、かれらの科学は大混乱をきたしていた。銀河核を横断する旅の途中で出会った種属は、それぞれまったく異なる理論にもとづく恒星間航行法をもっていたのだ。どの方法も、たとえたがいの理論の基本的仮定条件に反していようと、ちゃんと機能する。こうなるともう、どんな仮定にもとづこうと恒星間航行は可能だと思えてくるほどだった。たとえばある理論で泡空間を扱う必要があるとしても——つまり波をつかまえなくてはならないとしても——ほかの、完全になめらかなアインシュタイン表面を進んでいるようなエンジンが、おなじからっぽの空間の一部をサーフィンするように進むことはできないかというと、そんなことはない。それどころか、四百年まえにはおおいに期待されていたにもかかわらず、けっきょくまったくの役立たずに終わった超弦式理論にもとづくドライヴをつくることすら可能だった。

　これには地球人もとまどった。そこで、ケファフチ宙域の端にたどりついてその威容を目の当たりにすると、なによりもまずその答えを得たいと考えて、不運な開拓者（エントラディスタ）を宙域各地に送り込んだのだった。なぜ宇宙は表面はきびしいのに、ひと皮むくと驚くほど柔軟性に富んでいるのか、かれらにはそれが不可解だった。なんでも機能する。どこを向いても、なにかが見つかる。それはなぜなのか知りたい、とかれらは願った。そしてエントラディスタたちが、想像もつかぬ形で宙域それ自体の力によって押し潰され、焼かれ、膨張し、あるいは分解されて素粒子の霧となりはてているあいだに、志低き者たちは意気揚々とビーチに乗り込み、ラジオ・ベイを発見した。新しいテクノロジーを発見した。古代種属の遺跡を発見し、古い骨を一本見つけたブルテリアの仔犬たちさながら、ぼろぼろに破壊した。

　人工太陽も見つけた。

　遥か昔のある時期、宙域至近の宇宙空間は相当なプレミアムつきの場所だったとみえて、ラジオ・

べイ星団には、天然の太陽より多くの人工の太陽が存在している。ほかの場所からひっぱってきたものもあれば、その場でゼロからつくられたものもあり、そのまわりには惑星がもちこまれて、宙域が最大限見えるよう計算された不自然な軌道に投入された。放射線は、めいっぱいエネルギーをつぎこんだ磁場と大増量した大気で防いでいる。惑星のあいだでは、降りしきる光の氷雨のなか、宿無しの月たちがすばらしく複雑な軌道を織りなして動いている。

これらは星系というよりもビーコン、ビーコンというよりも実験室、実験室というよりも、そこでおこなわれる実験というべきものだった――宙域の中心に存在すると考えられる制御不能の特異点からあふれだす想像を絶する力に反応するようにつくられた、いわば巨大な探知機群だ。

この特異点なるものは、すさまじくエネルギッシュだ。絶対温度五万度に熱せられたガス雲に囲まれて、バリオン物質、非バリオン物質、両方のジェットや泡を吐きだしている。その重力の影響は、かすかとはいえ銀河核でも検出できるほどだ。あるコメンテーターの言を借りれば――「想像もつかない闇のなかで初期宇宙全体に大型クエーサーが燃えはじめたころ、そこはすでに古びた場所だった」。とにもかくにも、それはその周囲に位置するケファフチ宙域を、ブラックホールと巨大な天然の加速器とクズ物質だらけの領域に変えてしまった。空間と時間とふくれあがる事象の地平線のスープ、放射エネルギーと底なしの光があふれる予測不能の海に変えてしまった。自然の法則――というようなものがあればの話だが――が棚あげになっているこの場所では、なにが起きてもふしぎはない。

宙域を突破して情報をもちかえることに成功した古代種属はひとつもいない――が、みんな試みてはいる。みんな、成果をもとめて力を尽くしたのだ。人類が到着するころには、古くは六千五百万年まえにまで遡る物体や人工遺物が宙域の縁に漂っており、なかにはあきらかに今日目にするどんな文明より何倍も知的で風変わりな文明の産物が残したものもある。かれらはみんな理論武装してやってきた。最新の幾何学、最新の宇宙船、最新の方法論をたずさえてやってきた。かれらは日々発進しては火中にとびこみ、灰と化していった。

かれらが発進していった場所のひとつがレッドラインだ。

誰にせよ、レッドラインを建造した者、その化学線作用をもつ、猛り狂っているかのような太陽をつくった者は、どう考えても人間の範疇には入らない存在だ。南極にある人工遺物がつねにケファフチ宙域中心部の奥深くの一点を向いているように計算された特異な軌道のせいで、レッドラインは胸の悪くなるような、あてにならないリズムを刻んでいる。そこでは春が五年に二回訪れたと思うと、そのつぎの二十年間は一年中春になり、そのつぎは一日おき、という具合だ。しかも訪れた春の色と質は安っぽいネオンのそれ。湯気をあげる放射線ジャングルとUV洗浄されて青く光る砂漠とに行く手を阻まれ、人間はじかに手を触れることもできない（とはいえ、幅広くとらえたラジオ・ベイ探検の比喩という意味合いでいえば、勇猛にして不運、倫理面で失読症を患っている連中は、依然としてろくな計画もない性急なエントラーダに赴いていた。なにを探して？　それは誰にもわからない。かれらはあっというまに、強い悪臭を放つ廃墟の霧のなかに姿を消していった。もどってきた人間は――発見したものをもっとよく見ようとフェイスプレートを割っていた――帰還するやいなやモーテル・スプレンディード宇宙港のバーで一、二週間、自慢話をしまくったあと、エントラーダの伝統をうけついで、名状しがたい病で命を落としている）。

セリア・マウはフェイクブックをあたってみた。曰く「南極点人工遺物は分析不能だが、送信機ではなく受信機と思われる」また、「レッドラインにも〝昼〟と〝夜〟があるといえなくはないが、その発現の仕方は単純に定義できるものではないようだ」ともあった。その場所がいま彼女の眼下にひろがっている。純粋で一点のくもりもなく、見ているだけでしあわせを感じる。少なくともある意味では、彼女の運命もそうだといえる。彼女はラインをオンにした。

「ビリー・アンカー。あんたに会いにきたんだけど」

ややあって、中継されたかすかな音声が空電にはさまれて入ってきた。「降りてくるか？」きいたとたん、弱気の虫が騒ぎだした。

「フェッチを送るわ」とりあえず、時間稼ぎだ。

ビリー・アンカーは細い切り株のような顔をしていた。オールバックにした黒髪は荒っぽく小ぶりのポニーテールにまとめられ、ちらほらとグレイがのっている。年はいくつぐらいなのかはっきりしないが、千の太陽の光にさらされた肌は真っ黒に日焼けし、瞳は緑がかった灰色で眼窩深くにおさまっている――相手を気に入ればしばらくのあいだじっと見つめて、しばしばたのしげな温もりをたたえたりもするが、気に入らなければ、すっと脇にそれてしまう。その目からは、なにも伝わってこない。ビリー・アンカーはラジオ・ベイにいすわるだけの情熱の持ち主で、つねになにかを探しもとめていた（彼はそこで生まれたのだという連中もいるが、眉唾だ。やつらは地元の蝙蝠のリボソームを混ぜたカーモディ・バーボンで酔っ払ったジャンキーのエントラディスタで、その酒焼けした声でしゃべることといったら頭のなかのロマンあふれる伝説だけなのだから）。この、つねになにかを探しもとめるという感覚がわからない連中は門前払いを食らう。少なくともなにか感じるところがなければ相手にしてはもらえない。

「俺たちはなにか見たくて、ここへきたんだ」と彼はよくいう。「驚きたくて、きたんだ。俺たちは、ここでは新参者だ。これを見ろ。わかるか？　しっかり見ろ！」

やせっぽちで活動的で、つねになにかを探しもとめているこの小男は、筋と皮ばかりで、年がら年中、大昔のパイロットのGスーツのズボンをはき、革のコートを二枚着て、赤と緑のスカーフを一風変わった格好に結んでいる。片手の指が二本ないのは、ラジオRX1という悪名高いブラックホールの膠着円盤の縁にあるシグマ・エンドへの着陸がうまくいかなかったときのなごりだ（ラジオRX1の近くに人工ワームホールへの入口があって、その当時、彼はそれがレッドライン南極点遺物とおなじターゲットを見据えているると考えていた）。失った指を補塡したことはいちどもない。

セリア・マウのフェッチが足元にあらわれると、彼はちらりと目をやった。

「ほんとはどんなふうなんだ？　ほんもののおまえさんは？」

「たいしたことないわ」セリア・マウは答えた。「あたし、Kシップだから」

「なるほど」システムで確認しながら、ビリー・アンカーはいった。「そのようだな。で、これまで、どんないいことがあったんだ？」

「あんたの知ったこっちゃないわ、ビリー・アンカー」

「まあ、そうむきになりなさんな」というのが、彼の返事だった。そしてひと呼吸おいて――「さて、近頃の宇宙の最新ニュースはなんだ？　おまえさん、俺が見てないどんなものを見てきたんだ？」

おもしろい展開になってきた。「こんな古ぼけたオンボロ船に乗ってて、そういうことをきくわけ？」セリア・マウはビリー・アンカーの居室を見まわしながらいった。「片手に手袋して？」笑いながらいう。「山ほど見てきたわ。あいにく銀河核までいったことはないけど」彼女は、自分が目にしてきたものをいくつかビリー・アンカーに話してやった。

「たいしたもんだ」彼は素直に認めた。

そして椅子のなかでぐいっと身体をそらせると、おもむろにいった――

「おまえさんのKシップだが。あれはゴー・ディープ向きだ。わかるよな、〝ゴー・ディープ〟の意味は？　Ｋシップはほとんどどこへでもいけるときいたことがある。おまえさん、宙域のことを考えたことはないのか？　Ｋシップをあそこへもっていこうなんてことは？」

「日々の暮らしに飽きたときには、ちらっとね」

二人は声をそろえて笑った。

「俺たちは、いつかはビーチを離れなくちゃならない。俺たちみんな、そうさ。成長して、ビーチを離れて、海にとびこんで――」

「――だって、そのために生きてるんだから、でしょ？」セリア・マウはいった。「そういうつもりだったんでしょ？　あんたみたいな人がそういうのを、もう千回もきいてるわ。ねえ、ビリー・アンカー、いいこと教えましょうか？」

「なんだ？」

「その連中、みんな、あんたよりはましなコートを着てたわよ」

ビリー・アンカーはセリア・マウをまじまじと見つめた。

「おまえさん、ただのＫシップじゃないな。〈ホワイト・キャット〉だろ。おまえさん、〈ホワイト・キャット〉を盗んだ小娘だな」ビリー・アンカーはいった。セリア・マウは、あまりにもあっけなく身元がばれたことに驚きを隠せなかった。そのようすを見て、ビリー・アンカーはにやりと頬をゆるめた。「で、御用の向きは？」

セリア・マウはついと目をそらせた。どこへ通じるとも知れない裏航路にあるラジオ・ベイのポンコツ惑星で、こうも簡単に正体がばれてしまったのが気に入らなかった。それにフェッチを使っていてさえ、彼のあの目をまともに見ているのはきびしい。シャドウ・オペレーターたちがなんといおうと、彼女は肉体というものを知っている。それも問題のひとつだった。ビリー・アンカーの目を見たとき、彼女は肉体がなくてよかったとつくづく思ったのだった。生身で接していたら、きっと逆らえないにちがいない。

「あの仕立て屋にいわれてここにきたのよ」彼女はいった。

ビリー・アンカーの細面に、読めた、といいたげな表情が浮かんだ。

「おまえさん、ドクター・ヘインズの箱を買ったんだな」と彼はいった。「やっとわかった。アンクル・ジップからあれを買ったのは、おまえさんだったのか。いやはや」

セリア・マウは接続を切った。


「やだ、あの人、キュートじゃない」クローンがいった。

「いまのはプライベートな通信だったのよ」セリア・マウは、ぴしりといった。「また、からっぽの宇宙空間へほうりだされたいの？」

「彼の手、見た？　ワーオ、よね」

「お望みなら、いつでもできるんですからね」セリア・マウはいった。「あいつ、鋭すぎだわ。あのビリー・アンカーって男」彼女はそうひとりごとをつぶやいてから、またクローンに向かっていった。「ほんとにあの手がいいと思ったの？　やりすぎだと思うけどね」

クローンは皮肉たっぷりの笑い声をあげた。

「タンクのなかで生きてる人に、なにがわかるっていうの？」

パーキンズ・レントで心変わりして以来、クローン――モーナとかマーニとか、そんなような名前――は振幅の激しい一種の躁鬱症状態に陥っていた。躁のときは自分の人生がすっかり変わるような気分になっている。スカートのピンク色が濃くなり、丈は短くなって、一日中、〝イオン・ダイ〟とか〝ダッチアウト・ハッスル〟といったソルトウォーター・ダブ、でなければ銀河核ではシックとされている風変わりな懐かしの賤民ビートを口ずさんでいる。鬱のときは人間用区画に閉じこもって、爪を噛みながらポルノ・ホログラムを見たり、オナニーに没頭したり。彼女のことが大好きなシャドウ・オペレーターたちは、セリア・マウなら絶対に許さないような大仰な物腰でいたれりつくせり面倒を見てやっている。アンクル・ジップの娘たちが結婚式にでも着そうなドレスを着せたり、彼女の居室に工学天文学用の基準に合格した鏡をいくつもそなえてやったり。もうひとつ、彼女がちゃんと食べているかどうか確認するのも、かれらの大事な仕事だった。そんなかれらの欲求を、彼女は敏感に察知していて、かれらを手玉にとっていた。彼女の気分の羅針盤が北をさしたら、みんな彼女のいいなりだ。エルヴィス好みの料理をつくらせたかと思えば、ルレックス地の、乳首丸だしのホルターネックをつくらせるし、簡単な美容外科手術で骨盤の幅をせばめさせたこともあった。「きみがそうしたいというのなら」とシャドウ・オペレーターたちはいった。「それがよいと思うなら、そうしよう」かれらは彼女を上機嫌にするためならなんでもした。まえに食べ物のしみがついた部屋着を脱がせるためならなんでもするつもりだった。煙草を吸うようにすすめさえした。自由貿易ゾーン（FTZ）内では二十七年もまえから違法とされているのにだ。

「別に、きき耳たててたわけじゃないわ」彼女はいった。

「以後、この周波数帯には入らないこと」セリア・マウは警告した。「それから、その頭、なんとかしなさいよ」十分後、彼女はふたたびビリー・アンカーのもとにフェッチを送り込んだ。

「このあたりは混信が多くてな」そつのない男だ。「たぶん、それで切れたんだろう」

「そうかもね」

ビリー・アンカーがどれほどすごいことをしていようと、何様だろうと、いまはたいしたことはしていない。〈カラオケ・ソード〉という船に住んでいるけれど、この船がふたたびレッドラインを飛び立つ日がくるとは思えない。青っぽいおぼろな光や強い光を放つ蛍光植物が全長半マイルの船体をおおっているさまは、まるで縦溝彫りの入った石柱に放射能をおびた蔦がびっしりとからみついているかのようだ。〈カラオケ・ソード〉は異星の金属でつくられているが、二万年使われたあと、レッドラインで十年雨ざらしにされて、あばただらけになっている。ビリーが見つけるまえの歴史はただ想像するしかない。内部はオリジナルのコントロール装置にごくふつうの地球のものが好き勝手につながれている。コンジットの束に電線の巣、四百年まえのテレビ、そしてほこりの山。これはKテクではない。ナットとボルトくらい古いけれど、キッチュでもないし、なんの魅力もない。それに〈カラオケ・ソード〉にはシャドウ・オペレーターも乗っていない。つまりなにかしようと思ったら、ぜんぶ自分でやるということだ。理由は明かさなかったが、ビリー・アンカーはシャドウ・オペレーターを信用していなかった。だから彼は、さまざまな色の液体が流れるチューブや電線を身体のあちこちに挿入し、気が向いたらヘルメットもつけて、大昔の戦闘機パイロット用の椅子みたいなものにすわっている。

彼は、足元のがらくたを嗅ぎまわっているセリア・マウのフェッチを見ながらいった。「盛りのころには、こいつが俺をいろんなふしぎなところに連れてってってくれたもんさ」

「そうなんでしょうね」セリア・マウはいった。

「ああ、誰がなんといおうと、いいものはいいんだ」

「ビリー・アンカー、あたしはね、ドクター・ヘインズのパッケージがちゃんと動かないっていいにきたの」

ビリーはびっくりした顔になり――すぐに平然とした顔にもどった。

その顔に、狡賢そうな表情が浮かんだ。「金を返せというんだな」勝手な推量だ。「あいにく俺は——」

「——返品には応じないんでしょ。知ってるわ。でもねえ、あれは——」

「俺の方針なんでね、お嬢ちゃん」ビリー・アンカーはいった。悲しげに肩をすくめてみせたが、表情はいかにも気楽そうだ。「これ以上、なんともいいようがない」

「なんにもいわなくていいから、ちょっとききなさいよ。あんたがこんなところで古ぼけたものに囲まれて、ひとりぼっちでいるのは、人の話をきこうとしないからじゃないの？　あたしはお金を返してもらいにきたわけじゃないのよ。そのつもりだったら、アンクル・ジップに払わせてるわよ。といっても、あんなやつ、信用してないけどね」

「もっともな意見だ」ビリー・アンカーはいった。「では、なにがお望みかな？」

「あれをどこで手に入れたのか知りたいの。あのパッケージを」

ビリー・アンカーはじっくりと考え込んでいた。

「それはまた変わった望みだな」

「とにかく、それがあたしの望みなの」

二人の視線が互角にぶつかりあった。ビリー・アンカーが欠損のないほうの手の指で耐Gチェアのアームを叩くと、それに呼応して正面のスクリーン群が明るくなり、いくつもの惑星が映りはじめた。どれも大きい。見る者に向かってどんどん近づき、なにか生きているもののように大きくふくらみ、ひろがったと思うと、突然、右や左に飛んで、姿を消した。どの惑星も表面に赤紫や緑、くすんだ茶色や黄色の雲の帯が層をなして渦巻いていた。

「俺が撮った映像だ」ビリー・アンカーはいった。「ここが発見された直後に全域探査したんだ。相当複雑なつくりだろ？　これをつくった連中は、そもそも元になる太陽もないのに、あんなものをつくりやがったんだぜ。まず茶色い矮星を一個ひっぱってきて、火をつけた。俺たちが知ってるどの系列にもあてはまらない星のつくり方を、ちゃんと知ってたわけさ。それからこの八個のガス巨星をもってきた。ほかのもっと小ぶりの天体六十個ばかりといっしょにな。そしてレッドラインを、誰も見たことがないほど複雑な人工重力横丁の一角に入れ込んだ。あとは、天体同士の共鳴とか平衡作用みたいなものが仕上げをした」そういって、ビリー・アンカーは少し考え込んだ。「その連中は道楽でやったわけじゃないだろう。このプロジェクトひとつで百万年はかかったはずだ。完成の見込みもなしに、こんなプロジェクトをスタートさせるやつはいないだろう？」

「ビリー・アンカー、そんなことどうでもいいのよ」

「退屈な話で、気が散ったか？　だがな、話はそれで終わりじゃないんだ。いいか――もし、そういうことができるとしたら、なにか科学的な道具をつくるためだけに、それだけの精神的エネルギーを奮い起こせるとしたら、そりゃあ、途轍もないすごいものをもとめているってことだろう？　考えたことあるか？　これをつくった連中が、これほどの時間をかけた理由を」

「ビリー――」

「とにかく――あれやこれや由々しき経緯が合わさってできあがったこの星系は、素粒子ジョッキーの悪夢だ。フェイクブックにあるとおり、混信は日常茶飯事。さっき交信が切れたのも、たぶんそのせいさ。だろう？　切れたのは残念だった。せっかくおおいにたのしんでいたのになあ」

彼はスクリーンの映像を消してセリア・マウのフェッチを見下ろした。

「どうやって〈ホワイト・キャット〉を盗んだのか、教えてくれないか」と彼は水を向けた。

〈カラオケ・ソード〉のコントロール・ルームは、熱をもったほこりの匂いがした。モニター群がカチカチいったり静かになったり、かと思うといきなりランダムなパターンで動きだしたりしている（どのモニターにもレッドラインの地表が映っている。侵食でできた岩石丘（メサ）もあれば、廃墟となった建造物もあるが、その二つのあいだにたいしたちがいはない。どのモニターにもかならず最後に映しだされるのは、ノイズだらけでぼんやりとしか見えない南極点遺物だ）。ちかちかと瞬く光が一条、壁を走る。その壁には古代地球文明のそれと同種のヒエログリフが書かれている。もともとあったものだ。ビリー・アンカーは無意識のうちに、失われた指の痛みをやわらげるかのように、右手をさすっている。なにかを得るには、なにかを与えるしかない。それはセリア・マウにもわかっていた。そこで彼女は、たっぷりと沈黙を保ってから、おもむろにこういった——

「あたしじゃないわ。計算体が盗んだのよ」

ビリー・アンカーは、誰が信じるか、といいたげに笑った。

「計算体が盗んだ？　そりゃまたどうして？」

「知らないわよ」セリア・マウはいった。「知るわけないでしょ？　あたしは眠らされてたんだもん。計算体はそういうことができるの。目が覚めたら、どこからも千光年離れたところにいて、ハローを見下ろしてたんだから」あのときは、不安をかきたてるような異様な夢を見ていた——といっても、そのころの夢にはシルクハットに燕尾服の男はまだでてきていなかった——そして目覚めると、どことも知れないところにいたのだ。彼女はそのときのことを思いだして、タンクのなかで身ぶるいした。

「なにもない、からっぽの空間だった」と彼女はいった。「からっぽの空間にいったのなんて、はじめてだった。そういうときって、どうしたらいいかわからないもんよ。ほんと、途方に暮れるわよ」覚えているのは、自分が置かれた状況とはなんの関係もない、わけのわからない恐怖と混乱だけだった。

「計算体はあたしになにか見せようとしたんじゃないかと思うのよね」

ビリー・アンカーは、にっと頬をゆるませた。

「つまり、船がおまえさんを盗んだってことか」彼女にいうというよりは、ひとりごとのような口調だった。

「だと思うわ」

「ああ」彼女は言葉をつづけた。「あたしは盗まれてよかったと思ってるのよ。EMCにはうんざりしてたから。それから、FTZの〝治安〟活動ってやつにもね！　いちばんうんざりしてたのは、自分のことなんだけどさ……」ビリー・アンカーの眼差しに好奇心が宿るのを見て、彼女は言葉を切った。「とにかく、あんたには関係のない、いろんなことにうんざりしてたわけ」話の筋道をつけなければ。「で、船があたしを盗んだとしても、船にはなんの計画もなかったの。一カ所にじっとしてたわ。なにもない空間に何時間もじっとしたままだった。それで、気分がおちついてから船をハローにもどしたの。全速力で何カ月も飛びつづけたんだから。ほんとうに途方に暮れたのは、そのときよ。そのときはじめて、自分で計画を立てたの」

「それでゴロツキの仲間入りか」

「そういうふうにいうの？」

「金さえもらえば、誰の仕事でもするんだろ？」

「ああ、そこがあたしがほかの人とぜんぜんちがうところよね！　誰だって生きるためには稼がなくっちゃねえ、ビリー・アンカー」

「EMCは、おまえさんにもどってほしいと思ってるぞ。連中にとっては、おまえさんは資産のひとつだからな」

こんどはセリア・マウ・ゲンリヒャーが笑う番だった。

「だったらまず、あたしをつかまえなきゃね」

「連中はどれくらい近くまできてるんだ?」とビリー・アンカーはたずねた。五本そろった指を小刻みに揺らしている。「これくらいだぞ。おまえさんがここにきたとき、俺のシステムがおまえさんの船体を軽く調べた。最近、最上位兵器でやりあっただろ。大容量のX線デバイスかなにかで攻撃されたとみえて、素粒子でスカーリングされてたぞ」

「〝やりあった〟わけじゃないわ」セリア・マウはいった。「撃ったのは、こっちだけだから」酷薄な笑い声をあげる。「あっちは八十ナノセコンドでガスになっちゃった」そうでありますようにと祈りながら断言した。

ビリー・アンカーは肩をすくめた。そいつはたいしたもんだと思うが論点はそらさないぞ、という意思表示だ。

「しかし、いったい何者なんだ?　おまえさんに目をつけてるんだぞ、お嬢ちゃん」

「なにを知ってるの?」

「問題は俺がなにを知ってるかじゃない。お、ま、え、さ、ん、がなにを知ってるかだ。認める気はないようだが。すべては、おまえさんの問題さ。しゃべり方でわかる」

「なにを知ってるの、ビ、リ、ー、・、ア、ン、カ、ー?」

彼は肩をすくめた。

「〈ホワイト・キャット〉は誰にもつかまえられないわ!」彼女は声を張りあげた。

そのとき、クローンのモーナがビリー・アンカーのコントロール・ルームの壁に書かれたヒエログリフの行間から歩みでてきた。モーナのフェッチは実際の姿より小さくて安っぽいバージョンで、調子の悪いネオンみたいに瞬いている。ヒールが五インチもあって歩くとお尻がぷりぷり揺れる赤のサンダルに、膝下丈のラテックス製チューブスカート――色はライムグリーン――、トップスはピンクのアンゴラのボレロというういでたち。髪はうしろで二つにわけて、服と同系色のリボンを結んでいる。

「あら、どうも、ごめんなさい」クローンはいった。「ちがうボタンを押しちゃったみたい」

ビリー・アンカーは迷惑そうな顔をしている。

「もうちょっと注意すべきだな、お嬢ちゃん」彼が忠告すると、クローンは彼をおざなりにちらっと見て、あとは知らんふりをきめこんだ。

「なんか音楽をきこうと思ったのよ」セリア・マウに向かって、クローンはいった。

「さっさとでていきなさい」

「どうやればいいいか、わかんないんだもん」

「あんたの友だちがどうなったか覚えてないんだったら」セリア・マウはいった。「記録映像、見せてあげようか」

クローンは怒りと絶望が格闘しているような表情を浮かべ、唇を嚙んで立ちつくしていたが、やがて涙がこぼれおち、肩をすくめると、ゆっくりと茶色い煙のなかに消えていった。ビリー・アンカーは、どういう事情があるのか興味津々のくせに、周到に無関心をよそおって、このひと幕を見まもっていた。ひと呼吸おいて、彼はいった――

「船名を変えてるな。どういうわけか知りたいんだが」

セリア・マウは笑った。「どうしてかしらね。どうしてそんなことするんだろ？　あたしたち、船と計算体とあたしと、暗闇のなかでじっとしてた。位置を確認できるものといったら、遠くでかすかに、具合の悪い目みたいにぱちぱちウインクしてる宙域があるだけだった。そのとき急に、昔の宇宙船の船長たちのあいだに伝わってた伝説を思いだしたの。何百年かまえに、星から星へ移動する道を見つけるために、はじめてテート＝カーニー変換を使ったころの話。長い夜間当直についていると、ときどきナヴィゲーション・ホログラムのなかにブライアン・テート、その人の亡霊みたいな姿が見えたっていうのよ。肩に白猫をのせて、真空中から倒れ込んでくるんだって。それで、この名前にしようと思ったわけ」

ビリー・アンカーはまじまじと彼女を見つめた。

「いやはや」

セリア・マウはビリー・アンカーの椅子の肘掛けにのぼった。

「どこでドクター・ヘインズのパッケージを手に入れたか、教えてくれるわよね？」彼の目をのぞきこんで、彼女はいった。

彼が答えるまえに、彼女は〈カラオケ・ソード〉から〈ホワイト・キャット〉へひきもどされてしまった。船内では、やわらかな警報音が執拗に鳴りつづけていた。シャドウ・オペレーターたちは隅のほうに集まって、悲痛のあまり手をもみしぼっている。

「気になる現象が起きている」計算体がいった。

セリア・マウは狭いタンクのなかで、そわそわと寝返りを打った。かろうじて残っている手足が、おぼろにいらだたしげな動きを見せる。

「なんで、あたしにいうの？」彼女はいった。

計算体は、五、六百ナノセコンドまえの出来事のシグネチャー・ダイアグラムを呼びだした。虹色の光を背景に、ぼんやりした灰色の指がからんだりほどけたりしている――「これって、なんでいつもセックスみたいに見えるんだろ？」とセリア・マウは愚痴った。計算体は、どう答えたものかわからず、沈黙を通した。「別のレジームを選んで」彼女がいらだたしげに指示すると、計算体は別のレジームを選んだ。そしてまた別のを。さらにちがうのを。見たいものが見えるまでカラーグラスの眼鏡をつぎつぎにためすようなものだった。大昔のプロジェクターで休日のスナップ写真のスライドを見るように、映像がチカチカ切り替わっていく。やがて、映像が二つの状態のあいだで規則的に切り替わるようになってきた。二つのちがいを正確に見分けるコツさえわかっていれば、微弱に反応している物質をとらえるようなもので、その事象のおぼろな影をとらえることができるのだ。それは、二天文単位離れた熱いガスと小惑星のクズの帯の奥深くで、なにかが動いて、また静止したようすをとらえた映像だった。何ナノセコンドかたっても、あとはなにも起こっていない。

「わかったか？」計算体がいった。「あそこになにかいる」

「あの星系はなかが見にくいのよ。フェイクブックには、はっきりそうでてる。それにビリー・アンカーがいうには——」

「それは認める。しかし、あそこになにかいるのはたしかだと思うだろ？」

「なんかいるわね」セリア・マウもそれは認めた。「でも、あいつらのはずはないわ。あの武器は惑星だって溶かしちゃうんだから」

　彼女は少しのあいだ考えをめぐらせた。

「いいから、無視、無視」

「そうはいかないと思うね」計算体はいった。「気になる現象が起きているのに、その正体がわからないんだよ。かれらはこっちが発射すると同時にするりと逃げた。こっちとおなじようにね。これはかれらだと考えるべきだね」

セリア・マウはタンクのなかで手足をばたつかせた。「あいつらは八十ナノセコンドでガスになっちゃったのっ！」

「もしそうだとしたら、あんたのせいでしょうよ！」彼女は金切り声をあげた。

計算体は、まだ彼女がしゃべっているうちに鎮静剤を与えた。彼女は、自分の声が、一般相対性理論のどこかにあった図のように、ドップラー効果を示しながらしだいに消えていくのをきいていた。

そしてまたあの庭にもどっている夢を見た。母が亡くなってからあとひと月で一年。じめじめとした春が訪れ、月桂樹の茂みの下の花壇では地球の水仙が咲き誇り、高く聳える白い雲の塔のあいだに見える地球の空は淡い青。長い冬がすぎてしぶしぶ窓や戸をあけはなった屋敷は、彼女たち三人を、老人の息のように表へと吐きだした。弟がナメクジを見つけた。かがみこんで、棒でつつくと、つまみあげて、それをもったまま「わーい、わーい」といいながら走りだした。赤いウールのコートを着た九歳のセリア・マウはにこりともせず、弟を見ようともしない。冬のあいだずっと、彼女は馬の夢を見ていた。このうえなく優雅な足取りで進む白馬！　それはどこからともなくあらわれ、あとは、やわらかな鼻先で彼女に軽く触れながら、彼女がどこへいこうとついてくるのだ。

父親は、悲しげな笑みを浮かべて、二人が遊ぶ姿を眺めている。

「なにかほしいものはあるかな？」父親は二人にたずねた。

「このナメクジがほしい！」弟が叫んだ。地面にころがって足を高く蹴りあげる。「わーい、わーい」

父親が笑う。

「おまえは？　セリア・マウ」父親がいった。「なんでもほしいものをあげるよ！」

父親は冬のあいだじゅう、二階の寒い部屋にひとりこもり、指先のないミトンをしてチェスに没頭していた。昼時、セリア・マウが食事をもっていくたびに、その顔を見ては泣いた。そしてなかなか部屋からだそうとしなかった。彼女の肩に両手を置いて、傷ついた目でじっと見つめた。彼女も視線を合わせるしかなかった。彼女にしてみれば、毎日毎日そのくりかえしなのがいやでしかたなかった。父の涙がいやだった——樺の木々のあいだに丸く灰が残り、その喪失の匂いが漂う父の庭もいやだった。そう思うそばから、父が恋しくてしかたなくなる！　彼女は父親が大好きだった。弟も大好きだった。それでいながら、二人のそばから逃げだして、ニュー・パール・リバーを下っていきたかった。まっすぐに、どこか自分だけの場所にいきたかった。アーモンドとバニラの香りのするやさしい息を吐く、りっぱな白馬のたてがみをしっかりとつかんで。

「お母さんにならなくていいのがいい」とセリア・マウはいった。

父親は顔をくもらせ、くるりと背を向けた。気がつくと彼女は、雨のなか、レトロ・ショップのショーウィンドウのまえに立っていた。

湯気でくもったガラスの向こうに、細々した品物が何百も並んでいる。どれもみな偽物だ。義歯、つけ鼻、つくりものの真紅の唇、つけ毛、絶対作動しないX線眼鏡。誰かが手にとったとたんに、ほかのものになることだけを目的にしている、古くて汚れたブリキやプラスチックの品々。のぞくと目のまわりに黒いあとがつく万華鏡。ばらばらにすると二度ともとどおりにならないジグソーパズル。さわると笑い声がする二重底の箱。吹くとおならの音がする楽器。みんな偽物。どれも、あてにならないものの典型。そのどまんなか、最高の場所に、グリーンのサテンのリボンをかけ、長い茎のついた一ダースの薔薇を添えた、アンクル・ジップのギフトボックスがあった。雨がやんだ。ボックスのふたが、ひとりでに、ほんの少しひらいた。なかから白い泡のようなナノテク基質があふれてきて、ショーウィンドウいっぱいにひろがっていく。と同時にやわらかなチャイム音が響いて、女のささやき声が——

「ドクター・ヘインズ？　ドクター・ヘインズをお願い。ドクター・ヘインズを外科へ！」

するると、ガラスの内側から、軽いけれど断固としたコツコツという音がきこえてきた。泡が消えてみると、ショーウィンドウのなかはからっぽ。いや、ひとつだけ残っている。ルーシュ飾りのあるオフホワイトのサテンを背景に立っているのは、しっかりとした一枚の白いカードだ。表面には、粗雑だが生きいきとした素描が描かれている。黒のシルクハットに燕尾服の男が楕円形に巻いたトルコ葉の煙草に火をつけようとする姿だ。上着の袖口からシャツのカフスがこれみよがしにのぞいている。煙草は長く白い手の甲でトントンと叩いて詰めてある。一瞬のうちにとらえられたその姿には、優美な可能性があふれている。黒い眉の曲線に皮肉の色が見える。「つぎになにが起こるか、誰にもわからないだろう？」そういっているようだ。煙草が消えるか、はたまた奇術師が消えるか。奇術師が黒檀のステッキの端でシルクハットを傾けると、背後のルーシュ飾りのサテンの虚空を安っぽいヴィクトリア朝風のネックレスみたいにケファフチ宙域がすべっていき、奇術師のきれいに並んだ白い門歯の一本に街灯の光が反射し——ピカッ！——奇術師の姿はゆっくりと見えなくなる。いや、ひょっとしたら、なにもかもが消えてしまうのかもしれない。

このイメージの下には、アール・デコ・スタイルの太い書体で、こう印刷されている——

精神外科医　ドクター・ヘインズ
毎夜二回登場

セリア・マウが途方に暮れて目を覚ますと、タンクのなかには良性のホルモンがあふれていた。計算体は考えを変えていた。「けっきょくのところ、ほかには誰もいないようだ」と計算体はいって、彼女の答えを待たずに自分自身の空間に去っていった。彼女はしかたなく関連するディスプレー群を呼びだして、神経を集中させた。

「そうともいいきれない気がしてきたんだけど」彼女はいった。

返事はなかった。

と、下の惑星からのラインがつながった。

「で、なにがあったんだ?」ビリー・アンカーが問いかけてきた。「いましゃべっていたかと思ったら、つぎはだんまりか?」

「これ、混信だわ!」陽気な声でセリア・マウはいった。

「あのなあ、妙な気の使い方はよしてもらおうか」ビリー・アンカーは低い声で唸るようにいった。そして——「そっちはあのパッケージの由来を知りたい。こっちはたぶん力になれる。だが、まずはそっちがなにかしてくれないとな」

セリア・マウは声高に笑った。

「ビリー・アンカー、そのファッションセンスじゃ、誰も力になってくれないわよ——最初からそれがいいたかったんだ」

こんどはビリー・アンカーが交信を切った。

セリア・マウは自分のフェッチを彼のもとに送り込んだ。「ねえ、ちょっと、冗談だってば。あたしになにをしろっていうの?」

彼が懸命に自尊心を抑えているのが目に見えるようだった。彼女の関心をひいておきたい彼なりの理由があるのが、手にとるようにわかる。「いっしょにきてほしいんだ」と彼はいった。「レッドラインでいくつか見せたいものがある。それだけだ」心が動いた。が、そのうち彼の声がききおぼえのあるトーンを帯びてきた。「なにも特別なことはない。というか、この辺境にあるほかのものとおなじ程度に特別というだけのことで――」

「さ、いきましょ」セリア・マウは彼の話をさえぎった。「もし、いくつもりならね」

だがけっきょく、そんなひまはなかった。警報が鳴り響いたのだ。シャドウ・オペレーターたちがとびまわり、〈ホワイト・キャット〉は完全に準備態勢を整えた。戦闘時計がゼロにリセットされ、フェムトセコンド単位――宇宙の不可知の実時間にそれ以上迫れない最小の単位――で刻時を開始した。その一方で核融合生成物の一部がエンジンや武器にまわされ、敵の攻撃のタイミングをずらす予防策として、ダイナフローのアトランダムな切り替えがはじまった。それを見てセリア・マウは、これはかなりの非常事態なのだと判断した。

「何事なの？」彼女は計算体に説明を要求した。

「見てくれ」計算体はそううながすと、彼女と〈ホワイト・キャット〉との結合をしだいに強めて、根本的な部分で彼女が船になる状態までもっていった。いまや船の時間が彼女の時間となり、船の意識が彼女の意識となった。データ処理速度は、人間の毎秒わずか四十ビットから数桁上まで上昇。彼女の感覚は十四次元に対応する船のそれの相似体と化し、膜宇宙（ブレイン・スペース）に建てられた大聖堂さながら、各部分が全体のレプリカとなって響きあっている。いまやセリア・マウは、そのままで一分半もたてばその身が燃え尽きてしまうような形、場所、そして速度で生きていた。計算体は予防策として、すでにタンクのプロテオームにエンドルフィンとアドレナリン抑制剤、それにウォームダウン・ホルモンをどっと流し込みはじめていた。こっちは生物学的速度で作用するから、なんらかの遭遇が完了したあとで効果を発揮する計算だ。

「わたしのまちがいだった」計算体はいった。「見えるか？　あそこにいるだろ？」

「ええ、見えるわ」セリア・マウはいった。「よく見えるわよ、あのクソ野郎ども！」

　地球ミリタリー・コントラクト（EMC）だった。シグネチャー・ダイアグラムもフェイクブックも必要ない。先刻承知の相手だ。船の形でわかる。船名だって知っている。Kシップの小編隊ははじかれたように動きだした。キーキーと偽装通信をまきちらし、数次元でデコイを燃えあがらせながら、計算上もっとも予測しにくい軌道を描いてレッドラインの重力レーン沿いに進んでくる。その動きは瞬間瞬間の予測にもとづいて〈ホワイト・キャット〉の感覚器官に再帰的に描かれていく。まるでハローの闇を背景にしたネオンのようだ。ニュー・ヴィーナスポートから長距離作戦に赴いた〈クリシュナ・モアレ〉小編隊を構成しているのは、〈ノーマ・シャイライク〉、〈クリス・ラーモン〉、〈シャーモン・キア〉、〈マリノ・シュライク〉、そして隊を率いる〈クリシュナ・モアレ〉。それぞれの計算体がリンクしあって、ランダムに組みひもでも編むように位置を交換しながら接近してくる。昔からKシップがよく使う手だ。だが、組みひもの中心になる糸が（こういう状況では〝中心〟といっても意味がないが）、ある特異な物体の姿を呈しているのをセリア・マウは見逃さなかった――半分ナスティックで半分人間の奇妙な特徴がリンクしたシグネチャーを示す物体だ。

　敵が轟音とともに上から襲いかかってくると、〈ホワイト・キャット〉はふるふると小刻みに身をふるわせた。まるで翼が折れて飛ぶこともおぼつかない小鳥を演じているかのようだ。と、その姿が軌道から消えた。小編隊もすぐに気づく。辛らつな笑い声がきこえるようだ。かれらはその知性のほんの一部を彼女の発見にふり向ける――これまでもあきあきするほどやってきたことだ。セリア・マウ――彼女のシグネチャーはレッドラインのL2地点にある遺棄された衛星のそれをよそおっている――にとっては、すでに証拠は十分だった。彼女の直観力もまた十四次元で働いている。

「あいつらの行き先はわかってるわ」

「関係ないだろ?」計算体がいった。「こっちは二十八ナノセコンド後にはここから消えているんだから」

「ちがうのよ。あたしたちじゃない。あいつらが追っているのは、あたしたちじゃないのよ!」

レッドラインの大気圏上層部に白い光の針が走った。急襲開始以前にダイナフローに送り込まれていた中距離兵器が、ビリー・アンカーが守備固めに敷設していた名ばかりの地雷・衛星群を砲撃すべく大気圏内にぽんと出現したのだ。雨が降りしきる地表では、〈カラオケ・ソード〉がみずからの置かれた状況にやっと気づきはじめ、通信がしぶしぶオンになり、エンジンがとろとろと温まり、対応策が目をしょぼしょぼさせながら立ちあがりつつあった——二日酔いどころか十年酔いぐらいのロケットが一基、セリア・マウの感覚野に入ってきた。さながら、傷ついて大儀そうにゆるゆる進む光のイモムシだ。

遅すぎっ! とセリア・マウは思った。それに古すぎ。

彼女はラインをオンにして「遅すぎるわよ、ビリー・アンカー!」と呼びかけた。答えはない。エントラディスタはパニックに陥って加速カウチの肘掛を叩くうちに、左手の人差し指を脱臼していた。

「いまいくからね!」

「これは賢明な策といえるのか?」計算体がたずねた。

「あたしの接続を切って」セリア・マウはいった。

計算体は考えていた。

「だめだ」

「接続を切るのよ。向こうは、あたしたちのことなんか二の次なんだから。これは戦闘じゃない。警察の急襲よ。目当てはビリー・アンカー。なのにあの人ったら、自分の身をまもるすべさえ知らないんだから」
〈ホワイト・キャット〉はレッドラインの上空二百キロの地点にふたたび姿をあらわした。周囲で兵器が火を噴く。彼女がそのとき、その場所に出現すると、誰かが予測していたのだ。「なあるほど」セリア・マウはいった。「けっこう頭がいいじゃないの。目にもの見せてやるわ」彼女はお返しに、小編隊が接近してくるルートにすべりこませておいた高性能地雷を炸裂させた。「ほうら、さっき用意しといたやつよ」小編隊はいっとき視覚を奪われ、回転しながら四方八方に散った。「これでもう許しちゃもらえないわね」彼女は計算体に向かっていった。「傲慢なろくでなしよ、あのポリどもは」彼女と〈ホワイト・キャット〉との関係を正常化するために一時的休止状態に入っていた計算体からは、なんのコメントも返ってこなかった。彼女の周囲で、船の感覚野が崩壊し、なにもかもがスローダウンした。「降りて、すぐに脱出」セリア・マウは指示した。「できるだけ素早くね」〈ホワイト・キャット〉は進入姿勢をとった。逆推進ロケットが脈打ち、炎が花ひらく。船外では、宇宙空間の色が不気味にくすんだ赤と緑に変わる。セリア・マウはしだいに濃くなる大気のなかで容赦なくエアブレーキをかけた。スピードが熱と騒音になって削りとられていき、船は轟音をあげて夜空をわたる黄色い火の玉と化した。いかにも荒っぽい飛び方だ。シャドウ・オペレーターたちは長い手で顔をおおい、小刻みに波打つレースのような翼を背後にたなびかせて、右に左に流れていく。船が逆立ちするときに舷窓から外を見ていたクローンのモーナは、人間用区画で盛大に吐いていた。

高度千五百フィートで雲底を突破すると、真下に〈カラオケ・ソード〉が見えた。「信じられない」セリア・マウはいった。古ぼけた船は泥のなかから一、二フィート浮きあがって、安っぽい羅針盤の針のようにふるえながら、おずおずとあっちを向いたりこっちを向いたりしていた。船尾で核融合のたいまつに火がつき、近くの草木を燃えあがらせ、放射能をおびた蒸気の塊が噴きでる。二十秒後、船首ががくんと落ちたと思うと、呻くような轟音とともに船体がぬかるみに沈み込み、エンジンから百ヤードほど前方でまっぷたつに折れてしまった。「嘘でしょ」セリア・マウはつぶやいた。「降下」

計算体は、かかわらないほうがいいと答えた。

「降下。あいつを置き去りにするわけにはいかないわ」

「あの人を置き去りにしたりしないわよね?」クローンのモーナが人間用区画から心配そうな声で呼びかけてきた。

「いま、きいたでしょ?」セリア・マウはいった。

「あんたなら、やりかねないと思って」

「お黙り」

この事態に気づいた〈クリシュナ・モアレ〉隊は、するすると接近してパーキング軌道上に展開した。その動きたるや、使い捨ての栽培変種に入ったシャドウ・ボーイたちが店の入り口に陣取って唾を吐いたり、賭け事をしたり、とんでもなく高価なアンティークの飛びだしナイフのレプリカで爪の手入れをしたりする、あの虚勢に満ちた怠惰な動きにそっくりだった。余裕たっぷりの待ちの態勢だ。が、クリシュナ・モアレは事態を進展させようと、みずから〈ホワイト・キャット〉への交信ラインをひらいた。彼はセリア・マウより小さいときにEMCに入っていたから、あらわれたフェッチは身長六フィートで、黒のブーツ、ハイウエストの乗馬ズボン、肩章がついた紫がかったグレイのダブルのジャケットという完全なEMCスタイルながら、口調は横柄な少年のそれだった。

「我々はビリー・アンカーに用がある」と彼はいった。

「まずはあたしが相手よ」セリア・マウは誘いをかけた。

モアレはいささか腰が引けたようだった。「おまえのしていることは、まちがっている。我々に抵抗するなんて、大まちがいだぜ」と彼はいった。「ほかにもごまんと悪事を働いてるってのに、またとはな。だが、今回はおまえが目当てできたわけじゃない」

「あたしが？」セリア・マウはいった。「あたしが悪事を働いたって？」

外のぬかるみではつぎつぎと爆発が起こって石ころや草木を跳ねあげている。三十秒間の待機にしびれを切らした小編隊の構成員たちが大気圏に入って、地表を手当たりしだい爆撃しだしたのだ。セリア・マウはためいきをついた。

「モアレ、とっとと帰って、口のきき方でも勉強してなさい」

「おまえが生きていられるのは、ＥＭＣがあれこれ忙しくて、おまえになんかかまっていられないからなんだぞ」茶色い煙のなかに消えながら、彼は警告した。「いますぐにでも気が変わるかもしれないぜ。この作戦はダブル・レッドだからな」彼のフェッチは瞬いて消えたと思うと、まるで追伸のように、急にまた姿をあらわした。「おい、セリア、俺、自分の小編隊をもってるんだぜ！」

「知ってるわよ。だから？」

「だから、このつぎ会ったときにはマシンにしゃべらせることにする」

「ばーか」

〈ホワイト・キャット〉の貨物室の扉はすでにあけてあった。ヴィンテージものの船外スーツ（ＥＶ）に身を包んだビリー・アンカーは、身体的欠陥があるゆえの断固たる忍耐力を発揮して、頭をさげ、すり足で扉に向かって進んでいく。ころんだ。立ちあがった。またころんだ。フェイスプレートをぬぐう。上空の成層圏では〈クリシュナ・モアレ〉小編隊が飢えた獣の群れのように隊列を乱して方向転換した。一方、さらに上空のパーキング軌道ではハイブリッド船が事態の展開を待ちうけていた。その相容れない二つの特徴をもつシグネチャーが、下方での出来事を記述するかのように明滅している。〈タッチング・ザ・ヴォイド〉の指揮官といっしょに上にいるのは誰だろう、とセリア・マウはいぶかしんだ。こんなぶきっちょな作戦を仕切っているのは誰？　下の貨物室ではクローンのモーナがビリー・アンカーの名を呼んでいる。扉からのりだして彼の手をつかみ、なかにひっぱり込んだ。貨物室の斜路がバタンと閉じる。と、それが合図だったかのように、雲底から白い蒸気が幾筋も長い尾をひいて急角度であらわれた。ビリー・アンカーの船が張り裂け、エンジンがガンマ線と可視光のためいきを吐きながら爆発した。

「発進」セリア・マウは計算体に指示した。〈ホワイト・キャット〉はたいまつのような火を噴いて発進し、デコイや素粒子ドッグを放ち、ゴースト・シグネチャーを送信しながら、南極点上空に低く高速の弧を描いて進んでいった。

「見ろ！」ビリー・アンカーが叫んだ。「下だ！」

眼下で、南極点人工遺物がピカッと光を放った。セリア・マウは、なんの変哲もないガンメタル・グレイのジッグラト（古代メソポタミアの階段式ピラミッド形寺院）——百万年まえに建てられた、底辺の長さ五マイルの建造物——が後方に消え去る刹那、ほんの一瞬だけ、その姿を見ることができた。「ひらいてるぞ！」ビリー・アンカーが叫んだ。そして畏怖の念に満ちた声で「見える、なかが見える——」とつぶやいたと思うと、背後の空が白く輝き、彼の声が絶望に打ちひしがれたむせび泣きに変わった。欲求不満に陥った小編隊が、兵器庫の棚のいちばん下におさまっていたなにか、どでかいなにか、いかにもＥＭＣ的ななにかで、ジッグラトを直撃したのだ。

「なにが見えたの？」三分後、セリア・マウはたずねた。かれらは、〈ホワイト・キャット〉の計算体が追跡者の目のまえから姿をくらます方法を考えているあいだ、レッドラインのＬ２ポイントに隠れていた。

　ビリー・アンカーは答えようとしなかった。

「よくもあんな真似ができるもんだ」と彼は毒づいた。「あれは唯一無二の歴史的な宝なんだぞ。しかも機能していた。いまだに宙域のどこかから情報を受信していたんだ。あれからなにかを学べたはずだったのに」彼は顔面蒼白で人間用区画にすわりこみ、肩で息をしながら、髪が乱れないように巻いていたスカーフでアドレナリンの汗をぬぐった。泥にまみれたEVスーツの上半身は脱いで、皮をむいたように下に垂らしてある。まわりではシャドウ・オペレーターがやさしく声をかけながらひらひら動きまわって脱臼した指を治そうとしているが、彼は反対側の手で追い払っている。「この年代物はな」彼はいった。「俺たちにとって、かけがえのないものなんだ。たったひとつの財産だったんだぞ！」

「そんなもの、どっちを向いたってごろごろしてるわよ」セリア・マウはいった。「いつだってかならず、つぎのものがあるのよ、ビリー・アンカー。その先もかならず、つぎのものがでてくるわ」

「そうはいってもな、俺はなにもかも学んだ、なにもかもあれから学んだんだ」

「で、ビリー・アンカー、なにを学んだの？」

　彼は小鼻をとんとんと指で叩いた。

「そりゃ、知りたいだろうとも」そう断言できるのはおのれの直観の鋭さ、濁りのなさの証明、とでもいいたげに、彼は愉快そうに笑った。「だが、いうつもりはない」彼はビーチに打ち上げられた漂流物を拾って歩く物拾いだから、性格も潮の満ち干で削られ、磨かれている。彼は自分の大発見に支えられていた。その大発見で、野暮ったかろうがなんだろうが物事の本質を見抜く洞察力のようなものを身につけたと思っていた。彼としては、彼女も興味津々にちがいないと信じるしかない。だから、そのかわりのつもりで、こう申し出た。「だがな、ＥＭＣがなにを欲しがっているかなら教えてやってもいい」

「それはもうわかってるわ。やつらはあんたを狙ってるのよ。あんたを見つけるために、モーテル・スプレンディードからずっと、あたしをつけてきたんだから。それと、もうひとつ考えなくちゃならないことがあるの――〈モアレ〉隊があたしを試そうとしたのよ。やつら、自分たちは相当優秀だと思ってるのよね。でも、誰だか知らないけど、あの別の船にいるやつは、あんたが十字砲火を浴びることになっちゃまずいから、やつらがあたしとまともにやりあうのを許さなかった。だからクリシュナ・モアレはあんたの大事な遺物をドカンとぶっとばしたのよ、ビリー。上官にオシッコをひっかけたってわけ」

ビリー・アンカーは茶目っ気たっぷりに、にやりとした。

「で、やつらはそんなに優秀なのか？　おまえさんを試せるほど？」

「どう思う？」

ビリー・アンカーはこの返答を好ましげに黙って反芻すると、「やつらが追っているのは俺じゃない。俺が見つけたものだ」といった。

セリア・マウはタンクのなかで、ぞくっと寒気を覚えた。

「それって、この船に乗ってるの？」

「まあ、ある意味ではな」と彼は認めた。そして大きく手をひろげた。ラジオ・ベイ全体、いやひょっとしたら広大なビーチ全体すら含むともとれそうな身ぶりだ。「ここにもあるし、向こうにもある」

18　パテト・ラオのサーカス

イーヴィ・クレイを撃って何時間かたったころ、ふと気がつくと、エド・チャイアニーズはニュー・マンのウサギ穴の裏手にある荒地にいた。

あたりは真っ暗で、明かりといったらドックから奇妙な角度で射し込んでくる白い閃光だけだ。ときどき、Kシップが核融合生成物の垂直なラインに乗って架台から飛びだしていくと、ほんの二、三秒だけ、低い丘や採石場、池、壊れた機械類の山などが見える。あたり一面、金属と化学薬品の匂いが漂い、地を這う霧のような蒸気が敷地の外に流れだしていく。エドはまた吐いた。タンクの声が耳によみがえってきた。銃は、最初にいきあたった池に捨てた。なんという人生。ついに人殺しにまで手を染めてしまった。ふと、ティグ・ヴェシクルにえらそうにいった言葉がよみがえってきた――

「やってしまえば、なんだってやる価値のあることになるんだ。だから、そうじゃないことからやってみろよ」

池から、薄煙があがった。ただの水だけでなく、なにか入っていたのかもしれない。銃を捨ててからまもなく、行く手に捨てられたリキシャがあらわれた。突然、なんの脈絡もなく、目のまえに浮かびあがってきたのだ。片方の車輪が穴からあふれた水に浸かった形で、空を背景に妙な角度に傾いている。人が近づいたのを感知して幌の側面に広告が流れ、その上の空中にやわらかな光となって溶け込む。音楽がはじまった。荒地に声が響く――

「サンドラ・シェンのオブザバトリウムと天然カルマ・プラント、パテト・ラオのサーカスも併設」

「いいよ」エドはいった。「歩くから」

そのときロケット発射場からまた炎の明かりが射し込んで、リキシャ・ガールの姿が見えた。シャフトのあいだにしゃがみこんで、呻くようにヒューヒューと荒い息をつき、しょっちゅう全身をびくっと固くしては、ふるえている。そのうちまた緊張が解けたようで、一、二度、意味もなく笑うと、「よう、お兄さん」と声をかけてきた。これまで、ほかのなにもかも締めだしてしまうほど生で埋め尽くされていたのに、いまは死で埋め尽くされようとしている。エドはかたわらにひざまずいた。まるで倒れた馬の横にひざまずいたようだった。

「しっかりしろ、死ぬな。だいじょうぶだ」

痛々しい笑い声が返ってきた。

「よくいうよ」リキシャ・ガールはだみ声でいった。

彼女の身体から熱があふれでてくるのが感じられる。そうやって猛烈な勢いであふれでて、やがてそれが止まったら、二度ともとにはもどらないような気がした。熱がでていくのを押しとどめようと彼女の身体に手をまわそうとしたが、大きすぎてどうにもならないので、片手だけ握ってやった。

「名前は？」彼はたずねた。

「関係ないでしょ」

「俺に名前を教えれば、きみは死なない」とエドは説明した。「なんていうか、その、契約をかわしたみたいなもんだ。だから、きみは俺に借りがあったりなんかするわけだ」考えて、もうひとこと。

「死んでもらっちゃ、この俺が困るんだよ」

「最悪」リキシャ・ガールはいった。「ほかの連中はみんな安らかに逝くっていうのに、あたしにはトウィンクがきちゃうのか」

エドはずばりいわれて、驚いた。

「どうしてわかったんだ？　わかるはずないのに」

リキシャ・ガールはとぎれとぎれに息を吸い込んだ。

「自分の顔をよく見てみるんだね。あんた、あたしとおんなじ。ほとんど死んでるよ。あんたは内側だけだけどさ」リキシャ・ガールは目を細めた。「身体中、血だらけだよ、お兄さん。全身、血まみれ。あたしは少なくとも、血はついてない」これで少し元気がでたのか、リキシャ・ガールはひとりでうなずいて、ゆっくりとすわりなおした。

「あたしは、アニー・グリフ。だったっていうべきかな」

「いますぐ、おいでください！」いきなりリキシャのアド・チップが声を張りあげた。「サンドラ・シェンのオブザバトリウムと天然カルマ・プラント、パテト・ラオのサーカスも併設。さらに――未来の透視も。予言に運勢判断。アテロマンシー」

「この町で、もう五年働いてるんだ。カフェ・エレクトリークと、まじりっけなしのど根性だけがたより」とアニー・グリフはいった。「たいていの子は三年がいいとこなんだよ」

「アテロマンシーってなんだ？」とエドはたずねた。

「さあ、なんだろ」

エドはリキシャをまじまじと見た。チープなスポーク車輪とオレンジ色のプラスチック。ピアポイント・ストリートそのものだ。リキシャ・ガールはスピードを買う金と、スピードの効果を鈍らせるアヘンを買う金を稼ぐために、一日十八時間働く。そして潰れる。カフェ・エレクトリークとど根性——それが自慢の種だ。けっきょくリキシャ・ガールの最後の砦は神話だ。自分たちは不滅だという神話——それが彼女たちを滅ぼす。エドは首をふった。

「そんなもので生きていけるわけないだろ」エドはいった。

だが、アニー・グリフはもうそんなもので生きてはいなかった。その目にはなにも映らず、身体ががっくりと一方に傾いて、それとともにリキシャもひっくりかえってしまった。彼女ほど生き生きとしたものが死ぬなんてことがあろうとは。エドは信じられない思いだった。アニーの巨体にはまだうっすらと汗が浮いている。仕立て屋が安い転換キットの一部に指定した体内テストステロン・パッチの男性化作用で首や肩の筋肉が発達しているぶん、骨ばった顔は小さくちぢんで見えるが、そこには食刻されたような美しさがあった。エドはその顔をいっとき眺めてから、目を閉じてやろうと手をのばした。「なあ、アニー、ついに眠るときがきたんだな」そのとき、奇妙なことが起きた。彼女の頬骨が波打つようにぴくぴくと動いたのだ。不安定なリキシャの広告の明かりのせいだろう、とエドは思った。が、こんどは頭全体がぼやけてきた。ばらばらに分解して光になっていくように見える。

「うわっ！」エドはとびあがって、うしろにひっくりかえった。

その現象は一、二分つづいた。光は、リキシャの広告が空中に花ひらいている、そのやわらかく輝く領域に向かってひらひらと飛んでいくように見えた。と、光と広告とがいっしょになってアニーの顔にふりそそぎ、アニーの顔は乾いたスポンジが涙を吸いとるように、それをうけとめた。彼女の左足が痙攣するようにちぢんだと思うと、勢いよく蹴りだされた。「くそっ」彼女はそういうと、咳払いして唾を吐いた。そして泥のなかに四つん這いになって、身体とリキシャをしゃっきり起こすと、ぶるっと身ぶるいして、エドを見下ろした。もうウエストのあたりから冷たい夜気のなかに湯気があがっている。「あんなの、生まれてはじめてだよ」と彼女は愚痴った。

「きみは死んでたんだぞ」エドはささやいた。

彼女は肩をすくめた。「スピードのやりすぎだよ。もっとスピードをやれば治る。どっか、いきたいとこはあるかい？」

エドは立ちあがって、あとずさった。

「いや、いいよ」

「なんだよ、乗りなよ、お兄さん。ただにしとくよ。ひとっ走り、サービスだ」彼女は星空を見上げ、それからゆっくりと荒地を見わたした。どうやってそこにきたのか覚えていないようなそぶりだった。

「あたしは、あんたに借りがあるんだ。理由は覚えてないけどさ」

こんな奇妙なドライヴは、さすがのエドにも覚えがなかった。
午前二時半――人っ子ひとりいない道路はしんと静まりかえって、アニー・グリフの規則正しい足音だけがひたひたと響く。彼女の走りにつれてシャフトが上下するが、リキシャ・キャブにはその動きを減衰させるチップがついている。エドにとっては、すべっているのと、じっと動かないのとが同時に起こっているような乗り心地だった。リキシャ・ガールの姿で彼に見えるのはエレクトリックブルーのライクラ（スパンデックス繊維）で美しく装った、どっしりした広背筋と尻だけだ。足取りは省エネ走法のすり足。彼女は永遠に走りつづけられるようにつくられているのだ。ときどき首をふると汗が煙霧のように飛び散って、リキシャの広告の淡い光のコロナに浮かびあがる。彼女の熱気がエドのまわりに流れてきて、夜気を遮断してくれる。いやそれだけでなく、なにもかも遮断してくれているような気がする。アニーの客になってリキシャに乗っていると、世界と縁を切ってひっこんでいられそうな気がする。世界にあふれる謎から一歩退いて、ひと休みしていられるような気が。

そう白状すると、アニーは笑った。

「やっぱ、トウィンクだね！　あんたら、いつだってずうっとひと休みだ」

「俺だって、昔はまともに暮らしてたさ」

「みんなそういうよ」とアニーは教えてくれた。「ねえ、知らないのかい、リキシャ・ガールには話しかけるもんじゃないんだよ。そっちはいざしらず、こっちは仕事中なんだからさ」

夜が通りすぎていく。ガーメントセンターが流れ去ってユニオン・スクエア、そしてイースト・ガーデンへ。そこらじゅうにEMCのプロパガンダ広告がある。「戦争だ！」ホログラムの広告ボードが大声で告げる――「準備はいいか？」アニーがひょいとダウンタウンのピアポイントのほうに曲がった。ここも、まるでもう戦争がはじまっているみたいに閑散としていた。タンク・パーラーや解体屋はみんな閉まっている。がらがらのバーでは、あっちにひとり、こっちにひとり、負け犬がローゼズをあおり、エプロンをつけた栽培変種が薄汚れた台ふきでカウンターをふきながら、生と見せかけの生とのちがいを考えていた。みんなこのままで夜明けを迎え、考え込んだまま家に帰るのだろう。

「で、なにしてたの、その、もうひとつの暮らしのほうでは？」アニーがいきなり質問してきた。

「その、〝ずっとトウィンクだったわけじゃない〟暮らしのほうではさ」

エドは肩をすくめた。

「ひとつ、やってたことがある」とエドは話しはじめた。「ディップ・シップを飛ばしてた――」

「みんなそういうよ」

「おい」エドはいった。「それじゃ話にならないじゃないか」

アニーはケラケラと笑いながら左に曲がってピアポイントからインプレザに入り、スカイラインとの角でまた左に曲がった。そこからは半マイルの急坂で力いっぱい引かなければならないのに、アニーの息遣いはほとんど変わらなかった。高台は、リキシャ・ガールの暮らしにちょっとした変化を与えてくれるもの、と彼女の身体は物語っている。しばらくして、エドはいった——

「ひとつ思いだした。猫を飼ってたことがある。子供のころだ」

「ほんと？　何色の？」

「黒だ」エドはいった。「黒猫だった」

彼は、玄関ホールで色つきの羽根にじゃれついている猫の姿をありありと思い描くことができた。猫はなにを与えても——紙でも、羽根でも、きれいに色を塗ったコルクの浮きでも——二十分間は全身全霊をそそぎ、飽きると、こてんと寝てしまった。黒くて細身で、神経質そうに、流れるように動き、顔は小さくて尖っていて、目は黄色。いつも腹をすかせていた。猫の姿はありありと思い描くことができるのに、家族と住んでいた家のようすはなにひとつ思いだせない。そのかわりタンクの記憶は山ほどあるが、そのまぶしいほどの完全無欠ぶり、構成の完璧さからいって、現実のものでないことはわかっている。「もう一匹いたかもしれないな」と彼はいった。「きょうだいの雌猫が」だが、よく考えてみると、これはほんとうではなかった。

「着いたよ」唐突にアニーがいった。

リキシャが、ぐいっと止まった。エドはまたもとの世界に放りだされて、茫然とあたりを見まわした。露がしたたるフェンスとゲートがあり、海風をうけてガタガタ鳴っている。その向こうには塩湿地や砂丘のほうへつづく寒々しいコンクリートの仮設滑走路があり、木造のホテルやバーの、潮風で傷んだ安っぽい外装が見える。

「ここはどこだ？」エドはいった。「ひでえなあ」

「客が行き先をいわないときは、ここに連れてくるんだ」アニー・グリフはいった。「気に入らないかい？　サーカスから、ちょこっともらえるもんだからさ。ほら、見えるだろ？　あそこ」遠くの、明かりが集まっているあたりを指さしたが、エドが浮かない顔をしているのを見ると、心配そうな表情を浮かべた。「悪くないと思うよ。ホテルとかもあるし。非企業系の宇宙港なんだ」

エドはフェンスの向こうを眺めわたした。

「ひでえな」とくりかえす。

「客を連れていくと、歩合でいくらかもらえるんだ」アニーはいった。「よければなかまで連れてくけど」肩をすくめる。「いやなら、ほかへ乗せてくし。でも、そのぶんは払ってもらうよ」

「歩くからいい」エドはいった。「金はないんだ」

「文無しなの？」

彼は肩をすくめた。

「そんなようなもんだ」

アニーは、エドにはなんとも解釈しようのない表情で、彼を見つめていた。

「あたしは、あそこで死にかけてた。でも、あんたはわざわざ足を止めてくれた。だから、街まで乗せてくよ」

「じつをいうと、いくところがないんだ」エドは白状した。「金もない。帰るところもない。街にもどっても、しょうがないんだよ」アニーは事情を理解しようとしているようで、かすかに唇を動かしながら、彼を見つめていた。とたんにアニーがやさしい心根の持ち主だとわかって、彼女のことが心配になってしまった。気が重い。「おい」彼はいった。「だからって、どうってことないだろ？　きみは俺になんの借りもない。俺は乗せてもらってたのしかったんだから」彼はアニーの巨体を頭のてっぺんから足の爪先まで眺めた。「きみの身体の動きは見事なもんだ」

アニーは当惑顔で彼を見つめ――自分の身体を見下ろし――金網フェンスと風でがたつくゲートの向こう、海辺のサーカスを見やった。「あそこに、あたしの部屋があるんだ」と彼女はいった。「ほら、あっちの明かりのほう。客を連れてくと、部屋を使わせてくれるんだよ。そういう取り決めでさ。よかったら、そこに泊まってかない？」

ゲートがガタガタ鳴る。海風がまた少し冷たくなったようだ。エドはティグとニーナのことを思った。どうなっただろう、あの二人は？

「オーケイ」彼はいった。

「朝になったら、仕事を探すといいよ」

「昔からサーカスで働きたいと思ってたんだ」

ゲートをあけながら、アニーはちらりと横目で彼を見た。

「子供はみんなそうだよね」

部屋は彼女の巨体がかろうじておさまる程度のひろさだった。壁は安手のファイバーボードで、海風をうけてきしり、しなっている。色はオフホワイト。がたつく棚が二つ。部屋の隅にはトイレとシャワーがおさまった透明なプラスチック・キューブ。別の隅にはＩＨオーブンに鍋類がいくつか。壁際には、フトンがまるめて置いてある。殺風景な、いかにも仮住まいという風情の部屋で、チャーハンと汗の匂いがしみついている。カフェ・エレクトリークの汗。リキシャ・ガールの汗。棚には、いくつか私物がのっていて、ほかのなによりも雄弁に彼女のことを物語っていた。ライクラの着替えが二枚、古い本が三冊、それに薄紙でつくった花がいくつか。

「いい部屋だな」エドはいった。

「どうして嘘つくの？　こんなの最悪だよ」アニーはフトンを指さした。「よければなんか食べるもの、つくるけど。それとも、すぐ横になりたい？」

エドが気が進まない顔をしていたにちがいない。

「ちょっと、あたしはやさしいよ。これまで人に痛い思いをさせたことなんかないよ」

そのとおりだった。アニーは彼をやさしく包み込んでくれた。うっすらと産毛が生えたそのオリーヴ色の肌はクローヴと氷のような奇妙な強い匂いを放っていた。彼女はそっと彼に触れ、絶頂を迎えるときには痙攣から彼をまもるために、身体のどこか奥深くで達するように気を遣い、彼のほうは好きなだけ力いっぱい全身をぶつけてくるよう、やさしくうながしてくれた。夜中にエドが目を覚ますと、アニーはぎごちない思いやりを示すように、彼をまるく包み込む姿勢で眠っていた。誰かといっしょに寝るのに慣れていないいんだな、と彼は思った。潮が満ちてきていた。エドは横になって、引き波が石をころがす音に耳を傾けた。ヒューーと風が鳴る。もうすぐ青みをおびた夜明けがやってくる。まわりでサーカスが起きだす気配が感じられたが、それが自分にとってなにを意味することになるのか、まだなにもわからない。アニー・グリフの穏やかな鎮痛剤のような寝息をきき、巨大な胸郭があがったりさがったりするのを見ているうちに、あっというまに、また眠りに落ちてしまった。

こんな時代に、誰がサーカスを必要とするのか？　ハロー自体がサーカスそのものだ。サーカスは街角にころがっている。サーカスは人の頭のなかにある。火を食う？　誰も彼も火食い男だ。誰も彼も奇態な遺伝子の持ち主だし、つくり話はお手のもの。知覚タトゥを入れれば、誰も彼も〝刺青の男〟。猫も杓子も自分の空中ブランコに夢中。グロテスクへ、ひとっとび。牙を生やした栽培変種に、トウィンク・タンクのなかで胎児みたいにまるまっているトウィンク——本人たちが自覚していようといまいと、かれらは、この世界がいまのところはなんとか抱えきれている疑問を投げかけ、かつそれに答えてきた存在。そしてかれらもまた、かれら自身の観客だ。

たったひとつなれないもの、それは異星人だ。だからサンドラ・シェンは異星人を数人、用意していた。予言はいまでも人気がある。いまだに誰もちゃんとした予言はできないからだ。だが、巷にグロがあふれる時代に直面して、パテト・ラオのサーカスは出し物の目玉として、なにか別のチープなスリルを探さざるをえなくなった。そして――サンドラ・シェンが考案し、ときには彼女自身が演じる、一連の息を呑むようなイマジネーションの世界を通して――いまは姿を消したノーマルなものを見せるようになったのだった。

その結果、エド・チャイアニーズの時代は文化的に「朝食をとる、一九五〇年」の正反対に位置していると定義することができた。エドの時代は「ドロシー・パーキンズ（イギリスの婦人服チェーン店）でアンダーワイア・ブラを買う、一九七二年」や「小説を読む、一九八〇年代初頭」にぞくぞくし、ひねくれた「新生児」や「トヨタ・プレヴィアとウエスト・ロンドンの小学生たち」（ともに二〇〇二年）を見て、にたにた笑うのだ。なかでもいちばんすごいのは――まさに歴史の転換点となったものだが――驚嘆すべき「コンピュータ・モニターをのぞきこむブライアン・テートとマイケル・カーニー、一九九九年」だった。こうした珠玉のタブロー――チューリッヒの地下鉄駅でいまにも心臓発作を起こしそうなデブ男どものクローンたちと、一九八二年のロスっ子ご愛用、スポーツばかウェアをまとった拒食症的女どものクローンたちが強烈なライトのもと、ガラスの向こうで演じる活人画――は、旧地球の一風変わった気楽さをみごとに再現していた。この手の後ろ向きの白昼夢は、それはよく稼いでくれた。最初のうちは苦境を救う妖精のようにサーカスを祝福してくれて、ハローを巡るあわただしい旅の資金を生みだし、いまはニュー・ヴィーナスポートのトワイライト・ゾーンで、傾きかけた経営を何年も支えてくれている。

成功は往々にして没落の原因ともなる。いまの客は、もうタブローを見にくるわけではない。勝手な幻想を抱きにくるのだ。消え去った過去を見物するだけでは飽き足らず、過去そのものになりたがっている。企業の文化的包領から生まれたレトロなライフスタイルは、時代考証的正確さではシェンのタブローに一歩ゆずるものの、より甘口でうけいれやすかった。ファッションは〝ドレス・ダウン・フライデイ〟――エリクソンの電話片手に、イタリアンウールのセーターを肩にかけ、袖を胸のまえでゆるく結んだスタイルだ。一方、急進派の最先端では、モーテル・スプレンディードからやってきた元エントラディスタの遺伝子仕立て屋が、ほんもののDNAを使って自分自身をヴィクトリア時代のミュージック・ホールのスターの完璧なレプリカにつくりかえて評判をとっている。

そうした競争を生き抜くために、マダム・シェンはつぎの一手を考えていた。が、それには、ほかにもいくつか理由があったのだ。

あまり深く入りすぎると、焼かれてしまう。それは避けようがない。エドはG型の星の光球のなかで、ディップ・シップがスローモーションでばらばらになっていく夢を見た。そのディップ・シップはエド自身だった。それからトウィンク・タンクにもどっている夢を見たが、タンクの世界はばらばらになってしまっていて、どの戸棚からも、どの片隅からも、どのかわい子ちゃんのペチコートからも声がきこえてきていた。はっとして目を覚ますと、もう陽が高く昇っていて、砂丘の片側からは海の音が、反対側からはサーカスの物音がきこえてくる。ふと見ると耐油紙に包んだベジタブル・サモサが二つとお金がいくらか、メモといっしょに置いてあった。メモには、午後に受付にいって仕事のことをきいてみて、と書いてあった。アニー・グリフの手書き文字は、セックス同様、ていねいで教養を感じさせるものだった。エドはくつろいだ気分で、海辺の光がふりそそぎ、海の空気が満ちあふれる小さな部屋を見まわしながらサモサを食べおえた。そして耐油紙をまるめ、シャワーを浴びて血を洗い流し、外にでた。

サンドラ・シェンのオブザバトリウムと天然カルマ・プラント、そして併設されているパテト・ラオのサーカスは、非企業系宇宙港の境界線上にひろがるコンクリート敷きの用地二エーカーを占有していた。

サンドラ・シェンのオブザバトリウムは、ずらりと並ぶ風変わりな圧力タンクや磁性コンテナのなかに設置されていて、敷地の四分の一弱を占めている。一方、サーカス自体はひとつの建物のなかにおさまっている。曲線や渦巻きなど、カーニバルのテントを思わせるデザインを複合的にとりいれた建物だ。敷地のあとの部分は生活区画になっている。なにもかも予想と寸分たがわぬ、いかにもの光景――雑草、潮風でやられた合金の羽目板、塗装面のふくれ、古いサーカス芸人のホログラム。この芸人たちには人間としての記憶などなく、色褪せてはいるがエネルギッシュで、人が通りかかるとたちまち目を覚まして追いかけ、がなりたて、おだてる。ここで働いている人間は、みんなそんなふうだ――威勢はいいが、どこかで接続が切れている。自分もそうだ、とエドは感じた。敷地を端から端まで歩いて、やっと本部が見つかった。これもまた、薄ねずみ色のくたびれた木造建築のなかにあった。てっぺんについたネオンサインもくたびれている。

受付嬢はブロンドのウィッグをつけていた。

プラチナブロンドの髪を高く結いあげた、安物の、でかいウィッグ。目のまえには、エドにはなじみのないタイプのホログラム端末が置いてある。昔ふうの水槽（フィッシュ・タンク）に似ていて、ときどき泡が筋になってあがったり、つくりものの貝が、ミニチュアの人魚に向かって口をひらいたりするのが見える気がした。そういえば受付嬢は人魚そっくりだ。見かけより年のいった感じの受付嬢は、でかウィッグの下、すまし顔ですわっている。小柄で、独特のユーモアのセンスがあり、どこのものともわからない訛りがある。

　エドが用件を告げると、雰囲気が妙に形式的なものに変わった。受付嬢は彼にあれこれ事細かに質問したが、せっかく偽名を用意したのに、名前はきかれなかった。特技はきかれた。こっちのほうが簡単に答えられる。

「船なら、どんな種類でも飛ばせる」と、エドは大見得を切った。

　受付嬢は窓の外を見るふりをしながら、いった。

「いまのところ、パイロットは必要ないのよね。ご覧の通り地上での仕事なんで」

「太陽風帆船（サンジャマー）、深宇宙貨物船、恒星船、ディップ・シップ」エドはかまわず、つづけた。「あっちで、飛ばしてたんだ」かなり真実に近いことが、自分でも意外だった。「核融合エンジンからダイナフロー・ドライヴァーまで。なかには、異星のやつに地球のコントロール装置をくっつけた、なんだかわけのわからないやつもあった」

「お気持ちはわかるわ」受付嬢はいった。「でも、なにかほかにできることはないかしら？」

　エドは考えた。

「アルクビエール船でナヴィゲーターをやってたこともある。正面の現実をひだ折りにしながら進むでかいやつ、知ってるだろ？　現実が布切れのしわみたいになるんだ」エドはアルクビエール・ワープを視覚化しようとして、首をふった。「いや、ぜんぜんちがうかもしれないな。とにかく、空間がゆがんで、物質がゆがんで、時間が、ほかのなにもかもといっしょに窓から外にでていくんだ。そんな船に閉じ込められてると、生きのびるのがやっとなんだが、ナヴィゲーターは波のその部分に乗る。

EVAポッドに乗って外にでて、ワープのなかにとどまって、つぎになにが起きるか見ようってわけさ。そこからだと、自分の人生が目のまえを流れ去っていくのが見えるんだ」

話しているうちに、なんだか悲しくなってきた。「その波を船首波とか衝撃波とかいうんだ」

「こちらで必要としているのは――」受付嬢がしゃべりだした。

「ナヴィゲーターになると、妙ちきりんなものが見られるんだ。海底にいる銀色のウナギみたいなものでね。移動してるんだ。一種の放射線のようなものだって説明されたけど、そうは思えない。自分の人生が海底のウナギみたいに洩れていくのを、じっと見てるなんてな。いくら考えたって」エドはいった。「どうしてそんな仕事をするのか、わかりゃしないさ」じっと手を見る。「俺はその波に乗った。ほかのもいくつかかな。とにかく、どんなロケットでも飛ばせるよ。もちろん、Kシップは例外だが」

受付嬢は首をふっていた。

「わたしがききたかったのは、木箱を積みあげるとか、動物が歩いたあとの掃除とか、そういう仕事ができるかしらってことなんだけど」受付嬢はまた端末を操作して、いいそえた。「予言でもかまわないのよ」

エドは思わず笑ってしまった。「ええ?」

受付嬢はおちつきはらって、彼をまじまじと見た。

「未来をいいあてるの」言葉は知らなくても覚えるだけの知恵はある人間に説明しているような口調だった。

エドはまえかがみになって、端末をのぞきこんだ。

「このなかはどうなってるんだい?」

受付嬢の瞳は、人を惑わせるふしぎな色をしていた。翡翠色のときもあれば、海水の緑色のこともある――ときには、どういうわけか両方が同居していることもある。瞳孔には、いまにもばらばらになって漂っていってしまいそうな銀色の点々。突然、いますぐどこかへいかなくてはならない、もうエドの相手をしているひまはない、とでもいうように受付嬢が端末のスイッチを切って立ちあがった。立ってみると思ったより背が高くて若かったが、そのうちの何割かはヒールのせいだし、エドと視線を合わせるには、やはり上を向かなくてはならない。カウボーイ・ポケットにラインストーンの飾りが入った水色のデニムのジャケットに、黒のエナメル革のチューブスカートというでたち。スカートのまえのしわを直しながら、受付嬢はいった。「予言者はつねに捜してるの」

エドは肩をすくめた。「そういうのには興味なくてね。俺の場合、いかにして未来を知らずにいるかが問題だったんだ。わかる?」

受付嬢は、唐突に温かな笑みを投げてよこした。

「そうだったんでしょうね。まあ、彼女と話してみて。すべてはそれからよ」

「彼女って、誰?」

受付嬢はスカートを直しおえると、ドアに向かった。背中をゆらして大きなウィッグのバランスをとっている。そのせいだろう、いい年をした大人にしてはおかしな歩き方だな、とエドは思った。奇妙なことに、その歩き方に見覚えがあるような気がした。彼女のあとについて階段のいちばん上までいくと、エドは手をかざして日射しをさえぎった。もう昼近い時間だ。海辺の光がむきだしのコンクリートにあたって跳ね返ってくる。油断している人間をいらつかせる、海辺の光と熱気。

「彼女って、誰?」エドはくりかえした。

「マダム・サンドラよ」受付嬢はふりむきもせずに答えた。

どういうわけか、この名前をきいただけで寒気がした。彼は受付嬢が、目がくらむほど白いカーニバル・テントにおさまったパテト・ラオのサーカスのほうへ歩いていくのを眺めていた。

「ちょっと！　どこへいけば彼女に会えるんだ？」エドはうしろから声をかけた。

受付嬢は足を止めない。

「マダム・シェンがあなたを見つけるわ、エド。彼女のほうであなたを見つけるから」


さらに昼近く、エドは海を見わたす砂丘のてっぺんに立っていた。光は刺すように強烈な紫。足元のビーチグラスのなかを、小さな、喉の赤いトカゲがあわてて走っていく。幹線道路につながる道をずっといったほうにあるカクテル・ラウンジかなにかから、ソルトウォーター・ダブのベースラインがズンズン響いてくる。真正面の砂地には傾いた木の杭に打ちつけられた色褪せた看板。〝モンスター・ビーチ〟と書いてある。どっちの方向をさしているのかわからないが、まっすぐ上だな、とエドは思った。にやりとする。まいったな、と内心思ったが、看板より気になるのはなかなか姿を見せないサンドラ・シェンのことだ。また腹がへってきた。アニー・グリフの部屋にもどる途中、人気のないデューンズ・モーテルのバーからなにか音がきこえてきた。バーといってもモーテルの建物から少し離れた、牡蛎殻を敷き詰めた雑草だらけの区画にある板張りの小屋だ。

エドはあけっぱなしのドアからなかをのぞきこんだ。焼けつくような光のなかから、ひんやりした薄暗がりに頭をつっこむと、三人の痩せこけた老人の姿が目に入った。みんな白いキャップをかぶり、ブロンズ色の化繊の、まえタックがついたぶかぶかのズボンをはいていて、床に敷いた毛布の上でダイスをころがしている。

「よう」エドは声をかけた。「シップゲームだね」

三人は顔をあげて彼を見たが、なんの興味も示さずにすぐ下を向いてしまった。その目は焦げ茶色の鋲のようで、白目は寄る年波で凝固している。きれいに整えているが汚れのついた口ひげ。コーヒー色に日焼けした肌。一見か弱そうだが、じつはそうではない、細くて筋張った手。ブラック・ハート・ラムという保存液にどっぷりつかって、ゆっくりゆっくりとすぎていく人生。ひとりが、静かな、よそよそしい声でいった——

「遊ぶなら、金を払いな」

「金がなくちゃはじまらないもんな」エドは答えてポケットに手を入れた。

シップゲーム——

アントルフレックス、とかゴービトウィーンともいう。一触即発のジャーゴンのやりとり、死人の指関節の骨のような骨片を使うところ、いまでは誰にも意味のわからない十二種類の色つきの記号など、ジャックス（ゴムまりをつきながら地面の小石、金属、動物の骨などの玉を投げあげたり、位置を変えたりする子供の遊び）とサイコロ博打が真正面から激突したようなゲームで、特定の地域にかぎられたものだ。銀河系という地域に。旗艦〈リムーヴ・オール・パッケージング〉に乗ってきたニュー・マンがもちこんだという説もあれば、古代イケニア・クレジットの、のろのろ進む亜光速船内ではじまったという説もある。ひまつぶしの遊びで、やり方は古来いろいろと変遷してきた。現代のものは、虚空で起こるあらゆる事柄にたいする皮肉なサブテキストになっている。記号や、プレーヤーがそれにつける名前は、かの有名なN＝一〇〇〇の戦いを象徴するものとされている。この戦闘は人類とナスティックの遭遇初期に起こったもので、戦闘空間であまりに多くの事態、状況——船の数は多いし、次元が多すぎて選択に迷うし、敵とまったくちがう物理学知識は隠しとおさねばならないし、ナノセコンド単位の戦略を同時にいくつも展開しなくてはならないし——に直面したEMCの提督スチュアート・カウフマンは、テート＝カーニー変換を放棄して、ダイスをふって行動を決定したといわれている。エドはサブテキストうんぬんよりも小遣い稼ぎとして、はじめて乗った密航船から、無断で降りてそれっきりの最後の船まで、大人になってからずっと、このゲームと縁が切れたことがなかった。老人たちの静かな声がバーに満ちている。

「俺の取り分、よこせや」

「おめえの取り分なんかあるか。この老いぼれが」

「白状しろ。なに、たくらんでるんだ？」

「おめえは老いぼれのこんこんちきだと思ってるだけだよ」

エドは賭け金をだし、毛布を囲む連中に笑顔を見せて、〝ヴェガのピンぞろ〟に賭けた。

「わざわざ負ける気とみえるな」老人たちのオーケイがでた。

エドはダイスに息を吹きかけた——重くて、ひんやりしている。この高機能の異星人の骨は、人の手から熱を浸出させ、それをエネルギーにして、ころがりながら記号を変化させるのだ。二つのダイスはばらばらの方向にとんで、ころがっていった。まるでバッタみたいにとび跳ねている。斜めに射し込む光の筋を横切る一瞬、記号が蛍光を放ち、大昔のホログラムのような、青と緑と赤の干渉パターンが見えた。〝馬〟が見えたような気がした。〝ケファフチ宙域〟も、煙のような雲の塔のなかの快速船も。それから〝双子座〟も。とたんに寒気がして、エドは身ぶるいした。老人のひとりが咳をして、ラムに手をのばす。数分後、金の流れが変わりはじめると、場のやりとりに無愛想だが敬意のこもった空気が流れだした。

何事もなく、数日がすぎた。アニー・グリフはいつも静かに、恥ずかしそうに、でかけていき、帰ってきた。シフト制の仕事を終えて彼の顔を見るのがたのしみのようで、いつもなにかしらおみやげをもって帰る。それでいて、彼がまだ部屋にいるとわかると、いつも少し驚いたような表情を見せるのだ。エドはエドで、ビニールのシャワーカーテンの向こうで動く彼女の巨体にもすっかり慣れてきていた。彼女の気の遣い方のこまやかなことといったら！　ただ、夜、彼女が大汗をかいてカフェ・エレクトリークを抜くときだけは、怪我しないよう、どいていなければならなかったが。

「あたしみたいにでかいのでも好き？」彼女はよくそうたずねた。「あんたがやった相手はみんな小さくて可愛い人だよね」

きかれるたびに腹が立ったが、どう答えればいいのかわからなかった。

「きみは素敵だよ」彼はいった。「きれいだ」

彼女は笑って目をそらせた。

「あたし、いつも部屋をからっぽにしておかなくちゃならないんだ。なにか壊すといけないから」

朝になるといつも彼女の姿はなかった。エドはゆっくり起きて海岸通りのカフェ・サーフで朝食をとり、ついでにニュースもチェックした。戦場は日増しに近づきつつある。ナスティックは民間船の女子供を殺しているという。いったいどういうことだ？　ホログラムには難破した宇宙船の残骸があふれている。エリダニⅣ近傍の宇宙空間では子供服や地元の工芸品が、まるで誰かがかきまぜたかのように、ゆっくりと回転していた。無意味な待ち伏せ攻撃で、貨物船三隻と小型武装艇〈ラ・ヴィ・フェアリーク〉が破壊され、乗員乗客は八十ナノセコンドで気化。そんなことをしてなんになるというのか。朝食がすむと、仕事を探してサーカス中をくまなく歩き、大勢の人間と話をした。いいやつばかりだったが、誰ひとり助けにはならなかった。

「まずマダム・シェンに会うことだ。それが肝心」とみんな口をそろえていった。

彼女を捜すのがゲームになりはじめていた。毎日、彼女らしき人物を見つけては、空振りに終わっていた。遠くのほうに、性別不明の、コンクリートからの強烈な照り返しを浴びて輪郭もあまりさだかでない人影を見つけると、みんな彼女に見えてしまう。夜は夜で「きょうは、彼女、ここにいるのか？」とアニー・グリフにしつこく問い正したが、アニーはただ笑うばかりだった。

「エド、彼女はいつも忙しいんだよ」

「でも、きょうはここにいるんだろ？」

「やることがいっぱいあるんだ。ほかの人のために働いてる人だからさ。すぐに会えるよ」

「そうか、わかった、なあ――あそこにいるのがそうじゃないのか？」

アニーがいかにもたのしげにいう。

「あれは男だよ」

「じゃあ、あれは？」

「エド、あれは犬だよ！」

エドはサーカスのざわめきをたのしんでいたが、展示の中身は理解できなかった。「ブライアン・テートとマイケル・カーニー」のまえに立っても、カーニーが相棒の肩ごしにモニターをのぞきこむマニアックな目の輝きと、苦しげな顔に理解の曙光がさしはじめたときのテートのうしろをふりかえる動きのぎごちなさに当惑を覚えただけだった。ただ、かれらの着ている服は、おもしろいと思った。

異星人の展示も似たようなものだった。油のようにとろりとした反発エネルギーで地上から三、四フィートのところに浮かんだ大きなブロンズ色の圧力タンクや死体保護庫（モートセイフ）は、どんなにそっとさわっても、ニュートン力学にのっとった単純でどっしりとした手応えが感じられるが、エドは見るだけで不安な気持ちでいっぱいになるのだった。機械的な仕掛けであると同時に装飾にもなっている象嵌された回路や、過剰に飾り立てた肋材が恐ろしかった。かれらが、人をあざむく真昼の海辺の陽光のなか、遠くの持ち場にいる飼育係の意のままになるさまが恐ろしかった。だから、なかに入っているマイクロホテップとかアズールとかヒスペロンが見られるという強化ガラスの小さな窓をのぞく気にはどうしてもなれなかった。展示容器は静かにハム音を響かせたり、かろうじて見える程度の電離放射線の閃光を放ったりしていた。その窓をのぞくのは、望遠鏡をのぞくのとおなじような気がした。トウィンク・タンクを思わせる面もある。ようするに、自分自身を見るのが怖かったのだ。

アニー・グリフにそう告白すると、アニーは笑いながらいった。

「あんたらトウィンクはみんな、自分を見るのが怖いんだね」

「おい、俺は、いちどは見たんだぜ」エドはいった。「いちど見れば充分だ。なかにいたのは仔猫みたいだった。黒猫っぽかったな」

アニーは遠い目をして、見えないなにかに向かってほほえんだ。

「自分を見たら、黒猫が見えたっていうのかい?」

エドは、じっと彼女を見つめた。「俺がいってるのは」彼は辛抱強く説明した。「あの真鍮のやつのなかを見たらってことだよ」

「でも――仔猫は仔猫だよ、エド。可愛いねえ」

エドは肩をすくめた。

「ほとんどなんにも見えなかったんだ」彼はいった。「なんだったのか、わかりゃしないさ」

マダム・シェンは待てど暮らせど姿をあらわさなかった。それでもエドは彼女の存在が感じられるような気がしていた――そのうち自分の都合のいいときにやってきて、仕事をくれるにちがいないと信じていた。だから、それまではとばかりに、朝は遅く起き、ブラック・ハートをラッパ飲みして、デューンズ・ホテルのバーで年寄りたちといっしょに床にすわりこみ、かれらのとりとめもない話に耳を傾けながらダイスをころがしていた。勝負は負け数より勝ち数のほうが多かった。家をでて以来、その点はいつも幸運に恵まれていた。だが、でる目は〝双子座〟と〝馬〟ばかりで、そのせいでアニーに負けず劣らず不穏な夢を見るようになってしまった。二人はぐっしょりと汗をかき、輾転反側しては目を覚まして、そこから逃げだせる唯一の道をたどった。「ファックして、エド。好きなだけ激しく」エドはすっかりアニーのとりこになっていた。彼女は彼を世界からまもってくれる防壁だった。

「おい、集中しろや。それとも、いま巻き返しをはかってるとこか?」老人たちは上機嫌でいった。

アニーが遅くまで仕事のときは、そのあいだもゲームに興じた。老人たちは、夜だろうとなんだろうと、からっぽのバーの明かりをつけたためしがなかった。あけっぱなしのドアから浸みだしてくるケファァフチ宙域のネオンのような輝きだけで充分なのだ。ある晩、十時ごろのことだ。彼が掌でカラカラとダイスをふっていると、毛布の上に影が落ちた。見上げると、あの受付嬢だった。今夜はフリンジのついたソフトウォッシュのデニムスカートをはいている。ヘアはアップスタイルで、小脇に抱えているのは、あの水槽みたいな端末。まるで、いまそこで買ったばかりの大ぶりの家庭用品でも抱えているみたいな風情だ。彼女は毛布の上の金を見下ろした。

「みなさん、ギャンブラーのおつもり?」彼女は挑むように老人たちに声をかけた。

「ああ、そうとも!」老人たちは声をそろえて答えた。

「あーら、そうは思えないわあ。ちょっとダイスを貸して。ギャンブルがどういうものか、見せてあげるから」

受付嬢は小さな手でダイスをつかむと、手首を曲げてふった。〝二頭の馬〟。

「なかなかだと思う?」

もういちどふった。そしてもういちど。でた目は六回つづけて〝二頭の馬〟だった。

「そうねえ、もう少しいければ、なかなかといってもいいかもね」

この巧みな芸当は馴染みのものとみえて、老人たちはこれまでにないほど盛りあがった。大笑いして、指先が焦げるというふうにフーッと吹いたり、たがいにつつきあったりしながら、エドを見てにやにやしている。

「さあ、いよいよ、なかなかのものが見られるぞ」と老人たちは予告した。

が、受付嬢は首をふった。「わたしはゲームをしにきたんじゃないの」彼女がいうと、老人たちの顔に狼狽の色が浮かんだ。それを見て彼女は、意味ありげにエドを見ながら説明した。「今夜はほかにすることがある、というだけのことよ」老人たちはわかったというようにうなずいたが、失望を見せまいとすぐに下を向いてしまった。「でもね」彼女はいった。「ロング・バーにもブラック・ハート・ラムはあるし、みなさん、あそこの女の子たち、きらいじゃないでしょ？　いかが？」

老人たちはにやりと笑ってウインクすると、たしかにおもしろそうだといいながら、一列になってバーからでていった。

「お盛んなのもほどほどにね！」受付嬢はうしろから、やんわりとたしなめた。

「俺もいこう」エドはいった。彼女と二人きりになるのは気が進まなかった。

「あなたはここにいて」彼女は静かにいった。「なにが自分のためになるのか、わかってるならね」

老人たちがいってしまうと、部屋が一段と暗くなったような気がした。エドが受付嬢を見つめると、彼女もエドを見つめかえした。脇に抱えた水槽のなかで、かすかにちらちらと光が動く。彼女がぽんぽんとウィッグを叩いた。「どんな音楽が好き？」エドは答えなかった。「わたしは、オールト雲カントリーをよくきくの。らしいな、と思うでしょうけど。テーマが大人っぽいところが好きなのよね」

また沈黙が二人を包む。エドは目をそらせて古びたバーの調度品や木製のよろい戸を眺めるふりをした。外の砂丘からそよ風が吹いてきて、室内のものをなでていく。どう扱ったものか値踏みしているかのようだ。一、二分たったころ、受付嬢が静かにいった――

「彼女に会いたいのなら、いまここにいるわよ」

エドはうなじの毛が逆立つのを感じた。絶対に顔を向けるものか。

「俺は仕事がほしいだけなんだ」

「仕事なら、あるよ」ききおぼえのない声だった。

エドの背後から、小さな光がそこはかとなく部屋に射し込んでくる。どこから射してくるのかはわかっている。だが、その存在を認めたところで、なにも得るものはないだろう――なにもかもだいなしになるのがおちだ。俺はいろんなものを見てきた、とエドは自分にいいきかせた。だが、シャドウ・オペレーターだけは一生かかわりになりたくない。受付嬢は水槽を床に置いていた。彼女の鼻から、口から、そして目からも白い塵があふれでてくる。なにかがエドの顔をぐるりとふりむかせ、エドは否応なくこの事象を目撃するしかなかった――彼がそれを認識することで、それは形を得たのだ。その光は泡のようでもあり、ダイヤモンドのようでもあった。なにかアルゴリズムそのものの音のような音楽らしきものもきこえてくる。たちまちのうちに受付嬢は姿を消して、彼女をランさせていたオペレーターだけが残った。いまはせっせと、彼がユルグレイヴ・ストリートで銃弾を撃ち込んだ東洋系の小女を構成中だ。デニムがチョンサンに変わり、オールト雲カントリーのまのびした母音が、ひっちゃきでひっこぬいた眉と、ほんのわずかかデリケートに飲み込まれる子音に変わる。遷移が完了すると、その顔が翳ったり明るくなったり、年とったり若くなったり、また年とったりと変化しだした。おかしな顔、と思うと完璧な顔。彼女には、セックスのような感じだがそれよりずっと強力な、なにか非現実的な異質の存在を思わせるカリスマ的なものがそなわっている。

「ここいらのものは、みんな滅茶苦茶だな」エドはつぶやいた。「おさらばできるのが救いだ」

サンドラ・シェンは彼を見上げてにっこりとほほえんだ。

「そうはいかないと思うよ、エド」彼女はいった。「ここはタンク・パーラーじゃないんだ。なにかすれば結果というものがともなうんだよ。仕事がほしいのかい、ほしくないのかい?」エドが答えるまえに、彼女はつづけた。「ほしくないなら、ベラ・クレイにひとこと連絡しとこうかね」

「おい、それじゃ、脅迫じゃないか」

彼女はほんのわずか首をふった。エドは彼女を見下ろして瞳の色を見きわめようとした。彼の不安そうな顔を見て、彼女はほほえんだ。

「あんた自身のことを少し教えてあげようかね」

「ははっ。なにをいいだすかと思えば。これまで会ったこともないのに、俺のことなんかわかるわけないだろ」彼はにやっと笑った。「その水槽のなかには、なにが入ってるんだ?」彼女のうしろの床に置いてある水槽のほうを見ながら、エドはいった。「ずっと気になってたんだ」

「大事なことから順番にだ。エド、あんたの秘密をひとつ教えてあげよう。あんたは飽きっぽい」

エドは、あっちっちというふうに指先を吹いた。

「ワオ。そんなこと、考えたこともなかったぜ」

「いいや」彼女はいった。「たんなる飽きっぽさじゃない。ディップ・シップやトウィンク・タンクでごまかしてきた飽きっぽさとは別ものだよ。あんたは生まれてこのかたずっと、ほんとうの飽きっぽさを、そういうものの陰に隠して生きてきたんだ」エドはわずかに肩をすくめて目をそらそうとしたが、なぜか彼女の目にしっかりととらえられて、視線をはずすことができなかった。「あんたは退屈した魂の持ち主なんだよ、エド——生まれるまえからそういう魂をさずかってたんだ。セックスはたのしいだろ？　魂の穴を埋めてくれるからさ。タンクはたのしいだろ？　穴を埋めてくれるからだよ。どっちかというと、ぴりぴりした雰囲気のほうが好きだろ？　あんたは完全じゃないからだよ、エド——あんたを満たしてくれるから、それが理由なのさ。あんたを見れば誰にだってわかることだ。アニー・グリフにだってね。あんたには欠けてるものがあるんだ」

そんなことは、彼女が思っている以上に何度も人にいわれてきた。もっとも状況がちがうことは認めざるをえないが。

「だから？」エドはいった。

サンドラ・シェンは一歩、横に動いた。

「だから、もう水槽のなかを見てもいいよ」

エドは口をひらき、また閉じた。どういう方法かはわからないが、だまされている。そう思いながらも、彼女がいったとおり退屈の虫に逆らえずに水槽をのぞきこむにちがいないとわかっていた。彼はあけっぱなしのドアから洩れてくる光のなか、横目でサンドラ・シェンを見た。ケファフチ宙域の光は彼女の姿を見やすくするどころか、逆に見にくくしている。彼はなにかいおうと口をあけたが、彼女のほうが先にしゃべりだしていた。「ショーには予言者が欠かせないんだよ、エド」彼女は背を向けながらいった。「オープニングのだしものだ。そういうきまりなんだよ。それとね、アニーはもうちょっと金があると助かると思うよ。カフェ・エレクトリークを手に入れたら、あとはたいして残らないからね」

エドはぐっと言葉を呑み込んだ。

海は砂丘の背後で押し黙っている。塵と宙域の光があふれる、からっぽのバーのなか。男が床にひざまずいて水槽のようなもののなかに頭をつっこんでいる。抜こうとしても抜けない。水槽のなかの、煙のような、それでいて氷のような中身が男をしっかりとつかまえて、早くも消化しようとしているかのよう。男の手は水槽をぐいぐいひっぱり、腕には力こぶができている。胸くそ悪い光のなか、身体中から汗が噴きだし、足はどたばたと床板を打ち鳴らし、悲鳴をあげているつもりなのだろう、かすかな、恐ろしく甲高い、鼻を鳴らすような音がきこえる。

この派手な動きは数分で下火になる。東洋系の女は、じっと男を見つめたままフィルターなしの煙草に火をつける。しばらくふかすと短くなった煙草を口から離して、男に声をかける――

「なにが見える?」

「ウナギだ。ウナギが何匹も泳いでて、俺から離れていこうとしてる」

間。男の足がふたたび床を打ち鳴らす。そしてだみ声でいう――「いろいろありすぎて、なにが起こるのかわからない。そうだろ?」

女は煙を吐きだして、首をふる。

「それじゃあ、客は納得しないよ、エド。もう一回やってごらん」女は煙草で複雑なジェスチャーをしてみせる。「どんなふうにも解釈できる」まえにもいったことがあるかのような口ぶりで注意する――「が、ほんとうの意味はひとつ」

「でも、苦しくて」

女は苦しいかどうかなど、どうでもいいらしい。「つづけて」

「いろいろありすぎて、なにが起こるのかわからない」男はくりかえす。「わかってるくせに」

「ああ、わかってるよ」いくらか同情のこもった声で、女はいう。そしてかがみこんで、男の凝り固まった肩をうわのそらで軽く叩く。動物をなだめるような仕草だ。よく知っている動物、扱いにはかなりの経験を積んできた動物相手の仕草。女の声には、年輪を感じさせる、異世界の完成された存在がもつセクシーなカリスマ性が満ちあふれている。「ああ、エド、正直いって、よくわかってるよ。でもね、もっといろいろな次元から見てごらん。だって、ここはサーカスなんだからさ。わかるだろ？　娯楽なんだ。あたしたちは客になにか提供しなくちゃならないんだよ」

気がつくと、午前三時だった。エド・チャイアニーズはデューンズ・モーテルの裏手の浜辺に突っ伏していた。そっと顔をさわってみると、思ったほどべたついてはいなかった――が、肌がいつもよりつるんとした感じで、少しひりひりする。夜の外出のまえに安いピーリング化粧品でも使ったような感触だ。疲れているけれど、なにもかもが――砂丘も、浜に打ち上げられた海草も、寄せる波も――鮮明に感じられる。目も耳も鼻も、すごく鋭敏になっている。最初はひとりなのかと思ったが、そばにマダム・シェンが立っていた。小さな黒い靴がやわらかい砂に沈み込み、彼女のうしろの夜空ではケファフチ宙域が燃えさかっている。

エドは呻いた。目を閉じると、たちまち眩暈に襲われて、漆黒の虚無を背景にケファフチ宙域の残像がぐるぐると回転花火のようにまわりだした。

「なんでこんなことをするんだ？」彼はつぶやいた。

サンドラ・シェンは肩をすくめたようだった。「仕事だからさ」

エドはなんとか笑おうとした。「道理で、なり手がいないわけだ」

彼はいらだちを覚えて、また顔をこすった。なにもついていない。とたんに彼は悟った。彼に吸いついてきた、あのなにかの感触はけっして消えないだろう。そうだ、そういうことなのだ――あれはほんとうは水槽のなかにあるわけじゃない。もしあるとしても、同時にほかのどこかにもあるはず……

「俺、なんていった？　なにか見たっていったのか？」

「はじめてのレッスンにしては、よくやったよ」

「あれは、いったい何なんだ？　まだ俺についてるのか？　あれのせいで、俺はどうにかなっちまったのか？」

マダム・シェンは彼のかたわらにひざまずいて、そのひたいにかかった髪をかきあげた。「かわいそうにねえ、エド」エドの顔に、彼女の息がかかる。「予言！」彼女はいった。「いまだに魔術のたぐいだが、あんたはその最前線にいるんだよ。まあ、こんなふうに考えてごらん――みんな、道に迷ってるっていうふうに。ふつうの人が道を歩いている。みんな方向音痴だ。みんな正しい道を探さなくちゃならない。でも、そうむずかしいことじゃない。誰でも日常的にやってることさ」

もっとなにか話したそうに見えたが、それは一瞬のことで、マダム・シェンは彼の背中をぽんぽんと叩くと水槽を拾いあげ、脇に抱えてえっちらおっちら砂丘をのぼるとサーカスのほうへもどっていってしまった。エドは四つん這いでビーチグラスをかきわけて進み、適当な場所までいくと静かに嘔吐した。そのときになってはじめて、水槽から頭をひきぬこうと踏ん張っているあいだに舌を嚙んでいたのに気づいた。

彼はすでに、水槽のなかで見たものについてはきれいさっぱり忘れるようにしようと心にきめていた。あれのことを考えると、タンクにひきこもるのがたのしいことのように思えてくるのだ。

19　自由の鐘の音

研究所をとびだしてからというもの、マイケル・カーニーは動きを止めることを恐れていた。

雨が降りだした。あたりはもう暗い。なにを見ても、癲癇発作の前兆のような、壊れたネオンめいた、ちらつくコロナに囲まれているように見える。口のなかは金属の味でいっぱいだ。最初のうちは吐き気を抱えてふらつきながら、道路脇の公園の手すりをたよりに通りを駆けずりまわった。

そのうちひょっこりラッセル・スクエア駅を見つけて、それからあとはいきあたりばったりで地下鉄を乗り継いで移動している。ちょうど夕方のラッシュがはじまったところだ。汚れたタイル張りの通路の曲がり角で、あるいはプラットホームで、彼は身をまもるように背をまるめてしゃがみこみ、籠のように合わせた両手のなかでシュランダーのダイスをふった。行き交う通勤客はふりむくものの、彼の顔を見たり、服についた嘔吐物の匂いを嗅いだりしたとたんに目をそらせてしまう。地下鉄網に入り込んで二時間後、パニックはようやくおさまった——動きまわるのをやめるのはむずかしそうだが、少なくとも動悸は鎮まっているし、ものを考えることもできるようになってきた。中心部にもどる途中、リンフ・クラブで一杯やった。もどさずにすんだので食事も注文したが、けっきょく食べられなかった。そのあと少し歩いてジュビリー線に乗り、キルバーンで降りた。ヴァレンタイン・スプレイクは、ここの長い通りのいちばん端にある無表情なヴィクトリア朝風の建物に住んでいる。ストックブリック造りの三階建てで、がらくたの詰まった地下室や板で囲われた窓は、ヤクの売人や美術学校の学生、旧ユーゴスラビアからの経済難民といった、行き場のない連中をひきつけてやまない。

街灯の柱に政治家のポスターがへばりついている。紙くずと犬の糞だらけの歩道に半分乗りあげて停めてある薄汚れてサビの浮いた車は、どれもこれも十年以上まえの型ばかりだ。カーニーはスプレイクの家のドアをノックした。一度、二度、三度。彼は一歩さがって、建物のまえから上に向かって呼びかけた。雨粒が目に入る。「スプレイク？　ヴァレンタイン？」通りに彼の声がこだまする。一分ほどたったころ、最上階の窓のひとつでなにかが動いたような気がした。首をのばしてたしかめようとしたが、見えたのはグレイのネットカーテンと汚れた窓ガラスに映る街灯の光だけだった。

カーニーがドアに手をのばすと、まるでそれに応えるかのように、ドアが内側にひらいた。カーニーはあわててあとずさった。

「くそ、何なんだ！」

一瞬、ドアの陰から顔がのぞいて、彼を見たような気がした。街灯の光を塗りたくった顔。まさかと思うような低い位置からのぞいていた。ちょうど、かなり小さな子供が親にいわれてドアをあけにでてきたような感じだった。

なかは、なにも変わっていなかった。一九七〇年代からなにひとつ変わっていない。この先も変わらないだろう。壁紙は足の裏みたいな黄ばんだ色。ワット数の小さい電球にはタイマーがついていて、二十秒後には階段は暗闇に沈んでしまう。バスルームからはガスの匂い、二階の部屋からは茹でた食べ物が傷みかけている匂い。そしてそこらじゅうに漂う、鼻の粘膜をべったりとおおうアニシードの香り。階段の吹き抜けの天井近くにある明かり採りからは、夜のロンドンの怒れるオレンジ色の光がぎらりと射し込んでいる。

ヴァレンタイン・スプレイクは、淡い蛍光灯の光を浴びて、上階の一室のむきだしの床板にチョークで書かれた円のなかに横たわっていた。アームチェアのすぐそばで大の字になり、顔は横を向いている。いまこの瞬間に撃たれて倒れたかのようだ。全裸で、身体中にオイルのようなものを塗っているらしい。それが股間のまばらな生姜（しょうが）色の陰毛のなかで光っている。口は半びらきで、その顔には苦痛と安堵の表情が同居している。彼は死んでいた。チョークの円の外の壊れたソファに、妹のアリスが足を投げだしてすわっていた。カーニーは十代のころの彼女を覚えていた。動きがのろくて、つかみどころのない印象だった。いまは三十前後の背の高い女だ。黒い髪、透きとおるように白い肌、鼻の下にうっすらとのびた産毛。スカートがまくれあがって、むっちりした白い太腿があらわになった格好で、スプレイクの頭ごしに壁にかかった絵を見つめている。その安っぽい奇妙な宗教画——緑と青灰色でステレオスコープ風に描かれた、ゲッセマネ（キリストがユダの裏切りによって捕らえられる直前、自らの運命を予見して苦悶のうちに祈った、エルサレム近くの園）——からは、キリストの顔と上半身が、苦しげな、しかし決然としたようすで抱擁の手をさしのべ、絵のなかから部屋に向かって切々と話しかけていた。

「アリス?」カーニーは呼びかけた。

アリス・スプレイクが「ウーン。ウーン、ウーン」というような声をあげた。

カーニーは片手で口をおおって、少しだけ部屋のなかに入った。

「アリス、いったいなにがあったんだ?」

アリスはぼんやりと彼を見つめ、自分を見下ろし、また壁の絵に視線をもどした。と思うと、放心状態で股間に手をやり、指を動かしてオナニーにふけりはじめた。

「まいったな」カーニーはつぶやいた。

もういちどスプレイクに目をやると、スプレイクは片手に古い電気湯沸し器を、もう片方の手にはイエーツの『ホドス・カメレオントス』（イエーツはこのなかで、自身が所属していた〝黄金の夜明け団〟と思われる魔術結社に言及）の小冊子版をしっかりつかんでいた。たぶん、死の直前、タロットカードにある聖職者の姿よろしく両手を大きくひろげたポーズをとっていたのだろう。彼のまえの床には、彼が息絶えたときに膝から落ちたと思われるものが散らばっている。貝殻と小型哺乳類の頭蓋骨――彼の母親のものだった、セルビアのジプシーの飾り物だ。室内には、またなにか別のことが起こりそうな気配が漂っている。すでに起こったことは完全に終結しているのに、なにか別のことが、いまにも起こりそうだ。

アリス・スプレイクがいった――「いい兄さんだったわ」

彼女が大きな呻き声をあげると、壊れたソファのスプリングがキーキー鳴ってすぐに沈黙した。やがて彼女は立ちあがり、まくれあがっていたスカートをおろして太腿を隠した。身長は六フィート、いやそれ以上ありそうだ、とカーニーは思った。その大きさが彼の気分をおちつかせ、彼女もそのことに気づいたようだった。彼女は強烈なセックスの匂いを発散していた。

「ここはあたしがなんとかするわ、ミッキー」彼女はいった。「もう帰ってちょうだい」

「彼の力を借りようと思ってきたんだ」

そうきいても、彼女はまるで納得できないようだった。

「兄さんがこんなふうになったのは、あんたのせいよ。あんたに会った日から、おかしくなってしまったんだから。これからすばらしい人生にしようとしていたところだったのに」

カーニーは彼女をまじまじと見つめた。

「スプレイクが？」まるで信じられなかった。「スプレイクのことをいってるのか？」彼は思わず笑ってしまった。「はじめて会った日、こいつは地下鉄のなかで鼻つまみ者だったよ。ビックのボールペンで自分でタトゥをいれてたんだぞ」

アリス・スプレイクは、きっとなってあごをそらせた。

「兄さんはロンドンでも五本の指に入る凄腕の奇術師だったのよ」さらりといってから、彼女はつけくわえた――「あんたがなにを怖がってるか、知ってるわよ。いますぐでていかないと、そいつにあとを追わせるわよ」

「やめてくれ！」カーニーは叫んだ。

彼女にどんなことができるのか、見当もつかない。うろたえたカーニーは、彼女を、そして死んだ男を見つめると、階段を駆けおりて通りにとびだした。

しかたなくアンナのフラットにもどると、アンナはぐっすり眠っていた。身体をまるめてキルトの掛け布団をかぶっていて、頭のてっぺんしか見えない。新しいメモがそこらじゅうに貼ってある。**他人の問題は、他人だけの問題**。肝に銘じようと努力したらしい。**他人の問題は、あなたの責任ではない**。

カーニーはそっと奥の部屋に入って整理だんすの引き出しの中身をだし、暗いなかで、服や本、カードなどの私物を海兵隊仕様のクーリエ・バッグに詰め込んでいった。その部屋は棟の中央の吹き抜けに面していて、部屋に入っていくらもたたないうちに、下の階から声が響いてきた。男と女がいいあらそっているような声だが、なにをいっているのかはわからない。ただ喪失感と、よからぬことが起こりそうな気配だけが伝わってくる。彼は膝立ちの姿勢から立ちあがって、カーテンをしめた。それでも声は洩れてくる。とにかく必要なものを詰め込んでチャックを閉じようとすると、チャックが途中でひっかかってしまった。ふと見ると、バッグも中身も、ふんわりとした分厚い塵の層におおわれている。この心象風景を見たとたん、彼は自分のまっとうな生の感覚が徐々に流れでていき、身の内にふたたび恐怖があふれるのを感じた。隣の部屋で、アンナが目を覚ました。

「マイケル？　あなたなの？　そうなんでしょ？」

「寝てろよ」カーニーはいった。「ちょっと物をとりにきただけだから」

これを斟酌しているらしい間があって――

「お茶を淹れてあげるわ。お茶を飲もうと思ってたのに、眠っちゃったのよ。すごく疲れてたから、ついぐっすり」

「わざわざいいよ」カーニーはいった。

彼女がベッドから起きあがる音がキーときこえる。彼女はドアのところまできて戸口にもたれかかった。長いコットンのナイトウェア姿で、あくびをしながらごしごし顔をこすっている。「なにしてるの？」彼女はいった。そして、ジャケットについた嘔吐物の匂いに気づいたのだろう――「具合が悪かったの？」と、彼女が突然、電気をつけた。カーニーは手にしたバッグを意味もなく動かしていた。二人は立ち尽くしたまま、目をしばたたいて見つめあった。

「でていくのね」

「アンナ」カーニーはいった。「それがいちばんいいんだ」

「よくそんなひどいことがいえるわね！」アンナは叫んだ。「それがいちばんいいなんて、よくそんなことがいえるもんだわ！」

カーニーはいいかえそうとして口ごもり、肩をすくめた。

「ずっとここにいると思ってたのに！　きのう、いいっていったじゃない、いいって」

「アンナ、あれはセックスの最中のことだろ？　セックスがいいっていったんじゃないか」

「ええ、そうよ、わかってる。よかったわよ」

「きみとのセックスはいい、そういっただけだ。それ以上の意味はない」

アンナはずるずると戸口にしゃがみこんで、膝を抱えた。

「でも、ずっとここにいるっていう感じだったわ」

「それは、きみがそう思っただけだろう」カーニーはなんとかアンナを説得しようとした。

彼女は口をとがらせて彼を見上げた。「あなただって、そうしたいと思ってたはずよ」一歩もゆずらない。「そうとしか思えないこと、いってたもの」クスンと鼻を鳴らして、手の甲で目をこする。

「ええ、そうよね。男はみんな愚かで臆病なのよ」急にぶるっと身をふるわせた。「なんか、寒くない？　すっかり目が覚めちゃったわ。とにかく、お茶ぐらい飲んでよ。一分とかからないから」

一分ではすまなかった。アンナは、あれこれどうでもいいことであちこちうろうろしっぱなしだった。ミルクが足りるかどうか心配したかと思うと、洗い物をはじめて、途中で放りだす。お茶の準備も最後はカーニーにまかせてバスルームにいき、蛇口をぜんぶあけている。と、こんどはフラットのどこか別のところから、探し物をしている音がきこえてきた。引き出しをあける音、しめる音。「このないだ、ティムに会ったわよ」いかにも見え透いた嘘なので、カーニーは返事をする気にもなれなかった。「彼、あなたのこと覚えてたわ」カーニーはキッチンに立って棚のものを眺めながら、自分で淹れた薄いアールグレイを飲んでいた。クーリエ・バッグは下に置くと自分の立場が弱くなってしまうような気がして、手にもったままだ。ときおり、どこか脳幹の奥底からでてくる不安の波が舐めるように彼を洗う。まるで彼のどこかとても古い部分が、彼自身が見ききするよりずっと早くにシュランダーの出現を感知しているかのようだ。

「もういかなくちゃならない」カーニーは声をかけた。「アンナ？」

彼はカップの飲み残しをシンクにあけた。ドアに向かうと、そこにはもうアンナが立っていて、彼の行く手をふさいでいた。たっぷりした縄編みのカーディガンにフェイクのヴェルサーチのスカートというよそゆきの格好で、足元にはバッグも置いてある。彼女は、彼がバッグに視線を落とすのを見て、いった。「あなたがいくなら、あたしもいくわ」カーニーは肩をすくめ、アンナの肩ごしにイェールのシリンダー錠がついたドアに手をのばした。

「どうしてあたしを信じてくれないのよ？」彼が彼女を信頼していないことが既成の事実であるかのような口調だ。

「そういうことじゃないだろ」

「あら、そういうことよ。あたしはあなたを助けたいのに――」

カーニーはいらだたしげなそぶりを見せつけた。

「――あなたはそうさせてくれないじゃないの」

「アンナ」カーニーは早口でいった。「俺がきみを助けてるんだ。きみは酔っ払いだ。拒食症だ。いつも具合が悪くて、たまにいい日があっても、街なかを歩くのが関の山じゃないか。いつもパニクってるし、俺たちが知ってるこの世界に住んでいるとは、とてもいえない」

「なによ、ろくでなし」

「いったいどうやって俺を助けてくれるっていうんだ？」

「あたしといっしょでないかぎり、絶対にいかせませんからね」アンナはいった。「このドアはあけさせないわ」

アンナは彼につかみかかってきた。

「よせよ、アンナ」

カーニーは彼女を押しのけて外にでた。彼女は階段で彼に追いつくとジャケットの襟をつかみ、彼が彼女をひきずって階段をおりはじめても、離そうとしなかった。

「あなたなんか、大っきらい」

彼は足を止めて彼女を見つめた。二人とも息が荒い。

「じゃあ、どうしてこんなことをするんだ？」

アンナは彼の横っ面をひっぱたいた。

「あなたはなにもわかってないからよ！」彼女は叫んだ。「あなたを助けてくれる人なんてほかにいないからよ。あなたは使い物にならない、ぼろぼろの人間だからよ。そんなこともわからないの？そんなにおばかさんなの？」

彼女はふいに手を離して、その場にしゃがみこんだ。カーニーを見上げ、つと視線をそらせる。涙がぼろぼろこぼれ落ちる。しゃがんだ拍子にスカートがずりあがっていて、カーニーは我知らず彼女のほっそりした長い太腿を、まるではじめて見るもののようにじっと見つめていた。アンナはそれに気づくと、まばたきして涙を払い、スカートをさらに上までひきあげた。「まいったな」カーニーはつぶやいた。アンナをうつぶせにして冷たい石の階段に押しつけると、アンナは力いっぱい彼の手を押し返してきた。アンナは達するまでずっと、すすり泣くようにクンクンと鼻を鳴らしつづけた。

十分後、彼が身体を離して地下鉄駅のほうへ歩きだすと、彼女は黙ってついてきた。

アンナと出会ったのはケンブリッジだった。ダイスを盗んで二年くらいたってからだったか。カーニーは殺す相手を物色していたのだが、彼女は反対に彼を自分の部屋に連れていった。ベッドに腰かけていると、彼女はワインのボトルをあけて、裸身に丈の長いカーディガンを羽織っただけの姿でおちつかなげに歩きまわりながら、いちばん最近の拒食傾向が強まったときの写真というのを見せてくれた。彼女はいった——「あなたのことは好きだけど、セックスはしたくないの。それでもいい？」カーニーはそれでかまわなかった。ゴースランドの夢想に縛られて、こういう場面で相手をはぐらかすのに苦労していたカーニーは、気がつくと似たようなセリフを口にしていることがよくあった。そのあとは、カーディガンのまえがはだけるたびに、あいまいな笑みを浮かべて、行儀よく目をそらせた。ところがこれが彼女をいっそういらだたせたようだった。「できたら、隣で眠ってくれない？」帰る時間になると、彼女はそういってカーニーをひきとめた。「あなたのこと、ほんとうに好きなのよ。でもまだセックスをする気分にはなれないの」カーニーは一時間ほど隣に横になっていたが、午前三時ごろだろうか、ベッドからでてバスルームで激しく自慰にふけり、シンクに射精した。「だいじょうぶ？」彼女が声をかけてきた。眠そうなくぐもった声だった。

「ほんとにやさしいのね」カーニーがもどると、彼女はそういった。「ハグして」

彼は暗がりのなかで彼女を見つめた。「ほんとうにずっと寝てたのかい？」

「お願い」

アンナはカーニーのほうへくるりと寝返りを打った。彼が触れると、彼女は呻き声を洩らし、ふわりと身体を起こしてうしろにひくと、枕に顔を埋めた。カーニーは片手で彼女を、片手で自分のものを操った。最初、アンナは彼に手を貸そうとしたが、彼は自分の身体にさわらせようとはしなかった。いく寸前でじらせると、彼女はすすり泣くようにひいひいと大きく喘ぎ、息継ぎのたびに枕に顔を押しつけて鼻を鳴らした。カーニーはそんな彼女の姿をじっと見ていた。見ることでペニスがまた痛いほど固くなるまでずっと。そしてついに二、三度、素早く小さな円を描くようにこすって彼女をいかせてやると、彼女のウエストのくびれに射精した。ゴースランドをこれほど近くに感じたことはなかった。これほどの支配感を味わったことはなかった。そんなふうに感じられるのは、支配されている彼女の反応のせいかもしれない、とカーニーは思った。枕に顔を埋めたまま、アンナがいった――

「こんなことをするつもりなんか、ほんとになかったのよ」

「ほんとうに?」カーニーはいった。

「あなたのせいで、べたべた」

「動くな、動くな。じっとしてろよ」彼はそういうと、ティシュをとってきて彼女の身体をふいてやった。

それからは、どこへいくのも彼女といっしょだった。彼女の賢い選択眼を思わせる服装、いきなり大声で笑いだすところ、ナルシストを装っているところ、すべてに惹かれていた。十九歳のときから、彼女がもろい人間であることははっきりしていた。北部の大学に勤めているという父親が、娘には家に近い大学に入ってほしいと望んでいて、それが原因で関係がこじれたという。「おまえとは縁を切るみたいなことをいわれたの」カーニーを見上げて、彼女はいった。まるでいまそういわれたかのように、静かな驚きがその顔にひろがっていった。「そんなことって、ありうると思う?」彼女は二度、自殺を計っていた。友人たちは、いかにも学生らしい話だが、このことを誇りに思って、よってたかって彼女の世話を焼き、カーニーに向かって、彼にも責任があるというようなことを嫌味たっぷりにほのめかしたりもした。アンナ本人はただただ気恥ずかしく思っているふうだった――が、少しでもほうっておかれると、目に見えて痩せていく。「あまり食べてないのよ」電話で、力なくそういうことがよくあった。彼女には、人格のいちばん基本的なところを毎日、手作業でひとつにまとめてやらないとばらばらになってしまいそうな雰囲気が漂っていた。

カーニーはそんな彼女のすべてに心を奪われていた(彼女のなかに潜んでいる奥深い勇壮な気高さ

のようなもの、そしてまた自分のなかの悪鬼がさだめた人生を生きようと覚悟している女の、パニック症状や自滅的行為の奥にある並々ならぬ度胸のよさに惹かれたのはいうまでもない)。だが、彼女から離れられない最大の理由はセックスだった。もしカーニーが正確にはのぞき魔といえないとしたら、アンナも厳密には露出症とはいえないことになるが、二人ともたがいのことがまるでわかっていなかった。たがいに相手を謎の存在と感じていたのだ。

けっきょくは、二人にとってそのこと自体が腹立ちの種になってしまうのだが、出会った当初は、たがいに砂漠で水を得たように思えたのだった。二人はカーニーが博士号をとった二日後に登記所で結婚式をあげた——彼はそのためにポール・スミスのスーツを買った。結婚生活は十年つづいた。アンナは子供がほしいといったが、けっきょく、ひとりももうけないままだった。彼女は二度にわたって心療内科に長期間かかり、拒食症を三回発症し、ほとんどノスタルジーのなせるわざといっていいような自殺未遂を一回しでかし(自殺未遂はこれが最後だった)、カーニーはその都度、親身に面倒を見てやった。彼のほうは財政的支援をしてくれる大学を渡り歩き、企業相手に客のリクエストならどんな仕事でもひきうける、彼いうところの〝マック・サイエンス〟をこなし、複雑性と創発的特性を扱う新分野を追いつづけ、その間つねに先へ先へと立ちまわってシュランダーをだしぬき、死体の数をふやしていった。彼女はそんな彼をずっと見ていたが、なにかおかしいと思ったとしても口にはださなかった。なぜしょっちゅう引越しばかりするのか疑問に思ったとしても、理由をたずねたことはいちどもなかった。が、ある夜、彼はついにすべてを告白した。チェルシー・アンド・ウエストミンスター病院のベッドの端に腰かけて包帯をした彼女の手首を見つめ、なぜぼくらはこんなことになってしまったのか、と考えながら、なにもかも包み隠さず話した。

アンナは彼の手をとって笑いながら、「もうおたがい、離れられないわね」といった。それから一年もたたないうちに、二人は離婚した。

20　三体問題

　レッドラインから二日、離れたところで、〈ホワイト・キャット〉は十二ナノセコンド毎のコース変更を開始した。ダイナスペースは計算された予測不能の暗黒で船をくるみ、その暗黒からは微弱に反応する物質が、愛撫する指のようにゆらゆらとのびている。シャドウ・オペレーターたちは身じろぎひとつせず舷窓にへばりついて、古語でささやきあっている。かれらはさまざまな姿をとるが、いまはいつもの、悲嘆に暮れて握りこぶしの指関節を嚙む女の姿だ。ビリー・アンカーはかれらがそばにくることを許さなかった。「おい」彼はいった。「やつらがなにを狙っているのか、俺たちは知らないんだぞ！」彼はかれらを人間用区画から締めだそうとしたが、かれらは彼が寝ているあいだに煙のようにしのびこんでは部屋の隅に固まって、彼が使い古しの夢を見るのを見まもっていた。

　セリア・マウも彼を監視していた。早く彼の弁明をきき、アンクル・ジップから買った例の品物の説明をさせなければならないのだ。その一方で彼女は船の計算体と話をして、数光年後方で起きている事態を把握しようとしていた。〈クリシュナ・モアレ〉小編隊が奇妙なハイブリッド・シグネチャーをもつナスティック船のまわりを脈絡なく飛びまわって、ディスプレー上に弱々しく、たよりない航跡を描いているのだ。

「こんなに遠くにいたんじゃ、脅威も感じにくいわね」

「われわれを怯えさせたくないのかもしれない」と計算体はいった。「あるいは――」肩をすくめる仕草とおなじニュアンスを込めて、「――怯えさせたいのか」

「やつらをまくことはできる？」

「かれらのコンピュータの完成度は高いが、わたしほどではない。うまくいけば、かれらを遠ざけておくことはできる」

「完全にまくことは？」

「できない」

セリア・マウにとっては我慢ならない話だった。ここにも限界がある。子供時代にもどってしまったような気分だった。「だったら、なにか手を打ってよ！」彼女は金切り声で叫んだ。計算体は少し考えてから彼女を眠らせた。こんどばかりは、彼女もそれをありがたく思った。

彼女はまた、みんなしあわせだったころの夢を見た。「さあ、でかけましょう！」母親がいった。「おでかけしましょうよ」セリア・マウは手を叩き、弟は「おでかけだ！　おでかけだ！」と叫びながら居間を走りまわっていたが、いざでかけるときになると、ペットの黒い仔猫を連れていけないとわかって癇癪を起こした。一家は北のソールシニョンに向かうロケット列車にとび乗った。失われた季節――もう冬とはいえないが、まだ春ともいえないころ――の、のどかさと興奮が交互にやってくる旅だった。「ロケット列車なら、もっと速くなくちゃ！」弟は通路をいったりきたりしながら叫んだ。見ていると眠たくなるような細く長くつづく田畑の上にひろがる青い空。ソールシニョンで降りたのは、翌日の午後だった。これ以上ないくらい小さな駅で、錬鉄製の杭が並び、植木鉢に地球の花が植わっていて、ざっと降った天気雨に洗われて真新しいピンのようにぴかぴか輝いていた。ホームに住み着いている三毛猫が片隅で毛づくろいにいそしみ、ロケット列車が出発し、ひとむらの白い雲が太陽を覆い隠す。駅の外を男が通りかかった。男が立ち止まってふりむくと、母親はぶるっと身ぶるいして長い白い手で蜂蜜色の毛皮のコートの襟をかきあわせた。

そして彼女が笑うと、太陽がふたたび顔をだした。「いらっしゃい、二人とも！」するとそこに——少したってからのような気がするけれど——海があった！

夢はそこで終わってしまった。セリア・マウは夢のつづきが、第二幕が、はじまるのを心待ちにしていた。第二幕には優雅なシルクハットと燕尾服姿の奇術師が登場する。が、いくら待ってもなにも起こらない。がっかりだった。彼女は目を覚ますやいなや人間用区画の電気をぜんぶつけた。闇のなかで心配そうにビリー・アンカーのベッドをのぞきこんでいたシャドウ・オペレーターたちは、ふいを突かれて右に左に逃げていった。

「ビリー・アンカー」セリア・マウの声が響いた。「起きてちょうだい！」

数分後、ビリー・アンカーは目をしょぼしょぼさせながら赤いギフトボックスに入ったドクター・ヘインズのパッケージのまえに立っていた。

「これか？」

彼は怪訝そうな顔をしていた。箱のうしろを探り、アンクル・ジップの薔薇を一本とって匂いを嗅ぎ、箱のふたをそっとあけて（チャイム音がきこえ、上のほうからやわらかなスポットライトが当たる）白い泡がわきあがり、なにか目的があるかのようにゆっくりあふれでてくるのをじっと眺めていた。またチャイムが鳴る。そして女のささやき声。「ドクター・ヘインズ、ドクター・ヘインズをお願い」ビリー・アンカーはぽりぽりと頭を掻いた。箱のふたをもとにもどす。またあける。白い泡に手をのばす。

「だめよ！」セリア・マウはいった。

「シーッ」ビリー・アンカーはうわのそらでいったが、考え直して手をひっこめた。「なかを見てるんだが、なにも見えないな。おまえさんはどうだい？」

「見るようなものなんか、なんにもないわよ」

「ドクター・ヘインズを外科へ」静かな声がくりかえす。

ビリー・アンカーは小首を傾げて耳をすませ、ふたたび箱を閉じた。「こんなものは見たことがない」と彼はいった。「むろん、アンクル・ジップがなにか細工をしたのかもしれないが」彼はしゃきっと背をのばして、損傷のないほうの手の関節をぽきぽき鳴らした。「俺が見つけたときは、こんなじゃなかったんだ。いかにもKテクものって感じだった。小さくて、つるっとしてつかみにくくて、そのくせみっしりしてな」彼は肩をすくめた。「当時使われてた、くねくねした金属容器に入ってて、きれいな貝みたいだった。こんな芝居がかった仕掛けはなかった」彼は、セリア・マウには理解できない謎めいた笑みを浮かべて、遠い目をした。「まあ、あれはアンクル・ジップのサインといったところだな」苦々しげな口調だ。セリア・マウのフェッチは彼の足首のあたりをおちつかなげに動きまわった。

「そもそもどこで見つけたの？」

ビリー・アンカーはそれには答えずに床にすわりこんだ。視線の高さが彼女とぐっと近づいた。革ジャケットを二枚重ね着して、三日ほったらかしの無精ひげという姿で床にすわっていると、とても心地よくくつろいでいるように見える。彼は、フェッチの目をじっと見据えた。その目を通してほんとうのセリア・マウを見透かそうとしているかのように、しばらくのぞきこんでいたが、やがて思わぬことを口にしてセリア・マウをどきりとさせた――

「EMCから永遠に逃げおおせようってのは、無理な話だぞ」

「やつらが追っかけてるのは、あたしじゃないわ」彼女はいいかえした。

「そうだとしたって、いずれはつかまる」

「この無数の星を見てごらんなさいよ。好きなのはある？　ここなら、どこにだって隠れられるわ」

「おまえさんはもう負けてるんだよ」ビリー・アンカーはいった。「Kシップを盗んだのは、あっぱれだ」いそいでつけたす。「誰だってそう思うさ。だがな、おまえさんは負けてる。なのにそれに気づいてないんだ。誰が見たってわかる。おまえさん、見当ちがいなことをしてるんだ。わかるか？」

「よくそんな口がきけるわね！」セリア・マウは怒鳴った。「そんな人の気分を害するようなことをいう権利がどこにあるのよ？」

これには彼も答えようがなかった。

「見当ちがいじゃない、正しいことってなによ、ビリー・アンカー？　肥溜めみたいなとこに船を座礁させて、キーキーきしるジャケットを二枚着ること？　ああ、それでもって、返品はうけつけないよなんて、大口を叩いちゃうこと？」いったとたんに後悔した。彼はあきらかに傷ついている。最初から、誰かに似ているような気がしていた。服装のせいではないし、旧式のコンソールや時代遅れのテクノロジーのことをうだうだしゃべるからでもない。髪のせいだ、と彼女は思った。彼の髪のなにかが、誰かを思い起こさせるのだ。彼女はいろいろな角度から彼を眺めて、誰なのか思いだそうとした。「ごめんなさい」彼女はいった。「そんなふうにいえるほど、あんたのことを知ってるわけじゃなかったわね」

「ああ、そうさ」

彼がそれ以上しゃべろうとしないので、彼女が間を埋めるしかなかった。「あたしがまちがってたわ。あたしが悪うございました」

ここは肩をすくめて満足するしかない。

「で、どうなの？　あたしはどうすればいいの？　教えてよ。ご自慢の情緒的思考力で、どうすればいいか教えて」

「この船でゴー・ディープするんだ」彼はいった。「ケファフチ宙域にいくのさ」

「ビリー・アンカー、あたし、どうしてあんたに相談したんだかわかんなくなっちゃったわ」

彼は大声で笑った。

「俺がやらなきゃならなかったことなんだ」彼はいった。「オーケイ、じゃあ、俺がパッケージを見つけたいきさつを話そう。まずはKテクのことを軽く知っておいてもらわないとな」

こんどは彼女が大声で笑った。

「ビリー・アンカー、Kテクのことで、あんたが、このあたしになにを話すっていうの？」

彼はかまわず話しはじめた。

二百年まえ、人類はハロー文化としては最古の遺物といえるものと遭遇した。五十立方光年の宇宙空間に惑星が六個と、比較的まばらに散らばっているものの、中心部から遠く離れたステーションはケファフチ宙域のすぐそばに固まっていたため、この文化はほどなくケファフチ文化もしくはK文化と呼ばれるようになった。その担い手がどんな姿をしていたかは、建築物からいって小柄ということがいえるだけで、ほかにはなんの手がかりもなかった。廃墟には遺伝子コードがあふれていて、情報処理マシンのインターフェースのようなものであることがわかった。

いまだに機能する、六千五百万年まえのテクノロジーの遺物だ。

どう扱ったものか、みんなで首をひねっているところへ、地球ミリタリー・コントラクト（EMC）の調査部門が到着。周辺を〝被災エリア〟と呼んでぐるりと非常線を張り、小さな加圧室をよせあつめたコロニーを急造して、シャドウ・オペレーターのさまざまな系統がもつツールに修正を加え、ナノテク基質やバイオテク基質でランさせた。これで遺伝子コードを直接、操作しようとしたのだ。ところがこれが大失敗だった。加圧室内の状況は悲惨なもので、研究員も実験対象も封じ込め施設のすぐそばで暮らしていた。この〝封じ込め〟も、EMC流の意味のない言葉のひとつで、現場にはファイアウォールもなければマスクもなし、クラスⅣのものを扱う安全キャビネット以上のものは一切なかった。進化はウイルスレベルの速度で進み、施設から脱出してしまうものもあれば、予想外のハイブリッドも生まれた。やがて、コー・キャロライの軌道を巡る有名な牢獄船からカーリイグ・ライン沿いに接近してきた船に乗っていた老若男女がふとした偶然で問題の基質を摂取してしまい、ひと晩中、金切り声で叫びつづけたあげく、翌朝には異言を語りだす（宗教的恍惚の状態で、本人にもわからない不可解な言葉を発する）という事態が起きた。簡単にいえば、マシンから光り輝く昆虫の群れが波のようにあふれでてきて、とどめるまもなく腕を這いあがり、口のなかに入ってしまうというような状況だった。また、K文化そのものの宗教的儀式の模倣としか解釈しようのない、不可解な行動が急激に増加した。ダンス。セックスとドラッグの崇拝。聖歌の詠唱。

二二九三年にハローから漏出して銀河系の一部を汚染するにいたったタンプリング＝ブレイン激発以降、遺伝子コードあるいはそれでコントロールされるマシン類を直接扱う試みは放棄された。つぎに浮上したのは、直接扱うかわりに、人間の意識が毎秒千百万ビットの生の感覚的インプットを処理するシステムを模して、バッファーとコンプレッサーのサイバネティクス的、生物学的システムを介して人間のオペレーターを接続してしまおうという大それたアイディアだった。そして最初の発見から三十年ほどが経過し、計算体と一対一でリアルタイムにリンクするという夢が色褪せると、ＥＭＣはそれまでに得たものをハイブリッド船やドライヴ、兵器、そして――特に――六千五百万年まえに作動したきりだった航行システムにインストールした。

加圧室は取り壊され、そこにいた人々の命は静かに忘却の彼方に葬られた。

こうしてＫテクは誕生した。

「だから？」セリア・マウはいった。「そんな話、とっくに知ってるわよ」

一から十まで知っている話だったが、こうしてあらためて語られるのを耳にすると、どぎまぎしてしまう。死んでいった人たちのことを思うと、いくばくかの罪悪感も覚える。彼女は笑った。「あたしにとっては、みーんな知ってる話なの。わかってる？」

「わかってるさ」ビリー・アンカーはいって、話をつづけた――

「ＥＭＣも、そういう加圧室で生まれたんだ。まえは、ネオリベラルの民主主義国家が手にあまる治安活動を下請けに押しつけられるように、という目的でつくられたセキュリティ会社のゆるいカルテルだった。若くて元気な、りっぱな身なりの大統領たちは、ホログラム・ディスプレーからまっすぐまえを見据えて、神々しい声で『われわれは戦争をするつもりはない』てなことを宣言すれば、〝テロリスト〟が大量に始末されるという寸法だ。それがＫテク以後は、そうだな、ＥＭＣが民主主義国家になったのさ――さっきしゃべった、あのちび野郎を見ればわかるだろ」彼はにやりと笑った。

「だが、いいニュースがある。Ｋテクはもう底を突いた。しばらくはゴールドラッシュみたいなもんだった。いつもなにか新しいものがあった。最初のころの探鉱師は素手でお宝を掘ってた。だが、アンクル・ジップの世代になると、もうなにも残っていなかった。いまはみんな、凝りに凝った改良を重ねてるが、それも人間向けのインターフェース面だけの話だ。誰にも新しいコードはつくれないし、そこから逆にオリジナルのマシンをつくることもできないのさ。

わかったか？　ここにはテクノロジーはないんだ。あるのは異星人の遺物――その資源も掘り尽くされて打ち止めってわけさ」彼はあたりを見まわして、〈ホワイト・キャット〉全体を示す身ぶりをした。「これは最後のひとつかもしれないぞ。なのに、なんのためのものかさえ、わかってないんだからな」

「ちょっと、ビリー・アンカー、あたしはわかってるわよ」

彼に自分のフェッチをまともに見られると、彼女の自信は揺らいだ。

「Kテクはもう底を突いたんだ」彼はくりかえした。

「それがいいニュースなら、どうしてそんなにいらいらしてるわけ？」

ビリー・アンカーは立ちあがって足のばしに歩きはじめた。そしてドクター・ヘインズのパッケージにふたたび目をやると、彼女のそばにもどってきて、また腰をおろした。

「そりゃあ、そいつの塊みたいな惑星を見つけたからさ」

船の人間用区画に静寂が、電線内のデータ・パケットのようにのびひろがった。シャドウ・オペレーターたちは、ほの暗い蛍光照明のもと、顔を壁に向けてささやきあっている。ビリー・アンカーは床にすわってふくらはぎを掻いている。背をまるめ、無精ひげの生えた顔には、革ジャケットとおそろいのいつものしわ。セリア・マウは一心に彼を見つめていた。室内を漂うマイクロカメラはそれぞれにちがう映像を提供してくれている。

「十年まえ」と彼はいった。「俺はシグマ・エンド・ワームホールにとりつかれていた。誰が設置したのか、どうやったのか知りたかったし、それ以上に、その向こうにいったいなにがあるのか知りたかったんだ。そう思っていたのは俺だけじゃない。一、二年のあいだは、血の気の多い連中が降着円盤の端から少し離れたところに陣取って、ビーチでひきあげてきたガラクタを使って〝科学〟と称することをやってたもんだ。たいていはプラズマになっちまったがな」彼は静かに笑った。「パイロット、エントラディスタ、頭のいかれたやつ。いくらでもいた。リヴ・フーラとか、エド・チャイアニーズみたいなすごいやつもな。そのころはみんな、シグマ・エンドはケファファチ宙域に通じるゲートだと思っていた。そうじゃないことを発見したのは、この俺だ」

「どうやって？」

ビリー・アンカーはクックッと含み笑いを洩らした。容貌が一変している。

「なかに入ったんだ」彼はいった。

セリア・マウは彼を見つめた。「でも……」彼女は挑戦して死んでいった者たちのことを思った。

彼女はいった――「平気だったの？」

彼は肩をすくめた。「とにかく知りたかったのさ」

「ビリー・アンカー――」

「ああ、旅をするというのとはぜんぜんちがうんだ。俺はぼろぼろ。船もぼろぼろになった。妙な具合にねじれた光が、なにもないところに、ひびみたいに走ってる。星にまぎれて、かろうじて見えるだけなんだが、一気にとびこむと、まるで――」指の欠けた手をじっと見つめる。「どんなだったかなんて、いいようがない。なにもかもが変わるんだ。あそこで起きたことは表現のしようがない。なんだか、ガキのころに見た、真っ暗闇のなかでどこまでもつづく廊下を走りつづける悪い夢みたいだった。音もきいた。船殻を通して、いまだにどう解釈すればいいのかわからない音がきこえてきたんだ。だがな、おい、俺は外にでられた！　わかるか？」思いだすと気分が高揚するのだろう。すわったまま、身体を揺らしている。起こしたときより二十歳は若返った感じだ。口許のしわも消えている。緑灰色の瞳はいつもより迫力を増し、ジョークや秘められた物語や猛々しい精神構造が、内から光を発している――と同時に、彼を傷つきやすく、人間的に見せてもいる。「俺は、ほかのエントラディスタが誰ひとりとしていったことのないところへいった。はじめて、最前線までいったんだ。想像できるか？」

できなかった。

セリア・マウは思った――ビリー・アンカー、こういう形でしか人を惹きつけられないんだとしたら、それはあんたに自尊心てものが欠けてるからよ。あたしたちが見たいのは人間なのに、あんたが自信満々で見せてるのはハートのジャックなんだもん。そのとき突然、彼が誰を思い起こさせるのか、ぴんときた。このポニーテール、これがもしまだ黒々としていたら――この痩せこけた浅黒い顔、これがもしこれほどくたびれていなくて、遠くの太陽の光でこれほど焼かれていなかったら。どっちもあのモーテル・スプレンディードのしっとりと湿った夜、下町のカーモディのヘンリー・ストリートの仕立て屋でひらかれていた集まりで見かけたとしても、けっして場ちがいには見えなかっただろう

――

「あんた、アンクル・ジップのクローンなのね」

これをきいたらショックをうけて、なにか目新しいことをいうかと思いきや、彼はただにやっと笑って肩をすくめただけだった。「人格は根付かなかった」その顔に複雑な表情が交錯した。「あいつはこ、い、い、い、あいつはこのために、あんたをつくったのね」

「代わりがほしかったのさ。やつのエントラディスタとしての時代は終わった。やつは、子供は父親のあとを継ぐもんだと思っていたのさ。だが俺は人の指図はうけない」ビリー・アンカーは目をしばたたいた。「誰にでもいってるが、ほんとの話だ」

「ビリー――」

「俺がなにを見つけたか、知りたくないのか？」

「もちろん知りたいわよ」そのときは彼の運命に寒気を覚えて、どっちでもいいような気がしていたが、「知りたいにきまってるじゃない」と彼女はいった。

彼はすぐには話しださなかった。うまく言葉がでてこないのか、一、二度、口をひらきかけてはつぐんでしまった。そしてようやく――

「あの場所は――宙域にぴったりくっついていた。ほんとうに宙域のわさわさ、がさがさする音がきこえてくるほど密着していた。ワームホールを落ちていって、ぐるぐる回転しながら外へでると、コントロールシステムはぜんぶ許容限界の赤線をさしていた。で、そこにあったんだ。光が。底知れない光が。光の噴水、滝、カーテン。思いつくかぎりの色、思いもつかない色。ずっと昔に地球の人間が光学望遠鏡で見ていたような形。わかるか？　ガス雲とか星雲とか。ところがそれが目のまえで人間のスケールの速度で進化していくんだ。磯波みたいに、大きくなっては崩れていく」彼はまた口をつぐんでしまった。彼女の存在を忘れたかのように、自分の内面をのぞきこんでいる。やがて――

「そうそう、それからな、小さいんだ、あの場所は。目的はわからないが、使い古しのぼろぼろになった月をワームホールを通して送り込んだんだ。大気はない。地平線の丸みがわかるくらい小さかった。地面には草木一本ない。ただ白い塵におおわれていた。セメントの床みたいに……

……セメントの床」ささやき声だ。「そのなかで、Ｋコードが聖歌隊の歌声みたいに共鳴していた」

また声が高くなった。「ああ、ずっとそこにいたわけじゃない。とてもじゃないが耐えられないと、すぐにわかったんだ。怖くて怖くて、長居なんかできなかった。地下構造のなかでKコードがワーンと響くのが感じとれたし、光が俺に降り注いでくる音がきこえた。背中にはケファフチ宙域の存在を感じた。なにかが俺を見ているみたいだった。こんな常軌を逸した場所にワームホールを通すなんて、信じられなかった。だから、昔の探鉱師みたいに、いちばん最初に目についたものをいくつかつかんで、一目散に逃げだした」

彼はドクター・ヘインズのパッケージを、肩ごしに親指でぐいっと指した。

「そのひとつが、あれだ」彼はいうと、ひと呼吸おいてぶるっと身ぶるいした。「〈カラオケ・ソード〉を月から離陸させたのはよかったが、それから動きだすまで、やたら時間がかかった。どこへもいけず、ただじっとしたまま光に洗われていた。船も恐怖みたいなものを感じていた。けっきょく、どうしてももういちどワームホールに入る気にはなれなかった。ワームホールは、くじ引きだ。一回こっきりのものさ、俺みたいな人間にとってもな。最終的には、船の航行経路を厳密に確認して――定常重力波で確認して、あまり自信はなかったんだが宇宙全体の非等方性でも確認して――現在位置をはじきだした。それから大回りしてダイナフローでもどってきたんだ。俺は一文無しだったから、見つけたものを二、三個まとめて売り込んだんだが、それがまちがいだった。それからというもの、銀河系中の誰も彼もが、俺がなにを知っているのか知りたがってるとわかったんで、身を隠したというわけさ」

「でも、その場所をまた見つけることはできるわよね」セリア・マウはいい、固唾を呑んで返事を待った。

「ああ」彼は答えた。

「じゃあ、連れてってよ、ビリー・アンカー。あたしをその星に連れてって！」

彼はじっと手を見ていたが、やがて首をふった。「肝心なのは、連中をあそこへ導くようなことはしちゃいかんってことだ。わかるよな？」彼はさっと手をあげて、彼女の反論の機先を制した。「だが、それが理由というわけじゃない。ああ、連中がいようがいまいが、連れていけるもんなら連れていってやるさ。おまえさんにとってあのパッケージがどれほどの意味をもつものか、わかってるからな。俺とおまえさんと〈ホワイト・キャット〉のあいだだけの話だが、途中で連中をまける可能性はあると思う――」

「だったらどうして連れていってくれないの？　どうして？」

「それはな、あそこは、俺やおまえさんがいくような場所じゃないからだ」

セリア・マウの操作で、フェッチは彼のもとから歩み去り、隔壁を通りぬけた。ビリー・アンカーは目をまるくして見ていた。そのつぎに彼が耳にした彼女の声は船の声で、彼の周囲全体からきこえてきた。「あんたの考えはお見通しよ、ビリー・アンカー」彼女は軽く舌打ちした。「黙ってきいてれば、ビーチを離れたいって話ばかりじゃないの。つまり、怖くて泳げないってことね」

彼はむっとした表情を見せたが、すぐに頑固者の顔をとりもどして、「あそこは人間がいくような場所じゃない」と断言した。

「あたしは人間じゃないわ！」

彼はにっこりとほほえんだ。その顔がほのかに輝き、歳月がこぼれでるのを見て、セリア・マウは彼はたしかに人の指図はうけない男なのだと悟った。

「いやいや、おまえさんは人間だよ」と彼はいった。

21 戦争

エド・チャイアニーズは予言者になるべく訓練をつづけていた。

マダム・シェンはオブザバトリウムで、それもタブローに囲まれて仕事をするのが好きだった。とくに好みなのは「コンピュータ・モニターをのぞきこむブライアン・テートとマイケル・カーニー、一九九九年」だ。だがエドは、この大昔の二人の科学者のじっと見据えた視線や疑り深そうな表情を見るとおちつかなくて、本部やデューンズ・モーテルのバーにいるほうがよほど居心地がよかった。

指導教師はあいかわらず気まぐれだった。彼女本来の姿でやってくることもあれば、あるときはドリー・パートンのおっぱいとオールト雲カントリー風の軽いしゃべりの受付嬢、またあるときはハリエットという名の気むずかしい両性具有のサーカス芸人になって、貧乳の乳首を目立たせる黒のノースリーブに、たいていは股間がぎょっとするほどもっこりした派手なスパンデックスのタイツをあわせたいでたちで登場する。たまにはまったく顔をださないこともあって、そんなときはバーにもどって、毛布の上でダイス投げ三昧だ（といっても、最近は負けてばかりだ。老人たちは、この世での未来を見ようとしはじめたときに、罰としてツキを没収されたのだといい、彼の金をまとめて束にしながら、お義理にべちゃくちゃと無駄口を叩いていた）。サンドラ・シェンは、どんな姿であらわれても背が低かった。スカート丈はいつも短い。愛煙しているのは煙草葉とバットグアノを巻いた地元銘柄の短いシガレット。断面が楕円形で、辛味が強い。彼女のことは人間だと思うようにしていた——が、いつまでたっても、よくわからない。ただ、もう若くないことはたしかだ。「疲れたよ、エド」と彼女はよく愚痴る。「ずいぶん長いことやってるからねえ」なにをやっているのかはいわないが、パテト・ラオのサーカスのことだろうと彼は解釈していた。

外見同様、気分も予測不能だ。彼の進歩に気をよくして、ピンでショーをやらせてやると約束し、「メイン・テントのショーだよ、エド。ほんもののショーだ」といったかと思うと、つぎの日には首をふって煙草を放り投げ、年季の入ったいかにもうんざりしたという声で——

「小さな子供だって、もうちょっとましな未来を予見する。それじゃあ、金はとれないね」

そんなある日の午後のこと、デューンズ・モーテルで彼女はいった。「あんたはほんものの予言者だよ、エド。それがあんたの悲劇だ」

一時間ばかり練習したあとで、ひと息入れようと苦労して水槽から頭をひきだしたエドは、片隅にぐったりとよりかかっていた。身体が床をすべり落ちていくような気がするほど、へとへとに疲れていた。外では、海鳥がグアッグアッと鳴きながら浜辺の上空を旋回している。よろい窓の羽板のあいだから射し込む強烈な紫色の光が、サンドラ・シェンのエメラルドグリーンのチョンサンを、ジャングルに住む猛獣を思わせる不穏な色合いに変えている。彼女は短くなった煙草を下唇からはずして、首をふった。

「そして、あたしの悲劇でもあるんだよ」と彼女はいった。「あたしのね」

どうやら、彼女から予言者になる過程そのものを教わろうと期待するのはまちがいのようだった。彼女も彼同様、途方に暮れているらしい。

「教えてくれよ」と彼はいった。「俺はいったいなにに頭をつっこんでるんだ?」

「エド、水槽だのタンクだのは忘れることだ」と彼女はいった。「あのなかには、なんにもないんだよ。それを理解しなくちゃだめだ——あのなかはからっぽなんだ」彼がまるで納得していないのを察すると、彼女は困り果てているようだった。まえにはこういったこともある。「忘れるんじゃないよ——予言するときは、その予言のどまんなかにあんたの心が見えるってことをね」そして最後にはこう忠告した。「頭からとびこまなくちゃだめだよ。なかは自然陶汰がものをいうダーウィン説に支配された世界だ。いいものをもって帰るには、とにかく素早くなくちゃ」

エドは肩をすくめた。

「そういわれても、経験とまるで結びつかないんだよな」

水槽に頭をつっこんでいるあいだに自分の身になにが起きているのか、まったくわからない。それはほんとうだったが、彼女がいうほどせわしない攻撃的なものでないのはわかっていた。気性が気性だからそういういい方になるのだろう、と彼は思った。つまり彼女の説明は予言のことよりも彼女自身のことをより雄弁に物語っているのだ。「とにかく」と彼はいった。「むずかしいのは方向だ。スピードは問題ない」

そして、自分でもなぜかわからなかったが、ひとことつけくわえた。「このごろ、いやな夢ばかり見るんだ」

「何事も世知辛い世のなかだからね、エド」

「そいつはどうも」

サンドラ・シェンはにやりと笑って、「アニーとしゃべるといい」とアドヴァイスした。その目から白い微片が数個、漂いでてきたように見えた。脅しなのかジョークなのか意図はわからなかったが、エドはそれを見なくてすむように、ふたたび水槽に頭をつっこんだ。一拍置いて、彼女の声がきこえた――

「あたしはもう過去を売るのはうんざりだよ、エド。いいかげん未来への一歩を踏みだしたいんだ」

「俺、このなかに入っているときに、なにかいうのか？」

水槽で練習する時間が長くなればなるほど、エドの夢は悪いものになっていった。

空間がある。が、からっぽではない。空間は不完全な闇に包まれている。アルクビエール・ワープの衝撃波に包まれているような感じだが、それよりもっといやな感触だ。意味をもたない淡水の海の水、超物質的な情報、なにか普遍的なアルゴリズムをもつ基質。ふるえ、ねじれながら彼から遠ざかっていく大量の光。これが、サンドラ・シェンが彼に与えた仕事、予言、あるいは不首尾に終わった予言。なにひとつあきらかにはならず、旅は永遠につづく、と思いきや、突然終止符を打って、彼はどこか上のほうから下を見ている。

風景の断片が浮かぶ。が、とくによくでてくるのは一軒の家だ。じめじめした田園地帯、かなり古い鉄道の駅、生垣、傾斜した緑地、そしてこの四方に窓がある、陰気な石造りの家。こうしたアイテムは、いま集まって組み合わさったばかりというような雰囲気が感じられるのだが、ある意味、たしかに現実にあるもの――あるいは、あったもの――だと、彼は確信していた。彼はいつも、ちょうど飛行機に乗って降下していくような角度で、上のほうからこの家に近づいていく――紫灰色のスレート屋根にフランドル風切妻壁の背高のっぽの家、月桂樹も芝生もいつも凍えて縮れている陰気臭いひろい庭。少し離れたところに白樺の木が何本か生えている。天気は雨降りか霧のことが多い。夜明け。あるいは午後遅く。そのうち気がつくと、エドは家に入ろうとしている。そしてその瞬間、長く尾をひく自分の絶望的な悲鳴で目が覚める。

「シーッ」アニー・グリフがいった。「シーッ、エド」

「見たことがないものを覚えてるんだ！」エドは絶叫した。

彼はアニーにしがみついて、その鼓動に耳をすませた。一分間に三十回以下の鼓動。大きくてたのもしい心臓の鼓動は、いつだって彼を立ち直らせてくれる。恐怖心の定常波のまっただなかから彼をひきもどしてくれる。マイナス面は、ほぼ一瞬にして彼の苦痛をとりのぞき、無意識の状態にしてしまうことだ。その結果、ある晩、夢のつづきがはじまって、彼はいきたくない場所にいく羽目になってしまった。あの家のなかだ。階段が見えた。「戦争だあ､あ､あ､あーっ！」と彼は叫んで、廊下にいた姉に奇襲をかけた。姉は昼食をのせたトレイを落っことし、二人は黙って床の惨状を見下ろす。ゆで卵が廊下の隅にころがっていく。もうとりかえしがつかない。姉の顔には、名状しがたい怒りが満ちていた。彼は叫び声をあげながら、その場から走り去った。

「姉がでていったあと、親父は仔猫を踏んづけた」翌朝、彼はアニーに話した。「猫は死んだよ。親父だってわざとやったわけじゃない。でも、そのときにきめたんだ、俺もでていこうって」

アニーはほほえんで、「銀河を旅しに、ね」といった。

「船を飛ばしに」とエド。

「かわいい仔猫ちゃんを捜しに」

「それだけじゃないさ」エドは笑顔でいった。

アニーが仕事にでかけたあと、彼はふと考えた――

あれが、俺の記憶にある黒猫だ、と。そして――だが、それだけでなく、もっとなにかある、姉がでていくまえに、とも。川を見たような気がする。女の顔も。水につかって、すうっと動いていく指。

たのしそうな、だが遠くからきこえてくる声――

「わたしたち、果報者よね？　こんなことができて、わたしたち、果報者よね？」

あのころはみんないっしょだった、とエドは思った。

エドは、はじめてのショーをタキシード姿でつとめた。

あたりまえといえばあたりまえだが、つぎからは洗いのきく素材でできた安物の青いつなぎを着るようになった――が、最初のときは、それはきらびやかなものだった。彼用のいかにも窮屈そうな小さなステージは「コンピュータ・モニターをのぞきこむブライアン・テートとマイケル・カーニー、一九九九年」と「トヨタ・プレヴィアとウエスト・ロンドンの小学生たち、二〇〇二年」のあいだにしつらえられた。ライティングは骨董品並みのカラーのスポットライトとテーマに沿った入念なつくりのホログラフィック・エフェクト。ステージのまんなかには、水槽をのぞきこむときに使う質素な木の椅子がひとつ。そしてスポットライトに負けず劣らず年代ものものマイクがひとつ。

「これはどこにもつながってないのよ」とハリエットはいった。「音声の扱いはふつうの方法でやるから」

両性具有者はおちつかないようすで、昼すぎからずっと、あたふた動きまわっていた。彼女はステージの運営全般をまかされていて、ただの裏方からどうやってそこまで這いあがったか、しょっちゅう事細かにしゃべりまくっている。タキシードを着ろといったのは彼女だった。「堂々とした感じがほしいのよ」彼女は自分のアイディアに自信をもっていたが、エドは内心、陳腐と紙一重だなと思っていた。スキンヘッドに、色鮮やかなタトゥ、赤茶けたふさふさの腋毛のハリエットは、エドから見ると、サンドラ・シェンが顕現する姿のなかではいちばん魅力に乏しい。だから、その姿を見るたびに、「おい、あんたはシャドウ・オペレーターだろ？　なんだってランできるのに、なんでよりによって、これなんだよ？」といいたくてたまらないのだが、いうタイミングを見つけられないままになっていた。それに、アルゴリズムがこの手の批判をどううけとめるかわからないし。そんなことを考えながらも、彼女の説明に耳を傾けなければならない。彼女は小さなステージの左右にあるタブローを指さしながらしゃべっている――

「この境目にステージを置いたのはね、非永続性と永続的変化をうまく暗示できるからよ」

「その意図はよくわかる」とエドはいった。

わからないのは、なぜステージのうしろのホログラム背景幕に、サテンのカーテンにちらちら輝くケファフチ宙域の映像をプロジェクターで映したようなものを使うのか、ということだった。ところが、そのことをハリエットにきくと、彼女はたちまち話題を変えてサンドラ・シェンに変身し、彼にこう忠告した――「あんたはね、エド、みんながあんたの死を願ってるってことをしっかり理解しなきゃいけないよ。予言というものは、まえもってもたらされるものだ。客はあんたが自分たちのために死んでくれることを期待してるんだ」

エドはじっと彼女を見つめた。

やがて夜になったが、観客が自分になにを期待しているのか、エドには見当がつかなかった。客は列をなして静かな衣ずれの音とともに上演場所に入ってきた。客層は幅ひろくて、ニュー・ヴィーナスポートの暮らしのサンプルのようだった。ステージの外の影に沈むタブローを模したような手の込んだ衣装をつけた企業包領の会社員たち。ピアポイント・ストリートをねぐらにしている変人どもや栽培変種。バニラと蜂蜜の匂いのする、絵に描いたように可愛い港の売春婦。リキシャ・ガールにタンク中毒患者、八歳のガン・パンクどもとその金庫番。やたらくねくねした生っ白い手足と、場にそぐわない表情が特徴のニュー・マンは、ほんの何人かしかいない。サーカスの客にしてはみんな静かだし、食べ物や飲み物を買い込んでいる客もエドが思っていたほど多くなかった。不気味なほど熱心で穏やかで、エドが死ぬことを期待しているようには見えない。エドはタキシード姿でカラーのスポットライトを浴びて木の椅子にすわり、客たちを見つめていた。暑くて、ちょっと気分が悪い。衣装がきつすぎる気がする。

軽く咳をする。

「あー」とりあえず声をだしてみた。

「レディース・アンド・ジェントルメン」ずらりと並んだ白い顔が彼を見つめている。「未来とは、いったいなんでありましょうか?」

それ以上なにをいったらいいか思いつかなかったので、彼は足のあいだに置いてあった水槽をもちあげて膝にのせた。エドの仕事は見ることだ。話すことだ。予言は娯楽なのかサービス産業なのか、エドには判断がつかない。マダム・シェンもその点はあいまいなままだった。

「ではこれより、このなかに顔を入れてみましょう」

身の内から銀色のウナギが流れだし、命からなにかが洩れだし、そのあとから冷たい海に生温かい水流が注ぎ込むように自分自身が洩れだしていく。その晩、水槽のなかでとくにいつもとちがうことがあったわけではなかった。しいていえば、見たものとの距離がいつもより遠く、にかわのように粘っこく感じられたことぐらいだ。水槽のなかで見たものすべてが、その晩の努力の成果だった。ショーから一時間ほどたったころだろうか、彼は宇宙港のコンクリートの上で目を覚ました。潮の香りのする夜風が吹いている。寒くて気分が悪い。かたわらにアニー・グリフがひざまずいている。ずっとそばにいたのだろう、と彼は感じた。いつまでもそうしているつもりだったにちがいない。彼が咳き込んで嘔吐すると、彼女が口をぬぐってくれた。

「よしよし」彼女はいった。

「まいったな」とエド。「なあ、ショーはどうだった？」

「短いショーだったね。水槽に頭を入れたとたん、痙攣かなにか起こしちゃって。見たかぎりではそんな感じだった」アニーはほほえんだ。「みんな半信半疑だったよ」と彼女はつづけた。「あんたが椅子から立ちあがるまではね」彼女の話では、彼は椅子から立ちあがって、つぎつぎに変化する照明のなかで一分くらい観客と向かい合い、そのあいだ、身体をふるわせながら、じわじわ失禁していたという。「ほんとにトウィンクな瞬間だったよ、エド。あたし、あんたのことを誇りに思った」そのあと、水槽のなかの煙のようなものから、なにかくぐもった音がきこえてきたと思うと、エドは突然、悲鳴をあげて水槽から頭をだそうと必死にもがきはじめた。そして気絶。そのまま、まっすぐに最前列の客のほうに倒れ込んでしまった。「お客さんは、ご満足とはいかなかったから、ちょっと厄介だったんだ。だってほら、特別席を買ってた企業の連中だったし、あんた、連中の上等な服の上に吐いちゃったから。マダム・シェンがいろいろ話してたけど、連中は、がっかりって顔してたよ。あたしたちは、あんたを裏へひきずっていくしかなかった」

「覚えてないな」

「たいしたことなかったと思うよ。お漏らしの上をころがったから、タキシードは汚れちゃったけどね」

「でも、俺はなにかいったのか？」

「ああ、未来のことを予言したよ。それはばっちりだった」

「なんていった？」

「戦争のことをいってた。誰もききたくないようなことをね。からっぽの宇宙空間で難破した船から青色児（ブルー・ベイビー）が漂いでてくるのが見えるって。宇宙空間を漂う冷凍の赤ん坊だよ、エド」彼女はぶるっと身ぶるいした。「誰だってそんな話はききたくないよ」

「戦争なんか起きていない」とエドは指摘した。「まだ起きていない」

「でも、いつか起きるんだよ、エド。あんたがそういったんだ──『戦争だ！』って」

エドにとっては、なんの意味もない話だった。ウナギがでてくる部分からあと、彼は灰色の屋根の屋敷ですごした子供時代のことではなく、はじめて乗ったロケット──〈キノ・チキン〉という名の、ずんぐりした小型ダイナフロー貨物船──から、はじめて訪れた異星の干乾びた土に一歩踏みだした姿を見ていたのだった。十六歳の彼は、あからさまに意地の悪い目つきで、あたりを眺めていた。ドラッグ中毒で、終わりのない旅とからっぽの空間というコンセプトが大のお気に入りだった。つねに先へ。そこからまたさらに先へ。彼は貨物ランプに立って叫んだ。「よその星だぜ！」そのとき、その場で、絶対になにも後悔しないと心に誓った。絶対にもどらない。おまえを捨てるような母たち、父たち、姉たちには二度と会うな。その気持ちから、彼が大きな打撃をうけたダニー・ルフェーブルの死までは、一足飛びだった。すべてが避けがたく〈キノ・チキン〉からハイパーディップを経てトウィンク・タンクへとつながっていた。

彼はコンクリートの滑走路を横切ってアニー・グリフの部屋にもどる道すがら、彼女にこのことを話した。

「そのころは、ちがう名前だったんだ」と彼はいった。

とたんにまた気分が悪くなり、その場にうずくまって両膝のあいだに頭をつっこんだ。おえっとえずくと、アニーが肩に手をかけてくれた。しばらくすると少しすっきりして、顔をあげてアニーを見られるようになった。「今夜は、みんなをがっかりさせちゃったな」彼がいうと、アニーはいつものように、そのどっしりとおちついた忍耐強さを見せてくれた。彼は思い切りぶつかっていった。彼にはそれしかないのだから。

「俺は未来を予言しているはずなのに」彼は絶望に打ちひしがれた声でいった。「どうして過去ばかり見えるんだろうな?」

22 永続的存在

夜も更けていた。急ぎ足でレストランや映画館に入る人、でてくる人、みんな下を向いて、湿っぽい、風の強い夜のなかへと去っていく。電車はまだある。マイケル・カーニーはジャケットのジッパーをあげた。歩きながら携帯電話をだして、ブライアン・テートに連絡をとろうと自宅とノーホーにあるソニーのオフィスにかけてみた。家のほうは誰もでないし、ソニーのほうは録音の音声が自動応答の内線案内の迷路に誘い込もうとするだけなので、携帯はすぐにしまいこんだ。アンナは、二度、追いついてきた。最初はハマースミス駅で切符を買おうと立ち止まっているときだった。

「ついてくるのは勝手だが」とカーニーはいった。「なんにもならないぞ」

アンナは興奮気味の強情そうな顔で彼をにらむと、彼を押しのけて改札を通り、東回りのホームに向かい、そこで――切れかかった蛍光灯の光が顔の上半分を目が痛くなるほどちかちかと照らすなか――猛然といいかえしてきた。「これまでのあなたの人生、どれくらいよかったの？　正直にいってよ、マイケル、どれくらいよかったのよ？」

カーニーは彼女の両肩をつかんだ。が、揺さぶるわけでもなく、ただ彼女を見つめただけだった。なにかひどいことをいってやろうと口をひらきかけて――やめた。

「無茶なことするなよ。家に帰れ」

彼女は口許をこわばらせた。

「ほらね？　答えられないじゃない。答えが見つからないのよ」

「いいから帰れよ。俺はだいじょうぶだ」

「いつもそういうわよね。でしょ？　でも自分を見てごらんなさいよ。どれほど怯えて、びくついているか、見てごらんなさい」

カーニーはびくっと肩をすくめた。

「俺は怯えてなんかいないさ」彼はそういって、またすたすたと歩きだした。

ホームを歩く彼の背中を、彼女の疑り深そうな笑い声が追ってきた。電車がくると、彼女は混んだ車両の、彼からできるかぎり遠い位置に乗り込んだ。ヴィクトリア駅の夜のラッシュで彼女の姿はいっとき見えなくなったが、彼女はまた彼を見つけだし、笑いこける日本人のティーンエイジャーの一団を憤然と押しのけて彼のほうに近づいてきた。彼はぐっと歯を嚙みしめて二つ手前の駅で降りると、できるだけ早足に一マイルかそこら歩いてウエスト・クロイドンの街明かりとざわめきのなかに入り、反対側の郊外住宅地の街路へと抜けた。ふりかえるたびに彼女の姿は遠くなっていった——が、どういうわけか、かならず目に入る範囲にいて、ブライアン・テートの家のドアをノックするときには、しっかり追いついてそばに立っていた。髪はぐっしょり濡れて頭にはりつき、顔は真っ赤で怒り心頭というふうなのに、彼女はまばたきして雨粒を払うとあの輝くようなわざとらしい笑顔を見せた。その笑顔はまさにこう語りかけていた——

「ほらね？」

カーニーはふたたびドアをノックし、二人は不本意ながら休戦状態に入って、カバン片手に立ったまま、なにかが起こるのを待った。カーニーは、自分がばかになったような気がしていた。

ブライアン・テートの家は、一方の端に教会、もう一方の端に老人ホームがある閑静な、起伏の多い並木通りの一画にあった。瀟洒な四階建てで、月桂樹の木立のあいだに砂利を敷きつめた短いドライヴウェイがあり、外壁は小石埋め込み仕上げの上に木組みをあしらったチューダー様式まがい。夏の宵には、裏庭の苔むした林檎の木々のあいだで、あちこち匂いを嗅ぎまわる狐の姿でも見られそうなところだ。建てられてからずっと、穏やかに、ていねいに使われてきた雰囲気がにじみでている。子供たちはここで育ち、こういう家の子にふさわしい学校に通い、証券会社で出世して、自分たちの子供をもうける。これはそういう穏当な、成功の香りのする家だ。が、いまはブライアン・テートが主になったことにとまどっているかのように、どこか陰鬱な空気が漂っている。

ノックをしても誰もでてこないとわかると、アンナ・カーニーはバッグを地面に置き、窓の下の花壇に入り込んで、爪先立ちでなかをのぞいた。

「誰かいるわ。なんか音がする」

カーニーは耳をそばだてたが、なにもきこえなかった。家の裏にまわってみても、窓はぜんぶ真っ暗だし、物音ひとつしない。雨が静かに庭に落ちてくるだけだ。

「いないな」

アンナはぶるっと身ぶるいした。「誰かいるってば」彼女はくりかえした。「こっちを見てたわ」

カーニーはコンコンと窓を叩いた。

「見えた？」アンナが興奮気味に叫んだ。「動いたわよ！」

カーニーは携帯電話をとりだしてテートの番号にかけた。「もう一回、ドアをノックしてくれ」携帯電話を耳にあてながら、彼はいった。つながった先は旧式の留守電で、彼は「ブライアン、そこにいるなら、でてくれ。いま、おまえの家のまえにいる。話さなきゃならないことがあるんだ」と話しかけた。テープは三十秒で録音を停止した。「たのむ、ブライアン、なかにいるのはわかってるんだ」カーニーがもういちど電話している最中だった。テートが正面のドアをあけて、不安そうに顔をのぞかせた。「そんなことをしてもむだだ。電話は別のところにあるんだ」と彼はいった。カーゴパンツとTシャツの上に、かなり断熱効果のありそうなシルバーのパーカを羽織っている。彼のうしろから熱気が流れだしてきた。パーカのフードではっきりとは見えないが、うつろな、くたびれた顔をしているのはわかる。無精ひげも生えている。彼はカーニーからアンナへ、そしてまたカーニーへと視線を泳がせた。

「入るか？」どこかうわのそらで、テートはいった。

「ブライアン――」カーニーが話しはじめると、突然アンナがいった。

「入っちゃだめ」アンナはまだ窓の下の花壇に立っていた。

「なにもいっしょにくる必要はないんだぜ」カーニーはいった。

アンナは彼をにらみつけた。「あら、もちろんいきますとも」

家のなかは熱気と湿気が充満していた。テートは二人を奥の小部屋に案内した。

「ドアを閉めてくれないか。暖かい空気を逃がしたくないんだ」

カーニーは部屋のなかを見まわした。

「ブライアン、おまえいったいなにをやってるんだ？」

テートは銅の金網を壁と天井に画鋲で留めつけて、部屋全体をファラデー・ケージにしていた。窓はとくに用心深くバコホイル（イギリス、バコ社のホイル）でおおってある。電磁気的なものは一切、室外から彼のなかに入ることはないし、外へでてくこともない。彼がなにかしているのだとしても、いったいなにをしているのか、余人には知るよしもない。画鋲の箱と金網のロールとバコホイルのカートンが、そこらじゅうに置いてある。セントラル・ヒーティングはいちばん強くしてある。部屋のまんなかにあるフォーマイカのキッチンテーブルと椅子の隣には独立型のヒーターが二台、小型ボンベのガスを消費しながら、うなりをあげている。テーブルには並列接続したG4サーバーが六台にキーボード、フードつきモニター、それに周辺機器がいくつかのっている。ほかには電気ポットとインスタントコーヒー、プラスチックカップも。床にはテイクアウトの食べ物の容器が散らばっている。部屋中、臭い。とんでもなく寒々しい、なにかにとりつかれたような空間だ。

「ベスはでていった」テートがいった。ふるえながら、ヒーターに手をかざしている。パーカのフードの陰になって、顔はよく見えない。「デーヴィスに帰ったんだ。子供も連れていった」

「それはたいへんだったな」カーニーはいった。

「へえ、そう思ってくれるか」テートはいった。「おまえがそう思ってくれるのか」と、急に声の調子があがった。「なあ、用件は何なんだ？　ご覧のとおり、電話はほかの部屋にある。ここでしなくちゃならない仕事があるんだ」

アンナ・カーニーは、目に入るものすべてが信じられないといいたげに部屋のなかを見まわしていた。ときおりテートに目がいくと、他人にたいして神経過敏な人間特有のおちつきはらった軽蔑を込めて、首をふる。「あれ、なあに？」唐突に彼女がいった。いつのまにかテーブルの下から白猫がようすをうかがいながら顔をだしていた。猫はマイケル・カーニーを見上げると、すっと逃げて少し距離を置き、慎重な自尊心のようなものをにじませて、のびをすると、尻尾をぴんと立てて喉をゴロゴロいわせながら、そこらをいったりきたりしはじめた。室内の熱気を満喫しているらしい。アンナがしゃがんで手をだした。「ハロー、ベイビー。ハロー、ベイビーちゃん」猫は彼女を無視して軽々とハードウェアに飛びのり、そこからぽんとテートの肩に移った。まえよりいっそう細くなって、顔はいちだんと斧に近くなり、耳は透きとおり、毛は光のコロナ。

「いまはこのひと部屋だけで暮らしてるんだ」テートがいった。

「なにがあったんだ、ブライアン？」カーニーは静かにいった。「あれはバグだといってたよな」

テートは、おろしていた両手を大きくのばした。

「俺のまちがいだった」

テーブルをおおうもつれたＵＳＢケーブルや積みあげた周辺機器、置きっぱなしのコーヒーカップのあいだを探って、テートは光沢仕上げのチタニウムケースに入った百ＧＢのポケットドライヴを見つけだし、カーニーにさしだした。カーニーはそれを重さをたしかめるように慎重に手にした。

「これは？」

「最後のランの結果だ。まるまる一分間、デコヒーレンスなし。干渉が起きるまで、まるまる一分間もつ量子ビットをものにしたんだ。あっちの世界でいえば、百万年みたいなもんさ。不確定性原理がサスペンドされたようなもんだ」ひきつったような笑い声をあげる。「百万年あれば足りると思うか？　それでまにあうかなあ？　だが、そこからが……それでなにが起きたのか、わからないんだ。フラクタルが……」

けっきょくはなにも解決しないだろう、とカーニーは感じた。こういう結果はたぶんまちがっているし、どのみち、研究室で見たことの説明にもならないにちがいない。

「ブライアン、どうしてディスプレーを壊したんだ？」

「そりゃあ、もう物理学じゃなくなっちゃったからさ。物理学はオフになったんだ。フラクタルが

――」言葉が見つからなかった。いま頭のなかに浮かんでいるものを言葉にする心づもりができていなかったのだ。「――洩れてきた。するとこの猫が、それを追いかけてなかに入っていった。すたすたとスクリーンを通りぬけて、データのなかに入っていったんだ」彼はけらけら笑いながら、カーニーを、そしてアンナを見た。「信じてもらおうとは思ってないよ」

説明のつかない恐怖、薄気味悪さ、プロジェクトを最初はメドウズに、つぎにソニーに売ったうしろめたさ、そうしたものの皮一枚下にいるテートは、物理学が得意なただのティーンエイジャーだった。最先端のヘアスタイルといい、大人たちが許してくれるかぎりは自分の才能がこの世界で一種の強みになるという考え方といい、彼は少しも成長していなかった。その誤りを、細君がずばり指摘した。そして、たぶんさらに悪いことに、物理学そのものが、彼がうけいれられない、なにか途方もなく不可解な方法で、彼を捜しにやってきたのだ。そんな彼が哀れに思えたが、カーニーは気遣いを隠して、ただこういった――

「ブライアン、猫はここにいるぞ。おまえの肩にのってるじゃないか」

テートはちらりとカーニーを見、それから自分の肩に目をやった。肩の上でゴロゴロいいながらパーカの生地をもんでいる白猫の姿が、彼には見えないらしい。彼は首をふった。

「いや」いかにもみじめそうな顔で、テートはいった。「あいつはもういない」

アンナはテートを、猫を、そしてまたテートを見つめた。

「あたし、失礼するわ」彼女はいった。「さしつかえなかったら、タクシーを呼びたいんだけど」

「このなかからは呼べないんだよ」子供にでもいいきかせるように、テートはいった。「ケージだからね」そしてつぶやいた。「どうしてベスはこういうものを毛嫌いしてたのか、見当もつかなかったよ」

カーニーは彼の腕に触れた。

「ブライアン、どうしてファラデー・ケージが必要なんだ？　いったいなにがあったんだ？」

テートは泣きだしてしまった。「わからない」

「どうしてケージが必要なんだ？」カーニーはくりかえして、テートを自分のほうに向かせた。「なにかが入ってくるのが怖いのか？」

テートは涙をぬぐって答えた。「いや、でていくのが怖いんだ」彼は身ぶるいして不自然にカーニーに背を向け、手をあげてパーカのジッパーをあげようとした。ちょうどアンナと正面から向き合う形になった彼は、彼女がそこにいるのを忘れていたかのように、びくっと身体をひきつらせた。「寒くてね」彼はつぶやくと、うしろ手でテーブルの陰から椅子をひきよせて、どさりと腰をおろした。白猫はそのあいだもずっと彼の肩の上で器用にバランスをとりながら、ゴロゴロ喉を鳴らしていた。テートはカーニーを見上げて、いった――

「いつも寒いんだ」

そして短い沈黙のあとで、彼はいった――「俺はほんとうはここにはいないんだ。俺たち、みんなそうなんだ」

涙が口許の暗い溝を流れ落ちる。

「マイケル、俺たちは、誰ひとりとしてここにはいないんだ」

カーニーは素早く一歩まえにでて、テートが反応するより早くパーカのフードをうしろにひいた。テートの顔に蛍光灯の光が容赦なく降りそそぐ。無精ひげがのび、疲れ果てて、めっきり老け込んだ顔。目のまわりがすりむいたように赤い。ずっと眼鏡なしで仕事をしていたか、ひと晩中、泣いていたか。たぶん両方だろう、とカーニーは思った。目そのものはうるんで、少し充血している。虹彩は淡いブルー。けっきょく、目頭から涙が銀色の川になってあふれだしている以外、おかしなところはない。が、テートの嘆きがいくら深いにしても、量が多すぎる。涙の一滴一滴が、まったくおなじ涙からできていて、その涙もまた、おなじ涙からできている。その一滴一滴に、小さな像が映っている。最初は自分の姿が映っているのだろうと思っていたが、それがじつはなんの姿なのか正体を見きわめると、彼はアンナの二の腕をつかんで、部屋の外へとひっぱりだそうとした。が、アンナは、ブライアン・テートに起こりつつある異変を恐怖の眼差しでふりかえりながら、バッグでカーニーを叩いて、じたばた抵抗しつづけた。

「だめよ」アンナは、まっとうな人間らしく叫んだ。「だめよ。見て。助けなくちゃ」

「いいから、アンナ！ さっさとくるんだ！」

白猫も泣いている。カーニーが見ると、白猫はそのほっそりした小さな気むずかしい顔を彼のほうに向けた。涙が光の粒のように、部屋にあふれでていく。流れて、流れて、ついに猫そのものが溶解して、きらきら光るとろりとした液体のようにブライアン・テートの肩から床にこぼれおちる。そのあいだテートは身体をゆすりながら妙な声をだしつづけていた——

「アー、アー、アー」

彼も溶けはじめていた。

一時間後、二人はロンドン中心部でまだあいていて、いちばん明るいと思える場所、オールド・コンプトン・ストリートのケンブリッジ・サーカス側にあるピックアップ・バーに入っていた。たいした店ではないが、あの月桂樹と石楠花のあいだにひとつだけ明かりの灯った部屋がある通り、延々とつづく郊外住宅地の株式仲買人の瀟洒な大邸宅が立ち並ぶ寒い通りからできるだけ離れたところ、と思って見つけたバーだ。食べ物もだすので――つまみをあれこれ盛り合わせたタパスがメインだが――カーニーはアンナになにか食べさせようとしたけれど、アンナはメニューを見ただけでふるえていた。二人とも、ひとことも口をきかず、ただ表の通りを眺め、暖かさと音楽と大勢の人間といっしょにいることをたのしんでいた。ソーホーはまだまだ眠らない。カップルが――ほとんどがゲイだが――腕を組んで笑ったり、ぺちゃくちゃしゃべったりしながら足早に通りすぎていく。両手でグラスをしっかりもって、そういう光景を見ていると、人間の温もりが感じられる。

グラスの酒を飲みおえたアンナが、やっと口をひらいた――

「あそこでなにが起こったのか、知りたくないわ」

カーニーは肩をすくめた。「どっちにしろ、あれが実際にあんなふうに起こっていたのかどうか確信がもてないんだ」嘘だった。「イリュージョンみたいなものだったんじゃないかな」

「これからどうするの?」

じつをいうとカーニーは、彼女がそういいだすのを待っていたのだった。彼はテートからうけとったポケットドライヴを見つけると、しばし掌で重さをたしかめ、二人のあいだのテーブルに置いた。ポケットドライヴはカラー照明の下でやさしく光っている。洗練されたデザインで、煙草のパッケージとさして変わりない大きさだ。チタニウムには独特の風合いがある、とカーニーは思った。いまや大人気の金属だ。

「これをもっててくれ。もし俺がもどってこなかったら、ソニーへもっていくんだ。テートからだといえば、あとは連中がちゃんとやってくれる」

「だけど、ああいうのが」彼女はいった。「そのなかにあ、あ、い、う、の、が入ってるのよ」

「いや、あれはこのデータとはなんの関係もないと思う。その点は、テートはわかってなかったのさ。こいつの狙いは俺だと思うね。たぶん、こいつは、まえから俺を狙ってたのとおなじやつだ。俺に話しかける新しい方法を見つけたのさ」

彼女は首をふってポケットドライヴを彼のほうに押しもどした。

「どこにもいかせないわよ。どこにいけるっていうの？　なにができるっていうのよ？」

カーニーは彼女にキスして、ほほえんでみせた。

「まだいくつか打つ手があるんだ。最後までとっておいたのさ」

「でも――」

彼はスツールをうしろに押して立ちあがった。

「アンナ、俺はこの状況から抜けだしてみせる。力を貸してくれるよな？」彼女がなにかいおうと口をひらくと、彼はその唇にそっと指をあてた。「黙って家に帰って、これを安全に保管して、俺の帰りを待っててくれないか？　たのむ。朝にはもどるよ、約束する」

彼女は、きらきら輝く強い眼差しで彼をちらりと見上げ、すぐに視線をそらせた。そしてポケットドライヴに手をのばすと、すっとコートのなかにしまって、まるでやるだけのことはやりつくした末に彼を世界に引き渡すことにしたとでもいうように首をふった。「わかったわ。それがあなたの望みならね」

カーニーは心底ほっとしていた。

彼はバーをでるとタクシーを拾ってヒースローへいき、いちばん早いニューヨーク行きの便を予約した。

夜更けの空港は茫然自失の体で静まりかえっていた。カーニーは人気のない出発ラウンジの椅子にすわって、あくびしながら板ガラスの外をのぞき、移動中の飛行機の巨大な垂直安定板を眺め、強迫感に駆られてシュランダーのダイスをふりつつ、夜が明けるのを待った。カバンは隣の椅子に置いてある。アメリカへは、いきたくていくのではない。ダイスがそう示唆したからいくのだ。向こうへ着いたらどうするのか、なんのあてもない。暗がりのなかで必死に米国自動車協会（トリプルA）の地図を見ながら、アメリカの中心部を走っているような気分だった。でなければ、リチャード・フォードの小説にでてくる、人生がずっと昔に悪いほうに傾いてしまって、いまはそれ自体の重みで低空飛行をつづけるしかない人物のように、列車の窓から外を眺めている気分といってもいい。戦略はことごとく破綻した。もう何年もまえに、しつこくいすわりつづける内なる恐怖とでもいうようなものに、すっかり骨抜きにされてしまっていたのだ。だが、なんにしろ、いま彼に起こりつつあることは、これまでにない新しいものだ。そしてこれが最高点にして最後という気がする。彼はまた走りだし、こんどはたぶん捕らえられて、ひょっとしたら彼の人生はいったいなんだったのか、答えを見つけられるのかもしれない。また走りだすということ以外、アンナにいったことは口からでまかせばかりだった。アンナはそうと察していたのだろう。もうすぐ午前五時というころ、カーニーは彼女がうしろからよりかかってくるのを感じた。彼女は彼にキスすると、ダイスを投げられないよう、ほっそりした手で彼の手を握りしめた。

「ここにくると思ってた」と彼女はささやいた。

23　悪い星まわり

〈タッチング・ザ・ヴォイド〉の司令官は、フェッチでセリア・マウに接触しようとしてきた。が、なにか信号に不備があって、彼女のところに届くまえに一部が失われたか、宇宙の奇怪な物体の信号でもまじってしまったか、フェッチはうずくまった姿で彼女のタンクのまえにあらわれたり消えたりしたと思うと、一分ほどで消滅してしまった。前回の取引きのときよりずっと小さかった気がする——黄色っぽい肢のかたまりみたいなその姿は人間の頭くらいしかなかったし、うずくまった身体の下には、なにかねばつく液体がたまっていた。皮膚にはチキン・ローストみたいな照りがあった。これはなにか異常が、信号だけでなく司令官自身に異常があるということなのだろうか。彼女は計算体に意見をきいてみた。

「接続はもう切れている」計算体はいった。

「たのむわよ」セリア・マウはいった。「そんなこと、いわれなくたって、わかってるんだから」

それから二日間、その幻影は船のあちこちに一、二分間隔であらわれ、浮遊カメラはそれをサブリミナル広告のような一瞬の映像としてとらえていた。シャドウ・オペレーターたちはそれを隅っこに追い詰めて、パニック状態に陥れた。が、ついにそれはセリア・マウのタンクのまえにちかちかと出現し、その位置ですみやかに安定した像になった。といっても、サイズは小さいままだ。それは、ふさ状にずらりと並んだ目でセリア・マウをじっと見つめて、何度か、しゃべろうとするそぶりを見せた。

セリア・マウは嫌悪の眼差しでそれを見つめていた。

「なんなの?」彼女はいった。

ついにそれが、なんとか彼女の名前を口にした──

「セリア・マウ・ゲンリヒャー、わたしは──」混信。雑音。反響すべき空間もない、無の反響。

「──おまえの立場について警告するのは重要なことだ」なんらかの主張の結論部分のような感じだ。声が弱くなり、また唐突に大きくなった。「──ドクター・ヘインズのパッケージを改変した」そしてまた静寂。フェッチは触肢を大きく揺り動かしながら、茶色い煙のなかに消えていった。もっとなにかいうつもりだったのかもしれないが、彼女にはなにもきこえなかった。フェッチが消えてしまうと、彼女は計算体にたずねた。

「連中、あそこで、なにしてるの?」

「新しいことはなにも。〈モアレ〉小編隊は少し失速した。〈タッチング・ザ・ヴォイド〉はまだ謎のKシップに位相固定している」

「どういうことかわかる?」

「それは無理のようだ」さすがの計算体も認めざるをえなかった。

異星人がなにを考えているかなど、そうそうわかるものではない。この世界をどう使うつもりなのかも謎だ。ナスティックは、目的の惑星に着くとすぐに原住民を穴掘り事業に狩りだして、直径一マイル、深さ五マイルほどの地下サイロをいくつもつくらせる。そして岩石圏にこの構造物がずらりと並ぶと、プラスチックのバレッタのような安っぽい、できたてのほやほやみたいに見える羽をはばたかせて、その上空に百万単位でホヴァリングする。理由は誰にもわからないが、宗教的に重要な意味があるのだろうという説が有力だ。ナスティックと事務的な内容以上の話をしようとすると、「仕事が失敗するのは、働き手が車輪から目をそらせたときだ」とか、「朝のうちは、みんな月のように内側を向いている」とか、わけのわからないことをいいだす。ナスティックのコロニーは相当数にのぼるが、銀河系の外縁から中心に向かって、円グラフの一部のような形にひろがっている。そこからいえることははっきりしている——かれらは銀河系外からやってきたのだ。したがって、かれらがどれくらいの距離を旅してきたのかは、推測のしようがない。かれらの神話では、〝原初の群れ〟は船などまったく使わず、時空連続体の光り輝く裂け目を羽で叩き、放射線で温められたり炙られたりを交互にくりかえして旅してきた、とされているが、これはかなり割り引いておいたほうがいいだろう。

あれ以来、通信は一切、入っていなかった。〈ホワイト・キャット〉はからっぽの空間を逃げ、追手は狡猾な猟犬のようについてきていた。どう動くべきかきめるのは容易なことではない。

一方、ビリー・アンカーはすっかり船を占領しているふうだった。彼はごくごくあたりまえのことを、やたら大仰にやってのけた。セリア・マウは、彼が風呂に入ったり、食事をしたり、トイレにすわってプレッシャースーツを膝までおろして腋の下を掻いたりするのを、惹かれると同時に嫌悪感を抱きながら、隠しカメラでじっと観察していた。ビリー・アンカーは、なめし革と汗と、機械油かもしれないが、はっきりそうとは特定できないなにかの匂いがする。指なしの手袋は絶対にはずさない。彼にとって眠りはなんの慰めにもならない。夢を見れば歯をむきだして怯えたようなうなり声をあげ、朝になると鏡のなかの自分を怪しいものでも見るように、横目でじろりとにらんでいる。いったいなにを見ているのだろう？　こんなどうでもいいような形で世にでた存在に、内に秘めた力などあるのだろうか？　父親の拡張部分としてつくられ、動きだした彼は、自分の存在価値を確認するために虚空にとびこんだ。そしてあの狂気の沙汰をはじめとする数々の狂気の沙汰をなしとげたあげく、ぼろぼろになってこっそりと身を隠し、自分をとりもどすために雌伏十年、そのあいだに戦争はより近くに迫り、大きな謎の数々はひとつも解けないどころかいっそう解決から遠のき、銀河系はまた少しばらけて崩壊に近づき、なにもかもがあるべき位置から微妙にはずれてさまよいだし——

ぜんぶ、やめちゃいなさい、ビリー・アンカー。彼女はそういって彼を説得したかった。大発見に生涯を賭けたって、あんたのなかのあの太っちょがいい思いをするだけよ。あんたが見つけたものはぜんぶ、あいつの利益になっちゃうのよ。彼女は懇願したかった——

「ぜんぶ、やめちゃいなさい、ビリー・アンカー、そしてあたしといっしょにきて」

なにをいうつもりだったのか？　いったいなにがいえるというのか？　彼女はロケット船で、彼は人間だ。そのことを考えながら、彼女は眠っている彼を見まもり、夢の世界に遊んだ。

セリア・マウの見る夢は、〈ホワイト・キャット〉の拡張された意識のなかで、あいまいな記憶のように展開されていく。その夢のなかで、ビリー・アンカーは横たわる彼女を膝立ちで見下ろし、下から見上げる彼女に終始ほほえみかけていた。彼女は恋をしていた。でも、どうしたいのかよくわからない。途方に暮れて、頭がぼうっとしてくる。そんな自分を彼のまえにさらけだす。あたしは彼の視線の重みを感じたいのだ、と気づく。夏の午後、光があふれる部屋のなかだ。が、彼女の空想には、この出来事を反転させたような影のバージョンがつきまとい、ときおりすべてを不合理にゆがめてしまう——家のなかは寒く、トレイの料理は冷めていき、床はむきだしで、彼女は彼よりもずっと小さい。感じるのは困惑と退屈ないらだちのようなものだけ。どうすればいいのか答えを見つけようと、彼女はクローンのモーナの連れたちがどんなことをしていたか、かれらをエアロックから外に吹き飛ばすまえの映像をチェックしてみた。そしてそこから学んだとおりに、切羽詰まった、ぷりぷりした口調で「したいのよ。セックスしたいの」といってみた。でもけっきょく、セリア・マウはペニスを挿入されることになんの興味ももてなかった――というより、むしろそのばかばかしさにうろたえていたのだった。

クローンのモーナもまた、自身を省みていた。といってもこちらは気分に応じて率直な目で、あるいは神経質な目で鏡をのぞきこんでいたのだが。彼女は自分のボディと顔に大いに関心をもっていたが、とくに気になってしかたないのが髪のことで、ビリー・アンカーをレッドラインから助けだしたときにはピンクがかったブロンドのロングヘアを綿菓子のようにふわっとさせて、いつもペパーミント・シャンプーの香りを漂わせていた。その髪をアップにしてあれこれいじってはいろいろな角度からためつすがめつしたあげく、口をへの字にして、ばさっとおろしたと思うと、こういった。「もう、死んでやる」

「ささ、こちらへきて、お食べなさい」シャドウ・オペレーターたちがものうげに応じる。

「本気よ」モーナは脅しをかけた。

モーナとビリー・アンカーは、ともに人間用区画で寝起きしていたが、まるでおなじ原野に住む別種の動物のようだった。とにかく、おたがい、かける言葉がなにひとつないのだ。それは彼が乗船したその日からはっきりしていた。モーナはシャドウ・オペレーターに命じて白のレザーの戦闘服ジャケットとそれにマッチするふくらはぎ丈のキックプリーツ・スカート姿に変身し、オペレーターはそこに細いゴールドのベルトと透明ウレタンのブロックヒール・サンダルをプラスしていた。とても見栄えのする姿で、彼女もそれをよく承知していた。彼女はスズキを野生のレモングラスといっしょに煮た。モーテル・スプレンディードの中間管理者層包領で覚えた料理だ。そして夏が旬のベリー類をグラッパに浸したデザートを食べながら、自分のことを彼に話した。あたしの身の上話は、シンプルなのよ、と彼女はいった。それは典型的なサクセス・ストーリーだった。学校ではシンクロナイズドスイミングが得意だった。人といっしょに働くことにかけては見事な才能を発揮したので、会社内での地位も安定していた。自分の出自を負担に感じたことはないし、姉‐母に嫉妬したこともない。人生は、まだはじまったばかりだし、順調そのものだと彼女は打ち明けた。

彼女は、〈ホワイト・キャット〉を飛ばせるかと、彼にたずねた。

ビリー・アンカーはよくききとれなかったようで、あごの無精ひげをぽりぽり搔いている。

「どんな人生なんだ、お嬢ちゃん？」彼はもごもごといった。

二人のあいだは四フィートしか離れていないのに、まるで別の部屋で撮った映像を組み合わせたような具合だった。「あたしはここに住んでるの」モーナは翌日、そう告げた――「そして、あなたもここに住んでるのよ」

彼女は、人間用区画の自分が使っているほうの半分を、シャドウ・オペレーターに命じて模様替えした。清潔な市松模様の床に、動かなくてもかまわない古めかしいミルクセーキ・マシン。大昔の地球のブレックファスト・バーかダイナーという雰囲気だ。かたやビリー・アンカーのほうの半分はなにひとつ変わっていない。彼は毎朝、床のまんなかにすわり、いじけた中年になりつつある、お世辞にも格好いいとはいえない裸体をさらして、なにやら込み入った〝悟り〟エクササイズのルーチンをこなしている。モーナは自分の部屋でホログラム鑑賞。ビリーは一日のほとんどを宇宙を眺めながら放屁してすごす。屁の音が大きすぎると、モーナがふたりの居住空間をつなぐドアのところまでやってきて、まるで第三者にアピールするかのように、とげとげしい声で「やだ、もう！」と怒鳴る。

セリア・マウはこの家庭内対立を、なかばおもしろがりつつ寛容の眼差しで眺めていた。たとえていえばペットを飼っているようなものだ。二人のおかしな行動を見ていると、くりかえし陥ってしまう極度の憂鬱や不快感や癇癪を忘れられるのだ。これは〈ホワイト・キャット〉が処方するホルモンにはできない芸当だった。モーナとビリーを見ていると、ほっとする。この二人のことは、すっかりわかったつもりになっていた。

ところがなんと、レッドラインをでてから四、五日後のこと、二人がモーナのベッドルームにいるのを発見したのだ。


照明は、地球のどこか温帯地方にある家の半分閉じたブラインドから洩れてくる光を模していた。昼下がりの情事の雰囲気満点。ベッドのそばにはビリー・アンカーが早くいきそうになったとき指をひたすためのローズウォーターが入った皿。モーナはグレイのシルクの短いスリップ姿。スリップはウエストまでまくれあがっている。唇はもう嚙んだことを示すかのように、だいぶ赤い。両手でクロームのベッドヘッドをつかみ、口は半びらきで目は遠くを見つめ、片方の乳房がスリップからはみだしている。

「ああ、いいわ、ビリー・アンカー」突然、彼女がいった。

背をまるめて、まもるように、そして奪うように彼女におおいかぶさっているビリー・アンカーはいつもより若く見える。黄色い光のなか、長く浅黒い腕に力が入っているのがわかる。結わえていない長髪が顔にかかっている——指なしの手袋はしたままだ。「ああ、壁を貫いてファックして」モーナがいった。ビリー・アンカーはふと動きを止めたが、考え込んでいるような表情はすぐに消え、肩をすくめて、さっきまでの動きを再開した。モーナが肌をピンクに染めて、敏感にわななくような小さな叫び声をあげた。ビリーもそれ以上はもちこたえられず、ひとしきり身体をふるわせると、でかいうなり声とともにモーナの上にくずおれた。ふたりはたちまちするりと身体を離して、大声で笑いだした。モーナが煙草をつけ、ビリーが無言でそれをとる。彼はベッドヘッドにもたれて、片手をモーナにまわしている。二人はしばらく煙草をふかしていたが、やがてビリー・アンカーが喉の渇きを癒すものを捜しはじめ、ベッドサイドの皿に入ったローズウォーターを飲み干した。

セリア・マウは、そんな二人をしばし黙って眺めながら、考えていた。あたしとでも、やっぱりこんな感じなのかしら?

彼女はおもむろに人間用区画の環境をコントロールしはじめた。気温を十度単位でさげていき、照明を病院の蛍光灯ぐらいまぶしくなるまで明るくし、換気システムに殺菌消毒剤を投入。クローンのモーナは腕で目をおおい、とっさになにが起きたのか悟って、ビリー・アンカーを突き放した。「手遅れにならないうちに離れて。ああ、神様、早く離れて」彼女はころがるようにベッドからでて部屋の隅にいき、手近な固定物にしがみついて、恐ろしさにぶるぶるふるえながら、「あたしじゃないわよ。あたしじゃないわよ」と泣き声でくりかえした。

ビリー・アンカーはきょとんとした顔でモーナを見ている。顔にかかって汗のようになっている殺菌消毒剤をぬぐう。てのひらを見下ろして、笑う。

「なにがはじまったんだ?」

セリア・マウはじっくりと彼を観察した。まぶしい光のなかで見ると、羽根をむしられた鶏みたいだ。肌は髪と似たりよったりの灰色に見える。この男のどこがいいと思ったのか、自信がなくなってきた。

彼女は船の声で、いった――「ビリー・アンカー、あなたにはここで降りてもらいます」

クローンがすすりあげ、しがみつく手にいっそう力を込めて、ぎゅっと目をつぶった。「あんたはそういうことをする人よね」セリア・マウは彼女にも知らせてやった――「あなたもここで降りてもらいます」そして計算体を呼びだす。

「エアロックをあけて」と彼女は指示した。

が、ふっと考え込む。

「あ、ちょっと待って」


二分後、モンスター・ビーチのはずれの湾曲部で、なにかがどこからともなく道をこじあけて姿をあらわした。誰も名前をつけようと考えたことすらない、ある星系の端での出来事だ。跳ねとぶ粒子が一、二ミリセコンドのうちに、ただの花火から、不恰好なKシップの輪郭へとまとまった。そのKシップ〈ホワイト・キャット〉のたいまつはすでに明々と灯っていて、その核融合生成物の荒々しい直線に乗った船は浅い角度で系内部へ、黄道へと進んでいた。

人類がビーチに到着してから五十年後におこなわれたこの星系の調査では、複数のガス巨星と組みひもを編むように交差する軌道を描く、ひとつの固形の天体が発見されていた。多少大きめではあったが、それはまぎれもなく月だった。中心核の対流で生じる熱は地表を地球に似た温度に保つと同時に、生命を維持するのに不可欠な気体を含む薄いかすみのような大気を生みだしていた。緑がかった奇妙な空には、いちばん近くにあるサーモンピンクのガス巨星が巨大な気球のように浮かんでいる。その星は全体がひとつのフラクタル構造物でおおわれていた。遠くから見ると植物群落のように見えるが、それは生きてもいないし死んでもいない。その正体は、通りすがりの航行システムから洩れだして暴走したあげくに原料切れになってしまった、大昔の、狂ったアルゴリズムにすぎなかった。できあがった図柄は大小無数の大きさの孔雀の羽根が無限に連なったものだった――視線を動かすにつれて徐々に立体的に見えてくる、なかなか見事なできばえだ。なんとか死をまぬがれようとしている計算体の姿といってもいい。

ベルベットのようになめらかで、ほかとおなじ素材でできたいまにも消えそうな薄霧におおわれたこの構造物には、スケールの大小を問わず、それを観察しようとする目を打ち負かす力がある。光にたいして、なにかふしぎな吸収性の作用を及ぼすのだ。それは固くて砕けやすく、剝離してはウイルスのような塵に細分化していく。たまたまひとつの環境になってしまった、大昔の、なんの役にも立たない計算。そこには生物群系(バイオーム)が存在している――風変わりな包葉と茎のあいだで、固有の生物がとまどったようにこそこそと動きまわっているのだ。生態系の仕組みがはっきりしていないので、最終的動物相(ファウナ)は暫定的なものでしかない。夜明けや夕暮れには、鳥とマーモセットを足して二で割ったようなものが姿を見せることもある。その生物は、苦労して巨大な羽根の先端まであがってくると心配そうにガス巨星を見上げ、やがて目を閉じて笛の音のような声でテリトリーを宣言する夜明けの歌をうたう。そこから先を見届けるほど長時間そこにとどまった者は、いまだかつていない。

〈ホワイト・キャット〉は一面の羽根を燃やして空き地をつくり、いっときホヴァーしてから着陸した。そしてなにも起こらぬまま一、二分すぎたころ、貨物搬入口があいて、二つの人影が外にでてきた。人影はふりむいて船そのものと口論しているようだったが、そのうち、すでに閉まろうとしている斜路をあわてて駆けおり、無言でその場に立ちつくした。二人とも裸だが、二人のあいだにパーティ・ドレスと古いGスーツの下半分らしきものが落ちている。二人が見まもるうちに、〈ホワイト・

キャット〉はいつもの手馴れたようすで楽々と炎の尻尾に乗って屹立し、一直線に空の彼方へ姿を消した。

　クローンのモーナは途方に暮れた顔であたりを眺めまわした。

「せめて街の近くに降ろしてくれればいいのに」と彼女はいった。「あの意地悪女」

　あとにも先にも〈ホワイト・キャット〉の計算体がなんの力にもなれない、唯一の状況。その遁走曲（フーガ）のなかに放り込まれてしまった外宇宙のパイロット、セリア・マウ・ゲンリヒャーは、また自分が十歳のときの夢を見ていた。母親が笑顔ではしゃいでいる――と思うとつぎの瞬間には故人となって写真のなかにいる。そしてその写真もほどなく灰色の煙になって湿っぽい午後の空気のなか、空に立ちのぼっていく。

　父親にとっては、なんであれ妻を思い起こさせるものを目にするのは耐え難いことだった。写真は、あまりにも耐え難い、と彼はいった。とても耐えられない、と。冬のあいだずっと書斎にこもりきりで、セリア・マウが昼食をトレイにのせてもっていくとその頬に触れて泣くのだった。そして、しばらくここにいてくれ、と懇願した。ほんのいっときだけ、母親になってくれ、と。そのときに感じた当惑は、いまだにはっきり表現することができない。彼女は床を見つめていたが、それは事態を悪化させるだけだった。父親は彼女の頭のてっぺんにそっとキスすると、一本指を彼女のあごの下に添えて、やさしく自分のほうを向かせた。おまえは母さんによく似ている、と父はいった。母さんそっくりだ。父の口から喘ぎ声が洩れる。ここにすわりなさい、いやここだ、こういうふうに。こういうふうに。父はセリア・マウの股間に手を置き、喘ぎ、号泣した。セリア・マウはトレイをもって部屋からでる。どうして父さんはあんなことをするのだろう？　まるで歩き方を練習しているみたいに、身体がこわばって、動きがぎくしゃくしてしまう。

「戦争だあああーっ！」階段の踊り場で待ち伏せしていた弟が叫んだ。彼女は昼食をのせたトレイをおっことし、ふたりは黙って床の惨状を見下ろす。ゆで卵が廊下の隅にころがっていく。

その冬のあいだずっと、Kシップの編隊がニュー・パール・リバーの上をうなりをあげて低空飛行していた。Kシップが飛ぶと、空に薄汚れた白い弧がにわかに出現する。父親はセリア・マウと弟を基地へ連れていって、Kシップがもどってくるところを見せてくれた。戦争が起きていた。が、平和だった。ナスティックはわずか三星系向こうまで迫り、カイパー・ベルト全体に汚れた氷塊に見せかけた未知の宇宙兵器が展開している状況で、銀河系の端っこにあるこの世界がこの先どうなるかなど、誰にもわかりはしなかった。が、子供たちはそんな日々をたのしんでいた。そして最良のときと最悪のときがやってきた。パレードがあり、マーチが鳴り響き、経済破綻があり、政治家の演説がきこえ、科学のパラダイムがくつがえされた――毎日がニュース。セリア・マウが決心したのは、そんなときだった。ある計画を立てたのは、そんなときだった。彼女は、ほかの女の子が化粧品を集めるように、ホログラム――星や、薔薇色の星雲、かすみのような浮遊ガスがいっぱい詰まった小さな黒いキューブ――を集めていた。「これはエリドン・オメガ」と彼女は弟に説明した。「ホワイト・コールの南。〈ヴィットール・ノイマン〉小編隊が支配してるのよ。ナスティックがどんな攻撃をしかけてこようと、目じゃないわ！」彼女の目はきらきら輝いていた。「あの船の武器はねえ、自分で進化して世代交代していくのよ。船の外の媒体のなかで。われらが星々の興廃、この一戦にあり！」彼女は鏡のなかでそうしゃべっている自分を見ていた。どうしてそんなに怒りに燃えた目をしているのか、なぜ興奮しているのか自分でもさっぱりわからなかった。十三歳の誕生日の朝、彼女は入隊した。ＥＭＣはつねに新人を探していたし、とくにKシップ小編隊要員としては、できるだけ若くて意志の固い人材をもとめていた。

「あたしのことを誇りに思うべきよ」と彼女は父親にいった。

「ぼくはそう思ってるよ」弟がいった。そして、わっと泣きだした。「ぼくもKシップ要員になりたいよお」

そのころには、ソールシニョンは教練場になり、そこらじゅうに鉄条網がはりめぐらされていた。小さな鉄道駅は古地球の面影を失い、鉢植えも、黒い仔猫を思いださせるので弟の癇癪の種になっていた三毛猫も姿を消していた。最後の日、彼女と父親と弟の三人は、風雨のなか、ぎごちなくホームに立っていた。

「休暇をとってくれるね？」父親がいった。

セリア・マウは、勝ち誇ったように笑った。

「まさか！」

このひとことがでると同時に、まるで明かりが消えるように、夢は色褪せて無と化した。つぎに明かりが灯ると、そこはマジック・ショップのショーウィンドウだった。ルビー色のプラスチックの唇。鮮やかなオレンジとグリーンに染められた鳥の羽根。奇術師のぴかぴかの帽子のなかに入れると生きた白い鳩になってでてくる、さまざまな色のスカーフの束。どれもこれも、たまに可愛いものもあるけれど、偽物ばかり——人をミスリードし、ごまかすためのものばかりだ。セリア・マウはしばらくガラスのまえに立っていたが、奇術師はあらわれなかった。が、立ち去ろうとしたとき、かすかなチャイム音が響いて、ささやき声がきこえた。「いつ、あたしのところへきてくれるの、ドクター・ヘインズ？」彼女は驚いて、人気のない街路を見まわした。疑う余地はなかった。それは彼女自身の声だった。目が覚めると、一瞬、誰かが上からのぞきこんでいるような気がした——と同時に、ビリー・アンカーとクローンのモーナをガス巨星の影のなかに置き去りにする自分の姿が見えた。あまりにひどい行為の記憶は、人をなんとも割り切れない気分にするものだ。

「どうして止めてくれなかったのよ？」彼女はいった。

計算体は肩をすくめるニュアンスをにじませて、答えた。「あなたは、きく耳をもたなかったからね」

「あそこにもどって」

「それはよしたほうがいいと思うな」

「もどって」

〈ホワイト・キャット〉はたいまつを消して、遺棄船のように静かにガス巨星のあいだを落ちていった。コース変更は、多孔性シリコン化合物に酸素を吹きつけて作動する、小さいながらも強力なプシー・エンジンを使って、段階的におこなった。一方、粒子検知器と葉脈のようにひろがった堂々たるアレイアンテナ群は、〈クリシュナ・モアレ〉小編隊が接近している形跡はないかと、真空中を精査していた。「パワー・アップ」計算体はただただ静かに指示している。「パワー・ダウン」セリア・マウの肉体として残っている部分は、タンクのなかでもどかしげに動いていた。彼女は、誰もが肉体中心主義者と評するにちがいないビリー・アンカーに会わなくてはならなかった。やり方を覚えていたとしたら、きっと唇を嚙んでいたことだろう。「なんでこんなことをしちゃったんだろう？」彼女は自問した。シャドウ・オペレーターたちは首をふっている――かれらは、遅かれ早かれこういうことになると思っていたのだ。ついに〈ホワイト・キャット〉は、地表をじかに観察できるところまで惑星に接近した。羽根のあいだで、なにか動いている。そこに住んでいる生物かもしれないし、大昔の計算が崩れて塵と化しているのかもしれない。

「あれはなんだろう?」計算体がいった。

「なんでもないわよ」セリア・マウはいった。「早く降りて。もうこんなのはたくさん」

彼女が見つけたときには、ビリー・アンカーとクローンのモーナは長いコバルト色の影から半身をだして横たわっていた。モーナは、美しいブロンドの頭をビリーの胸にのせて、すでに息絶えていた。ビリーは片手を彼女の肩にまわし、片手で彼女の髪をなでつづけている。モーナは、死の間際、じっと彼の顔を見つめ、片足を彼の足のあいだに入れていた。生から最後の慰めを得ようとしたのだ。そして、際限なく反復するための原材料を突然に供給された大昔のアルゴリズムは、二人の表面構造から内部へと静かに入り込み――二人の細胞は羽根に変わりつつあった。ビリー・アンカーの足はピーコック・ブルーのサテュロスのそれのようになっている。モーナは横隔膜のあたりまでブルーブラックの粉っぽい羽根と化し、その羽根の一枚一枚が変化し、成長し、光に妙な作用を及ぼしているように見える。

セリア・マウのフェッチは――こんな状況なので、影のようなものでしかないが――恋人たちのまえをおちつきなくいったりきたりしていた。なんでこんなことをしちゃったんだろう? そう思いながら、彼女はいった――

「ビリー・アンカー、なにかあたしにできることはない?」

ビリー・アンカーは片時も休まず死んだ女の髪をなでつづけ、その顔からけっして目をそらそうとしなかった。

「ないな」彼はいった。

「痛いの?」

ビリー・アンカーはほほえんだ。「お嬢ちゃん、おまえさんが思うよりは快適だよ。よく効く鎮静剤みたいなもんだ」彼は唐突に笑い声をあげた。「なあ、ワームホールは、そりゃあ壮観だったぞ。わかるか？　それだけはいまだに覚えてる。最初からワームホールでいこうと思ってたんだ」ふっと黙って、考え込んだ。「あのなかがどんなだったか、とうとう説明のしようがなかったなあ」ひと呼吸おいて、「カウントダウンがきこえるな。それとも空耳か？」

セリア・マウはできるかぎり彼のそばに近よった。

「なにもきこえないわよ。ビリー・アンカー、こんなことして、ごめんなさい」それをきいたビリー・アンカーは唇を嚙み、はじめてクローンのモーナから目を離した。

「おい」彼はいった。「そんなことは忘れちまいな」

痙攣が起きた。音もなく変化しつつある彼の身体の表面から、もわっと塵の煙がわきあがる。アルゴリズムが、あらゆるスケールで彼を再編成しつつあるのだ。一瞬、彼の目に恐怖があふれた。彼もここまでは予想していなかったようだ。「こいつら、俺を食ってやがる！」彼は叫んで両手をふりまわし、助けをもとめるかのように死んだ女をつかんだ。そしてフェッチだということを忘れて、セリア・マウのこともつかもうとした。が、それもつかのま、彼はふたたび冷静さをとりもどした。「なあ、身の内の力というものは、否定すればするほど、それに支配されることになるんだぞ」彼の手が煙を突きぬけるように、彼女を突きぬけていく。彼はそれをふしぎそうに見つめていた。「これは現実なのか？」

「ビリー・アンカー、あたしはどうすればいいの？」

「おまえさんの船。あれでゴー・ディープしろ。あれを宙域へもっていくんだ」

「ビリー、あたしは――」

上空にかかるガス巨星の表面を、紫色のイオンの噴流が幾筋かよぎった。押しのけられた空気が発するゴオッという衝撃音が大音量で鳴り響いた。つづいてもういちど。と思うと、こんどは軌道上でエメラルド色の巨大な火の玉がふくらんだ。〈クリシュナ・モアレ〉小編隊とおぼしきものの注意力にしてやられた〈ホワイト・キャット〉が、自己防衛を開始したのだ。セリア・マウは、突如として、半分は上空の船にあり、半分はビリー・アンカーとともに地表にいる形になってしまった。この二つの状態をつなぐ連続体に沿ってそこらじゅうで警報が鳴り響き、計算体はフェッチとの接続を断とうとしていた。

「このままにして！」彼女は叫んだ。「彼といっしょにいたいの。誰かがいっしょにいてあげなくちゃ！」

ビリー・アンカーはほほえみながら首をふった。

「お嬢ちゃん、早く脱出しな。上にいるのはアンクル・ジップだ。手遅れにならないうちに、早くいきな」

「ビリー・アンカー、あいつらがきちゃったのは、あたしのせいだわ！」

彼は疲れた顔で、目を閉じた。

「いいや、俺のせいさ。自業自得だ。早くいけ。ゴー・ディープだぞ」

「さよなら、ビリー・アンカー」

「おい、お嬢ちゃん――」

だが、彼女が返事しようとふりかえると、彼はもう息絶えていた。

絶望に打ちひしがれながら、彼女はひとりごちた。ひっかかっちゃった。ひっちゃきになって戦ってきたのに。あれもしたいこれもしたいと思ってたのに、あたしもひっかかっちゃった。

そして思った――アンクル・ジップ！　あの太っちょをこんなにも過小評価していたかと思うと、

恐ろしさに身が縮む思いだった。その頭のよさ、銀河系を股にかけるスケールの大きさ。彼女はあの男と取引きしたときから、そのてのひらで踊らされていたのだ。

さあ、これからどうすればいい？

24　ころがるダイス

「未来を予言するはずなのに過去ばかり見えるのは、どういうわけなんだろう？」

エドはサンドラ・シェンに疑問をぶつけてみたが、彼女もアニー・グリフ同様、なんの助けにもならず、軽く肩をすくめただけだった。

「練習が足りないんだと思うよ、エド」と彼女はいった。煙草に火をつけて、たのしげに部屋の隅のほうを見ている。「もっと一生懸命練習すればいいんじゃないかね」

この遠くを見やる眼差しの意味を、エドは読みかねていた。ただ、どちらかというと、彼女はメイン・テントでの大失敗を喜んでいるように見えた。あれ以来、彼女はやる気満々だ――ほかの企画がみんなぱっとしないので、毎日、エドのもとにやってきている。ある日、彼がデューンズ・モーテルのバーに入っていくと、彼女は老人たちを追いだして、夜のうちに無印の木箱に詰めて運び込んだ私物の装置を設置していた。なにからなにまで一様に古い。とくに目につくのは、布地でくるんだ電気コード、ベークライトの覆い、小さな針があがったりさがったりしているダイアル類。真空管で動く増幅器もある。

「すごいな」エドはいった。「ほ、ん、も、の、だ」

「おもしろいだろ？　四百五十年くらいまえのものだよ。そろそろこれを使って、ふたりでやってみようと思ってね。あたしらの頭をひとつにするんだ。まずは、この革ひもであんたの手首を固定して……」

要するにこういうことだった。エドが、装置と一体になった白木とおぼしき大きな椅子にすわって肘掛と脚に手足を革ひもで固定し、サンドラ・シェンが真空管増幅器につながる。そしてサンドラ・シェンが彼の頭に水槽をかぶせて、彼に質問し、彼女が満足できる答えがでるまで質問をくりかえすのだ。彼女の声はすぐそばから、とても親しげに響いてきた。まるで彼やウナギたちといっしょにアルクビエールの海を泳いで、彼の幼いころのあまり思いだしたくない記憶を暴露していく、奇妙な、ひどく疲れる旅に同行しているかのようだった。質問は、彼にとってはなんの意味もないものばかりだった。「エド、生きていくのはたいへん？　それともそうでもない？」とか、「十二まで数えられる？」とか。

どっちにしろ、自分が答える声は彼にはきこえない。彼の、水槽のなかにいる部分と、外の部分とはつながっていない――まったく単純な話、どんな形にしろ、一切つながっていないのだ。デューンズ・モーテルのバーは焼けつくような午後の薄闇に包まれ、その闇をただ一条の白い太陽光線が刺し貫いていた。東洋人の女はカウンターにもたれて煙草をふかし、ひとりでうなずいている。満足のいく答えが得られると、装置のクランクをまわす。すると電極から、奇妙な青っぽい急激に上下する光がとぎれとぎれに放射され、椅子にすわっている男が身体を痙攣させ、悲鳴をあげる。

夜は夜で、エドはショーの仕事をしなければならなかった。彼は疲労困憊していた。客はだんだん少なくなって、最後には、見物しているのは、大胆にデコルテをだしたエメラルドグリーンのドレス姿のサンドラ・シェンひとりになってしまった。エドは、じつは客の入りなどどうでもいいのではないかと思いはじめていた。サンドラ・シェンが自分になにをもとめているのか、まったく見当がつかなかった。ショーのまえにその話をしようとすると、彼女は心配するな、とだけ答えた。「もっと練習するんだよ、エド。練習あるのみだ」彼女はいちばんいい席にすわって煙草をふかし、小さながっしりした手で穏やかに拍手を送った。「よかったよ、エド。じつによかった」そのあとはいつもサーカス芸人が二、三人で彼をひきずっていって、幕だった。たまたまアニーがきているときには、彼女が愛情いっぱいに、なにかたのしい遊びでもするように彼を抱っこして、部屋まで連れていった。

「エド、どうしてこんな、自分をいじめるようなことをしてるの?」ある晩、アニーがいった。

エドは咳き込んで、シンクに唾を吐いた。

「生活のためさ」

「あーら、すごくエントラディスタ」アニーは皮肉たっぷりにいった。「きかせてよ、エド。また話してよ、ディップ・シップのこととか、大好きだったもののこととか。有名な女パイロットとどんなふうにセックスしたのか、話してきかせて」

エドは肩をすくめた。

「なにをいってるんだか、さっぱりわからないな」

「わかってるくせに」

アニーは憤懣やるかたないといった表情で、外へでていった。外なら物を壊さずに、好きなだけ大股で歩きまわれるからだ。

「彼女のこと、どれだけ知ってるの、エド?」と、アニーは外から呼びかけた。「なにも知らないじゃない。彼女、どうしてあんたにこんなことをさせるの? あんたがなにを見るのを期待してるのよ？」彼が答えずにいると、彼女はいった。「あれは、要するにタンクの別バージョンだよ。あんたらトウィンクは、世界と向きあわずにいるためなら、なんだってうけいれるんだから」

「おい、そもそも俺を彼女に紹介したのは、きみだぞ」

アニーもこれには返す言葉がなかった。しばらくして、彼女は方針を変更した。

「でておいでよ、すてきな夜だよ。砂丘を散歩しようよ。たまには身体を休めなくちゃ。エド、こんど街へ連れてってあげるよ！　夕方、早めに帰ってきて、乗せてってあげる。ショーでも見ようよ！」

「俺がショーだぜ」エドはいった。


そう答えはしたものの、彼女のいわんとするところはわかっていたから、彼は少しずつ街へでるようになった。でかけるのは夜で、ピアポイント・ストリートとストレイントは避けるようにした。テイグやニーナと顔を合わせたくなかったからだ。ベラ・クレイとも二度とかかわりたくなかった。彼が出入りしていたのは通称イースト・ダブと呼ばれる一画だった。狭い路地にリキシャやタンク・ファームがひしめき、アニメがとびだすポスターが呼び込みをしているようなところだ。彼は、その手のものはやりすごし、かわりにファラフェルと汗の匂いのする道端にしゃがみこんで、彼の倍くらい大きい栽培変種たちが興じているシップゲームに入れてもらった。この連中は、ネギを背負ったカモが迷い込んでくると、俄然色めきたつ。ダイスがふられ、ころがる。エドは無一文になり、礼をいってその場をあとにした。連中は牙をのぞかせてにやにやしながら、遠ざかる背中を見送って声をかけた。「お兄さん、いつでもきなよ」

そんなエドを見つけたマダム・シェンは、妙な目つきで彼をまじまじと眺めた。

「こんなことしてていいのかい?」彼女はひとこと、そういった。

「誰だって、息抜きは必要さ」エドは答えた。

「それにしたって、エド、ベラ・クレイがいるんだよ」

「ベラのことをなにか知ってるのか?」彼は勢い込んでたずねた。

彼女が肩をすくめ、彼も肩をすくめる。

「あんたがあの女を恐れていないのなら、俺だっておんなじさ」

「エド、気をつけなきゃだめだよ」

「気をつけてるさ」彼はいった。しかし、ベラ・クレイはもう彼を見つけていた。

ある晩、彼は、どこかの組織の人間ふうの、アプリコット色のセーターをゆるく結んだ二人の男にあとをつけられた。彼は一時間半ほどミステリアスなダンスを踊るように曲がりくねった路地やアーケードを歩いて男たちを連れまわしたあとで、フォアマン・ドライヴにあるファラフェル屋にひょいととびこみ、裏口から外にでた。

うまくまけたかどうか、自信はなかった。そしてつぎの日、おなじ二人を非企業系宇宙港のコンクリートの上で見かけたような気がした。真昼間、コンクリートからめらめらと白い熱気があがるなか、二人の男は異星人展示をのぞくふりをしたり、のぞき窓のあたりをぶらぶらして、顔をそむけてみたり、中身に文句をいうそぶりを見せたりしていた。決定的におかしいのは、ひとりがガラスをのぞきこんでいるあいだ、もうひとりはかならず、あたり一帯に目を配っていることだった。エドは、二人までまだ二十ヤードあるうちにそっと横にそれて人込みにまぎれこんだが、それでも姿を見られてしまったにちがいない。つぎの晩、イースト・ダブで、スケルトン・キーズ・オブ・ザ・レインと名のるガン・キッドどもがノヴァ手榴弾で、彼を殺そうとした。

考えているひまはほとんどなかった。特徴的な湿ったズシッという音がすると同時に、なにもかもが光って消えていくように見えた。目のまえで道路の半分が崩れ去ったが、それでも彼には危害が及ばなかった。

「まじかよ」エドはつぶやいてあとずさり、あたりにたむろしていた売春婦たちのなかに入り込んだ。女たちはみんな、二十世紀末のインターネット・エロ・サイトでよく見かけた十六歳の日本人の女の子風の容姿やしぐさを見事に再現していた。これも仕立て屋の仕事だ。「そこまですることはないのに」自分の顔をさわってみると、熱い。売春婦たちは神経質そうにクックッと笑いながら、よろよろと歩きまわっている。服はぼろぼろ、肌は真っ赤に日焼けしている。まともに考えられるようになると、エドは間髪入れず駆けだしていた。走りつづけて気がつくと、どことも知れないところにたどりついていた。わかるのは、そこが荒れ果てた一画で、時は真夜中ということだけだ。ケファフチ宙域がほとんど空いっぱいにひろがっている。いつ見ても、瓶のなかからでて暴れまわる精霊のように成長しつづけている気がするのに、なぜか実際には少しも大きくなってはいない。あれは事象の地平線をもたない特異点だ、宇宙に解き放たれたまちがった物理的現象だ、という。あそこからなにがでてきてもおかしくないのに、なにひとつでてきたことがない。もちろん、とエドは思った、あれの外側のここにあるものが、あのなかで起こっていることの結果でないかぎりは……。彼は空を見上げて、長いこと、ひたすらアニー・グリフのことを思った。彼女とはじめて会ったのも、邪悪な光が荒地を照らす、こんな夜だった。あのとき、名前をたずねたことで、彼女は息を吹き返した。だからこそ、彼には彼女にたいする責任というものがある。

サーカスにもどると、アニーはすやすやと眠っていた。部屋には彼女のゆるゆるとした、穏やかな熱気があふれている。エドは彼女の隣に横になって、彼女の首のつけ根あたりに顔を埋めた。少しすると、アニーは半分目を覚まし、身体をまるめて、エドがすっぽり入れる空間をつくってくれた。エドが彼女の身体に手を置くと、彼女はうれしそうに大きく喉を鳴らした。自分のせいで彼女の身になにか起きたりしないうちに、ニュー・ヴィーナスポートからでなければならない、と彼は思った。彼女はここに置いていくしかない。どう話せばいい？　いくら考えてもわからなかった。

そんな彼の思いを読みとったのだろう。彼女は数日後、家に帰ってくるなり、こういった——

「なにを悩んでるの、エド？」

「さあ、なにかな」エドは嘘をついた。

「わからないんだったらさ、エド、はっきりさせなきゃだめだよ」

答えをだせぬまま、二人はじっと見つめ合った。

エドは、よく晴れた肌寒い朝に、サーカスのなかを歩きまわるのが好きだった。潮の香りの砂丘から、テントやパビリオンのあたりに満ちる温かなほこりっぽいコンクリートの匂いへと、歩いていくのだ。

サンドラ・シェンはなぜこの場所を選んだのだろう？　ここへ着陸するということは企業の信用保証がないということだ。ここから発つときには、幸運を祈ってくれる人間はひとりもいない。ここはEMCが労働力になる避難民を鉱山に送り込むまえに加工処理する一時滞在キャンプだ。書類手続きの具合によっては、この非企業系空港に一年滞在することになるし、まずい選択が重なればそれが十年にのびることもある。そのあいだに船は錆つき、人生も錆ついていく。だが、サーカスにだけはいつでもいける。エドはそこのところが気にかかっていた。これはマダム・シェンにとってどんな意味があるのか？　彼女もとらわれの身で、ここから抜けだせないということか？

「ここのもの一切合財、どこかへ移動するってことはあるのか？」と彼はマダム・シェンにたずねた。

「だって、サーカスってそういうもんだろ？　一週間ごとに、つぎの街へいくとか」

サンドラ・シェンは、あれこれ考えを巡らせているような目つきで、彼を見た。その顔が、目だけを残して若くなったり、また老け込んだり、変化している。まるで彼女の個人的特徴（アルゴリズムの話をしているときに個人的特徴という言葉がなにか意味をもつのなら、だが）のなかで、目だけがただ一点、不動のポイントであるかのようだ。蜘蛛の巣からのぞいているような目。かたわらには軽い酒。カウンターを背にして両肘をのせ、小柄な身体をもたせかけて、赤いハイヒールの片方を真鍮のレールにかけている。吸っている煙草からまっすぐにあがっていた細い紫煙が、突然崩れて大小の渦になり、彼女は笑いながら首をふった。

「もう、飽きたのかい、エド？」

つぎの晩、彼のショーの観客のなかにベラ・クレイの姿があった。

「嘘だろ！」彼はつぶやいて、サンドラ・シェンを捜した――が、彼女は別の仕事ででかけていた。エドは古めかしい劇場照明を浴び、冷たく白く輝くベラ・クレイの笑顔に釘付けにされて、その場に立ちつくした。ベラ・クレイは二ヤードと離れていない最前列にすわっていた。膝をそろえて、そこにハンドバッグを置いている。白い秘書風ブラウスの脇にはちいさな鞍形の汗じみができているが、口紅は塗りたてのつやつやだ。その唇が動いているのだが、なにをいっているのかはよくわからない。彼女がまえにいったセリフがよみがえってきた――「エド、あたしらになにができるっていうんだい？　あたしらはみんな、魚なんだよ」彼女から逃げるために、彼は水槽に頭をつっこんだ。世界が消えていく寸前、彼女の声がきこえた――

「よっ、エド！　成功を祈ってるよ！」

目覚めたときには、彼女はいなくなっていた。頭のなかで澄んだ高音がワンワン鳴り響いている。アニー・グリフはエドをひきずって砂丘までいき、ひんやりした空気のなかに彼を横たえた。遠くから波の音がきこえてくる。彼はアニーの膝に頭をのせて、彼女の手を握っていた。アニーは、彼がまた、戦争が起こる、そしてもっと悪いことが起こる、と予言したと話してくれた。彼は、観客のなかにベラ・クレイがいたことは黙っていた。アニーに心配をかけたくなかったのだ。それに、水槽のなかで一時間すごして、くたくたになっていたこともある。水槽のなかでは、母親の遺品が焚き火に放り込まれるのを見まもり、別の世界へ旅立っていく姉を見送り、凡庸で弱々しい父親に憤慨し、彼自身も別の世界へ旅立った――そしてそのあと、彼自身の過去を通りこして、なにか完全に不可知の状態へと導かれた。それで疲れ果ててしまったのだ。

「きみがいてくれて、うれしいよ」彼はいった。

「エド、こんなこと、やめなくちゃだめだよ。ここまでする価値なんかないよ」

「やめさせてくれると思うか？　あの女がやめさせてくれると思うか？　きみ以外の人間はみんな、俺を殺すか利用するかしたがってるんだ。いや、両方かもしれないな」

アニーはほほえんで、ゆっくりと首をふった。

「そんなばかな」

アニーはじっと海を眺めていた。そしてしばらくすると、あらたまった声でいった。「エド、たまには小柄な女がほしくなったりしない？　ほんとのところ、どうなの？　可愛くて小柄なほうが、セックスしやすいんじゃないの？　それだけじゃなくて、いっしょにいるにも、そのほうがいいんじゃないの？」

エドは彼女の大きな手をぎゅっと握りしめた。

「きみは岩だ」と彼はいった。「きみにかかったら、なにもかも粉々さ」

アニーは彼を押しやって、水辺へ降りていった。

「まいったよ、エド！」彼女は潮風に叫んだ。「ろくでなしのトウィンク野郎！」

エドは彼女が波打ち際を大股でいったりきたりしながら、大きな石ころや流木を拾っては海に向かって力いっぱい投げるのを見つめていたが、やがてそろそろと立ちあがると、彼女のことは彼女の守護神たちにまかせて、その場を離れた。


宇宙港は閑散としていた。みんなとっくの昔に家に帰ってしまっている。そこにあるのはただ、夜のしじまに響く、風に鳴る金網の音と、潮の香り、そしてモーテルの部屋から誰かを呼ぶ声だけだ。水銀蒸気のような光のせいで、なにもかも現実味が薄れて見える。立ち並ぶからっぽの格納庫、断続的な離発着。いつもの夜の光景。一隻も着陸しないまま何時間かがすぎたと思ったら、二十分のうちに四隻があらわれた――二隻は銀河中心核からきた、ずんぐりした貨物船、一隻は上空のパーキング軌道で待っている小惑星のように巨大なアルクビエール船に物資を運ぶ補給船、もう一隻は世間をはばかる商売がらみでこそこそ出入りしている半企業系の短距離輸送船だ。やがてニュー・マンの髪の毛のようなオレンジ色の炎が炸裂し、あとは朝まで闇と冷たい風に包まれることだろう。なんとなく、アニーがぐっすり眠ってしまうまで部屋に帰りたくない。エドはぶらぶら歩いていってロケット格納庫のあいだに立ち、巨大な船を見上げて、その凄まじい圧力に耐えてきた金属と燃えたプシー燃料の匂いをたのしんだ。

しばらくそうしていると、車輪付きのゴミ箱を押してコンクリートの上を彼のほうへ歩いてくる人影が目に入った。ベラ・クレイだ。妹を失って以来、スカートがまえよりタイトになっている。メイクは二人分塗りたくっていて、何色ものアイシャドウを使い、唇は誇張された薔薇のつぼみのよう。

彼女が近づいてくると、最初に目につくのがこの唇だ。去っていくときは尻ばかりが目立つ。そのあいだのどこかに銃が詰まったバッグがある。

「よう、エド」ベラはいった。「こいつを見な！」

ゴミ箱は彼女とおなじくらい大きかった。そのなかに妙な具合に折りたたまれて長い足を両脇にたらしているのは、ティグ・ヴェシクルと妻のニーナだった。二人とも、きょとんとした顔で、息絶えていた。ゴミ箱から、苦くて絶望的な異星人の体液の匂いが立ちのぼってくる。ニーナの目はあいたままで、ケファフチ宙域を見上げていた。ウサギ穴で抱いたときに彼を見上げていた、あの眼差しそのままだ。なんだか、いまにも息が詰まりそうに笑いながら「あらまあ、あたしがあんたのなかにいる、ずっと向こうのほうに！」といいだしそうだ。ティグ・ヴェシクルには生前の面影はまったくなかった。

ベラ・クレイは、ケラケラと笑った。

「気に入ったかい、エド？　おまえもいずれこうなるんだよ。だけど、まずはおまえの知り合い、ひとり残らず、こうしてやる」

ニーナ・ヴェシクルの長い足がゴミ箱からたれさがっている。ベラ・クレイは、手持ちぶさたでしかたないとでもいいたげに、やおらその足をなかに詰め込みはじめた。「こん畜生ども、もうちょっと折りたためりゃあねえ」彼女は足が地面から離れるほどゴミ箱におおいかぶさって奮闘していたが、やがてあきらめた。「まったく、生きてるときとおんなじで、ぶきっちょだねえ、おまえのお友だちは」スカートとブラウスをきゅっきゅっとひっぱって乱れを直し、ぽんぽんと髪をはたく。

「ねえ、エド」

エドはこのパフォーマンスをじっと眺めていた。寒気がする――なにか感じているのに、それがなんなのかわからない。つぎはアニーだ。それだけははっきりしている。知り合いといったら、アニーしかいない。

「いまなら、いくらか払えるが」彼はいった。

ベラはバッグからレースの縁取りがついたハンカチをだして、手をふきはじめた。ふきながら、小さな金色のコンパクトで化粧をチェックする。「ええーっ！　これがあたし？」こんどは口紅がでてきた。「あのねえ、エド」べったりと口紅を塗りながら、彼女はいった。「こればっかりは、お金じゃどうにもならないんだよ」

エドはぐっと唾を飲み込んだ。

彼はもういちどゴミ箱に目をやった。「なにもこんなことをしなくたってよかったじゃないか」彼がいうと、ベラ・クレイはケラケラと笑った。

そのとき、海に石を投げて憂さ晴らししていたアニー・グリフが、暗がりから彼の名を呼びながらでてきた。「エド、エド、どこだい？」彼女は、立ちつくしているエドを見つけ、「エド、こんな寒いところにいちゃだめじゃないか」というなり、ゴミ箱の中身に気づいたようだった。わけがわからないという顔でゴミ箱を見つめ、ベラ・クレイを見やり、エドに視線をもどすうちに、その顔に悲しみのようなものが宿り、抑えた怒りが兆していった。ついに彼女はベラに向かって、いった——「この人たちにはたよりになる代弁者なんかいない。ウサギ穴に住んで、不当な扱いをうけてばかりいる——ゴミ箱に詰め込む必要なんかなかったんだよ」

ベラ・クレイは、おやおもしろい、といいたげな表情を浮かべた。

「『必要なんかなかったんだよ』」ベラはアニーの口ぶりをまねてそういうと、自分の倍も背の高いアニーを興味津々の眼差しで見上げ、またせっせと口紅を塗りはじめた。「この馬、誰のなんだい？」

彼女はエドにたずねた。「いや、当ててみよう。エド、こいつとやってるね？　まちがいない、おまえはこの馬とやってるんだ！」

「なあ」エドはいった。「あんたの狙いは、この俺だろうが」

「そこまでわかってるとは、お利口さんじゃないか」

ベラはコンパクトをバッグにしまって、ジッパーをしめかけた。が、そこでなにか思いだしたようだった。

「ちょっと待った。こいつを見せとかないと――」

チェンバーズ銃が半分、顔をのぞかせたところで、アニー・グリフの手――五年間、リキシャのシャフトを握っているせいでタコだらけの、節くれだった不恰好な、カフェ・エレクトリークのやりすぎで少しふるえている手――が、それを包み込んだ。エドはその手を愛していたが、それが悪用されるのを見たことはいちどもなかった。ほとんどもみあいらしいもみあいもないまま、アニーは銃を奪いとってエドにわたしていた。エドは装塡状態をチェックした。見た目は黒いオイル状の液体だが、実際は磁場で定位置におさめられている素粒子ジョッキーの悪夢のようなしろものだ。彼はあたりにさっと目を走らせて、ガン・パンクどもの影を捜した。連中のトレードマークはレインコートに大きなソールの靴、ノヴァ手榴弾をもっていたり、ヘアスタイルが妙ちきりんだったり。一方、アニーはまだ片手でベラの両手をつかんでいる――そしてそのまま、ベラをゆっくりともちあげた。

「これで顔を合わせて話ができるね」アニーはいった。

「なんの真似だよ？」ベラがいった。「高名なるベラ様に、たてつこうってのか？　こんなことして、無事にすむと思ってんのかい？」ベラは声を張りあげた。「おい、エド、あたしがひとりできたなんて思ってるんじゃないだろうね？」

「そこは、大事なところだ」エドはアニーにいった。

「誰もいないよ」アニーが答えた。「闇夜がひろがってるだけだ」

アニーのあいているほうの手があがって、ベラの首に巻きつき、ぐるりと一周した。ベラが騒ぎだした。顔を真っ赤にして、赤ん坊のように両腕をばたばたさせている。片方の靴が脱げ落ちた。

「おい、アニー、そいつをおろして、さっさとずらかろう」

じつをいうとエドは、クレイ姉妹のひとりがこんなふうに扱われるのを目の当たりにして、不安でたまらなくなっていたのだった。このところの彼のパーソナリティは、ベラのいいカモという色に染まってしまっている。ベラはどこにでもいる。少なくともこの街では彼女はブロードバンドであり、誰もが知っている街の顔だ。ベラは目にした相手すべてから金を吸いあげている。地球のヘロインからギフト用ラッピング材料まで、彼女が唾をつけていないものはない。仕事用には、ガン・パンクやラヴ・キッドを雇っている。リラクゼーションとしては、彼女は一日中いきっぱなしでもオーケイのあそこの持ち主で、ことがすんだら、雌カマキリさながら、好みのソースでミスター・ラッキーを食ってしまう。こういう女が、エドに妹を殺されて以来、みずからの手で復讐すると誓ったのだ。彼女が縄張りのどこにでも神出鬼没であらわれるとしたら、彼の居場所などあるわけがない。それに、ゴミ箱のなかの生身の証拠が示しているように、ベラ・クレイに長いこと逆ねじを食わせておける人間など、いやしないのだ。エドはぶるっと身ぶるいした。

「霧がでてきたぞ、アニー」彼はいった。

アニーはベラに自分の思いを説明していた。「あんたは、自分がしたことの結果がわかってない。あんたみたいなのは、トウィンク・タンクに入ってるほうがまだましだ」アニーは力ずくでベラにゴミ箱のなかをのぞかせた。「あたしはね、あんたにわかってもらいたいんだよ、あんたがこんなことってことをね」

をしたとき、なにが起きてしまったのかってことを。ほんとうのところ、なにをしてしまったのかっ

ベラは笑おうとしたが、でてきたのは「グエッ、グエッ、グエッ」という声だった。

アニーの手にいっそう力が入った。ベラの顔がまた一段と赤くなる。もういちど、グエッと絞りだすような声をだすと、ベラはぐったりとなった。アニーはそれでもうどうでもよくなってしまったようで、ベラを下に落とすと、こんどはベラのバッグを拾いあげた。「ちょっと、エド、見てよ！　お金がいっぱいだよ！」彼女は札を束ねて高々とかかげ、子供みたいに笑った。アニーのよろこびようは、とどまるところを知らない。彼女はリキシャ・ガールだ。なにをするにも、入れ込み方が半端ではない。時代がちがえば、単純といわれていたかもしれない――が、それほど彼女からほど遠い言葉はない。「エド、こんなにたくさんのお金、見たことないよ！」彼女が札を数えているあいだに、ベラ・クレイがコンクリートをひっかくようにして立ちあがり、足をひきずりながらも、そそくさと霧のなかに消えようとしていた。少し身体が傾いでいるようだ。

エドはチェンバーズ銃を構えたが、撃つには遅すぎた。ベラの姿はもう見えない。彼はためいきをついた。

「先が思いやられるな」

「あら、そんなことないよ」アニーは札束をくるくると巻きながらいった。「あんなチビの牝牛より、こっちのほうがましさ。いまにわかるって」

「あの女は、こっちも死ぬまでくたばらない。そういうやつさ」

夜明け間近、ふたりはゴミ箱をゴロゴロ押してコンクリートから砂丘へ移動し、エドはそこにティグとニーナを埋葬して、その上にモンスター・ビーチの看板を突き刺した。アニーは霧のなかにしば

し立ちつくし、「あんたの友だち、気の毒だったね、エド」と言葉をかけて、部屋にもどっていった。が、エドは霧が晴れるまでそこに残っていた。海鳥が鳴きはじめ、海からの風がビーチグラスを波立たせるなか、彼はニーナ・ヴェシクルのことを考えていた。彼が彼女のなかに入っているとき、彼女がふるえながら、「もっと奥に。ああ、ああ」と洩らした声音が、表情が、思いだされた。その晩、エドのなかでなにかが変わった。つぎのショーで見た夢のなかで、彼は子供時代を通りぬけて、別の場所へ入り込んでいった。

25　神に呑まれて

英国なまり、隙のない服装、ちょっと謎めいた雰囲気。マイケル・カーニーとアンナ・カーニーは、ふたたびニューヨークから北へと車を走らせていた。こんどは急ぐ旅ではない。カーニーは山の手のディーラーでグレイの小型のＢＭＷをレンタルし、のろのろと北に向かってロングアイランドに入り、そこからまた本土にもどって海岸線を北上し、マサチューセッツ州に入った。

なにか目を惹くものがあったり、高速道路の標識におもしろそうな表示があったりすると、そのたびに寄り道をした。とはいえ、海を勘定に入れなければ、そうそう見るものがあるわけではない。突如として自分の過去をうけいれられるようになった男の雰囲気をまとったマイケル・カーニーは、通りすがりの街という街で蚤の市や格安中古品店をのぞいては、古本や昔のビデオ、かつては好きだったのに人前では口にだすことができなかったアルバムのＣＤリマスター版――たとえば『焰』とか『愛のかたち』といったようなタイトルの作品――を漁った。アンナはそんな彼を横目でおもしろそうに、そしてふしぎそうに眺めていた。食事は日に三度、たいていは海辺の魚料理の店で食べ、アンナは体重がふえたが、まえとちがって愚痴をこぼしたりはしなかった。夜はあっちで泊まり、こっちで泊まり、モーテルは避けて、リタイアした、流行のファッションに敏感なレズビアンや、未曾有の上げ相場でしくじって夜逃げした中年のブローカーがやっているような小奇麗な朝食付きホテルを捜した。ほんもののイギリス製マーマレード。カモメ、打ち上げられた海草、ひっくりかえした釣り船。清潔な海辺の家並み。

この寄り道のなかで、ふたりはふたたびモンスター・ビーチにやってきた。カーニーはそこで、狭い道路と砂丘をはさんで海に面した、下見板を張ったコテージを買った。なかはビーチ同様、殺風景だ。カーテンなしの窓、こすり磨きで汚れをおとした木の床、部屋の隅にぶらさがった、乾燥させたタイムの束。外側は灰色のボードで、海風のなか、ペールブルーのペンキ片が三つ、四つ、しがみついている。

「でもテレビがあるわ。ネズミもいるし」とアンナはいったが、しばらくすると――「あたしたち、どうしてここにいるの?」

どう答えたものか、カーニーもとまどった。

「隠れてるんじゃないか、たぶん」

夜にはいまだに、ファラデー・ケージの悪臭を放つ熱気のなかで獣脂のように溶けていくブライアン・テートと白猫の夢を見る――だが、いまではその夢が、だんだんとナンセンスなものになってきている。テートと猫はかしこまって椅子にすわったおかしな姿勢のままひっくりかえって、根源的な暗黒を背景に遠ざかっていくのだ。猫は、棚の置物そっくりの姿なのに人間とおなじくらい大きい(この奇妙なスケール感は、いわば夢による自己論評なのだが、カーニーに激しい苦痛――無力感、荒涼感、信じられないほどの憂鬱――をもたらした)。テートと猫はひっくりかえりながら、どんどん小さくなっていき、古代エジプトの神官文字のように身ぶりでなにか話しつつ、ゆっくりと爆発する星や星雲のなかに消えてしまう。

それにくらべると、ヴァレンタイン・スプレイクの死は、記憶のなかでそのグロテスクさこそ少しも薄れていないものの、たいしたことではないような気がしてきていた。

「俺たちは隠れてるんだ」カーニーはくりかえした。


ケンブリッジの三年のとき、アンナと出会うまえ、まだ誰も殺していないころのことだ。ある日、彼はトリニティ・カレッジに向かう道すがら文房具店のショーウィンドウに目をやった。ウィンドウのなかには浮き出し印刷のウエディングカードが飾られていて、それを見ながら通りすぎようとした瞬間、そのカードと、足元の舗道に散らばった、捨てられたバスの切符やATMの利用明細書とが融合して見分けがつかなくなってしまった。内と外、ショーウィンドウと舗道が、それぞれたがいの延長でしかなくなってしまったように見えたのだ。

そのころはまだ、タロットカードの占いにもとづいて旅をつづけていたのだが、それから二、三日あとのこと、ポーツマスとチャリングクロスのあいだで電車が遅れた。最初は線路の工事、つぎは動力車の故障が原因だった。カーニーはうとうとしていて、ふいに目が覚めた。電車は止まっていて、駅だということはたしかなのだが、いったいどこの駅なのかわからなかった——窓の外では、肌を刺す寒気のなか、乗客たちがうろうろと歩きまわっている。そのなかに聖職者が二人いた。いまや平信徒からは失われてしまった、独特の真っ白な髪が目につく。彼はまた眠りに落ちて、少しのあいだゴースランドの失われた愉悦の夢を見ていたが、寝ながら大声をだしたことに気づき、ぎょっとなって目を覚ました。車両中の乗客がその声をきいていた。彼はまだ二十歳だというのに、将来は目に見えていた。このままこんなふうに旅をつづけていたら、ロンドン行きの急行の車内で寝ながら大声をあげるような人間になってしまう——虫歯だらけで、布製のブリーフケースをもち、座席の背もたれの角に頭を不自然な形にのっけて眠りこけ、そのあいだに精神がセーターをほどくようにほどけていって、なにも判別できなくなってしまう、そんな中年男に。

　それが彼の最後の直観的な悟り（エピファニー）となった。その光によって、これまでエピファニーの動力源だったタロットが、なにかの罠のように見えた。それまでの人生のなかで、いちばん冴えないものに見えたのだ。そのなかには旅が――おそらく無数の旅が――フラクタルのように入れ子状になって残されていた。が、媒体が文房具店のショーウィンドウのように透明になってしまったいま、その包みをほどこうという気が失せてしまった。彼は二十歳。陽光を浴び、ホームに向かって疾走するインターシティ列車の鮮やかな黄色のフロントを見ても、もはや全身が興奮で満たされることはなかった。もう暖房過剰の部屋で眠るのにも、駅のカフェで食事をするのにも、乗り継ぎ列車を待つのにも飽きていた。

　彼は知らず知らずのうちに、人生のつぎなる大転換を迎える準備を整えていたのだった。


「あたしたち、隠れてるの？」アンナがいった。

「ああ、そうだ」

　彼女は彼のまえまでやってきた。肌から立ちのぼる熱気が感じられるほど近くだ。

「ほんとに？」

　あまり自信はなかった。もしかしたら待っているのかもしれない。彼は毎夜、アンナが寝てしまうとモンスター・ビーチにでて、そこにすわりこんでいた。もしあの大敵があらわれるのを期待している立場だとしたら、おおいにがっかりしたことだろう――近くにその気配はまったくなかった。こんなことははじめてだった。あの関係のどこかが永遠に変わってしまったのだ。最初の遭遇以来はじめて、カーニーは――もしそうなったらと考えただけでふるえがくるくせに――シュランダーに、追いついてみろ、とけしかけたい気分になっていた。あいつは足を止めたのか？　鳥のように聡明そうに首をまわして、俺の声がきこえないかと耳をすましているのか？　なぜ俺が挑戦的な態度をとっているのか、ふしぎに思っているのか？

夜のモンスター・ビーチでは待つ以外、さしてすることもなく、鋭く光る星明かりのもと、ただ寄せては返す波を見つめていた。沖に向かって吹く冷たい風が砂を巻きあげてはさらさら落としながら、砂丘のビーチグラスのあいだをひゅうひゅうと抜けていく。思わず身ぶるいするような冷光が輝いている。彼は物事が永遠につづいていくような感覚にとらわれていた——その図式のなかではビーチは、どこかほかの転移場所もしくは境界のメタファー、いわば全宇宙をぐるりと囲む縁にあるビーチになっている。そんなビーチには、いったいどんなモンスターが打ち上げられるのだろう？　腐敗が進んだウバザメの死骸以上のもの——いや、そいつが一九七〇年に、ほんのつかの間ながら、絶対にそうだと誤解されていたプレシオサウルス以上のものにきまっている。彼はほとんど毎晩、コテージにもどるとブライアン・テートの最後のデータが入ったポケットドライヴをとりだす。ほとんど毎晩、テレビ画面の冷たい青い光のなかで、一、二分、それを手のなかでころがしてはまたしまいこむ。いちどだけ、ノートパソコンをだしてドライヴを接続したことがあったが、けっきょくどちらの電源も入れずにベッドルームにいき、服を着たままアンナの隣に横になって、彼女が半分目を覚まして呻き声をあげるまで、彼女の性器に手をあてていた。

昼は昔の曲をかけるか、いちおうは科学ニュースといえるようなものを探してテレビのチャンネルをつぎつぎ切り替えてすごした。なにもかもが愉快だった。それをどう解釈したらいいのか、アンナはとまどっていた。そしてある日の朝食どき、彼女はたずねた——

「ねえ、どうなの、やっぱりあたしを殺す気なの？」

「そんなことはないさ」彼は答えた。「いまのところは」そして——「どうだろうな」

アンナは彼の手に自分の手を重ねた。

「その気なのよ、やっぱり」アンナはいった。「けっきょく、自分を止められないのよ」

カーニーは窓の外の海に目をやった。

「どうだろうな」

アンナは手をひっこめて、午前中ずっと自分の殻に閉じこもっていた。あいまいさはつねに彼女を当惑させ、怒らせる、と彼は思った。これも子供時代に関係があるにちがいない。彼女は自分の人生を素直にうけいれられずにいる、それは彼とまったくいっしょだ——彼女は自分の人生をあまり信用せず、なにかもっと手のかかる、過酷なものを捜しもとめてきたのだ。ところが、現実にはそれ以上のことが起きている。二人の関係はすでに常軌を逸したものになっていて、おたがい、相手をどう扱ったらいいのかわからなくなっている。彼は彼女が健康なのを好まず、彼女は彼がたのもしい男だったり、いい人だったりするのを好まない。二人は夜になると、相手にどれだけふつうでない態度をとれるか、つけいる隙を探して、たがいのまわりを歩きまわっているのだった。アンナはこれが得意で、彼の意表を突いて、あの輝かしい無防備な笑顔の陰に彼を誘い込む——

「ねえ、ペニスをあたしのなかに入れたくない？」

かれらはパッチワーク・キルトのベッドカバーをはずして、暖炉のまえに敷いていた。暖炉のなかでは、流木が燃えて真っ白な灰になりつつある。その灰とおなじくらい色白のアンナは、半身を炉火の光にさらして横になっている。カーニーは、あれこれ考えながら彼女の身体のくぼみや影を見下ろした。

「いや」彼は答えた。「遠慮しておいたほうがよさそうだ」

アンナは唇を噛んで背を向けた。

「あたしのどこが気に入らないの？」

「本気で望んでるわけじゃないからさ」彼は用心深く、そう答えた。

「本気よ。最初からそうしてほしいと思ってたわ。でも、あなたが望んでいないのは見え見えだった。ケンブリッジの女の子の半分は知ってたわ。あなたはいつだって女にオナニーさせるだけで、自分はいきもしなかった。インゲ・ノイマンが——タロットカードの子よね？——すごくふしぎがってたわよ」カーニーが悔しそうな顔をするのを見て、アンナは笑った。「少なくとも、あたしはいかせてあげたもんね」

報復の手段はただひとつ。ゴースランドのことを話すしかない。

「道路からは、家はまったく見えない」とカーニーはいった。まえかがみになり、ゴースランドのすべてを脳裏に描こうとして、不安げな表情を浮かべている。「じつにうまく隠してあるんだ。見えるのは、蔦がびっしりからみついた木と苔むした私道がほんの数ヤード、それに表札だけ」地面はひんやりとして薄暗く、影になっていないのは太陽が芝生に射し込む大きなプールのような陽だまりだけ。「ほんとうにプールそっくりなんだ」おなじ光が家の三階の部屋に射し込み、屋根の熱が伝わってくる室内は、いつも午後遅くの空気。そしていつも、意識を完全に失った人間が息をしているような、深い、内向きの呼吸音がきこえている。「そこへいとこたちがやってきて、服を脱ぎだすんだ」彼は笑った。「まあ、俺の妄想だが」アンナはふしぎそうな顔をしている。彼は先をつづけた——「で、俺はそれを見ながらマスをかく」

「でも、それって、現実じゃないんでしょ？」

「ああ。たんなる空想だ」

「だったら――」

「いとこたちとかかわったことは、これまでの人生でいちどもない」彼は、生まれてこの方、いとこたちに近づいたことすらなかった。彼女たちがあまりにエネルギッシュで、あまりに肉欲的に見えたからだ。「ゴースランドの空想にふけっていたせいで、なにもかもだめになってしまった。だからケンブリッジへいっても、なにもできなかったのさ」

彼は肩をすくめた。

「理由はわからない」と彼は認めた。「でも、どうしても忘れられないんだ。それが約束しているものが」

アンナは彼をじっと見つめていた。

「でも、それってずいぶん搾取的よね」彼女はいった。「あなたの心のなかだけで起きていることに、ほかの人を利用するなんて」

「俺は、ほしいものから逃避していたんだ――」彼はなんとか説明しようとした。

「ちがう」彼女はいった。「そんなのひどすぎる」

彼女はキルトの端をもってベッドルームへひきずっていった。すぐにベッドがきしむ音がきこえた。彼女がベッドに身を躍らせたのだ。彼は恥じ入り、落ち込んだ。そしてみじめな気持ちで、少なくとも半分は自分の言葉を信じつつ、こう洩らした――

「ずっと思っていたんだ、シュランダーはその罰だと」

「でてって」

「おまえだって俺を利用しただろ」

「してないわよ。そんなこと、いちどだってないわ」

26　絶対温度五万度

「もちろん、運もあった」とアンクル・ジップは認めた。

セリア・マウが軌道にもどってみると、〈モアレ〉小編隊の面々がずらりと勢ぞろいしていた。彼女は、かれらを少々痛い目に遭わせて軌道を脱出し、いまは星系内部の重力的暗礁や浅瀬に身を隠して、ランダムに切り替えられるプロキシ・トランスミッターのネットワーク経由でアンクル・ジップと話している。〈モアレ〉小編隊はこの用心深さを挑戦とうけとめ、アンクル・ジップが勝つことを許してくれない戦闘からの離脱をむしろよろこんでいて、傷を舐めおえると、全計算体を共同利用して、一ナノセコンド毎に一千万通りの推測という速度でネットワークを総ざらいしていた。一方、セリア・マウのフェッチはアンクル・ジップを見上げ、アンクル・ジップは彼女を見下ろしている。船長の白いズック製ズボンに包まれ、幅がたっぷり八インチもある黒い革ベルトで締めつけられてキーキーいっている腹のでっぱりに邪魔されて、パイプ白色粘土で漂白したようなアンクル・ジップの顔は、セリア・マウにはほとんど見えない。彼は片手に真鍮の望遠鏡のようなもの、もう一方の手に昔の紙製のポピュラーソング楽譜集（フェイクブック）『銀河と星』をもち、クラウンの部分に流れるような筆記体で〝キスミークイック〟と書かれた帽子をかぶっている。

「運には代用品はないからな」

　ここまでのいきさつは、こうだ――どっちが〈ホワイト・キャット〉をつかまえるか先を争うなかで、アンクル・ジップとナスティックの重巡洋艦〈タッチング・ザ・ヴォイド〉の司令官とが、モーテル・スプレンディードのパーキング軌道で衝突。そのときアンクル・ジップの選りぬきの船――EMCのさる官僚筋と接触して、〈クリシュナ・モアレ〉小編隊とともに借り受けていたKシップ〈X線(エル・ラヨ・X)〉――はすでに光速の二十五パーセント前後の速度に達していた。三、四十秒後、〈エル・ラヨ・X〉はナスティック艦の緑がかった樹皮のような船殻に深々と埋まり、渦巻状の内部構造を貫通し、指揮管制センターにまで到達してやっと止まった。〈タッチング・ザ・ヴォイド〉はこの侵入してくるエネルギーを単純なニュートン力学方式で吸収し、それを熱と騒音と――最終的には――小マゼラン雲方向へのゆるい加速として放出した。破裂した船殻は、即座に損害を推定しようとするシャドウ・オペレーターたちの雲におおわれ、当て板代わりの小さなリペア・マシン群――高性能のセラミック接着剤を媒体とする安価な群集プログラム――が穴をふさぎはじめた。

「その一方で」アンクル・ジップはいった。「わたしは、やつは自分の能力にたよって行動した結果、実際にはもう死んでいて、船の計算体が一種のフェッチとしてやつを維持しているだけだ、と悟ったんだな。で、『おい、いまからでも協力しあえるぞ。こんなふうに死に体になっていたって、なんの不都合もない』というと、やつも同意した。協力しあうのが、道理にかなった方法だったのさ。力を合わせるというのも、ときには正解になりうる」

　というわけで、アンクル・ジップのシャドウ・オペレーターたちは、どちらの船も単独では動きがとれないと的確に判断し、Kシップの計算体と新しい宿主の推進システムとのあいだにソフトウェアの橋をかけはじめた。未曾有の作業だった――が、何時間かののちには双方、息を吹き返して動きだし、

〈ホワイト・キャット〉の追跡を再開していた。それぞれの出自、立場、動機は、奇妙なダブル・シグネチャーの下におおい隠された形になっていた。セリア・マウをおおいに惑わせた、あのシグネチャーだ。「いくらかは運もあった」アンクル・ジップはくりかえした。どうやらそこが気に入っているらしい。彼は気分よさそうに両手をひろげた。「二、三度、混乱はあったが、いままた、こうして顔を合わせることができたしな」


彼は彼女を見下ろした。「セリア・マウ、おまえさんとわたしも力を合わせるべきなんだよ」

「そりゃ、いくら待ってもむだってもんよ、アンクル・ジップ」

「どういうことだ？」

「理由は山ほどあるわ。でもいちばん大きいのは、あんたが自分の息子を殺したこと」

「おい、それはおまえさんがしたことだぞ。わたしのせいにするな！」彼は首をふった。「なんでもそれだけ簡単に忘れられたら便利だろうがな」


これにはセリア・マウも、たしかにそうだと認めるしかなかった。

「でも、あたしが彼とかかわったのは、あんたのせいよ。あんたがそう仕向けて、会いにいかせたんじゃない。だいたい、なんでそんなことさせたのよ？　ビリーの居場所は知ってたんでしょ？　最初からわかってたのよね、でなけりゃ、いえなかったはずだわ。なんであんなへたな芝居を打ったのよ？」


アンクル・ジップはどう答えたものか、じっくりと考えていた。

「そのとおりだな」ついに認めた――「あいつの居場所はわざわざ探すまでもなかった。しかし、あいつがあの秘密の情報源をわたしに打ち明けるわけがないとわかっていたんでね。あいつはあの胸くそ悪いじめじめした惑星に十年もこもって、わたしが教えてくれといってきたら、いやだと答える、その瞬間をひたすら待っていたのさ。だから、あいつがほしがりそうなものを送ってやった——悲しい物語をな。この世でまだ、あいつでもいいことができるんだってことを、あいつにわからせてやろうと思ったんだ。だから、あいつよりひどい人生を送っている人間、あいつが助けてやれる人間を送り込んだのさ。つまり、おまえさんをな。あいつがおまえさんを問題の場所へ連れていくといいだすことは最初からお見通しだったというわけさ」

彼は肩をすくめた。

「そうなったら、おまえさんのあとをつければいいと思っていたんだ」

「アンクル・ジップ、あんたって、ほんとにくそったれだわ」

「そういわれたことは何度かある」

「でもね、けっきょくビリーはなにも教えてくれなかった。あんたも、彼のこと、よくわかってなかったようね。彼は、クローンのモーナとセックスするために、あたしの船に乗っただけだったのよ」

「ふむ。モーナとは誰でもセックスしたがるな」

アンクル・ジップは追憶にふけって、頬をゆるませた。

「あれも、わたしのクローンなんだ」悲しそうに首をふる。「わたしとビリー・アンカーとの仲は、あいつが培養器からでた日から、ぎくしゃくしていた。父と息子には、ままあることだ。わたしがきびしすぎたのかもしれない。だがね、あいつは最後まで自分というものがわかっていなかった。残念だよ。あいつは若いころのわたしにそっくりだったからなあ、エントラーダを少しばかりやりすぎて、こんな肥満病になるまえのわたしに」

セリア・マウは接続を切った。

警報音。ブルーとグレイに変化する内部照明のもと、〈ホワイト・キャット〉はからっぽのようでもあり、そこらじゅうなにかがうろついている幽霊屋敷のようでもあった。シャドウ・オペレーターたちは人間用区画の天井からぶらさがり、セリア・マウを指さして、家族をなくした姉妹たちのようにひそひそとしゃべりあっている。「たのむわよ、こんどはなんなのよ？」セリア・マウがいうと、かれらは青痣がついたように見える口許をたがいの指で隠しあった。〈モアレ〉小編隊はＲＦプロキシの大半を追跡しおえて、いまはカーモディィの海辺を夜にうろつく野犬の群れさながら、残るプロキシを追いかけていた。「緩衝材の厚さは、数ナノセコンド程度だ」と計算体が警告してきた。「とるべき道は、戦うか、この場を去るか、どちらかだ」一瞬、考えて、「戦えば、おそらくかれらが勝つ」

「じゃあ、出発しましょ」

「どこへ？」

「どこでもいいわ。とにかく、あいつらをまいて」

「Ｋシップはまけるかもしれないが、ナスティック艦は無理だ。航行システムはわたしほど優秀ではないが、パイロットはあなたより腕がいいからね」

「何度もおなじこと、いわないで！」セリア・マウは金切り声をあげたが、すぐに笑いだした。「けっきょく、それがなんだっていうの？　あいつらは、あたしたちを傷つけたりしないわよ――あたしたちがどこへいくか突き止めるまではね。たぶん、突き止めたって、手はだしてこないわ」

「どこへいくんだい？」

「知ろうって気がないの？」

「わたしが知らなかったら、わたしたちはどこへもいけない」計算体はいった。

「能力アップして」セリア・マウはいった。たちどころに〈ホワイト・キャット〉の十四次元の知覚野が彼女の周囲に展開し、彼女は船時間の世界に入った。一ナノセコンド後、彼女は真空の匂いを嗅ぎ、二ナノセコンド後、船殻をかすめる暗黒物質のごく繊細な愛撫を感じ、三ナノセコンド後、近くの太陽の空恐ろしいような核融合の現場に周波数を合わせ、その誰も表現したことのない音をきいていた。そして四ナノセコンド後、たえず内容を変えて変化しつづける〈モアレ〉小編隊のコマンド言語が、透明な液体の層のようなもの――かれらが浮遊している暗号化システム――を通して彼女のほうに漂ってくるのをとらえた。五ナノセコンド後、彼女は相手のことをすべて把握していた――推進状態も燃焼具合も使用可能な武器も。きょうの遭遇戦で向こうがこうむったダメージは――素粒子によるアブレーションで船殻が薄くなった危険箇所がいくつか、武器保有量の激減。ナノマシンが内部構造を強化しようと必死でがんばっているのが感じられる。かれらは若く、愚かで、自分たちがどれほどのダメージをうけているか、わかっていないようだ。これなら計算体がなんといおうと勝てる、と彼女は思った。十四次元の闇のなかでウォーミングアップしつつ、さらに一ナノセコンド、じっと機を待つ。ちらつく光輝や糸くずのような光が通りすぎていく。ノイズのような遠い物音。クリシュナ・モアレが「つかまえたぞ！」というのがきこえたが、つかまってはいない。

ここは彼女のための場所だ。

自分が何者なのかわからない者たちの居場所。ずっとわからないままきてしまった者たちの居場所。アンクル・ジップは彼女を〝悲しい物語〟と呼んだ。母親はずっと昔に死んでしまった。弟とも父親とも、もう十五年、会っていない。クローンのモーナは彼女に軽蔑の念しか抱いていなかったし、ビリー・アンカーは彼女のせいで命を落としたというのに彼女を哀れんでいた――おまけに彼の苛烈な死は、彼女専用のメニューのように、目のまえにぶらさがったまままとわりついている。そこで彼女は、自分をごまかすことにした。人間であるということにまつわる厄介なあれこれは、このレベルでは透明で、反対側まで——下にある単純なコードまで——見えてしまうのだ、と。この場所にとどまってもいいし、ほかへいってもいい——人生とおなじだ。彼女は船なのだ。

「あたしを武装して」彼女は指示した。

「本気なのか？」

「いいから武装して」

　まさにその刹那、Ｋシップ小編隊が彼女の最後のプロキシを突き止めて、彼女へとつづく糸を巻き取りはじめた。だが、彼女は接続されているのに、かれらはまだミリセコンド単位で考えていたから、かれらが彼女を見つけるたびに、彼女は別のところへ移動していた。そして一瞬のち、かれらが事情を呑み込んだときには、彼女はかれらの直近空間に入り込んでいた。

　交戦は一分半以内に終わらせなければならなかった。さもないとセリア・マウは燃え尽きてしまうのだ。その一分半のあいだに、彼女は通常空間から予測不能のタイミングで五、六千回、ちかちか、でたり入ったりすることになる。あとになったら、そのときのことは断片的なイメージしか覚えていないはずだ。船空間では、無限とも思える十四ナノセコンド間、五万Ｋの熱を発生させる最高強度のガンマ線バーストが、一輪の花のように見える。彼女の捕捉システムがとらえたターゲットはダイアグラムを描くように動きまわり、七次元でさまざまな角度にはじかれたあげく、これまた華麗に花ひらく。ターゲットから見ると、〈ホワイト・キャット〉は、連続的とはいえほぼ同時に三つか四つの別の弧を描いて、どこからともなく出現するように見える。まわりは、デコイや偽シグナルやでっちあげの戦闘用語の霧、そして暗号と暴力の泡。そこから導きだせる結論はひとつしかない。「ねえ、坊やたち、正直いうとね」彼女は同情の意を込めて、いった。「あたしにもどれがほんとのあたしだか、わからないのよ」〈ノーマ・シャイライク〉は、なんとか接続しようとあがきながら、分解してピクセルの雲になった。卓上のジグソーパズルのピースが強風で吹き飛ばされたような光景だった。〈クリス・ラーモン〉と〈シャーモン・キア〉は、あわてて逃げようとして衝突しそうになり、それを回避しようとして小惑星につっこんでしまった。一瞬にして、どことも知れぬ空間に無数の半端な破片が漂うことになった。どれも端はぎざぎざだ。セリア・マウはさまざまなスケールで見てみたが、人間味を感じさせるものはひとつもなかった。周辺空間の温度はさがりはじめているが、それでもまだレンジのなかのようで、光と熱が共鳴し、エキゾチック粒子やエキゾチックな位相状態が輝きを放っている。美しい光景だ。

「ここにいるの、大好き」彼女はいった。

「あと三ミリセコンドしかない」計算体が警告した。「それから、ぜんぶは始末しきれなかった。一隻は系外へ逃げたようだ。しかしモアレひとりだけ、居場所が不明で、いま探しているところだ」

「このままここにいさせて」

「それはできない」

「いさせてよ、でないと、やられちゃうわよ。あいつは部下をおとりに使って、あたしよりひと足遅れで船時間に入ったんだわ。あたしがスローダウンしたあと、残った一、二ミリセコンドであたしを叩く気でいるにきまってる」教科書どおりの戦術。なのにそれにひっかかってしまったのだ。「モアレのクソ野郎、あんたの狙いなんか、お見通しよ！」遅すぎた。彼女は通常時間にもどってしまった。タンクのプロテオームに栄養分とホルモン由来の鎮静剤がどっと流し込まれて、彼女の治療がはじまった。もうかろうじて目を覚ましていられるだけだ。「くそったれ」彼女は計算体に罵声を浴びせた。

「ばか、ばか、ばか」そのとき、高周波で笑い声がきこえてきた。そして彼女の目のまえで光が瞬いたと思うと、パウダーブルーの突撃隊の制服に身を包んだクリシュナ・モアレが出現した。

「よう、セリア」彼はいった。「なんの用かって？　おやすみをいいにきたのさ。とっととお寝んねしやがれ」

「彼が近づいてくる」計算体がいった。

モアレの船はちらちら明滅しながら、漂う残骸のあいだを抜けて接近してきた。まるで亡霊のようだ。サメにも見える。もうなにをしても遅すぎる。〈ホワイト・キャット〉は、彼女の餌食となった船とおなじように、逃げ道を探して必死に方向転換をくりかえした。とそのとき、なにもかもがクリスマスツリーのように明るく輝いて、〈クリシュナ・モアレ〉が吹っ飛んだ。船影は黒い針となって、とんぼ返りをうちながら、おさまりつつある爆発の炎の彼方へと消えていった。と同時に、セリア・マウはなにか巨大なものが〈ホワイト・キャット〉のすぐそばに実体化していたことに気づいた。ナスティックの巡洋艦だ。そのどこまでもひろがる船殻は、果樹園の地面に落ちた腐った果実のようにぼろぼろで、いまもオートリペア媒体がうようよたかっている。

「びっくり」セリア・マウはいった。「あいつをはじきとばしたわ。アンクル・ジップのやつ、味方をはじきとばした」

「アンクル・ジップではないと思うよ」計算体がいった。「指示は、船のほかの部分からでていた」

乾いた笑い声。「あそこでは精神二院制をとっているようだ」

セリア・マウはそうきいたとたん、涙がでそうになった。

「司令官だわ。彼、ずっとあたしを好いていてくれたもの。あたしも彼が好きだった」

「あなたは誰のことも好きではない」計算体が指摘した。

「ふだんはそうだけど、きょうは気持ちの浮き沈みが激しいの。いったいどうしちゃったのか、自分でもわからない」そして計算体にたずねた。「あのモアレのやつは、どこへいっちゃったの？」

「彼はガス巨星の外層のなかにいる。はじきとばされたときの膨張波に乗って脱出したんだ。ダメージをうけてはいるが、エンジンはまだ動いている。追いかけて、ガス層に入るかい？」

「いいえ。料理しちゃって」

「え？」

「こんがり料理しちゃって」

「？」

「すませたいことがあったら」セリア・マウはためいきをついた。「自分ですませろ、か。ほい」〈ホワイト・キャット〉の入り組んだ外部構造の一カ所から兵器が離脱し、一瞬、宙にとどまったと思うとエンジンが火を噴き、ガス巨星の大気圏めざして矢のように飛んでいった。重力がその存在を握りつぶそうとしたが、そのまえに、兵器は神の声に変身していた。ガス巨星の表面に稲妻のような光が輝いたと思うと、星全体が炎に包まれていった。アンクル・ジップが〈ホワイト・キャット〉へのラインをひらいた。いかにも不満げに頰をふくらませている。「おい、そこまですることはなかろう。わかっているのか？　あいつらには大枚払ってるんだ。おまえさんを傷つけるようなことはするなといってあったんだぞ」

セリア・マウはなにも答えず、彼を無視した。

「さっさとおさらばしたほうがよさそうよ」彼女は計算体をうながして、大あくびをした。「行き先はここ」そして最後に――「あのくそったれにわずらわされるのは、もうたくさんだったのよね。疲れ果ててたの」

かれらが星系を去ると同時に、背後で新しい星が燃えはじめた。

セリア・マウは長いこと眠った。最初のうちは夢も見なかった。が、そのうちさまざまなイメージが浮かぶようになった。ニュー・パール・リバーが見え、雨がそぼ降る薄暗い庭が見え、ずっと遠くに自分の姿が見えた。とても小さくだが、くっきりと。彼女は十三歳。すでにKシップ要員として署名登録をすませ、父と弟に別れを告げているところだ。場所は、戦時の空のもと、まだ美しいソールシニョンの駅。〝古風なヨーロッパ風地球〟の戦時の空と寸分たがわぬ、青く、不穏な、飛行機雲がかかる、しかし希望に満ちた、空。自分が手をふっているのが見える。そして父親が手をあげるのも。弟はけっして手をふろうとはしなかった。弟は彼女にどこにもいってほしくないと思っていたから、彼女を見ようともしなかった。この場面は、ゆっくりと消えていき、そのあと、自分の人間としての最後の姿がちらりと見えた。彼女はベッドの端にすわって身をふるわせ、プラスチックのボウルに吐きながら、すぐに背中があいてしまう綿のローブをなんとか身体に巻きつけておこうと必死になっていた。

　Kシップ要員の署名登録は、白い無菌室でおこなわれる。室温は一定に保たれている――にもかかわらず、どんなことをしても身体が芯から温まることはない。食事は抜いてこないといけないが、いずれにしても吐剤を飲まされる。注射も打たれる。検査もあるが、はっきりいってこの検査は注射の効き目があらわれるまでの二、三日間の時間つぶしにすぎない。そのころになると、血液も、注入された選りぬきの病原体や人工寄生体や仕立て屋がつくった酵素とすっかりなじんでいる。本人には多発性硬化症や狼瘡（ろうそう）、統合失調症の症状がでてくる。そうなると縛られて、ゴムのさるぐつわのようなものを噛まされる。これでシャドウ・オペレーターの侵入が容易になる。シャドウ・オペレーターはほぼミクロン・レベルのナノメカ基質で動き、侵入するとすぐに交感神経系をばらばらに分解しはじめる。不要なクズは、たえず結腸から排出されていく。それから、新種の酵素をつくったり体内指標をモニターしたりする有効範囲十ミクロンの工場の白いペーストが注入される。さらに脊椎に沿って四カ所、穴があけられ、中身がくりぬかれる。ここまでのあいだずっと意識はある。意識がなくなるのは、Ｋコードが導入されるあいだの、ほんの短時間だけだ。いまでも、この段階を無事通過できない新兵は多い。ここをクリアしたら、つぎはタンクに密封される。そのときまでに骨はほとんど折られているし、臓器も一部は摘出されている――目は見えず、耳もきこえず、自覚できるのは体内を大波が際限なくうねっていく、吐き気を催すような感覚だけだ。大脳の新皮質にも、ソフトウェア・ブリッジをうけいれられるよう、メスが入れられる。このソフトウェア・ブリッジは、はじめて使うときに見える形から、皮肉まじりに〝アインシュタイン十字（クロス）〟と呼ばれている。ここまでくると、もう孤独ではない。すぐに、意識的に毎秒十億の十億倍ビットの情報を処理できるようになる――が、二度と歩くことはできない。笑うことも、人と触れ合うこともできず、ファックすることも、されることもない。二度と自分でなにかをすることはない。糞することすらない。それが署名登録したということだ。これを選択することはできたけれど、これを選択しないという道にもどることはけっして、絶対に、できない、という思いが一瞬、胸をよぎる。

　夢のなかで、セリア・マウは上のほうから自分の姿を見下ろしていた。彼女は、あれからの年月ずっと、あのとき自分自身にしてしまったことを思っては泣いていた。肌は魚のようになってしまっている。そして彼女は傷ついた実験動物のようにタンクのなかでふるえている。それなのに弟は、あの別れの日、手をふってもくれなかった。それだけでも充分な理由になる。誰があんな世界にいたいものか、四六時中、母親でいなければならない世界、別れの日に弟が手をふってもくれないような世界に。

　ふいに、セリア・マウの目のまえに一枚の写真があらわれた。ルーシュのついたグレイのシルクでおおわれた、窓のない部屋の壁の写真だ。しばらくすると、そのフレームのなかに男の上半身がゆっくりとかがみこんできた――背が高く、痩せぎす、黒の燕尾服に糊のきいた白いシャツ、白手袋をした片手にシルクハット、もう一方の手に黒檀のステッキ。セリア・マウはひと目見ただけで、この男を信頼していた。男の瞳――すべてを見透かすような明るいブルーの瞳――と鉛筆で書いたような細くて黒い口ひげには笑いがあふれ、漆黒の髪はブリリアンティンでぴったりとなでつけてある。おじぎをしているのだ、と彼女は気づいた。それからしばらくして、男は彼女の視野に一歩も足を入れることなく、かがめるだけかがみこむと、彼女に向かってにっこりとほほえみ、やさしい、静かな声でいった――

「このことで自分を責めてはいけないよ」

「でも――」セリア・マウは自分が答える声をきいた。

と同時に、ルーシュのついたシルクの背景が、ケファフチ宙域のぶしつけににらみつけるような輝きをのぞむ三つのアーチ形の窓と入れ替わった。その動きで、部屋自体がぐらぐら揺れながら、ゆったりした超相対論的スピードで宇宙空間を進んでいくように見える。

「自分のすべてを許してあげなくてはいけないよ」奇術師はいった。

奇術師は彼女に向かってゆっくりとシルクハットを傾け、おじぎをしながら写真の外へさがっていった。その姿がすっかり見えなくなる直前、彼は彼女についてくるように手招きした。彼女は、そこではたと目を覚ました。

「シャドウ・オペレーターをこっちによこして」彼女は船に指示した。

27　アルクビエール・ブレイク

　エドの水槽ムービーは、また姉が去っていく場面を映しだした。

「でも、もどってきてくれるな？」父親が姉に懇願している。答えはない。「もどってくれるな？」

　エドは首を精一杯まわして、あたりのもの——花が植わった鉢や、白い積雲や、三毛猫——をじっと見つめ、父も姉も見ないようにしている。姉のキスはうけない。手もふらない。姉は下唇を嚙んで背を向ける。エドには、これも自分の記憶だとわかっていた。ほかの記憶の断片とつなげて、自分の人生のぼろぼろの回顧映像に意味をもたせたいと切望した。しかし、姉の顔は水中にあるかのようにゆらめき、不明瞭（デコヒーレント）な、奇妙な像になったと思ったとたん、彼はそれを突きぬけて反対側にでていた。

　通りぬけるあいだ、なにもかもがぐらぐらと揺れ、あるのはただ漆黒の闇と凄まじいスピード感だけだった。ほの暗い光の点が二つ、三つ。四百年まえのコンピュータ・アートにあるような安っぽい虹色の光沢を放って激しく沸き返る混沌たるアトラクター。まるで天空についた傷のようだ。

「こんなもん、信じられるか？」エドはいった。

　その声がこだまする。と、彼はそのまた向こうへ抜けでて、からっぽの空間のなか、つんのめりそうになりながらどこまでも進んでいった。あたりからは精密にくりかえす怒濤のような宇宙の歌がきこえ、その歌はたがいのなかにフラクタルのように収まっていて——
——目覚めると、彼はまだステージにいた。めったにないことだ。目が覚めたのは、この思いがけなく耳にした音のせいだろうか。モンスター・ビーチに砕け落ちる波音のようにしだいに大きくなり、予言中の昏睡状態を突き破って、彼の目を覚まさせたのかもしれない。観客は総立ちだ。拍手喝采はもう三分近くつづいていた。なかでたったひとり、サンドラ・シェンだけは腰をおろしたままだ。最前列で皮肉っぽい笑みを浮かべて彼をじっと見ながら、小さいくせにごつい東洋人の手をゆっくりと動かして拍手している。エドはその音をきこうとまえかがみになり、気を失った。

つぎに目が覚めたのは、鼻腔をくすぐる潮の香のせいだった。砂丘の巨体が、黒く、のしかかるように聳えている。その上には、安物の飾りをさげた夜の首。どちらも、サーカスのオーナーのシルエットと蝙蝠のクソの煙草の赤い火よりは、気持ちがなごむ。サンドラ・シェンは上機嫌のようだった。

「エド、よくやったよ!」

「俺はなんていったんだ? なにがあったんだ?」

「みんな、あんたのファンになったのさ、エド」彼女は答えた。「ずばり、どまんなかを撃ちぬいた。みんなのお気に入りって感じだったよ」ははは、と笑う。「あたしのお気に入りでもあったかな」

エドはなんとか起きあがろうとした。

「アニーはどこだ?」

「用事があって、よそへいってる。でも、エド、あたしがいるじゃないか」

エドは彼女を見上げた。彼女はエドの頭のほうにひざまずき、まえかがみになってエドの顔をのぞきこんでいる。彼女の目から塵のような微片が二つ三つ、軽やかにこぼれでて、海風にのって飛んでいった。彼女はほほえんで、エドのひたいをなでた。

「まだ、退屈かい、エド？　もう退屈とはおさらばだよ。サーカスはあんたのものだ。金ならいくらでも、ほしいだけ払う。これから未来を売る商売をはじめるんだ。ああ、それからねえ、エド」

「え？」

「二週間後には、ここをたたむよ」


エドはほっとしていた。そして身の不運を感じていた。アニーにどう話せばいいのかわからないのだ。彼は海沿いの歓楽街に立ち並ぶバーで、日がな一日、飲んだくれていた——たまには、柄にもなく、進んで水槽に頭をつっこんで予言の練習をして半日すごすこともあった。できればシップゲームでもしたいところだったが、老人たちはデューンズ・モーテルから姿を消して久しい。徹底的にトウインクするのもいいが、ダウンタウンへいくのは怖い。一方、アニーは彼の暮らしから遠ざかっていた。一晩中仕事をして、彼が寝入ったころを見計らって、そっともどってくる。やっと顔を合わせたと思ったら、なにかに熱中していて、ろくに口もきかず、内にこもっている。勘づいているのだろうか？　彼がほほえみかけると、彼女はそっぽを向いてしまった。これには彼も気が滅入って、こう切りだしてみた——

「俺たち、話し合わなくちゃだめだよ」

「あら、そう？」

「おたがいを覚えているあいだにな」

見事に失敗してから一週間後、アニーはまったく帰ってこなくなった。

彼女は三日間、家をあけた。その間、マダム・シェンはニュー・ヴィーナスポートを離れる準備を進めていた。展示物がしまいこまれ、アトラクションが梱包され、大テントがたたまれた。彼女の船〈完全なる炎（パーフェクト・ロー）〉は、ある青く澄んだ朝、パーキング軌道から降りてきた。それはずんぐりした黄銅色の、小さなダイナフローHS-SE型貨物船だった。四、五十年まえのもので、鼻先が尖り、背中に長い湾曲した尾翼がついた、安あがりで威勢のよさそうな船だ。「ちょいと、エド、どうだい、このロケット？」サンドラ・シェンに訊かれて、エドは熟れたアボカドのような形の船体を見上げた。モーテル・スプレンディードから銀河核まで、尾部を下にして着陸しているせいで、全体が黒ずんでいる。

「ブサイクだな」エドはいった。「感想をきかれたから、いったまでだ」

「あんたはハイパーディップのほうが好みだろうさ。フランス・チャンスⅣにもどって、スマートカーボンの船殻の船でリヴ・フーラといっしょにダイヴしたいところだろうよ。エド、あんたがいなかったら、彼女はあんなことはできなかったんだよ。彼女はね、あとになって、公の場でこういってるんだ――『エド・チャイアニーズに先を越されるんじゃないかと、それが心配で、必死に頑張っただけよ』ってね」

エドは肩をすくめた。

「その手のことはやりつくした。いまはアニーといっしょにいるほうがいい」

「ああ、なんてこった。やっと旅立てる日がきたというのに、出発する気になれないとはね。エド、アニーはいま、いろいろとやらなきゃならないことがあるんだよ」

「あんたの用事かい？」

こんどはサンドラ・シェンが肩をすくめる番だった。しかめっ面で自分の船を見上げたままだ。しばし間をおいて、彼女はいった――「なんでショーが大うけだったか、知りたくないかい？　なんでみんながあんたを好きになったか」

エドは身ぶるいした。ききたいような、ききたくないような。

「それは、あんたが戦争の話をしなくなったからだよ、エド、あのウナギがどうたらいう話もね。あんたはそのかわりに客に未来をさしだしてやったんだ。ケファフチ宙域を。客の目のまえに。手ごろな値段で手に入るぴかぴかのお宝みたいにさ。あんたは客を宙域へ連れていった。そしてそこでなにが見つかるか、そこにいけばどんなふうになれるか、見せてやった。ここじゃあ、なにもかも使い古されてぼろぼろ。それは客もわかってるからね。エド、あんたは懐古趣味じゃないものを提供したのさ。あそこはまだまだこれからだっていったんだよ。『ゴー・ディープ！』て叫んだ。それこそ客がききたがってたものだよ——遠からず、みんなついにビーチを離れて海に入るのさ！」

彼女は笑い声をあげた。「すごく説得力があったよ。で、そのあと具合が悪くなったんだ」

「でも、俺はあそこまでいってないぜ」エドはいった。「いったことのあるやつなんかいない」

サンドラ・シェンは下唇の端についた地元の煙草の葉を舌で舐めてとった。

「そのとおり」彼女はいった。「いったことのあるやつなんか、いないよねえ？」

エドは、帰らぬアニーを待ちつづけた。一日、二日。彼は部屋の掃除をした。アニーの予備のライクラを洗濯した。壁を見つめた。彼がどこにもいきたくない、いや、考えてみるとどこへでもいける、とうじうじしているあいだに、宇宙港は急に活気づいてきた。ロケットの炎がひと晩中、砂丘を照らし、リキシャがせわしなく出入りしている。サーカスは船に積み込まれ、残っているのは装飾過多の死体保護庫（モートセイフ）に入った異星人だけだ。夜が明けると、なんの用事があるのか、かれらが調教師のあとについてコンクリートの地面を横切っていくのが遠目に見えた。三日め、エドはアルミ製の折りたたみ椅子を外にもちだして、ブラック・ハートのボトル片手に日向ぼっこをはじめた。朝の十時半、ピアポイントのリキシャが一台、街のほうから宇宙港に入ってきて、かなりの速さで彼のほうに近づいてきた。

エドは勢い込んで立ちあがった。「おい、アニー！　アニー！」椅子がひっくりかえったが、ラムのボトルは無事だった。「アニー！」

「エド！」

彼女は笑っていた。彼女がコンクリートの上をえんえん走りながら彼の名前を呼ぶ声がきこえる。が、リキシャが色つきの煙やティシュのような広告の雲に包まれて目のまえで止まると、シャフトのあいだにいるのはアニーではなく、りっぱな足の、別のリキシャ・ガールだった。彼女は皮肉っぽい目つきで彼を頭のてっぺんから足の爪先まで眺めまわした。

「おい」彼はいった。「きみ、誰だ？」

「きくのは十年早いよ」リキシャ・ガールは親指でぐいっとうしろを指した。「あんたの彼女はそこにいるよ」

そのとき、アニー・グリフがコンクリートの上に降り立った。彼女は、姿を消していたこの三日間で自分を仕立て直していたのだ——費用は、おおっぴらにはできないが、ベラ・クレイに恥をかかせたときにせしめた金でまかなった。裁断は過激なものだった。仕立て屋のスープのなかで、真新しい肉体が花ひらき、古いアニーは消えてしまった。エドの目に映ったのは——せいぜい十五歳くらいの少女だった。着ているのは、うしろに一本ひだが入ったふくらはぎ丈のピンクのサテンのスカートに、乳首を丸だしにしたライムグリーンのアンゴラのボレロ。そこに細いゴールドのチェーンベルトをあしらって、足元は透明ウレタンのブロックヒール・サンダル。綿菓子みたいにふわふわのブロンドへアはおさげにして、映りのいいリボンを結んでいる。ヒールをはいていても、背は五フィート二・五インチ以下だ。

「どうも、エド」アニーはいった。「気に入った？　モーナっていうタイプなんだ」

彼女は自分を見下ろし、エドを見上げて、笑った。

「気に入ったでしょ！」

心配そうに――「気に入ったよね？」そしていう。「ああ、エド、あたしすごくしあわせ」

エドはなんと答えていいのかとまどった。「どこかで会ったっけ？」

「エド！」

「冗談だよ」彼はいった。「たしかに面影はある。可愛いよ。しかしどうしてこんなことをしたのか、わからないな」

彼はいった――「もとのままのきみが好きだったのに」

アニーの顔から笑みが消えた。

「やだ、エド。あんたのためじゃない。自分のためにやったんだよ」

「わからないなあ」

「エド、あたしが小さくなりたかったの」

「小さいとかいう話じゃない。これじゃ、ピアポイント・ストリートだ」

「へえ、いってくれるじゃないの。ほっといてよ。それがあたしなんだから。あたしはピアポイント・ストリートよ」

彼女はリキシャにもどり、リキシャ・ガールに「早いとこ、このろくでなしから遠ざかってちょうだい」といったかと思うと、またリキシャから降りてきてドシンドシンと足を踏み鳴らした。「愛してるよ、エド。でもこれだけはいっとく。あんたはトウィンクだ。あたしが、自分よりでかい男に抱かれたいと思ってたとしたら、どう？　それが、あたしがイクために必要なことだったとしたら、どうなのよ？　あんたは、そんなこと考えてもいない、だからあんたはトウィンクなんだよ」

エドはじっと彼女を見つめて、「まるで知らない相手といいあいをしてるみたいだ」とこぼした。

「だったら、あたしをちゃんと見て。あたしが倒れてたら、あんたが助けてくれた、その代償があんたの母親になることだって気づいたときには遅すぎた。トウィンクはみんな母親をほしがる。あたしが、そんなのはもうごめんだと思ったら、どうすりゃいいわけ？」

彼女はためいきをついた。エドはちっともわかっていないようだ。

「ねえ、あんたにとって、あたしの人生ってなに？　あんたはあたしを助けてくれた、それは忘れてないよ。でもね、あたしにはあたしの考えってものがあったんだ。やりたいことだってあった。いまにはじまったことじゃない。どっちにしろ、あんたはマダム・シェンといっしょにでていくんだ。ああ、そうだよ！　知らないとでも思ってた？　エド、あたしはあんたがくるまえ、あそこにいたんだ。それに気がつかないのは、トウィンクだけだよ。

あたしたちは、おたがいの救いになった。もうそろそろ自分を救うことを考えなくちゃ。そのとおりだって、あんたもわかってるはずだよ」

寒々しさが、長い湾曲した波となってエド・チャイアニーズの海辺に押しよせてきた。アルクビエール・ブレイク、黒い重力の砕け波——力を蓄えた、からっぽの空間の大波。それは人生の大事な出来事をつぎつぎに吸い込んでいく。動きつづけていないと、ひとり取り残されて、無の向こうに、さらになにもない無を見つめる羽目に陥ってしまう。

「まあな」エドはいった。

「ねえ、あたしを見て」アニーは彼に近づいて、しっかりと視線を合わせた。「エド、あんた、絶対だいじょうぶだから」

　仕立て屋が仕込んだホルモンに当てられて、エドは眩暈を覚えた。声をきいているだけで勃起して、思わず彼女にキスしていた。「うーん、いいねえ」彼女はいった。「もうすぐ、またあっちへでていって、有名な女パイロットたちを船に乗せてやるんだね。白状するけど、ちょっと嫉妬しちゃうな」彼女の瞳は、ニュー・ヴィーナスポートの企業村の肥沃な牧草地に生えているオオイヌノフグリの鮮やかなブルー。髪はペパーミントシャンプーの香りがする。これだけ手が入っているのに、ラインはきわめて自然。これは技術というよりアートだ。彼女はペニスを包み込むヴァギナ、クローンのモーナ、いつでも見られるポルノだった。

「エド、あたしはほしかったものを手に入れた――」

「そいつはよかった」エドは心にもないことを口にしていた。「ほんとによかった」

「――だから、あんたもそうなるように祈ってる」

　エドは彼女の頭のてっぺんにキスをした。「元気でな、アニー」

　アニーは笑顔を見せた。

「うん」

「ベラ・クレイのことだが……」

　アニーは肩をすくめた。

「エド、あんたにだって、あたしがわからなかったんだ。あの女にわかるわけないだろ?」

　アニーはそっと彼から離れてリキシャに乗った。「ほんとにだいじょぶなのかい?」リキシャ・ガールがたずねた。「だって、あんた、まえにもあそこに出入りしてたからさ」

「だいじょうぶ」アニーは答えた。「ごめんね」

「ちょっと」リキシャ・ガールはいった。「あやまらないでよ。宇宙港で仕事するってことは、生の感傷を食べて生きてくってことなんだからさ」

アニーは笑いながら鼻をすすって涙をぬぐった。

「あんたも元気でね」

エドにそういうと、アニーはいってしまった。エドはリキシャがだんだん小さくなっていくのを見送った。リキシャは宇宙港のゲートに向かって、むきだしのコンクリートを横切っていく。そのうしろには、まるで陽光のなかのカラフルなスカーフや蝶の群れの雲のように、広告がたなびいていた。一瞬、アニーの小さな手が見え、その手がエドに向かって、よるべなく、と同時に陽気に、ひらひらと動いた。彼女がなにか叫んでいるのがきこえた。あとになって考えると、こういっていたようだった――「未来で時間を使いすぎないようにね！」やがてリキシャは街のほうへと角を曲がっていき、エドがその人生で彼女の姿を見ることは二度となかった。


エドはその日一日カフェ・サーフで飲んだくれて、暗くなってから、かつてデューンズ・モーテルでのギャンブル仲間だった連中にひきずられて家にもどった。家では、水槽を脇に抱えたサンドラ・シェンが待っていた。老人たちは笑いながら、焦げた指をフーッと吹く仕草をしてみせ、「兄さん、こりゃあ、ただじゃすまねえぞ！」と予言した。その夜はひと晩中、アニー・グリフの古びた部屋の暗闇を青白い蛾が飛びまわり、夜が更けると外の砂丘でも群れ飛んでいた。翌日、目が覚めると〈パーフェクト・ロー〉の船内だった。へとへとに疲れている。ひとりぼっちだ。船は離陸に向けてウォーミングアップを開始していた。船の骨組みからハム音が伝わってくる。尾翼の先端のふるえが感じられる。ダイナフロー・ドライヴの飛行直前のとろりとしたうねりがどこか下のほうからあがってきて、うなじの毛が逆立つ。これまで数え切れないほど経験してきた感覚。彼はいま、この場所、この時間を生きている。そしてすべてを置き去りにして、なにか別のものを見つけに彼方へ旅立とうとしているのだ。

つねに先がある。その先にもさらに先がある。

小さな貨物船も、おなじ思いを高ぶらせて身ぶるいしている。船は炎の柱の上で慎重にバランスをとりながら、ずんぐりした船型にふさわしい動きで猛然と天空に向かって飛び立った。

「ちょっと、エド」一、二分後、サンドラ・シェンの乾いた声がきこえてきた。「見てごらんよ!」

ニュー・ヴィーナスポートのパーキング軌道はKシップだらけだった。目の届くかぎり、小編隊や大編隊が展開し、何百というKシップが層をなして、おちつきなくフォーメーションを変えている。武器を突きだしたまま局所空間にちょっと潜ってはすぐにでてくるようすは、互いに疑心暗鬼になっておちつきをなくしている獣のようだ。その船殻は素粒子のブイヤベースのなかで、ちらちらと微光を放っている。微光の正体は、航行フィールドや防御シールド、標的捕捉や兵器コントロールのためのフィールド、弱いX線から強烈な光まで、ありとあらゆるものを発するフィールドだ。その周囲で局所空間が反射し、ねじれている。かれらは、その場にとどまったままで狩りをしているのだ。毒気を放つエンジンの脈動がきこえてくるようだった。

戦争だ! とエドは思った。

発進許可を得た〈パーフェクト・ロー〉は、かれらのあいだをすりぬけて、パーキング軌道をあとにした。

28　なにもかもに火花

アンナとの口論のあと、マイケル・カーニーは着替えをしてレンタカーでボストンに向かい、そこでビールを飲んでから閉店寸前のバーガーキングにすべりこみ、そのあとわざと猛スピードで海岸沿いの道をいったりきたりした。ベーコン・ダブル・チーズバーガーとフライドポテトを食べながら、ところどころで真っ白い濃霧の塊につっこんだりでたりをくりかえすドライヴだった。ときどき見える海は遥か彼方の銀色の滑走路のようで、入り江の南端にある砂丘が、その海を背景にこんもりと黒く浮かびあがっている。もう真っ暗だというのに、ビーチからはグワッグワッと海鳥の声がする。カーニーは車を停め、エンジンを切って草地をわたる風の音に耳をすませた。砂丘を下って湿った砂地に立ち、潮の満ち干で分類されて帯状に並んだ小石を、靴の爪先でかきまわす。そのすぐあとだった。なにか巨大なものが入り江をわたってまっすぐ自分のほうに向かってくるような気がした。モンスターがビーチにもどってくる。あるいはモンスターそのものではないかもしれないが、とにかくその背後にあるのは、世界の、宇宙の、なんらかのありよう、物事の状態、それはどす黒く、なにもかも暴露してしまう、最終的には救済となるもの——知りたくないのに、たしかめてしまえば、知ってよかったと思えるもの。それは東からまっすぐに、水平線からまっすぐに押しよせてきた。通りすぎていく、いや、彼のなかに入ってしまったのかもしれない。彼は身ぶるいしてビーチに背を向け、足をひきずるようにして砂丘をのぼり、車にもどった。途中、頭に浮かんだのは、イギリスのミッドランドで殺した女のことだった。あれは、夕食後のゲームとして、こんな質問をすることを思いつくような連中の集まりで——

「つぎの千年紀に入ったとき、自分はなにをしていると思います?」

あのとき彼は、答えながら、ちがうことがいえればいいのにと思っていた。ほかの連中とおなじような、当たり障りのない、楽観的なことがいえればいいのに、と。これを思いだしたことで、彼は自分がいかに自分の人生を社会の周辺に追いやっていたかをはっきりと思い知った。この人生は自分で背負い込んだものなのだ。コテージへもどる途中、彼はサイドウィンドウをさげてバーガーキングのパッケージを夜の闇に投げ捨てた。

コテージにもどると、なかはしんと静まりかえっていた。

「アンナ?」

彼女はリビングにいた。テレビがついているが、音が絞ってある。アンナはまたベッドからキルトをひきずってきて暖炉のそばに敷き、その上であぐらをかいて、ひらいたてのひらを膝に置いていた。この一カ月で一、二ポンド太ったせいで、太腿や腹、尻のあたりが、なめらかで若々しくなったような印象だ——上半身は、あいかわらず馬みたいにあばらが浮いている。カーニーは、これはなにか彼のうかがい知ることのできない洞察力のなせる業なのではないかと感じた。アンナの手首は真っ白で、血管が青痣のように見える。かたわらに、二人でビーチにきた最初の日に彼が買った炭素鋼のシェフナイフが置いてある。その刃が、部屋にあふれるテレビの灰色の光をうけて、ちらちら光っている。

「いまね、ありったけの勇気をかき集めようとしてるところなの」暖炉の火を見つめたまま、アンナがいった。やさしい声だ。「健康になったら、あなたは見向きもしなくなるって、わかってたわ」

カーニーはナイフを拾いあげて、彼女にも彼にも手の届かないところに置き直すと、かがみこんで彼女の背骨が薄い肩甲骨のあいだをうねうねと這い進むあたりにキスをした。

「そんなことはないさ」彼はアンナの手首に触れた。熱いが、血の気はない。「どうしてこんなことをしてるんだ？」

アンナは肩をすくめて、小さくつくり笑いを浮かべた。「最後の手段の提案」彼女はいった。「不信任投票」カーニーのノートパソコンが、ひらいてテレビの上に置いてある。これもスイッチが入っているが、壁紙がでているだけだ。アンナは、テートからうけとったポケットドライヴをノートパソコンに接続していた。このもろもろの意思表示のなかで、おそらくこれがいちばん危険だろう、とカーニーは思った。彼がそういうと、アンナは肩をすくめた。「あたしがいちばん気に入らないのは、あなたがもうあたしを殺す必要もなくなってるってことよ」

「そうしてほしいのか？　俺に殺されたいのか？」

「ちがうわよ！」

「だったら、何なんだ？」

「さあ」アンナはいった。「お願いだから、あたしとちゃんとセックスして」

二人ともまごついていた。それでもアンナはすぐに濡れて、意を決したように身体をひらいた――が、カーニーのほうはどう進めればいいのか、アンナほど自信がもてなかった。ついになんとか彼女を刺し貫いたときには、その熱さに驚かされた。二人は馴染みのあるスタイルからはじめたが、すぐにアンナが向き合う姿勢になるように彼をうながした。「こういうふうに。こういうふうに。あなたが見たいの。あなたの顔が見たいのよ」そして——「このほうがいい？　あたし、ほかの人よりいい？」一瞬、カーニーはいとこたちの笑い声をきいた——ゴースランドが彼のまえに全容を露にし、傾き、ちらつきながら永遠に消えていった。カーニーは笑っていた。「いい」彼はいった。「いい！」長くはつづかなかったが、アンナはためいきとともに彼を抱きしめ、これまで見せたことのない温かな笑みを浮かべ、小さな吐息を何度も洩らした。ふたりはしばらく暖炉のまえで横になっていたが、やがてアンナが、もういちどやってみようと彼を励ました。

「すごいな」カーニーはためしにいってみた。「ぐっしょりじゃないか」

「そうなの。そうなのよ」

薄暗がりのなか、二人の頭上でテレビが、ほとんどきこえないくらいの音でひとりごとをいっている。画面をCMがよぎり、どこかのサイエンス・チャンネルのロゴがあらわれ、そのあとに薔薇色の壮大なガスと塵の流れが映しだされた。光化学作用をもつ星がちりばめられ、ベルベットのような深い黒のあばたが散り、おなじ漆黒に包まれている。ハッブル望遠鏡でとらえた、美しい、偽りの明瞭さに満ちた映像だ。「ケファフチ宙域は」ナレーターがいう。「発見者の名前にちなんで命名されたものので、もしかしたらわたしたちを啞然とさせるような——」突然、画面が満杯になったような、あふれるような感じになった。火花が音もなく部屋に流れでて、泡立ち、はねまわり、むきだしの床板を伝って炉辺に達し、そこでアンナ・カーニーに接触した。アンナは下唇を嚙み、陶然と頭を前後に揺らしている。火花は彼女の髪に流れ込み、紅潮した頰を伝って胸骨にまでひろがった。これもいま味わっている感覚の一部とうけとったアンナは、かすかに呻いて、それを両手一杯にすくいとり、顔や首筋にすりこんだ。

「火花」とアンナはつぶやいた。「なにもかもに火花」

これをきいてカーニーは目をあけ、ぞっとしてアンナから離れた。そしてシェフナイフをつかみ、どうしたらいいのかわからないまま、素っ裸でしばしその場に立ちつくした。「アンナ！　アンナ！」フラクタルの光がテレビからあふれでて、ひらききった孔雀の尾羽のように部屋にひろがっている。カーニーはあてもなく部屋のなかを駆けまわった末に、陰嚢のような革袋に入ったシュランダーのダイスに目をとめた。アンナを見、ナイフを見る。そのとき、アンナが彼に警告する声をきいたような気がした。「くる、くる」そして——「そうよ、殺して。早く」永遠に許せないほど自分に嫌気がさして、カーニーはナイフを投げ捨て、コテージの外に走りでた。あれだ——なにか巨大なものが、空からさす影のように、夜の闇のなかで彼に向かって吠えている。うしろからは、アンナの笑い声、そしてふたたびつぶやく声がきこえてくる——

「火花。なにもかもに火花……」

アンナ・カーニーが翌朝五時半に目を覚ますと、ひとりぼっちだった。暖炉の火は消えていて、コテージのなかは冷え込んでいる。テレビはＣＮＮになったままで、ジージーいいながら最新の出来事の映像を流している——中東の戦争、極東やアフリカ、アルバニアの貧困。そこらじゅう戦争と貧困だらけだ。アンナはごしごし顔をこすると裸のままふるえながら立ちあがり、うきうきと散らばった下着を集めた。ついにあの人にやらせちゃった、とは思ったものの、夕べのことはぼんやりとしか覚えていない。コテージには外へでるドアはひとつしかない。カーニーがあけっぱなしにしたものだから、きらきら光る細かい白砂が風に吹かれて敷居のなかまで入り込んでいる。「マイケル？」彼女はジーンズとセーターを身につけた。

ビーチにでると空気はすでにまばゆく、わさわさと揺れ動いていた。ミツユビカモメが水際をかすめ飛び、打ち上げられた海草のかたまりのなかのなにかを奪い合っている。アンナは砂丘のてっぺんでビーチグラスがたいらになっている場所を見つけた。かすかに残る化学薬品のような匂い、地面についた浅く、長い、くぼみ。まるでなにか巨大なものが夜のうちにそこに降りていたかのようだ。モンスター・ビーチを見下ろすと——足跡ひとつない。

「マイケル！」彼女は叫んだ。

きこえるのはカモメの鳴き声だけ。

海からの冷たい風に、アンナはわが身をひしと抱きしめた。そしてコテージにもどると卵とソーセージを炒めてがつがつ食べた。「こんなにお腹がすいたの、ひさしぶり」バスルームの鏡にうつる自分の顔に向かって、彼女はいった。「このまえ、腹ぺこだなあと思ったのは……」あとがつづかなかった。ずっと昔の話だ。

彼女は三日間、カーニーを待った。砂丘を歩き、車でボストンにいき、コテージを隅々まで掃除した。そして食べた。ほとんどの時間は、椅子にすわって足を抱え込み、窓の外の午後の雨音に耳を傾け、彼のことをありったけ思いだしてすごした。テレビはときどきつけたが、たいていは切ったままで、それをじっと見つめては彼がいなくなった晩に二人でしたことを事細かに思い描こうとした。

三日めの朝、彼女は戸口に立って、ビーチを高く低く飛びながら争うカモメの鳴き声をきいていた。「こんどはもどってこない気ね」彼女はいって、部屋に入り、荷造りをはじめた。「寂しくなるわ」彼女はいった。「ほんとよ」カーニーのノートパソコンからポケットドライヴを抜いて、たたんだ服の下に隠す。それから空港の透視検査でなにか影響がでるかもしれないと気づいて、ハンドバッグにすべりこませる。空港のカウンターできいてみよう。隠すようなことはなにもないし、すんなり通してくれるにちがいない。帰ったらブライアン・テートを見つけて、できれば——彼の身になにが起きていようと――マイケルの仕事をつづけてもらおう。それがだめなら、ソニーの誰かに電話しなくては。

彼女はコテージに鍵をかけて荷物をBMWに乗せると、最後にもういちど砂丘を歩いて彼の姿を捜した。砂丘のてっぺんに立ったとき、息がつけないほどの風のなかで、ケンブリッジの学生だったころの彼の記憶が鮮明によみがえってきた。二十歳の彼が、いかにもふしぎでたまらないというふうに、勢い込んでしゃべっている――「情報は物質かもしれないんだ。想像できるかい？」

彼女は声をあげて笑った。

「ああ、マイケル」。

29　外科手術

シャドウ・オペレーターたちは船のあらゆる箇所からセリア・マウのもとに飛んできた。人間用区画の天井の隅で、古いカーテンのひだにかかった蜘蛛の巣さながら、仮にゆるく巻き取ったかせのようにぶらさがって、ビリー・アンカーとその恋人の死を悼んでいた者。舷窓のかたわらで細い骨ばった指の関節を噛んでいた者。ソフトウェア・ブリッジやフェイクブック・アーカイヴからあらわれた者。スマートプラスチックの上に置かれたくたびれたハードウェアのなかで、彼女の父親の家に積もった二週間分のほこりと見分けがつかない姿で横たわっていた者も馳せ参じた。かれらは様相を一変させていた。うわさ話がサラサラと音をたてて飛び交い、データのバーストが銀色がかったさまざまな色となって瞬く——

かれらがいう——「彼女はもう——？」

かれらがいう——「われらはあえて——？」

かれらがいう——「彼女はほんとうに彼とともにゆく気なのか？」

セリア・マウは、宇宙空間のようによそよそしい気分で、しばしかれらのようすを眺めていたが、ついに命令した——

「あんたたちがいつも使えっていってる栽培変種をこしらえて」シャドウ・オペレーターたちは耳を疑いつつも、栽培変種を育てはじめた。セリア・マウのとおなじようなタンクのなかに仕立て屋のスープと呼ばれる市販のプロテオームを満たして無機基質でカスタマイズし、人間でもマシンでもない遺伝暗号を指定して、異星人のDNAを少々と活きのいい計算体を加える。そうして育てた栽培変種をすっかり乾かすと、かれらはためつすがめつして、「たいそう見目うるわしくなるぞ」と話しかけた。「その青い瞳から眠気をぬぐいさえすればな。いや、まこと、たいそううるわしくなる」かれらはそれを、セリア・マウがドクター・ヘインズのパッケージを保管している部屋に運んでいった。

「さあ、これに」かれらはいった。「可愛かろう？　チャーミングであろうが」

「あたしなら、ドレスなんか着せないけどね」セリア・マウはいった。

「ああ、いや、しかし——なにか着せねば」

それは十二歳の彼女自身だった。かれらは彼女の青白い手をケシ粒のように小さな真珠を並べたらせん模様で飾り、モスリンの蝶結びをちらしてクリーム色のレースでおおった真っ白なサテンのロングドレスで盛装させていた。長いすそは、非の打ちどころのないキュートな男の子たちが隅をつまんでホヴァリングしている。彼女は恥ずかしそうに部屋の隅にあるカメラを見上げてささやいた——

「いちどは棄てられたけれど、もどってきたわ」

「それもいらないな」セリア・マウはいった。

「いや、しかし、声がなければ——」

いいあらそっている時間はない。それに急にまるごとぜんぶ、ほしくなった。「ブリッジして」彼女はいった。

シャドウ・オペレーターたちは、彼女をブリッジした。その衝撃で精神運動のコントロールがきかなくなった栽培変種は、うしろ向きに倒れて隔壁にぶつかった。「あらら」そうつぶやくと、栽培変種は自分の両手をふしぎそうに見つめながら、ずるずると床にすべり落ちた。「あたしはあたしなの？」とそれはたずねた。「あたしがあたしになってほしいんじゃないの？」上を見たり下を見たりをくりかえしながら、強迫感にとらわれたように顔をこすりつづけている。「どこにいるんだかわからない」そういうと、それはいちどだけぶるっと身ぶるいして、セリア・マウ・ゲンリヒャーとして立ちあがった。「おお……」シャドウ・オペレーターたちがささやく。「なんと美しい」アールデコ調のアップライトが、ゆらめきながらも勝ち誇ったような、ゆるやかに変化する真珠光沢の光を部屋に投げかける――と同時に、再発見されたヤナーチェクやフィリップ・グラスの合唱曲が空間を満たす。セリア・マウはあたりを見まわした。タンクのなかでは、これほど〝生きている〟という感覚を味わったことはなかった。なにをあんなに恐れていたのだろう？　彼女にとって肉体をもつのははじめてではない。それに、この肉体は自分だったわけではないのだ。

「ここの空気はなんの匂いもしないのね」彼女はいった。「無味無臭って感じ」

目のまえの床に、ドクター・ヘインズのパッケージが置かれていた。アンクル・ジップが用意した緑のリボンがかかった赤い箱に納められている――これはあの遺伝子仕立て屋が中身を閉じ込めるのに使ったメカニズムのメタファーのようなものではないかと、いまでは思っている。彼女は、人間の目で見ればちがうふうに見えるかもしれないとでもいうように、じっくりと箱を眺めていたが、やがてひざまずいて、ふたをパタンとはねあげた。たちまち、クリームのような白い泡が部屋にこぼれでてきた。『ザ・フォトグラファー』（二十二世紀の作曲家オノトド＝ラーの劣化した光ディスクのなかから、生き残っていた五つの音を拾って再構築された曲）が、もともとよく似ているミューザック

（レストランなどで流す、じゃまにならないＢＧＭ）になっていく。それにかぶせて、やさしいチャイム音が響き、女の声が呼びかける――

「ドクター・ヘインズをお願い、ドクター・ヘインズを外科へ」

一方、アンクル・ジップのＫシップがつっこんできて以来、ナスティック艦〈タッチング・ザ・ヴォイド〉の司令官は、自身の定義では死んだことになっているものの、〈ホワイト・キャット〉の一室の薄暗い片隅でちかちかと瞬いてあらわれたり消えたりしていた。彼の姿は、昆虫の肢でできた檻のようだった。その肢からは、あいかわらず小便が洩れている。しかし、船が存在している以上、司令官としての責任という重荷も消えてはいないのだ。彼は、その責任のなかにセリア・マウ・ゲンリヒャーのことも含めていた。彼女は、たいていの人間以上に無意味なふるまいができるという点で、強い印象を残していた。彼は、彼女が、裏に深い悲しみを秘めた凶暴性を発揮して同胞を殺すのも目にしている。しかし、彼女は必要以上に激しく生と闘い、もがき苦しんでいる、と彼は早い段階で判断していた――これは彼にとって尊敬すべきこと、さらにいえば称賛すべきことだった。これはナスティックの資質だ。それゆえに――自分でも驚いているのだが――彼女の面倒を見てやる義務があると感じたのだった。だから、死んでからこっちずっと、その義務を果たそうとしてきた。彼女を〈クリシュナ・モアレ〉からまもるために手を尽くした。が、もっと大事なことがある。彼は自分が知っていることを彼女に伝えようとしていたのだ。

ぜんぶ覚えているかどうか自信はない。たとえば、そもそもなぜアンクル・ジップと手を組んだのか、いくら考えてもはっきりしない――が、たぶんアンクル・ジップがビリー・アンカーの発見したものを半分よこすと約束したからだろうと思っている。手つかずのＫテクがあふれる惑星まるごとひとつ！　人類とのさらなる戦いの開戦前夜、これはまちがいなく魅力的な申し出だったにちがいない。しかしながら、それがドクター・ヘインズのパッケージを仕立て直す試みのあとだったら、さほど魅力的には思えなかったことだろう。アンクル・ジップはほとんど成果をあげられなかったのだ。彼がしたのは、そのなかにすでに住んでいたものを目覚めさせただけだった。それがなんなのか、アンクル・ジップにも、ナスティックの仕立て屋にもわからなかった。それは、これまでに存在した同種のものよりも遥かに高い知性をもっている。そして、自己を認識している。が、その認識のしかたを理解するには何年もかかることだろう。もしそれがかつては、アンクル・ジップがいったとおりのもの――オペレーターとコードを結ぶブリッジを、安全に無効(アンドゥー)にできる効果的な方法が詰め込まれたパッケージ、署名登録の逆転のようなもの――だったとしても、いまはもうそんなものではなくなっている。

それは生きている、そして話のできるほかのＫコードを探している。

「これが欠陥品かどうか」セリア・マウはいった。「はっきりさせる方法がひとつあるわ」

彼女はひざまずいたまま、てのひらを上にして両手をまえにさしだした。シャドウ・オペレーターたちは赤と緑の箱をもちあげて彼女の両腕にのせると、水槽の魚のようにさっと彼女から離れて、せわしなくうろうろと動きまわった。

「なにをしてるかわかってるのか、なんてきかないでよ」セリア・マウはかれらに釘を刺した。「だって、わかってないんだから」

彼女は立ちあがり、長いすそをひきずってゆっくりと、いちばん近い壁に歩みよった。箱から泡がこぼれでる。

「ドクター・ヘインズ――」箱がいう。

「上へ」セリア・マウが壁に向かっていった。

と、壁がひらいた。白い光があふれでてきて彼女を照らし、彼女はパッケージをもったままナヴィゲーション・スペースにあがった。そこで、ずっとまえからすべきだと思っていたことをするつもりで、パッケージを船の計算体にさしだした。シャドウ・オペレーターたちは、この決断をうけて急に思慮深い態度になり、レースのように上品に慎ましく、彼女のあとについて上にあがっていった。その背後で、壁が閉じた。

片隅からこれを見ていたナスティックの司令官は、もういちど彼女の注意をひこうと試みた。「セリア・マウ・ゲンリヒャー」彼はささやいた。「わたしの話をきいてくれ――」

だが――なにかにかかわっているときの人間だけが見せる、恍惚、精神の解離、没入という状態のせいで――セリア・マウは彼に気づいたようすなど露ほども見せず、彼はただシャドウ・オペレーターたちにしっしっと追い払われただけだった。シャドウ・オペレーターたちは、彼がドレスのすそにからまるのを心配したのだ。そんなことになったら、なにもかもだいなしだ。

ここまで非力で役立たずとは耐えがたい、と司令官は思った。

それからまもなく、彼自身の船のブリッジでの出来事が介入してきた。なにが起きているのか疑問を抱き、急に懐疑的になったアンクル・ジップが、彼にとどめを刺したのだ。衝突以来、ナスティック艦内をがむしゃらに切り拓いて進んでいたリアルタイムで動く宇宙空間コマンドの一団が、ついに指揮統制セクションに侵入し、手もちのガンマ線レーザーで掃射すると、壁は溶けてしたたり落ち、コンピュータは停止した。司令官は自分の存在が薄れていくのを感じた。耐えがたい倦怠感、突然襲う寒気。一ナノセコンドのあいだ、彼は一片の記憶、ほんの小さな夢の一端に気を奪われて、バランスを保った。紙のように薄っぺらい造りの自分の家、眠気を誘うブンブンいう音、かつて愛した複雑なジェスチャー、そうしたすべてが脈絡もわからぬうちに浮かんでは消えていった。奇妙なことに、彼の脳裏に最後に浮かんだのは、こうしたことではなく、身の毛もよだつ船に縛りつけられていながら、それでもなお人間になろうと戦っている、セリア・マウ・ゲンリヒャーのことだった。彼は、そんなことを考えている自分に気づいて、内心にやりとした。

なにがどうあろうと、と彼は自分に念押しした。彼女は敵なのだぞ。

二時間後、千キロ離れたところで、〈エル・ラヨ・X〉の人間用区画にあるシグネチャー・ディスプレーが放つ青い光に包まれて、仕立て屋アンクル・ジップはモーテル・スプレンディードからもってきた三本脚のスツールに腰かけ、なにが起きているのか理解しようとしていた。〈タッチング・ザ・ヴォイド〉は彼の支配下にある。そっちのほうでは、なにも心配することはない。あの腐ったリンゴのなかで生きているのは、彼の手下のエントラディスタたちだけだ。かれらは優秀な弁護士チームよろしく、彼がナスティック艦とうかつに交わした契約を反故にさせようと動きだしていた。いまや艦内は土木工学プロジェクトの現場と化し、鈍い衝撃とそれにつきものの突発的な火炎が幅をきかせている。男たちはラインをつなげて「おい、アンク、あれをもうちょっとたのむぜ」だの、「これをもうちょっと減らしてくれよ、アンク」だのと、話しかけてくる。みんな、アンクル・ジップの注意をひこうとやっきになっているのだ。そしてそのあいだにも彼の船〈エル・ラヨ・X〉は、巡洋艦の抱擁からそっと身を引こうとしている。アンクル・ジップはその抱擁をぶよぶよの湿った腐敗と感じ、早くおさらばしたいと思っていた。船殻を通して少量の素粒子がちらちらと揺れ動き、〈エル・ラヨ・X〉は破壊されたナスティック艦のブリッジから離脱しはじめた。下はまだ熱く活気づいている。連中はかなりの妥協を要する環境で働いているのだから、その努力は努力として認めてやらねばなるまい。なにしろもう二時間まえから死にかけているのだから。

〈タッチング・ザ・ヴォイド〉は彼のものだ。しかし〈ホワイト・キャット〉でなにが起こっているのかはわからない。向こうの無線は完全に沈黙している。Kシップには、いわゆるインターコムによる交信のようなものはない――にもかかわらず、ふつうはなかに生きた人間がいるかどうかわかる。が、こんどは例外らしい。ナスティックの司令官の死から十三ナノセコンド後、〈ホワイト・キャット〉内のすべてのスイッチがオフになったのだ。核融合エンジンは停止している。ダイナフロー・ドライヴも止まっている。〈ホワイト・キャット〉は、アンクル・ジップと話すどころか、ひとりごとひとついわない。「こんなことをしているひまはないんだが」アンクル・ジップはこぼした。「あちこち用事があるというのに」そういいながらも、彼はじっと見まもりつづけた。なにも起こらないまま一時間がすぎた。と、ひどくゆっくりと、青白い、ゆらめく光輝が〈ホワイト・キャット〉を包みはじめた。磁場のように船体からわずかに離れて船の輪郭そのままにひろがっていく――あるいは、液体中のスーパーキャビテーション効果のようなものをぼやけた図にしたといったほうがいいだろうか。色は紫だ。

「なんだ、あれは?」アンクル・ジップはつぶやいた。

「電離放射線だよ」退屈そうな声で、パイロットがいった。「ああ、そうそう、内部交信が入ってるよ」

「おい、誰がたのんだ」アンクル・ジップはいった。「で、どういうたぐいの交信だ?」

「それにかんしては、見当もつかないな」

「たのむよ」

「どっちにしろ、もう止まってるし。あのなかで、なにかが暗黒物質を発生させてたんだ。船体全体が一秒間、暗黒物質だらけになったような感じだった」

「そんなに長いあいだか？」

パイロットはディスプレーで確認した。

「ほとんどはフォティーノだね」

そのあと電離放射線はしだいに消えていき、なにも起こらぬまま二時間がすぎた。するとこんどは〈ホワイト・キャット〉が完全な機能停止状態からなんの中間状態も経ずに、いきなりたいまつのように燃えあがった。「嘘だろう！」アンクル・ジップは金切り声をあげた。「早く逃げるんだ！」彼は〈ホワイト・キャット〉が爆発したと思ったのだ。パイロットは船時間に入り――まだ、なかに入り込んだままの仲間のかすかな叫び声をよそに――〈エル・ラヨ・X〉の最後の数メートル分を、廃墟と化したナスティック艦からひきぬいた。彼の腕はたしかだった。〈エル・ラヨ・X〉が自由の身になり、しかるべき方向を向いたとき、かれらがかろうじて目にしたのは、〈ホワイト・キャット〉が静止状態から十四秒たらずで光速の九十八パーセントまで加速する姿だった。

「ついていくんだ」アンクル・ジップは静かにパイロットに告げた。

「ノー・チャンスだね、ハニー」パイロットはいった。「あれは核融合エンジンなんかじゃない」ま、っ、た、く、感知不能の媒体を伝わる環状のすさまじい衝撃波が、〈ホワイト・キャット〉の航跡からあふれでている。色は水銀そっくりだ。〈ホワイト・キャット〉はすぐにアインシュタイン宇宙が維持しきれない地点に達して、ふっと姿を消した。「あいつら、新しいドライヴをつくってたんだ」パイロットがいった。「新しい航行システムを。たぶん、一から十まで、まったく新しい理論だろうね。あたしの手には負えないな。まあ――してやられたってことだね」

アンクル・ジップはスツールにすわったまま、たっぷり三十秒間、なにも映っていないディスプレーを見つめていたが、やがてごしごしと顔をこすった。

「やつらの行き先はシグマ・エンドだ」と彼は断言した。「とにかく最短時間でいってくれ」

「まかせといて」パイロットはいった。


ビリー・アンカーのかつてのホームグラウンド、シグマ・エンドは、ラジオRX1の降着円盤のなか、および周辺に位置する大昔の研究ステーションや傷だらけのエントラディスタの衛星の集団をさす名称だった。そこにあるものはすべて放棄されたか、放棄されたも同然の雰囲気を漂わせるものばかりだ。なにか新しいものがあれば、人気のない海岸でひと晩中燃えているキャンプファイアのように、遠くからでも目について、たちまち人の注意をひくことになる。ここはラジオ・ベイの奥深く。ここまでくると、地球には手が届かない。ロジスティックスも通用せず、供給ラインも干あがってしまう。なにもかも混乱状態で、そのすべてを降着円盤の凶暴なエネルギーがおおっている。ブラックホールは激しく沸き返り、伴星――一生の最終段階にある青い超巨星、V404ストゥークーマニベル――から物質を剝ぎとっている。この二つの星は数十億年まえから固く結びついているのだが、それも最終段階――いまは古きよき結びつきの残骸、といったところで、なにもかもが終焉を迎えつつあるようだ。

「と、こんなところかな」パイロットがいった。「ねえ?」

「ここまできて、おまえのばかていねいな解説なんぞききたくないわい」アンクル・ジップはいった。

彼は降着円盤を見わたしている。そのぽっちゃりした白い顔に、かすかな笑みが浮かんだ。「ここに見えているのは、宇宙一効率的なエネルギー移送システムだ」

その降着円盤はいわば怒号するアインシュタイン的世界の浅瀬だった。RX1がひきおこす重力のゆがみのせいで、どんな角度から接近していっても、下側まで含めてすべてを見ることができる。十分ごとに遷移状態が揺れ動くと、エネルギーの低いX線の量が急増し、巨大な炎がいったりきたりをくりかえして、シグマ・エンドに散在する実験用施設を明るく照らしだす。もっと接近すれば、この壮絶な光のもと、かろうじて水漏れするバスタブ程度に耐圧構造を保っている船の集団を見ることもできる。それぞれの船には、だめになりかけた水耕農園があり、目がつぶれ、もっさりと無精ひげを生やし、放射性潰瘍を患う地球人が二、三人、住んでいる。また、完全な球形で、それぞれがモーテル・スプレンディードほどの大きさがある八個の物体の集団にでくわすこともある。ニッケルと鉄の合金製で、配置された軌道の関係を見ると、一種のエンジンではないかと思われる。しかしアンクル・ジップは、文句なしの一等賞は、つぎの努力にたいして与えられるべきだという——人類がここに到着する二千万年まえ、どこかのとんでもない野郎がRX1星系の生成エネルギーの百万分の一パーセントを流用して、そこにワームホールを穿ったのだ。どこに通じているのかは、誰も知らない。かれらの遺物は一切、残っていない。どう使えばいいのか、なんの手がかりもない。ただワームホールがあるだけだ。

「ディープなやつらだ」アンクル・ジップはいった。「まったく、掛け値なしのディープなやつらだ」

「ちょっと」パイロットが口をはさんだ。「やつらを見つけたよ」といったと思うと——「くそっ」

「なんだ？」

「降りてく。ほら、あそこ」

全体をおおう降着円盤のシグネチャーからワームホールを分離するのは容易なことではない。しかし〈エル・ラヨ・X〉にはそのための機器がそなわっていたので、アンクル・ジップはディスプレーで問題のものを確認することができた。最後の安定軌道のすぐ外側、沸き返る重力の早瀬のなかだ。細長い氷のかけらのような〈ホワイト・キャット〉が、はかなげな光の陰門のなかへと進んでいく姿が見える。その未処理の核融合生成物の光り輝く尻尾のうしろからは、あの奇妙な環状の衝撃波が規則正しくすべりでてきていた。

30　ラジオRX1

　あれ以来、〈パーフェクト・ロー〉はハローのなかを縫うように進んでいた。船内は超満員で、いつも大騒ぎ。あったかくて、強烈な匂いを発散する人間集団は、からっぽの空間という歯をむく巨大なニュートン力学に真っ向から挑むように飛んでいく。目的意識の勝利だ。窮屈な居住空間では階級意識や競争意識が働き、サーカス芸人たちは生活環境に文句をつけっぱなしで、子供や家畜を船のあっちからこっちへ、しょっちゅう移動させている。エドはこの二日間ほど、込み合う甲板昇降口階段をあがったりおりたりしていた――そして親しくなったのが、アリスというヌードダンサーだ。

「俺は、厄介事の種を探してるわけじゃないんだ」と彼はアリスに警告した。

「誰がそうだっていうの？」アリスはあくびをしながらいった。

　アリスはきれいな足ときらきら光る無表情な瞳の持ち主だった。彼の狭いベッドに両肘をついて横になり、彼がファックしているあいだ舷窓から外を眺めている。

「もしもし？」エドは声をかけた。

「あれを見てよ」アリスがいう。「どういうことだと思う？」

　舷窓から八十メートルほど先の真空中に、ひとつの物体が浮かんでいる――死体保護庫だ。長さは五十フィートぐらい。真鍮色で、十字円天井や十字花飾り、ガーゴイルなどで飾られているが、船首は無愛想で、経年変化で溶けて流線型になっている。サンドラ・シェンおかかえの異星人のひとりが乗っている船だ。かれらはけっして〈パーフェクト・ロー〉には乗せてもらえない。サーカスがニュー・ヴィーナスポートを発った日も、各々、独自の風変わりなエンジン――青い光の霧を発生させるものや、音、匂い、そして味まで感じられる、なめらかなエネルギー・パルスを発生させるもの――に点火して発進し、〝閉じ込め容器〟という言葉に新しい意味を与えた。それからずっと、かれらは憎らしいほど余裕綽々でゆったりと船のあとを追いながら、航行コースの周囲で複雑なパターンを描いたり、休憩をとるときには大昔の映画にでてくる原住民のように船のまわりをぐるぐるまわったりしている。

「あの連中、なにが望みなのかしらね?」アリスがひとりごとのようにつぶやいた。「どう思う?いったいなにを考えてるのか、気になるのよね」エドが肩をすくめただけで答えずにいると――「だって、連中はあたしたちとはちがうもの。彼女以上にね」

アリスは、いま船が周回している惑星に目を向けた。少し首をのばして舷窓に顔をくっつければ、大気に縁どられた細長いふくらみとして見ることができる。

「こっちのしけた星を見てよ。地獄の亡者どもの星よ」

そのとおりだった。〈パーフェクト・ロー〉の航行コースは、サーカスの常識でいえば儲けにならない上に予測不能ときている。まず旅のはじめからハローの稼ぎどころ――ポロ・スポートやアナイス・アナイス、モーテル・スプレンディード――を避けて、ウェーバーIIやパーキンズ・レントといった農業惑星の夜の側に着陸してきた。公演はほとんど打っていない。しばらくすると船内の人数がへってきたことに、エドは気づいた。理由はまったくわからない。サンドラ・シェンもあてにはできなかった。遠くで芸人たちの諍いの仲裁をしている姿を見かけても、人を押しのけて近くまでいくころには、もうどこかへいってしまっている。コントロール・ルームのドアをノックしても返事はなかった。「ショーをやりもしないのに、どうしてこんなにハードな練習をしなくちゃならないのか、納得がいかないんだけどな」彼はいうだけいってベッドにもどり、アリスと汗をかく。そのあいだも、暗黒物質の弱まった指先が船殻をなでていく。「ゆうべ、また、どっといなくなったよ」ひと汗かいたあと、陰気な顔でアリスがいう。船はどんどん、がらがらになっていく。そしてつぎに着陸したときには、アリスもいってしまった。

「仕事がないんだもの」と彼女はいった。「ショーがないんじゃねえ」たしかに、こんな状況では残っていてもしかたない。「ここから銀河核へいくやつに、うまく乗り継げるから」

「元気でな」エドはいった。

翌日、まわりを見ると、サーカスは消えていた――アリスは最後のひとりだったのだ。彼のためにこれまで残っていてくれたのだろうか？　というより、気後れしていたのだろう。銀河核までは長い旅だ。

マダム・シェンの展示物はまだ船倉ひとつを埋めていた。残っているのはこれだけだ。エドは「コンピュータ・モニター」をのぞきこむマイケル・カーニーとブライアン・テート、一九九九年」のまえに立った。二人の表情には、どこか凶暴な、そして怯えたようなところがある。まるでビンのなかの精霊を外へだそうとありったけのことをしたあとで、こんどはそいつになかへもどるよう説得したほうがいいのではないかと案じはじめたような顔だ。エドは思わず身ぶるいした。ほかの船倉で見つけたのは――スパンコールのついたライクラのボディスーツ一着と子供の靴下の片方。甲板昇降口階段には、まだ食べ物と汗とブラック・ハート・ラムの匂いが残っている。エドの足音は船内に響きわたり、そのまま船殻を通りぬけて外のからっぽの空間にこだましていくようだった。

ほかの船とおなじで、〈パーフェクト・ロー〉にもシャドウ・オペレーターがいる。

かれらはほこりをかぶった蜘蛛の巣のように、隅っこにぶらさがっていた——用済みでそうしているというよりは、怯えているような、不安げなようすに見えた。一、二度、エドがからっぽの船内をうろついているときに、かれらが隅っこを離れて、なにかに追われているかのように群れをなして飛びまわるのを見かけたこともあった。きょうは舷窓のまわりに集まって、互いに触れ合いながらささやきを交わしていたが、エドが近づいていくと、彼がなにか裏切り行為でもすると思っているかのように、いっせいにふりかえった。エドがコントロール・ルームに入ると、かれらはいち早く逃げて、ぺたりと壁に張りついた。

「いるかい?」とエドは声をかけた。

彼の声に反応して、装置類が自動的にオンになった。

三つのホログラム・ウィンドウがひらいて、なんの特徴もない灰色のダイナフローを映しだす。パイロットがきたと認識して、ドライヴと外部コムとテート=カーニー計算体にダイレクトにつながる回線がいつでも使える状態になった。

エドはいった——「いや、いいんだ」

彼はパイロット・シートにすわってフォティーノが細いリボンのように流れ去るのを眺めた。目的地は見えない。サンドラ・シェンの姿もない。シートの横の床に水槽があった。見慣れてはいるが、気持ちのいいものではない。記憶と予言と拍手喝采の残渣(ざんさ)で頭がぼうっとしてくる。彼は水槽にさわらないように用心した——だが、そこにあることはわかっている。と、水槽のなかでなにかが変化したように見えた。同時に、ダイナフロー環境にも変化が感じられた。コース修正がなされたのだ。彼はシートに嚙みつかれたかと思うような勢いでとびあがった。

大声で呼びかける――「マダム・シェン？　いるのか？」

返事はない。そのとき船内に警報ベルが鳴り響いて、船がいきなりダイナフローからぽんととびだし、三つのスクリーンにケファフチ宙域があふれた。まるで病んだ目のようだ。かなり近い。

「くそっ」エドはいった。

彼はパイロット・シートにすわりなおして、「ダイレクト・コネクト」と指示した。「それからフェイクブックをだしてくれ」見上げたスクリーンから光があふれでてくる。「俺はここにきたことがある。だが、どうも――そうだ！　回転させてくれ。もういちど。驚いたな、ここはラジオ・ベイじゃないか！」

それどころではなかった。彼はかつての縄張り、ラジオＲＸ１の重力小路にいたのだ。降着円盤が吠えかかり、低エネルギーＸ線のパルスでふるえている。彼は核融合の炎を全開にして急角度で進入してきていた。コムに入ってくるのは、遺棄された調査研究船の残骸のＩＤビーコンだけ――イージーヴィル、モスカー2、ザ・スクープ。そしてごくかすかにビリー・アンカーの伝説の〝実体変化（聖餐のパンとぶどう酒がキリストの肉と血に変わること）ステーション〟のも。錆びついた通信とともにエドの過去が断片的に、デコヒーレントに押しよせ、瞬いて消えた。もういつシュワルツシルトの波にとらえられて、このデブ船のなかでブラックホール・ブギを踊る羽目になってもおかしくない。「脱出だ」彼はダイレクト・コネクトで指示した。が、なにも起こらない。「俺、指示したよな？」彼はシャドウ・オペレーターたちにたずねた。「俺の唇が動いてるの、見えるだろ？」シャドウ・オペレーターたちはそっぽを向いて、顔をおおってしまった。そのとき、降着円盤の内側の縁に、かすかな光のねじれが見えた。

エドはいきなり笑いだした。「いやあ、まいったな」

ビリー・アンカーのワームホールだ。

「さあ、ビリー」エドはビリーが隣にすわっているかのような口調でいった。十年以上まえ、これとまったくおなじ冒険で死んだも同然になってしまったビリーとはちがう、昔のビリーだ。「つぎはどうすればいい？」

なにかが船の計算体に入り込んでいた。テート＝カーニー変換そのもののなかにあって、アルゴリズムのあいだにフラクタルに折りたたまれている。巨大な存在だ。エドがそいつと話そうとすると、すべての電源が落ちた。スクリーンは暗くなり、何日かまえからこの存在を感じとっていたシャドウ・オペレーターたちはパニック状態でエドの顔をかすめて猛スピードで飛びまわった。よれよれのモスリンの切れ端でこすられたような感触だ。「われらはこんなことは望んでおらなんだ」かれらは口々に彼に文句をいった。「おまえはここに入ってはならなかったのだ！」エドは両手でかれらを叩き落とした。と、ふたたびスクリーンが明るくなって、突然、視界にワームホールがとびこんできた。くっきりと、よく見える。手が届きそうに近い。むきだしになったＲＸ１のしかめっ面を背景にした、無の紡錘。

一方、〈パーフェクト・ロー〉がいる局所空間は、全体が、揺れ動く紫色の雲のようなものに変化していた。その雲を通して、異星人たちが乗った死体保護庫が織機の杼(シャトル)のようにぐんぐんスピードを増しながら混沌とした軌道を織りあげていくのが見える。これから起ころうとしている破滅的な事態、相転移、つぎの安定状態への跳躍をまえに、船が骨組みまでふるえているのがわかる。

「ちくしょう」エドはいった。「あいつら、いったいどうなってるんだ？」

やわらかな笑い声がきこえてきた。女の声だ。「あれがエンジンなんだよ、エド。なんだと思ってたんだい？」

この声につづく静けさのなかで、エドは足元に白猫の幻影を見たような気がした――それにつられて下を向くと、そこに見えたのは白猫ではなく光だった。サンドラ・シェンの水槽から輝く泡のようにこぼれでて、床を舐めるように彼のほうに向かってくる光。

「おい！」

エドは叫んでシートからとびのいた。シャドウ・オペレーターたちは恐慌をきたして彼のそばから離れ、船の暗い、からっぽの空間へとサラサラ流れ去っていく。光は水槽からとめどなくあふれつづけ、無数の光の点がエドの足元に群れて冷たいフラクタルのダンスを踊りながら、だんだんと見覚えのあるような形になっていった。そのひとつひとつの点が（そしてそれを構成しているひとつひとつの点が、そしてまたそれを構成しているひとつひとつひとつの点が）おなじ形をつくりつつあるのだと、エドにはわかっていた。

「つねに先がある」誰かの声がきこえた。「その先にもさらに先がある」

エドはいきなり吐いてしまった。みずからをサンドラ・シェンと呼ぶ存在が、彼の目のまえで形をとりはじめていた。

どういう存在にせよ、彼女にはエネルギーがある。最初はぎょっとするような真っ赤な髪のティグ・ヴェシクルになって、使い捨てのプラスチックのフォークの先でムラニーズ・フィッシュカレーを食べてみせた。「よう、エド」と彼はいった。「おいらたちは、最低だ！　な？」サンドラ・シェンはこれでは満足せず、ティグをやめて、こんどはウサギ穴の薄暗がりのなかに半裸でいるティグの女房の姿になった。エドは仰天して、思わず呼びかけた。「ニーナ、俺は――」ニーナの姿はたちまち消えて、クレイ姉妹と入れ替わった。「くそったれ」二人はそういって大笑いした。サンドラ・シェンは、それぞれのバージョンの合間、コントロール・ルームをきらきら輝く光の微片で満たした。彼女のタブローのひとつ「プラスチックのボウルにあふれる洗剤の泡、一九五八年」のような光景だ。そして最後に、彼女はエドがはじめて会ったときのサンドラの姿に固化した。降りしきるみぞれのなか、ユルグレイヴの通りをきびきびと彼に向かって歩いてくる、小柄でぽっちゃりした東洋風の顔立ちの女。太腿までスリットの入った金箔のチョンサンを着ている。その完璧な卵形の顔は、彼女が若さと疑い深い老いとを切り替えるたびに、たえず変化している。その目はけっして人間のものではないカリスマ性をたたえ、セクシーで底が知れない。

「どうも、エド」と彼女はいった。

エドは彼女を穴のあくほど見つめた。「ぜんぶ、あんただったのか。ぜんぶ、ほんものじゃなかったんだな。あの時期、俺がかかわったのは、ぜんぶあんただったってことか」

「のようだね、エド」

「あんたはシャドウ・オペレーターなんかじゃなかったってことか」

「ああ、エド、そのとおりだ」

「ティグなんていなかったんだ」

「ティグはいなかった」

「クレイ姉妹もいなかった」

「芝居だよ、エド、ずっと芝居を上演してたのさ」

「ニーナもいなかったのか……」

「ああ、ニーナはおもしろかった。あれは傑作だったろ?」

なにも言葉が浮かんでこなかった。生まれてこの方、これほど人に利用され、あやつられていると感じたことはなかった。これほどの自己嫌悪を感じたこともなかった。彼は首をふって、顔をそむけた。

「つらいだろ？」サンドラ・シェンがいった。

エドは語気を荒らげた。「とっとと失せろ」

「そういう態度はよくないよ、エド、たとえトウィンクでもがっかりだ。あとのことは知りたくないのかい？　どうしてこんなことをしたのか、知りたくないのかい？」

「けっこう」エドはいった。「知りたくない」

「そのせいであんたは水槽に頭をつっこむことになったんだよ」

「それは別の話だろ。あれはいったいなんだったんだ？　あのなかで、俺になにが起きていたんだ？俺が頭をつっこむ羽目になったあれは、いったいなんだったんだ？　あれをくる日もくる日もやるのは、ほんとうに苦痛だった」

「ああ」サンドラ・シェンはいった。「あれは、あたしだったんだよ。あたしはいつもあんたといっしょに、あのなかにいた。あんたはひとりじゃなかったんだよ。あたしは媒体だったんだ。わかるかい？　トウィンク・タンクのプロテオームみたいなもんさ。あんたは、あたしのなかを通って、未来へ泳いでいったんだ」彼女は黙想にふけりつつ煙草をふかした。「というのは正確じゃないな」と、彼女は認めた。「ほんとうは、あんたをだまして、あそこへ誘い込んだんだ。たしかに、あたしはあんたを訓練した。でもそれは、未来を見るためというよりは、未来になるための訓練だったんだよ。エド、どうだい、この考え？　未来になるっていうアイディア。未来をがらりと変える。なにもかも変えるんだ」彼女は、自分のことを説明するのには、きょうは日がよくない、とでもいうように、首をふった。「別のいい方をしてみようか。あんたは、仕事を探しにきたとき、一種類をのぞいて、あらゆる船を飛ばしたことがあるといってたね。その、飛ばしたことがない船って、どういうやつなんだい？」

「あんた、何者なんだ？」エドはささやいた。「俺をどこへ連れていく気なんだ？」

「すぐにわかるよ、エド。ごらん！」

薄膜のような光の渦巻き、高さ七百キロの垂直な微笑が、かれらの頭上にかかっていた。ワームホールの開口部を維持している力がサンドラ・シェンの特製エンジンとせめぎ合い、〈パーフェクト・ロー〉はガタガタと騒々しい音をたてて揺れた。「ここでは、そりゃあいろんな種類の物理学が影響しあっているんだ」とサンドラ・シェンはエドに教えてやった。「あんたらが学問的に想像しているよりずっと多くのものがね」船殻の外では、異星人たちが労力を倍加して、より速く、より複雑なパターンを描いている。突然、マダム・シェンの瞳に興奮が満ちあふれた。「エド、これをやってのけた者は、そうはいない」たしかにそのとおりだった。「あんたはいま最前線にいるんだよ、それは認めないとね」

エドは思わず頬をゆるめた。

「まったくすごい眺めだ」エドは、ただ驚嘆するばかりだった。「いったいどうやってつ、く、っ、たんだと思う？」

彼は答を待たずに首をふった。「手柄ということでいえば、この桃を拾ったのはビリー・アンカーだ。俺は十年だか、十二年だかまえに、やつが拾うのを見ていた。覚えていることといったら、それだけだ」彼は肩をすくめた。「もちろん、ビリーはもどってこなかった。もどってこなけりゃ、信用もしてもらえない」

この能天気な哲学のなにかが心に響いて、サンドラ・シェンはほほえんでいた。彼女はスクリーンの映像をしばし見上げていたが、やがて静かにいった——「そうだ、エド」

「え？」

「アニーはあたしじゃないよ。アニーはほんものだ」

「そいつはうれしいな」

ワームホールが口をあけて、彼を迎え入れた。


通過中、彼は眠っていた。なぜかわからないが、眠りのなかでも、これはマダム・シェンがまえから計画していたことなのではないかと疑っていた。パイロット・シートにだらりともたれ、頭を一方に傾げて、中途半端に横になった状態で、重苦しい口呼吸をくりかえす。閉じたまぶたの裏で、彼の目はちらちらと揺れ動いていた——急速眼球運動（REM）。単純だが、切迫した状況をあらわすコードだ。

彼はこんな夢を見ていた——

昔、家族で住んでいた家のなか。季節は秋——重く、フェルトでおおわれたような空気、そして雨。姉が、父親の書斎から昼食のトレイをもって階段をおりてくる。エドは踊り場の暗がりに隠れて、いきなり姉のまえにとびだした。「ワーッ！」とおどかす。「あ、ごめん」もう遅かった。昼食のトレイが、窓から射し込む濡れた光のなか、姉の手からすべり落ちた。固ゆでの卵が浅い偏心性の弧を描いてころがり、ぽんぽんとはずみながら階段を落ちていく。エドは「わーい、わーい！」とはやしながら、そのあとを追いかけた。姉は動揺して、そのあと口をきいてくれなくなった。それは、自分がとびだすまえのことが原因だと、彼は思っていた。彼が見たとき、姉はすでに昼食をのせたトレイを片手で支えていた。そしてもう片方の手で、服が身体にあわないのか、あちこちひっぱっていた。両手とも、すでに力が抜けていた。そして姉は、すでに泣いていた。

「母さんになんか、なりたくない」姉はひとりごとをいっていた。

そのときから、エドの人生は、なにもかもうまくいかなくなってしまった。それからあと、あれほどひどいことは起こっていない。父が黒猫を踏んづけてしまったことさえ、あれにくらべたらまだましだ。そのまえだって、うまくいっていなかったというやつもいるだろうが、そういうやつは、なにもわかっちゃいないんだ。

声がきこえた──「もうそろそろ自分を許してやりなさい」

エドは夢うつつで、ワームホールのやわらかな内側が船に触れ、ぎゅっと縮まるのを感じた。彼はしまりなくにやりとして、手の甲で唇をぬぐい、ふたたび眠りに落ちた。こんどは夢も見なかった。異星人のエンジンの強烈な輝きにまもられ、いまはサンドラ・シェンと名のっている存在の皮肉っぽい笑みと知られざる動機とに後生大事にくるまれて、エドはなんの支障もなく、優雅に、百万歳の、いやもっと年を重ねているかもしれない産道を運ばれていった。そのいきつく先では、彼めがけて底知れぬ光が、誰にも想像のつかない形で炸裂するはずだ。

31　いつかきた場所

マイケル・カーニーはコテージから逃げだしたあと、最後にもういちど、自身の記憶のなかに放り込まれた。彼は二十歳。最後の無邪気な電車の旅からもどる途中のことだ。チャリングクロス駅——タロットカードの作用で打ち上げられた場所——をでると、外のタクシー待ち行列のそばを、みすぼらしい身なりの女がいったりきたりしているのが目に入った。女は右手で手紙をかかげて叫んでいた——

「あんたは、ろくでもない紙っ切れだ、ろくでもない紙っ切れ！」

白くなりはじめたほつれ髪が、力んで真っ赤になった丸い顔にまとわりついている。絨毯のように分厚い栗色のウールのコートは窮屈そうで、大きな胸が押し潰されている。「ろくでもない紙っ切れ！」女は叫ぶ。なにか議論の余地のない決定版の演説でもしようとしているかのように、この非難の言葉のアクセントの位置をいろいろ変えて、たとえ短いあいだでも一語一語に光があたるようにしている。身の内にある力を表現する義務を負っているかのような雰囲気が漂う。彼女にとってこれは仕事、どこか奥深くから吐きだされてくる、このうえなくつらい仕事なのだ。カーニーは身体のふるえを抑えることができなかった。しかし、まわりの連中はみんな平気そうな顔をしている——困るどころか、とくに女が背を向けているときなどは、むしろたのしげに、用心しいしい、けっこうやさしい眼差しで見つめている。カーニーが列の先頭にくると、女は彼のまえで立ち止まって、彼と視線を合わせた。女は背が低くて、でっぷり太っている。女にまとわりついている匂いは、空き家や古い服やネズミを連想させた。女の劇的なふるまい、御しがたい生の感情に、彼はすっかり腰が引けていた。「紙っ切れ！」女は彼に向かって叫んだ。もっている手紙は古いもののようだ。こうして酷使されているせいだろう、てかりがでて、折り目からばらばらになりかけている。「あんたは、ろくでもないやつだ！」女は手紙を彼に突きつけた。彼は困惑に身を苛まれて、無言で目をそらせた。爪先でコツコツと地面を叩く。

「あんたは、ろくでもない書かれたものだ！」女がいった。

カーニーは首をふった。たぶん、金がほしいのだろう。

「いや、俺は――」

チャリングクロス駅まえにタクシーがうなりをあげてすべり込んできたと思うと、キキーッとブレーキ音を響かせて彼のすぐそばに停まった。ボンネットの雨粒に踊る陽光に目が眩んで、彼は一瞬、女の姿を見失った。女はその一瞬のうちに彼に近づき、彼のジャケットのポケットに器用に手紙をしまいこんだ。彼が顔をあげると、すでに女の姿はなかった。手紙と思ったものは、ただのメモで、彼とおなじだけの年月を経た青いインクで、ケンブリッジの一画の住所が書かれていた。彼はそれを顔に近づけてみたが、読むだけでどっと疲れたような気がした。ついに折り目が破れ、紙は彼の手のなかでぼろぼろになってしまった。彼はタクシーの行き先を変更して、また電車に乗り、家にもどった。憂鬱な気分で、すっかり疲れ果て、荷物を片付ける気にもなれずにぐったりしていると、覚えようと思ったわけでもないのに、さっきの住所を暗記していることに気づいた。彼は勉強しようとしたが、けっきょくカードをいじっているうちに日が暮れて、そのあとは――たぶん、こんなのはみんな些細なことだと思いたかったのだろう――バーをはしごして、かりかりしながら飲みつづけた。できることなら、ばったりインゲ・ノイマンに出会って、笑いながらこういってほしかった――

「あれはただの遊びよ」

あくる日の午後、彼は雨のなか、あの紙に導かれてやってきた場所に立っていた。道路の向こう側に、どっしりした造りの古い郊外住宅がある。一戸建てで三階か四階まであり、いい具合に剝落した赤煉瓦の壁に囲まれた庭が半分、見えている。

どうしてきてしまったのか、自分でもわからなかった。

じっと立っているうちに服がぐっしょり濡れてしまったが、それでも立ち去る気になれない。子供たちが通りを右に左に駆けぬけていく。四時半ごろになると、人や車もいくらかふえてきた。雨があがって午後の光が西日に変わり、煉瓦が温かみのあるオレンジ色を帯びると、まるで道幅がひろがったかのように、庭を囲む壁が少し後退して見えた――と同時に高さも、長さも増したような気がした。ほどなく、あのウールコートの女がよたよたと視界に入ってきた。肩で息をして、顔をぬぐっている。女は道路をわたって、まっすぐに壁を突きぬけ、姿を消した。

「待ってくれ！」カーニーは喘ぐようにいうと、身を躍らせて女のあとを追った。

顔に張りつく伸縮性の膜のようなものを突きぬける感覚。そのとき、声がきこえた――「かれらは、自分たちがなにも理解せぬままずっとその庭の内にいたことに気づいて驚嘆した」それをきいたとたん彼は、あらゆるものの内と外はつねに単一の、つながった媒体なのだと悟った。そしてその瞬間に、自分はどこへでもいけると確信したのだった。歓声をあげて、同時にありとあらゆる方向へ、まえ向きに倒れてみようとしたが、この特権を行使する時点で、すでにひとつの方向を選んでしまっているのだとわかって、彼は落胆した。

家のなかには、半端な家具類が残されていた。家主はまだ完全に空き家にするつもりはないのかもしれない。屋内なのに寒い。カーニーは部屋から部屋へと移動しながら、ときおり立ち止まっては、古風な真鍮の炉格子や、昆虫のような形に折りたたまれて片隅に立てかけてある木製のアイロン台をしげしげと眺めた。上の部屋で、何人かの人がささやく声がきこえたような気がした——笑い声が、はっと息を呑む音とともに途切れる。

シュランダーは主寝室で彼を待っていた。開け放たれたドアから、出窓のそばに立つ彼女の姿がはっきりと見えた。その濃い、均質で強固なシルエットのまわりに光があふれ、むきだしの床を美しく変貌させ、カーニーが立っている踊り場にまでこぼれでてきて、クリーム色のペンキを塗った幅木の下のまるまったほこりを照らしだした。ドアのすぐ内側にある象嵌細工のテーブルにきちんと並べられた品々も見える——紙マッチがいくつか、小さな四角い包みに入ったコンドームがいくつか、扇形にひろげたポラロイドのスナップ写真、見たことのない記号が書かれた大きなダイスが二個。

「お入り」シュランダーがいった。「入ってきなさい」

「どうして俺をここへこさせたんだ?」

この言葉と同時に、一羽の白い鳥が出窓の三枚の窓ガラスを横切り、シュランダーが彼のほうを向いた。

その頭はもはや人間のものではなかった(どうして人間だなんて思っていたのだろう? タクシー待ちの列をつくっていた連中も、どうしてそう思ったのだろう?)。それは馬の頭蓋骨だった。馬の頭ではなくて頭蓋骨、巨大な湾曲した嘴状の骨で、上下が先端の一点だけで合わさっている。どう見ても馬ではない。邪悪で、知的で、無意味な、しゃべることのできないもの。色は煙草の葉の色。首はない。色のついた細長いぼろきれが数本――おそらく、コインやメダイヨンをちりばめた赤、白、青のリボンだったのだろう――首があるべき場所にかかっていて、鳥の襟羽のように見える。この妙なしろものが、聡明そうに身体を傾げてマイケル・カーニーを斜めに見上げた。鳥のような動きだ。内側から、呼吸音がきこえてくる。しみだらけで食べ物の匂いのする栗色のウールコートに包まれた身体が、家主然とした、しかし寛大そうな身ぶりで、まるまる太った両腕をあげた。

「見るんだ」シュランダーは、澄んだ、子供のようなカウンターテナーの声で命じた。「ここから外を！」

いわれたとおりにすると、なにもかもがガクリと傾いた。あるのは暗闇と猛烈なスピード感とぼやけた光点が数個だけだ。しばしのち、カオスアトラクターが発生した。一九八〇年代のコンピュータ・アートのような安っぽい虹色の輝きを放って、激しく沸き立っている。キリストの血、とカーニーは思った。天空を流れるキリストの血。彼は眩暈と吐き気に襲われてよろめき、倒れまいと手をのばした――が、そのときにはすでに倒れかけていた。ここはどこだ？　見当もつかない。

「ここでは、すばらしいことが起きている」シュランダーがいった。「あたしを信じられるかい？」

カーニーが答えずにいると、彼女はもうひとことつけくわえた――

「これがぜんぶ手に入るんだよ」

この申し出が思ったほど魅力的ではなかったと判断したのか、彼女は肩をすくめた。「ぜんぶだよ、あんたが望めば。あんたらが望めばね」しばし考え込む。「肝心なのは、当然だが、自分でどこへでもいけるようにすることだ。あんたら、あと少しのところまできてるってこと、わかってるのかね？」

カーニーは無我夢中で窓の外を見つめていた。

「え？」彼はいった。シュランダーの言葉はひとことも耳に入っていなかった。

フラクタルが沸き返る。彼は部屋から走りでた。途中で象嵌細工のテーブルにつまずき、よろけそうになってテーブルをつかんだ拍子に、いつのまにかシュランダーのダイスを手にしていた。その瞬間、彼の恐怖が部屋を満たし、濃厚な液体となった。彼はのたうち、泳ぐようにして、ドアに向かって進んだ。腕は平泳ぎのように回転している。足はスローモーションで空回りするばかりだ。彼はよろめきながら踊り場にでて、一直線に階段を駆けおりた——恐怖とエクスタシーに満たされ、ダイスを握りしめて——

そしてモンスター・ビーチの砂丘の高みでビーチグラスをかきわけて進むいま、ダイスはまたしても彼の手のなかにある。ふりかえれば、窓に乳白色の明かりが見え隠れするコテージが見えるはずだ。黒々とした空には、満天の星が輝き、入り江の腕（かいな）に抱かれた海は銀の色をまとって、かすかなシーッという音とともにビーチに打ちよせている。けっしてスポーツマンタイプではないカーニーは、一マイルばかり進んだところでシュランダーに追いつかれてしまった。シュランダーは、こんどは彼よりずっと大きかったが、声は相変わらず、少年か尼僧かと思うようなカウンターテナーだ。

「あたしのことがわからなかったのかい？」シュランダーは、星が見えなくなるほど彼におおいかぶさって、ささやきかけた。かびたパンと濡れたウールの匂いがする。「夢のなかで、あれほどしょっちゅう話しかけていたのに。さあ、もう子供にもどっていいんだよ」

カーニーはがくりと膝をついて、顔を砂浜に押しつけた。すると、濡れた砂粒のひとつひとつだけでなく、その隙間の形まで、急にくっきりととらえることができた。あまりはっきりと細かいところまで見えるので、ほんのつかのまだが、子供にもどったような気がした。これを、自分自身を、完全に失ってしまった。そう気づいて、彼はすすり泣いた。俺には、人生といえるものなどなかった、と彼は思った。いったいなんのために人生を捨ててしまったんだ？　こいつのせいだ。人を何人も殺した。狂人とつるんで、おぞましいこともした。子供もつくらないままだ。アンナのこともわかってやれないままだった。自己憐憫と、この大敵と向き合いたくないという必死の思いから、彼は呻きながら顔をぎりぎりと砂に押しつけ、左手をぐいっとうしろに突きだして、盗んだダイスが入った袋をさしだした。

「どうして俺なんだ？　どうして俺なんだ？」

シュランダーはとまどっているようだった。

「なんとなく気に入ったからだよ」とシュランダーはいった。「最初からそうだった」

「おかげで、俺の人生はめちゃくちゃだ」カーニーはつぶやいた。

「あんたの人生をめちゃくちゃにしたのは、あんた自身さ」ほとんど高慢ともいえる口調だ。そして――「ちょっとききたいんだけど、なんであんなに何人も女を殺したんだい？」

「おまえを遠ざけておくためだ」

シュランダーは驚いたようだった。

「おやおや。効き目がないって、気がつかなかったのかい？」ひと呼吸おいて――「これまで、たいした人生じゃなかっただろ？　なんであんなに必死になって突っ走ってたんだい？　あたしはあんたにちょっとしたものを見せてやろうと思っただけなのに」

「ダイスをうけとってくれ」カーニーは懇願した。「もう、俺にかかわらないでくれ」

シュランダーはダイスはうけとらず、カーニーの肩に手を置いた。彼は自分がすっともちあげられるのを感じた。そのまま移動して砕ける波の上にでる。手足がしっかりと、しかしやさしく、まるで腕のいいマッサージ師の手にかかったように、まっすぐにのばされるのを感じる。身体が空中で羅針盤の針のように不規則に動く。「こっちか?」シュランダーがいう。「ちがう。こっちだ」そして――「もう自分を許していいんだよ」麻酔スプレーが最初にあたったときのような、ひんやりするのに温かい奇妙な感覚が肌全体に伝わり、毛穴という毛穴から浸み込み、身の内を駆けめぐって、彼がこの四十年間、自分自身を追い込んできた袋小路をふさぎ、ただれを癒し、こぶしのようにかちかちに意味もなく凝り固まって、やわらげることも取り除くこともできずに彼の自意識そのものになってしまっていた痛みや欲求不満や嫌悪感をほぐしていき、最後には、彼が見、きき、感じるのは、ただやわらかいベルベットのような闇だけになった。彼はなにも考えず、そのなかを漂っているようだった。しばらくすると、そこに数個のぼやけた光点があらわれた。それはたちまち数を増し、ふえつづけていった。火花、と彼は思った。アンナが恍惚としていった言葉を思いだしたのだ。なにもかもに火花! 火花は彼の頭上で輝き、集まり、輪転花火のようにくるくるとまわって、激しく沸き返るストレンジアトラクターのパターンにおちついた。カーニーは自分がそのなかに落ちて、ゆっくりとばらばらになり、自分自身が失われていくのを感じた。彼は無だった。彼はすべてだった。彼は十三階を通過する自殺者のように、手足をぐるぐるふりまわしていた。

「シーッ」シュランダーがいった。「もうなにも怖がることはない」そして彼に触れた。「もう目をあけていいよ」

カーニーは身ぶるいした。

「目をあけて」

カーニーは目をあけた。「まぶしい」なにもかもがまぶしい。光がうなりをあげて、あとからあとから押しよせてくる――彼はそれを肌に感じ、音としてきいた。なんの重荷も負っていない光、物質のような光——真の光。巨大な光の壁や弧や花びらが宙にかかり、ちらちらとふるえ、固まり、しばしもちこたえたかと思うと崩れて彼のほうに落ちてきたが、なぜか彼を通りぬけて一瞬のうちに消え去り、またおなじことがくりかえされる。自分がどこにいるのか、彼には見当もつかなかった。彼はただこのうえなくすばらしい驚きとよろこびを感じていた。

彼は笑っていた。

「ここはどこだ？　俺は死んだのか？」

彼をとりまく真空はレモンの香りがする。薔薇のように見える。真空がかぶりついてきて、彼をばらばらに引き裂くのがわかる。地平線が見えるが、カーヴが急すぎる。あまりにも近すぎる。

「ここはどこなんだ？　あれは星なのか？　ほんとうにこんなところがあるのか？」

こんどはシュランダーが笑っていた。

「どこもみんな、こうさ。ちょっといい話だろ？」カーニーが見ると、シュランダーは彼の肩の高さしかない、小柄な太った女の姿をしたものになっていた。身長は五フィート六インチぐらいだろうか。栗色のウールの冬用コートのボタンをきっちり留めて、その大きな嘴のような骨は、うなりをあげて倒れかかってくる空を見上げている。からっぽの眼窩に目があったら、まぶしそうにまばたきしているのではないか、と彼は思った。「あれだけはねえ、あたしらも手に入れられなかったようだ」とシュランダーはいった。「まったく物事というのは、いくら中身をだしても切りがないもんだよ」肩にかかった彩りゆたかなリボンが、まったく目に見えない風にはためき、たなびく——一方で、コートのすそは往古の岩に積もった塵の上にたれさがっている。

「どこを見ても、際限なく中身がでてくる。探しているものは、かならず見つかる。あんたらはなんでも手に入れられるんだ。ひとつ残らずね」

あまりに気前のいい申し出にとまどって、カーニーはそれを無視することにした。どっちにしろ無意味に思えたのだ。だが、崩壊しては新しくなる光の塔を見上げているうちに思い直して、代わりになにを提供できるだろうと考えはじめた。なかなか適当なものが見つからない。と、彼はふいにダイスのことを思いだした。まだ、返していなかったのだ。彼はダイスを注意深く革袋からとりだして、シュランダーにさしだした。

「どうしてこれをとったのか、自分でもわからないんだ」と彼はいった。

「あたしもふしぎに思ってたよ」

「ま、とにかく、返す」

「それはただのダイスだよ」シュランダーはいった。「みんな、それでなにかのゲームをする」あいまいないい方だ。「でもねえ、ちゃんと使い道はあったんだよ。下に置いてごらん」

カーニーはあたりを見まわした。かれらが立っている地面は湾曲していて、少し先はもう見えない。表面は塩のような塵でおおわれ、まぶしくて、長くは見ていられない。

「地面に？」

「ああ、もちろん。いいから地面に置いてごらん」

「ここに？」

「ああ、どこでもいいよ」シュランダーは無造作に、おおまかにそのへんを指した。「見えるところならどこでもいい」

「俺は夢を見てるんだよな？」カーニーはいった。「夢を見てるか、死んでるかだ」

彼はダイスを塵の積もった岩の上に注意深く置いた。そして、消え去った自己が抱いていた恐怖を思ってほほえみながら、自分で〝ハイ・ドラゴン〟と名づけていた目が上にでるように置き直した。

それから少し離れたところまで歩いていくと、ひとりぽつねんと立って空を見上げ、雲と星と白熱するガスとのあいだに、彼の人生に存在したすべてのものの形が見える、と想像してみた。そういうものがそこにないことはわかっている——だが、想像してみるのは悪いことではない。ビーチの小石が見えた（彼は三歳だった。「こっちへ走っていらっしゃい！」母親が呼んでいた。「こっちへ走っていらっしゃい！」バケツに水が入っていて、わさわさと揺れる砂で濁っていた）。冬の池が見えた。縁近くの薄氷から茶色い葦が突きでている。「いとこたちがくるわよ！」（ごくふつうの家の芝生を横切って、いとこたちが笑いながら彼のほうに走ってくるのが見えた。）地下鉄のなかで、けっこう人間らしくふるまっているヴァレンタイン・スプレイクさえ見えた。いろいろなものが見えたのに、ゴースランドだけはいちども見えなかった——だが、そのすべてにかぶさるように見えていたのはアンナ・カーニーの顔だったような気がする。二人の人生の危険な浅瀬を通りぬけて彼を自己認識へと導いてくれた、固く決意した、強い顔。

「わかったかい？」シュランダーがいった。カーニーが一連の過程をたどるあいだ礼儀正しく沈黙をまもっていたシュランダーは、ふたたび彼の隣にやってきて、年来の友のように彼とともに空を見上げている。「宇宙には、つねに先があるはずだ。その先にもさらに先があるはずだよ」

そしてシュランダーは、はっきりと認めた——「もうあまり長くあんたを生かしておくことはできないんだ。ここではね」

カーニーはほほえんだ。

「だろうと思ったよ」彼はいった。「心配することはない。おい、見ろよ！　ほら！」

彼は華々しく荒れ狂う壮麗な光に目を奪われた。そして自分が、このすばらしい場所で、その光のなかにすべり込んでいくのを感じた。驚きでいっぱいだった。シュランダーに知ってほしいと思った。

彼が理解したことを確信してほしいと思った。

「俺はここにきて、これを見たことがある」と彼はいった。「見たことがあるんだ」

彼は真空が自分をからっぽにしていくのを感じた。

ああ、アンナ、俺はこれを見たことがあるんだ。

32 あらゆる場所、どこでもない場所

〈ホワイト・キャット〉のなかではこんなことが起きていた——

セリア・マウは計算体空間に入っていた。Kコードが基板なしで、それ独自の領域内でランしている場所だ。この宇宙のものすべてが、遥か遠くに離れてしまったように見える。物事はスピードアップすると同時にスローダウンしている。光化学作用をもつ白い光——光源はないのに方向性はある光——が、動く物体すべての縁にスプレーをかけたような光輝を添えている。セリア・マウの夢のひとつのように、明るくて強烈で無意味な場所だ。

「なぜそんな服を着ているんだ?」計算体がふしぎそうな声でたずねた。

「この箱のことが知りたいのよ」

「あなたがこうしてここにいることは」計算体はいった。「われわれみんなにとって非常に危険なことだ」

「……非常に危険なことだ」シャドウ・オペレーターたちがくりかえす。

「知ったこっちゃないわ」セリア・マウはいった。「見て」

彼女は両手をあげて箱をさしだした。

「非常に危険なのだよ」シャドウ・オペレーターたちがいう。みんな神経質そうに爪やハンカチを噛んでいる。

アンクル・ジップの箱からコードがとびだして〈ホワイト・キャット〉のコードと溶け合った。すべて――箱もリボンも、なにもかも――がピクセルに、ストリーマーに、非バリオン物質のような暗い光に分解して、びっくり仰天しているセリア・マウの顔を相対論的速度に近い速さで吹きぬけていった。その瞬間、セリア・マウはウエディングドレスに火がつくのを感じた。もすそは溶け、愛らしいケルビムたちは一瞬にして粉と化した。シャドウ・オペレーターたちは手で顔をおおって、冷たい風に枯葉のように身を躍らせ、その声は未知の時空の膨張効果でひきのばされ、ねじ曲げられていた。突然、箱からすべてがとびだしてきた――かつて誰かがこの宇宙について考えた、あらゆる観念が、ちゃんと機能し、利用できる形で、ここにあるのだ。数々の記述体系はそのすべてに先立つ支配的体制へと崩壊した。情報は超物質性という束縛を脱した。すべてが徹底的につくりかえられるとき。極限の混乱のとき。計算体そのものも、妙な帽子をかぶった奇術師のように解き放たれて、なにひとつもとにはもどらなくなってしまった。

やわらかなチャイム音が響いた。

「ドクター・ヘインズをお願い」やさしい、有能そうな女の声がいう。

そして彼はあらわれた。宇宙の媒質のなかから、白手袋をつけ、先端に金の飾りがついた黒檀のステッキをもった姿で。燕尾服の襟はベルベット、五つボタンのカフス、細身の黒ズボンの脇には黒いサテンのストライプが一本。帽子は頭にかぶっている。セリア・マウがこれまで見たことのなかった靴は、先が四角く尖ったエナメルのダンス用パンプスだ。帽子、靴、燕尾服、手袋、ステッキ。いま見ると、すべてが数字でできているのがわかる。それぞれの数字があまりにも密に、素早く動きまわっているので、しっかりとした面のように見えるのだ。世界中、すべてがこうなのだろうか？　それとも、ドクター・ヘインズだけのことなのだろうか？

「セリア・マウ！」彼が叫んで、手をさしだした。「踊っていただけますかな？」

セリア・マウは思わず身を縮めてあとずさった。彼女は、物事とどう向き合えばいいのか、ひとことも教えてくれないまま自分を置き去りにしていった母のことを思った。父のこと、そして父が彼女にもとめた性的なことを思った。二度と会えないとわかっていながら手をふってもくれなかった弟のことを思った。

「ダンスは習ったことがないの」彼女はいった。

「それはいったい誰のせいだ？」ドクター・ヘインズは笑った。「ゲームをする気がなかったら、賞品をもらえるわけがないだろう？」

彼はあたりを指し示した。セリア・マウが見ると、かれらはウエディングドレスを着た少女の栽培変種と、細い口ひげを生やした、生き生きした青い目の痩身長軀の男として、マジック・ショップのショーウィンドウのなかに立っていた。まわりには、彼女が夢で見たものがあふれている——レトロなもの、手品の道具、子供がよろこびそうなもの。ルビー色のプラスチックの唇。鮮やかなオレンジとグリーンに染められた鳥の羽根。シルクハットのなかに入れると生きた白い鳩になってとびだしてくるシルクのスカーフの束。つくりものの甘草の束。なかに仕込まれた忠実なダイオードの働きでみずから発光するヴァレンタインのハート。X線眼鏡や厚底靴、おもちゃのエタニティ・リング、はずせない手錠もある。どれも子供のころ、世界にはもっといろいろなものがある、その先にももっとなにかある、と思っていたころ、ほしかったものばかりだ。

「どれでも好きなものを選びなさい」ドクター・ヘインズがすすめてくれた。

「みんな偽物だわ」セリア・マウは頑なに答えた。

ドクター・ヘインズは笑った。

「みんな、ほんものでもあるんだよ」と彼はいった。「そこが驚くべきところだ」

彼はセリア・マウの手を離して、優雅に踊りながら「わーい、わーい、わーい！」と叫んだ。そして――

「その気になれば、なんでもほしいものが手に入ったのに」

そのとおりだと、セリア・マウにはわかっていた。身の内が恐怖でいっぱいになって、彼女はこの考えから逃れようと、可能なかぎりあらゆる方向へ倒れ込んだ。宇宙一高い岩棚からとびおりるような気分だった。「もう、ほうっておいて！」彼女は金切り声で叫んだ。船の計算体――ずっとドクター・ヘインズだった、少なくとも半分はそうだった存在――が、彼女を眠りにつかせた。そして統括する仕事のほかの部分（これには十空間次元そしてとくに重要な四時間次元への旅も含まれる）に素早く目を配り、〈ホワイト・キャット〉がいくらかなりと満足のいく状態になったことを確認すると、シグマ・エンドへの最短ルートをとって、ワームホールにとびこんだ。まだまだ仕事は山のようにある。

シグマ・エンド。

アンクル・ジップは目をすがめて、見まもっていた。

「あとを追え」

「まにあわないよ、アンク。向こうはもうとびこんじゃったんだから」

アンクル・ジップは無言だった。

「もう死んでるよ」パイロットはいった。「あのなかに入ったら、こっちもおしまいだ」

アンクル・ジップは肩をすくめた。色よい返事を待っているのだ。

「あれは人間がいくようなところじゃない」パイロットはいった。

「そうはいうが、知りたくないのか？」アンクル・ジップは猫なで声でいった。「そのためにきたんじゃないのか？」

「ああ、くそっ、そのとおりだよ」

〈ホワイト・キャット〉は横転しながら音もなく幽霊船のようにワームホールの端からでてきた。エンジンは切られている。コムも沈黙している。船殻の内側で動いているものはない――外側では、通常はパーキング軌道でのみ使われる青い停泊灯がひとつ、誰に見せるというのか、用もないのに一定の間隔で明滅している。船殻自体はなにか名状しがたい媒体との接触で表面が融け、すり傷、ひっかき傷だらけになっていて、ワームホールを旅することはおんぼろプロペラ機で千年飛ぶようなもの、その動きは逃走列車に乗っているときのニュートン力学的動きとなんら変わらない、といえるような状態だ。赤熱していた船殻は急速に冷えて、赤から杏色、そして通常の鈍い灰色へと変わっていく。外部付属物は、多くが失われている。白っぽい光の薄膜がねじれたようなワームホールの出口が、背後に遠ざかっていく。船はそれから二、三時間、コントロールを失って、からっぽの空間をつんのめるように回転しながら進んでいったが、やがて核融合の炎が短時間灯ると、無言のコマンドにしたがって船体を揺すり、いちばん近くにある大きな天体をめぐる軌道に乗った。

それからまもなく、セリア・マウ・ゲンリヒャーは目を覚ました。

彼女はまたタンクにもどっていた。あたりは真っ暗だ。寒い。いったいどうなっているのだろう？

「ディスプレー」と彼女は指示した。

なにも起こらない。

「ここにはあたししかいないの？」彼女はいった。「でなかったら、どういうこと？」

静寂。彼女は闇のなかで不安げに身体を動かした。タンクのプロテオームが生気を失ってよどんでいるように感じられる。

「ディスプレー！」

こんどはコムのフィードが生きて、二、三の映像が映ったが、混信してゆがんだり、途切れたり、二重写しになったり、斑点だらけになったりしている。

Kシップの人間用区画の床に大きな白い物体がころがっている。その周囲をカメラがまわるにつれて、それは手足の一部を切断された人間だということがわかってくる。衣服は重力によってずたずたに引き裂かれ、切断された腕といっしょに、濡れた洗濯物のようになって部屋の隅に押しつけられている。その上の壁は真っ赤な絵の具を塗りたくったように汚れている。二つめの映像はアンクル・ジップだ。船がワームホールをどこまでも落ちていくなか、アコーディオンを弾いている。そのメロディにかぶさって、パイロットの叫ぶ声がきこえてくる。「くそっ。ああ、こんちくしょう」三つめはアンクル・ジップの口許のアップだ。おなじ言葉をくりかえしている――「冷静でいれば、抜けだせる」

「どうしてこんなものを見せるのよ？」セリア・マウはいった。

船は依然として沈黙したままだ。と、突然、しゃべりだした。

「これはすべていちどに起こっている。リアルタイムの映像だ。あのなかで彼に起こったことは、いまも起こっている最中なんだ。この先もずっと起こりつづけるんだよ」

アンクル・ジップがディスプレーからセリア・マウを見つめている。

「助けてくれ」と彼はいった。

嘔吐している。

「まったくもって興味深い」計算体がいった。

セリア・マウは、もう少しだけ画面を見てからいった――「ここはもういや」

「どこへいきたいんだ？」

彼女はタンクのなかでむなしく身じろぎした。「ちがうわよ、あたしはここからでたいの」返事がかえってこないとわかると――「うまくいかなかったんでしょ？　なんだか知らないけど、あたしを眠らせるまえにあっちで起こったことよ。奇術師を見たような気がしたけど、あれもいつもとおなじ夢だったのよね。あたし、思ったのよ――」彼女は十三歳の少女のように肩をすくめようとした。その動きに反応して、タンクのなかの液体がゆっくりと渦を巻いた。彼女は、残された身体が生温かい唾で洗われるさまを想像した。十五年間の絶望で洗われているようだった。「ああ、そうよね、あたしがどう思おうと関係ないわよね。ほんとに疲れちゃった。もう、なにをしようが、どうでもいい。うんざりよ。家に帰りたい。こんなの、ぜんぶなかったことにしたい。自分の人生をとりもどしたい」

「ちょっといいかな？」計算体がいった。

「なに？」

「ディスプレー、オン」計算体がいうと、彼女の頭のなかにケファフチ宙域がなだれこんできた。

「物事はほんとうはこういうふうに見えるんだ」計算体がいった。「もし船時間で見るように見えるのがほんとうだと思っているとしたら、それはまちがいだ。船時間がすばらしいものだと思っているとしたら、それはまちがっている——あんなものは、別にたいしたものでもなんでもない。これがわかるか？　これはたんなる〝エキゾチックな状態〟ではない。現実の人間時間のなかで轟音とともにどこからともなく生じて、また崩れ去っていく、何光年にもわたる青と薔薇色の炎だ。それがいい本来の姿なんだよ。あなたの内面もおなじようなものだ」

セリア・マウは苦々しげに笑った。

「ずいぶん詩的なのね」

「あの炎のなかを見るんだ」計算体が命じた。

セリア・マウが見ると、頭上でケファフチ宙域がうなり、ためいきをついていた。

「肉体をとりもどしてやることはできない」計算体はいった。「あなたは怒りをもちつづけていながら、その怒りを恐れてもいた。あなたがかれらにさせてしまったことは、もうとりかえしがつかないんだ。それはわかるね？」

「ええ」彼女はつぶやいた。

「よろしい。では、つぎだ」

一瞬のち、ケファフチ宙域は、三つの背の高いアーチ型の窓のなかにおさまっていた。ルーシュのついたグレイのサテンにおおわれた壁にあいた窓だ。彼女はマジック・ショップのショーウィンドウのなかにいる。と同時に〈ホワイト・キャット〉のタンク室にもいる。

この二つの場所は、最初からずっとおなじひとつの場所だったのだと、ようやくわかった。自分のタンクが見える。十三歳の少女がよろこびそうなもの、というコンセプトでEMCが考えたコーポレート・アイディアがこれだ——金色の立体的な妖精やユニコーンやドラゴンで飾り立てた棺。どれも、まるで死は恒久的な状態ではなく、悲しみはかならず克服できるとでもいっているような、英雄的な自己犠牲を何度も何度もくりかえすものばかりだ。棺には蝶番式の分厚いふた——彼女が逃げだすのを恐れてか、内側からはあかない——がついていて、パイプの束がなかに引き込まれている。彼女はその上にも、なかにも、うしろ側にもいる——光線のあるところどこでも、ほこりのように舞い降りる船内監視カメラのなかにいるのだ。そのまま見ていると、まんなかの窓に、ドクター・ヘインズのかがめた上半身がゆっくりと入ってきた。白いシャツはよく糊がきいている——ブリリアンティンを塗った漆黒の髪はぴかぴかに輝いている。ドクター・ヘインズは彼女の視界に目一杯、上半身をかがみこませると、彼女に向かってウインクした。そして、いつもならそのままおじぎして消えていくのに、今回は長い、エレガントな足を窓の敷居にかけてよじのぼり、部屋のなかまで入ってきた。

「だめよ」セリア・マウはいった。

「だいじょうぶだ」

彼は二歩でタンクのところまでやってきて、勢いよくふたをあけた。

「いやっ！」

わずかに残された手足をばたつかせてあばれると、彼女が浮かんでいる液体——ときにはKシップでさえ太刀打ちできないほどのニュートン力学的な衝撃をも吸収してしまう、濃密で不活性な、粘液質の液体——がこぼれて、ドクター・ヘインズのエナメルの靴にかかった。が、ドクター・ヘインズは気づいていない。彼は液体のなかに手を入れて、セリア・マウをひっぱりだした。彼女はマイクロカメラのなかから、十五年ぶりに自分の姿を目にした。それはとても小さくて、つぶれていて、黄色っぽくて、手足はすべておかしな方向を向き、空気にさらされた苦しさから、弱々しくまるまったり、のびたりしていた。彼女には恐怖と絶望の叫びときこえたものは、実際にはかすかなしゃがれた呻き声でしかなかった。全身をおおう皮膚は、なめし皮か、泥炭地に埋葬されて保存されていたミイラの皮膚のよう。その皮膚と骨とのあいだには、一片の肉もない。しなびた唇は、きれいに並んだ小さな歯に張りつき、目はタールを塗ったような眼窩の奥で怒りにぎらついている。曲がった背骨の要所要所から太いケーブルがのびているのを見たときには、全身がしびれたようになって、嫌悪感が込みあげてきた。可哀想で可哀想でしかたなかった。恥ずかしい、い、い、い、い、恥ずかしくてしかたなかった。そもそも、彼に抵抗したのはこれがあったから——とにかくこれを見せるようなことだけはしてほしくなかったからだ。そしてつぎに彼がなにをしようとしているかわかると、またまた抵抗しなければならなくなった。

彼はいつのまにか船を着陸させていた。貨物ランプがおりると、彼はセリア・マウを外に連れだそうとした。恐怖が、ケファフチ宙域のように降りそそぐ。もう〈ホワイト・キャット〉ではないのなら、いったいなにができるのだろう？　なにになれるというのだろう？

「いやだ！　いやだってば！」

頭上でケファフチ宙域が脈打っている。

「空気がない」なさけない声だ。「空気がないじゃない」

空は放射エネルギーで燃えさかっている。

「生きられないわよ！　あたしたち、こんなところじゃ生きられない！」

しかしドクター・ヘインズは気にするようすもない。船外の奇妙な形をした低い塚や埋もれた人工遺物のあいだで、彼は手術の準備にとりかかった。白い手袋をはめる。袖をまくりあげる。そのあいだに、彼の目と口からこぼれでるKコードの白い泡が、塵を材料にして必要な器具をそろえていく。ドクター・ヘインズは空を見上げ、雨が降っていないかどうかたしかめるときのように、てのひらを上にして片手をのばした。「これ以上、照明は必要ないな！」

セリア・マウはすすり泣いていた。

「あたし、死んじゃう！　こんなところで、どうやって新しい身体をつくってくれるっていうのよ？」

「身体のことは忘れなさい」

ケファフチ宙域の沈黙の怒号のもと、おたがいに叫ばないと相手の声がきこえない。素粒子の風がドクター・ヘインズの燕尾服のすそを吹きあげる。彼は大声で笑った。「こうして生きているというだけで、驚きじゃないか！」彼のうしろにシャドウ・オペレーターたちの姿が見えた。興奮した魚の群れのようにちらちらとゆらめいて、踊りながら船からこぼれでてくる。

「あの子はまた、ようなる」たがいに声をかけあっている。「ようなる」

ドクター・ヘインズが手術器具を高々とかかげた。

「自分を忘れるんだ」と彼は命じた。「さあ、これで本来の自分になれるぞ」

「切るの？」

「ああ。わたしを信じられるかね？」

「ええ」

しばらくのち——何分間か、はたまた何年間かたったのち——ドクター・ヘインズはひたいから汗のように数字をぬぐうと、いましがたつくりあげたものから一歩遠ざかった。燕尾服は、お世辞にもこぎれいとはいえなくなっている。リネンのシャツのカフスまで血で真っ赤だ。最初は芸術品ともいえるほどの状態だった手術器具も、いま見るとなまくらで、とうていこういう仕事に使えるようなものではなくなっている。彼は首をふった。彼の腕をもってしても、骨の折れる仕事だったのだ。熱力学的にいって、これほど高くついた仕事はなかった。これは一種の賭けだった。だが、リスクを恐れていては、なにも手に入らない。

「さあ、これで本来の自分になれるぞ」彼はくりかえした。

彼がつくりあげたものは、身体を起こして、おぼつかなげに羽ばたいた。

「これ、たいへん」と、それはいった。「こんなに大きくなくちゃだめだったの？」それは、懸命に自分の背中を見ようとした。「どんな格好なんだか、よく見えない」また羽ばたく。付帯的に起きた電磁的事象が地面の塵を舞いあげる。塵は宙にとどまっているが、それ以外はなにも起こらない。

「たぶん何度も練習すれば——」ドクター・ヘインズは励ました。

「なんだか怖い」と、それはいった。「すごくばかになったみたいな気分」

それが笑いだした。

「ねえ、あたしどんなふう？　あたしはまだ彼女なの？」

「そうともいえるし、そうでないともいえる」とドクター・ヘインズは答えた。「まわってみせてくれ。ほう、美しい。もう少し練習することだな」

セリア・マウは何度も何度もまわってみせた。光が翼に当たるのが感じられる。

「これは羽根なの？」と彼女はたずねた。

「完全にそうというわけではない」

彼女はいった——「どんなふうに使えるのかなあ！」

「望みどおり、どんな形にでもなってくれるよ」ドクター・ヘインズは請け合った。「この形でもいいし、ほかの形にもなれる。また白猫になって星の世界で獲物にとびかかることもできる。それとも、まったく新しいものになってみるか？　いや、こうして見てみると、わたしも満足だ。そうとも！

ほら！　な？　こうでなくちゃいけない！」

彼女は舞いあがって、彼の頭上でぎごちなく円を描いた。「どうやればいいのか、わかんない！」下に向かって呼びかける。

「まわってごらん！　もっとまわるんだ！　わかるか？」

彼女はさらに何回かまわってみた。「あたし、じょうず。かなりうまくなれそう」シャドウ・オペレーターたちが彼女のほうへ飛んでいった。うれしそうにささやきあい、仕事で傷んだ骨っぽい手を叩きながら、彼女のまわりを群れ飛ぶ。「あんたたちにはずいぶんよく面倒を見てもらったわ」彼女はそういって労をねぎらうと、こんどは〈ホワイト・キャット〉を見下ろした。

「長かったなあ！」彼女は驚きの声をあげた。「あれだけの年月、あたしはずっとあれだったの？」

かくも風変わりな生物体——これほど巨大でありながらこれほどもろく、自身の望みから幾度となく永劫に生まれいでる存在——が泣くということがあるのならば涙と呼べるかもしれないものが、はらはらとこぼれた。「ああ、どうしよう」彼女はいった。「自分の気持ちがわからないわ」ふいに、彼女は笑いだした。その笑いは真空を満たした。それは素粒子の笑いだった。彼女はあらゆる領域で笑っていた。笑いながら、いろいろなものになってみた——つねに先がある、その先にもさらに先がある。「これはどう？」下に向かって呼びかける。「あたしは最後のがいちばん好きかな」彼女の翼は羽根の様相を失い、ケファフチ宙域の光がその先端から先端へ野火のように走りぬけた。セリア・マウ・ゲンリヒャーは笑って、笑って、笑いつづけた。

「さようなら」彼女は下に向かって呼びかけた。

そしてドクター・ヘインズの目でも追いきれないほどの速さで急上昇した。一瞬、彼女の影がドクター・ヘインズをよぎり、消えていった。

彼女がいってしまうと、ドクター・ヘインズはKシップとマイケル・カーニーの遺骨とのあいだで、しばし立ちつくしていた。疲れ切っているようだが、おちつく気配はない。彼は背をかがめて、マイケル・カーニーがここまでもってきたダイスを拾いあげた。そして考え深げにひっくりかえし――また地面に置いた。「あれは疲れた」彼はつぶやいた。「まったくかれらは思った以上に疲れることをしてくれる」しばらくして、彼はひそやかに、より居心地のいい形にもどり、長いことそこに立って、ケファフチ宙域を見上げていた。大きな湾曲した嘴のような骨に、胸のあたりに食べ物のしみがついた栗色のウールコートを着た、小柄なずんぐりした存在は、肩をすくめてつぶやいた――

「さあ、まだやることがある」

33　エド・チャイアニーズの最後のひとふり

〈パーフェクト・ロー〉がワームホールを抜ける旅を終えて、姿をあらわした。エンジンはゆっくり動きを止めたと思うと、構成部品に分散した。船は一、二分、どの選択肢を選ぶか考えていたようだったが、やがてせかせかと局所空間を抜けて、まもなくケファフチ宙域の全体像が見える小惑星の上空に到着した。

エド・チャイアニーズはパイロット・シートに長々とのび、あんぐりと口をあけて深い呼吸をくりかえしていた。片手が股間にある以外は、『チャタトンの死』にそっくりだ――夢を見ているのかどうかはわからない。その彼を、そばに立って母のような、と同時に皮肉っぽい眼差しで見下ろしているのは、太腿までスリットの入った金箔のチョンサンを着た小柄な東洋人の女だ。女は煙草に火をつけて、首をふる合間にふかしている。その目は片時もエドから離れない。もし彼女がほんものの人間の女だったら、彼を理解しようとしているところ、といえそうな雰囲気だ。

「さあ、エド、でかける時間だよ」ついに彼女が声をかけた。

白っぽい微片が数個、その目から漂いでたように見えた。「ねえ、なにか音楽がほしいところだね。なにか規則正しいリズムのやつがさ」彼女が手をあげると、エドはその動きに合わせてシートからそっと浮きあがり、歩くペースで〈パーフェクト・ロー〉のいちばん近いハッチまで運ばれていった。ハッチがひらくと、船内の空気がすべて外に吸いだされていった。エドはそれも気づいていないようだ——たぶんそのほうがしあわせだろう。それからまもなくすると、エドは宙に浮いて横になっていた——完全に水平になり、足をそろえて、胸の上で手を組んだ、埋葬時のような姿勢。小惑星の地面から二、三フィート上だ。

「いいね」サンドラ・シェンはいった。「セクシーだよ、エド」

彼女はぎらつくケファファチ宙域を見上げた。その光輝を背景に、〈パーフェクト・ロー〉の姿がかすかに見える。

「もう用はすんだよ」彼女は船に告げた。

船は一、二秒間、機動的に動きまわり、その間、死体保護庫に乗った異星人たちのたいまつが断続的に明々と灯るのが見えた。そしてかれらは、ふたたび紫の雲を燃え立たせて去っていった。

サンドラ・シェンはそれを見送ると、少しのあいだ、後悔しているような、決断するのをためらっているようなそぶりを見せた。「もう一本、吸おうかね？」彼女はエドにたずねた。「いや、別に吸いたくはないか」おちつきがなく、ぴりぴりしている——いつもの彼女とは大ちがいだ。彼女の影も、つかのま、おちつきを失った。両手が、せわしなく服をいじっている。いや、そうだろうか？　どうもそれだけではなさそうだ。一瞬、すべてのものから火花があふれでたように見えた。彼女は腹立たしげにためいきをつき、それでリラックスしたようだった。

「さあ、起きるんだよ、エド」と彼女はいった。

エドは、ケファファチ宙域のすてばちなイルミネーションのもと、小さな星の湾曲した地面に立った姿で、目を覚ました。

まわりで、火柱が立ちあがったり、崩れ落ちたりしている――調和した色、ばらばらの色、ステンドグラスの色。少し横のほうに、彼にはなんとも表現しようのない照明を浴びて、Kシップが停まっている。ドライヴはパーク状態、船殻は、はやる兵器類を抑えているせいで、ちらちらと微光を放っている。さらに、完全にそろった人間の骨があることに、彼は気づいた。骨は茶色がかっていて、服の切れ端と、タール状になった軟骨がまだへばりついている。そして彼の肩先には――この猛り狂う、妥協を知らぬ光のなかでは輪郭がぼやけて異様に見えるが、なぜかさほど恐ろしくはない――あるときは〝サンドラ・シェン〟、またあるときは〝ドクター・ヘインズ〟としてあらわれた存在が立っていた。だが、この存在が、長い年月にわたって、いちばんしばしば使った姿、短いつきあいの相手のほとんどと接した姿は、〝シュランダー〟にほかならない。エドは彼女を横目で眺めた。ずんぐりした体型、ボタンがとれた栗色のウールコート――そして馬の頭蓋骨のような頭、半分に割ったザクロのような目。

「ほう！　あんた、ほんものなのか？」

エドは自分の身体にさわってみた。大事なものから先に、だ。

「俺はほんものなのか？」彼はいった。そして――「まえに会ったことがあるぞ」返事はない。彼はごしごしと顔をこすった。「絶対、まえに会ったことがある」漠然と手をふって、「こんな……」

「驚きだろ？」シュランダーがいった。「どこもかしこも、こんなふうなんだよ」

エドがいおうとしたのは別のことだった。彼は、こんなに遠くまできたいとは思っていなかった、というつもりだったのだ。

「ここがどこだかよくわからないんだが」

「知ってるかい？」シュランダーは、どこかうれしそうにいった。「あたしにもわからないんだよ！　なにしろいっぱいあるからねえ！」

「おい、あんた、サンドラ・シェンだろ？」

「ああ、彼女でもある」

エドは匙を投げた。ふと、自分にやさしくしてやるだけで充分じゃないか、という気がした。うけいれることだ。だが、シュランダーは気さくで思いやりもあり、いまは目覚めたときよりも安心していられる。そう思うと、こんどは、もっとなにか努力すべきだという気分になってきた。そこで、少し考えてからシュランダーにいってみた。「あんたはKカルチャー人なんだろ？　あんたたち、死んでなかったんだ。これまでのことはぜんぶ、そういうことなんだ」

エドは畏怖の念を覚えながら、横目で彼女を見た。

「あんたはどういう存在なんだ？」

「うーん」シュランダーはいった。「答えても、あんたに理解できるかどうか。なんにせよ、あたしはその最後の生き残り——それだけはまちがいないよ」彼女はためいきをついた。「すべていいことには、かならず終わりがある、ていうだろ、エド」

なんと答えたものか、よくわからなかった。

「どういうもんなんだい？」やっとひねりだした質問だ。「つまり、あんたとしては」

「ああ、別に問題はない。どうということはないよ」

「寂しくないのか？　気が滅入ったりしないのか？」

「ああ、それはもちろんある。寂しいよ。なんというか、ベンチにひっこんでる感じだね。誰だってそうさ。でもねえ、エド、あたしらにもいいときがあったんだ、そりゃあすばらしかったよ！」彼女は急に生き生きとして、エドを見上げた。「そのころのあたしらを、あんたに見せたかったねえ。見かけはこんなふうなんだよ。欲をいえば、もうちょっとリボンがほしいとこだけどね」彼女は笑った。「コートの下は、見せられない」

「いやあ」エドはいった。「いい線いってるんだろうな」

「あの穴ぐらのニーナ・ヴェシクルとは、ちょっとちがうよ」さまざまなことが胸をよぎった。思った以上に長く考え込んでいたかもしれない。「なんの話をしてたんだっけ？」

「いいときもあったたって話だ」

「ああ、そうなんだよ、エド、そうなんだ！　あんたの人生がすぎていくように、あたしらの人生もすぎていった。いや、あたしらのほうがよかったかもしれないね。楽園で催される午後遅くの舞踏会のように優雅な時間――と思ったら、つぎの瞬間には、せかせかした、実体のない、気ばかりあせる、刻々とすぎていく時間。ああ、まったく――地獄もいいところだよ。それでもあたしらは、何度かランチにありついた。あたしらがどんなことをなしとげたか、見ておくべきだったねえ、エド！　あたしらは最高のものだけもって、あちこち転々としたんだ。ついにコードも解明した。あんたらがほしがる答えを、ぜんぶもってるんだよ――」

彼女は言葉を切って、空を指差した。

「そして、あれにぶちあたった。包み隠さずいうけどね、エド、ほかの連中とおなじで、あたしらも一歩も進めなかった。あたしらがここへきたときには、もう古株でね。あたしらのまえにここにきた連中は、あたしらが影も形もないころに、すでに年寄りだったんだ。あたしらは、その連中のアイデイアをいち早く盗んだ。いま、あんたらがしているようにね。あたしらも、それなりに挑戦してみた――」シュランダーは肩をすくめたようだった。「――そして失敗した。ワオ、だよ、エド。でも、あんたに見せてやりたかった。そのころには、あたしらも物事をいくらかコントロールできるようになっていたからね。エキサイティングな時代だった。でもそれも、小競り合いをくりかえした末に、すべて無に帰してしまった」彼女はしばし頭をそらせて、その大きな骨の嘴をケファフチ宙域に向けていたが、やがて塵をかぶった足元に視線を落とした。「ああ、愚痴をいってるわけじゃないんだよ。それだっておもしろかった。いわば、冒険だからね。あたしらの冒険だったんだ。それも、あたしらという存在の一部だったのさ。

そこが肝心なんだよ、エド。ここにいるってことが。自分という存在にどっぷりつかってることがね」

「それを失ったと感じてるんだな」エドはいった。

シュランダーはためいきまじりにいった。「ああ、そうなんだよ」

彼女はいった――「あたしらは、まちがいを犯した。とかくそういうことになるんだよね。撤退する。挫折する。やる気をなくす。相手は、あたしらなんか問題じゃなかった――知性でも、理解力でも、あたしらよりまさっていた。けっきょく、あたしらには力がなかったんだ」つかのま、二人は限界というものについて思いをめぐらせた。限界に挑戦することに人生を賭けてきたエドにとっては、限界について考えるのはむしろたのしいことだった。もうそろそろいいだろうという頃合いをみはからって、彼はいった――

「それで、そのあとはどうなったんだ？」

「ころんだら起きあがるんだよ、エド。なんとか走りつづけるんだ。あたしらには、なにかが欠けていた、それは認めなきゃならない。けどね、そこからすごいアイディアが生まれたんだ。あ、あ、あたしらは、宙域を知ることはできなかった――でも、知ることができる存在をつくろうと決意した。お察しのとおり、エド、あたしは種属の最後のひとりだ。あたしはこのプロジェクトを進行させるために、ここに残されたんだよ」

シュランダーは、ふっと口をつぐんだ。

しばらくして、疲れた口調で彼女はいった。「エド、あたしはとっくに有効期限切れなんだ」

エドはその言葉の重みをひしひしと感じた。その孤独の深さを感じた。この異質な存在になにがしてやれるだろう？　肩を抱いてやる？　なんと声をかければいい？「気の毒に、年老いてしまったんだな」とでもいうのか？　そんな思いを察したのだろう、シュランダーは彼を元気づけるようにいった。「ちょっと、エド、心配は無用だよ」――そして、ひと呼吸おくと、残る力をかき集めて、あたりを指し示した。背の低い廃墟、塵に埋もれた不可解な人工遺物、邪悪な魔神のようにどっかと腰をすえている工学の権化、Ｋシップ――そのシステムは絶好調で放射線を放ち、兵器類はビーチの百光年以内のところで脅威となりそうな出来事が起こるたびに、無神経にぬっと突きでてくる。「あたしはここの廃墟や、ハロー中にあるこういう物体のなかで暮らしてきた。そのすべてに、あたしの一部分がいて、すべての部分はあたしのなかにある。ＥＭＣがＫテクを発見してからは、この船の航行システム空間にも住んだ。で、これを盗んだのさ。その計算体のなかから、ブリッジ全体、ウェットウェアのなかも、四つの時間次元を含めて十四次元に自由に出入りしていた。あたしはハロー規模で、時間のなかをヨーヨーみたいに未来へいったり過去へいったりしていた。なんにでも介入できた」

「どうしてそんなことを？」

「それは、あたしらがあんたらをつくったからさ、エド。あたしらは、アミノ酸から、あんたらをつくりあげた。自分たちにないものはなにか考えて、あたしらがなれなかったものに進化するように、あんたらの祖先をつくったんだ。長期プロジェクトだよ。このビーチにあるものとおなじくらい長い時間がかかるプロジェクトだ。ああ、そうだよね、いわゆる太陽エネルギー工学の産物みたいに、はっきり目に見えるものじゃないかもしれない。けどね、ああいうもので、まともに作動するものがあったかい？　よく考えてごらん——なかったと思うよ。あたしらは、この投資は勝算ありと踏んだんだ。割安であると同時に上質な投資さ。それに、もっとおもしろいのは、宇宙に手を貸して、一部はなりゆきにまかせたことさ。あたしはそれをずっと見まもっていたんだ」

ケファフチ宙域。

事象の地平線のない特異点。破られた宇宙の法則が、安っぽい手品の小道具のように、こぼれでてくるところ。きくかどうかわからない魔法が、レトロ・ショップのショーウィンドウのなかの品物のようにあてにならないものが、あふれでてくるところ。とても理解しきれるものではないが、理解しようとせずにはいられないもの。かかわらずにはいられないもの。

エドの視覚皮質は、テート＝カーニー・デバイス内のイオン対さながらに興奮して、空一面の壮大な光の明滅のなかに、あのダイスに描かれた記号を幻視していた。双子座が見えた。馬の頭も、煙のような雲の塔のなかの快速船も。この勝算／非勝算の象徴のもと、小惑星——見かけどおりそうなら、の話だが——の地表が細かな白い塵におおわれて、彼の足元から、ほとんど起伏もなくのびひろがっている。ところどころに、背の低い長方形の建築物の残骸が見える。基礎部分は、宙域から発生したアブレーションをひきおこす未知の力によって、厚さ三センチほどになってしまっている。このエントラディスタのパラダイスには、そのほかにも、もっと小さめの人工遺物が輪郭がぼやけるほど分厚い塵におおわれて散らばっている。どれひとつとっても、モーテル・スプレンディードの解体屋のラボにもっていけば、ひと財産になるようなものばかりだ。

エドは、自分を人工遺物として考えてみようとした。しゃがみこんで地面に耳をあててみると、地下の、そう遠くないところからKコードがきこえてきた。誰にきかせるでもなく、聖歌隊のように歌っている。

「あんたは、まだこの下にいるんだ」エドはつぶやいた。「この下にも、どこにでもいる。それで、あんたはなにをしたいんだい、エド?」

「なにをしたい?」

エドは立ちあがった。

「なにをしたい、って?」

シュランダーは笑った。「ここを見せるためだけに連れてきたわけじゃないんだよ。あんたをこの――」言葉をど忘れしたかのように、考えている。「――この途方もなくすばらしい場所であんたを生かしておくために熱力学的にどれくらいのコストがかかっているか、きいたら腰を抜かすよ、正直な話。いや、エド、あんたをここへ連れてくるだけでも、うれしいことはうれしいんだが、それだけじゃあ、費用対効果が不充分なんでね」

「だから?」

「しっかり考えておくれよ、ステディ・エディ。あんたはこの人生にとどまってはいられないんだ。走りつづけるか、倒れるかだよ。どっちになるかね?」

エドはにやりと笑った。やっと彼女の全貌がつかめた。「あんたはトウィンク・タンクのなかにもいた」ククッと笑いが洩れる。「リタ・ロビンソンだ!」思いだした。「まちがいない、あんたはリタ・ロビンソンでもあったんだ」彼は骸骨が横たわっているところまでぶらぶら歩いていって、塵のなかにひざまずくと、その茶色味を帯びた骨に触れた。胸郭にくっついていた色褪せた細長いボロ布をとって手を離し、重力がそれをゆっくりと地面にひきよせるのを見まもる。

「なあ、これにはどんなストーリーがあるんだ？」

「ああ」シュランダーはいった。「それはカーニーだよ」

「カーニー？　まさか、あのカーニーじゃないよな？」

「昔、自分というものから身をひいてしまった男がいた」シュランダーはいった。「まさにそのとおりの意味なんだよ。彼は早くから将来を約束された存在だったのに、びくびくしながら生きていた。あたしは、彼がまるで光のように、いきなりぱっと燃えあがって、急に消えてしまうのを見ていたんだ。ああ、いいたいことはわかる。彼とブライアン・テートが、あんたらをここまで連れだしたんだ。彼がいなければ、量子マシンは生まれなかった。膨大な並列処理もできなかった。そしてそれがなければ、回り道も見つけられなかった。けどね、けっきょくのところ、彼にはがっかりさせられたんだよ、エド、ほんとの話――彼は、自分が知ったことを恐れすぎたんだ。彼をここへ連れてくる必要はなかったんだが、借りがあるような気がしたんでね」

シュランダーは笑った。「彼があたしのものを盗んで、返してくれといいにいくたびに逃げられてた、なんてこともあったけど、やっぱりね」彼女はかかがみこんで、ぽっちゃりした小さな手で塵のなかをさぐった。

「ほら」

「おっ、シップゲームだ」エドはいった。

「これがオリジナルだよ、エド。見てごらん、その見事な細工。どれくらい古いものなのか、あたしにもわからなかった」ずんぐりした小さな手の上のダイスを見つめている。「見つけたときには、すでに古いものだったんだ」

「で、なにをするものなんだ?」

「それもわからないんだよ」シュランダーはためいきをついた。「個人的感傷で、ずっともっていたんだが、ほら、あんたにあげるよ」

「俺にとっては、ただのゲームでしかないけどな」エドはいった。

彼はダイスをうけとって、ケファフチ宙域の光が存分にあたるように置き直した。こうして見るのが正解だな、と彼は思った。これもまた、宇宙の法則が流れでてくる場所を理解するための道具なのだ。見慣れた記号がダイスの面からとびだして光のなかで焼かれたがっているかのように、切々と瞬いている。これがわかったのも彼女のおかげ、そう感じたエドはいった——

「俺はなにをすればいい?」

「取引きしようじゃないか——このKシップはあんたにやる。あんたはゴー・ディープする。ケファフチ・ブギだよ、エド——あれは点であり、圧力でもある。そこをとことん突き進むんだ」

「どうして俺なんだ?」

「あんたが第一号なんだ。あんたこそ、あたしらがつくりたかった存在なんだよ」

「カーニーは頭脳だったわけか」エドは指摘した。「俺はちがう」

「エド、あんたに理解しろなんていわないよ。あんたにはサーフィンしてほしいんだ」

エドはもの思いにふけりながらダイスをふった。

もういちど、ふる。

彼はいった——「昔からこいつを飛ばしたいと思ってたんだ。これであのなかに入ると、どうなるんだ？」

「あんたがかい？」

エドはまたダイスをふった。

「ぜんぶが、さ」エドは宇宙全体を指すかのように、大きく手を動かした。

異星人は肩をすくめた。

「そんなことは誰にもわからないさ。物事は永遠に変わりつづけるんだから」

エドはまたダイスをふった。頭上ではケファフチ宙域が音もなく猛り狂っている。それに感応して、ビーチのあちこちで戦争が起きつつある。エドは宙域の光をうけた塵の上にあるダイスに目をこらした。そこに見えたなにか——塵の上に落ちた、そのさまから伝わってくるなにか——が彼の気持ちを浮き立たせたようだ。

「まあ、どうでもいいか」エドはにやりと笑いながら身体を起こした。「おもしろいかな？」

「まちがいないよ、エド」

「どこで署名登録すればいい？」


しばらくのち、両側麻痺となり、カテーテルを挿入され、神経系の限界までつくりたての新薬を詰め込まれたトウィンクのエド・チャイアニーズは、アインシュタイン十字(クロス)が脳を明るく照らしだすのを感じ、Kシップのコントロールを掌握した。サンドラ・シェンの訓練は見事なものだった。ナヴィゲーションは予言する技術、ゼリー状の予防薬のタンクに頭をつっこんで、いくつかの可能性を推測する技術なのだ。膨大な並列処理はアルゴリズムにまかせおけばいい——量子ウェアにまかせておけばいい。計算体はエドの署名登録確認をすませた時点で自分の空間にもどっていて、エドはそれがその場所で自分を待っているのに気づいた。

「なあ」エドはいった。

「なんだい？」

「ひとつ、希望があるんだ。俺には姉がいた。で、俺はその姉になにかばかなことをして、逃げだしてしまったんだ。その姉に、もういちど会いたいんだよ。いちどでいい。なんとかしてくれ」

「それは無理だな、エド」

「だったら、船の名前を変えたい。変えてもいいんだろ？」

「もちろん」

エドは自分のろくでもない人生をじっくりとふりかえった。「俺たちは〈ブラック・キャット〉だ」

彼はいった。「いまから俺たちは〈ブラック・キャット〉だ」

「エド、それはいい名前だ」

「じゃあ、能力増強」

計算体はよろこんで指示にしたがい、エドは船時間に入った。十の空間次元が、彼の足として、のびひろがった――四つの時間次元も。暗黒物質が沸き立ち、燃えあがる。通常世界の最果てにある小惑星の表面から、〈ブラック・キャット〉は飛び立った。船は羅針盤の針のように揺れ動いてから、ゆっくりと船尾を下に立ちあがった。三十ナノセコンドのあいだ――なにもかもが小規模な下界では百万年に相当する時間――なにも起こらなかった。と、船尾から核融合生成物が噴きだした。船はまばゆい白い光の筋にのって跳びあがり、どことも知れない場所に短時間で大穴を穿った。

「さあ、エンジンがかかった。くそったれめざして、いこうぜい」

「ああ、そうしよう、エド」

「で、音楽のスイッチはどれだ?」

小惑星はいまや閑散として、あるのは骨のダイスと物理学者の亡骸だけだ。ダイスはエド・チャイアニーズが放ったときのまま、塵におおわれている。マイケル・カーニーの骨はまた少し茶色くなった。セリア・マウ・ゲンリヒャーは何度もここにもどってきている。しあわせそうなときもあれば、生ける冬のような逆境のときもあり、上空から地表を見下ろしては去っていく。何年かがすぎ、何世紀かがすぎたころ、空の色が変わりはじめた。最初はかすかに、ゆっくりと、やがて誰も夢にも思わぬほど速く、激しく。

始

解説

加藤逸人

何年か前のこと。M・ジョン・ハリスンの新作が凄いという話をしていたら、『ステンレス・スチール・ラット』などで有名なアメリカの作家、ハリイ・ハリスンのことと勘違いされて、びっくりした記憶がある。まあたしかに一九八一年にサンリオSF文庫で『パステル都市』という長編が一冊邦訳されたのみで、あとは単発的にいくつかの短編が紹介されているだけという状況では、かなり徹底したSFファンでもなければ、日本では名前すら知られていないというのが実情かもしれない。

だが、英米の中堅・若手の作家たちにとって、とくに本国のイギリスにおいては、M・ジョン・ハリスンの名前は絶大な威光を放つ。低迷する米SF界をよそ目に、二十世紀末から二十一世紀の初頭にかけて、シリアスなSFの牙城となったイギリスの隆盛は、ハリスンの影響を多大に受けた精神的な子供たちが支えたといっても過言ではないのだ。

これはひとえに、ハリスンのヴィジョンが作り上げた架空都市の物語《ヴィリコニウム》のシリーズによるものである。異星人の襲来に蹂躙された、過去の機械文明の残滓の残る中世風の騎士たちの世界という設定は、マイケル・ムアコックばりのヒロイック・ファンタジイ『パステル都市』で幕を開けながら、いくつかの短編と二つの長編を経て、メタフィクショナルな様相を加え、現代ファンタジイの古典としての位置を不動のものとした。ジーン・ウルフの《新しい太陽の書》がアメリカにおけるファンタジイの金字塔だとすれば、イギリスにおいて同等の位置を占めるものであり、おそらく後進の作家たちに与えた影響という点では、より大きなものがあるといえる。現代の若手がこぞって筆にする架空都市の物語の根底には、マーヴィン・ピークの《ゴーメンガースト》三部作とともに、この《ヴィリコニウム》があるのだ。

しかしながら、このシリーズを書き終えた八〇年代半ば以降、九〇年代を通じて、ハリスンの興味は主流文学へと向かう。これは往時のニューウェーヴの作家たちがあからさまなSFを捨て、J・G・バラードが主流文学作家に転身し（というより、本人は最初からSFを書いているつもりはなかったそうだが）、ムアコックまでもがメインストリーム作品に手を染めるという流れと軌を一にしたものかもしれない。

とはいえ、ハリスンの場合、SF界と手を切ったつもりは毛頭なかったようだ。若手作家たちがたむろするオンライン・フォーラムではご意見番的な立場から活発に議論に参加し、最新の宇宙論から若手作家の作品へのコメント、最近の主流文学作品への洞察と、現役ばりばりのSF作家の熱を放っていた。おそらく、若者たちの活躍に刺激されてのことだろう、そんな中から生まれたのが、作者のストレートなSF長編としてはほぼ三十年ぶりとなる、この『ライト』である。

M・ジョン・ハリスンの作風をひとことで言い表そうとすると、「ブロードバンド」という言葉が頭に浮かぶ。過大な情報を一度に送りつけてくるという即物的な意味ではない。むしろ、細部まで注意の行き届いた簡潔な文章によって実現された、色彩感豊かなヴィジュアルな描写と、その経歴が示すように、文学というジャンルを隅まで知り尽くした作家が仕立てた多層性や、幅の広い題材の取り込み方を指しての印象である。『ライト』にしても、実質的にかなりの量のアイデアとプロットを盛り込んだ凝った構成の物語で、安易なシンボリズムは拒絶した書き方ながら、様々な読み込みと楽しみ方ができる作品となっている。その一方で、純エンターテインメントとしてもスムーズに読ませてしまう手際は、若手作家では到底真似のできないものだろう。

銀河の核にほど近いケファフチ宙域。ここには事象の地平線を持たない裸の特異点があり、近くの惑星には時々奇妙な物体が流れ着く。小惑星上で見つかったからっぽの宇宙船と二振りのダイス、人間の骸骨の由来をめぐって、物語は現代のロンドンと四百年後の宇宙を舞台とした三つのストーリー・ラインを交互にたどる。

最初のスレッドは、二十世紀末を舞台に、量子コンピュータの実現へのブレイクスルーを目前に控えた、物理学者マイケル・カーニーを主人公に据えたモダン・ホラー。カーニーには、彼を有能な物理学者たらしめている子供時代からの秘密があった。ある出来事をきっかけに、次元のフラクタルな構造を垣間見た経験である。同時に、それは性的オブセッションとないまぜになり、馬の頭蓋骨を頂いた怪物の姿で彼につきまとう。出所不明の骨のダイスを振りながら、偶然に行動を委ねることで怪物から逃れようというカーニーだが、それはシリアル・キラーという彼の習癖をさらに増長させるものだった……。

あからさまなジャンル・ホラーというよりは、ブレット・イーストン・エリスやチャック・パラニュークク、パトリック・マグラアあたりの、現代の狂気や疎外感をホラーにしつらえた、メインストリーム色の濃い扱いといえるだろうか。このカーニーの量子コンピュータによる次元の構造の解明が、人類を星々へと向かわせる原動力となる。ちなみに、彼の研究室には、白と黒の二匹の猫がマスコットとして飼われていた。

第二のスレッドは、四百年後の宇宙を背景に、異星人の遺した技術をベースに作られたＫシップ〈ホワイト・キャット〉の船長セリア・マウに焦点を当てた宇宙ＳＦ。肉体を捨て宇宙船と一体化した彼女は、宙航コンピュータであるシャドウ・オペレーターに十次元空間の操作を委ね、半端仕事のかたわら海賊行為を繰り返していたが、「ドクター・ヘインズをお願い」と叫びつつける箱の謎を追って、闇のクローニングを手掛ける遺伝子の仕立て屋の下へと向かうこととなる。だがそれは、ケファフチ宙域の謎とともに、捨てたはずの彼女の過去へと向かう旅の始まりだった……。異質さをそここに漂わせながらスタイリッシュにまとめているあたり、ばりばりのハードＳＦとは少々趣きを異にするが、このきらめきはサミュエル・ディレイニー以来のものではないだろうか。

そして、同じく四百年後の第三のスレッドは、裸の特異点の吐き出す異星人の遺物を漁る目的で発展したニュー・ヴィーナスポートを舞台に、バーンアウトしたＫシップの元パイロット、エド・チャイアニーズのサイバーパンクな世界。クローンの街娼や人間化した異星人がたむろする歓楽街で、仮想空間に入り浸っていたチャイアニーズは、街を牛耳る双子のクレイ姉妹の逆鱗に触れたために、リキシャ・ガールの助けを借りながら、〈パテト・ラオのサーカス〉という見世物に潜り込む羽目に。だが、未来予知のトレーニングとして見せられた光景は、彼を再び過去へと呼び戻す……。コミカルな様相を見せる電脳ＳＦへのオマージュは、ニール・スティーヴンスンなどにも通じる、ポスト・サイバーパンクの特色だろうか。ちなみにここでは黒猫をめぐるエピソードが顔を出す。

それぞれに手触りの異なる三つの物語は、最初のうちこそ関連が見えないものの、巧妙に配置されたキーワードやキー・コンセプトを核に、次第に共鳴を始め、触手を絡めながらひとつに収斂する。ずっと自分自身から逃げ回ってきた三人の主人公が、それぞれの過去と向き合うことでひとつのことを成し遂げる結末は、デウス・エクス・マキナといえるかもしれない。だが、決して長いとはいえない物語の中で、いくつものアイデアと重層的なプロットを破綻なくまとめ上げ、前向きなテーマへと昇華し、小説としての完成度も十分に練り上げたこの作品には、ごくごくふさわしいものとなっている。

余談だが、九〇年代後半以降のイギリスのSF・ファンタジイを形作る三本柱は、ダーク・ファンタジイを母体としたウィアード・フィクション、ハードSF色を強めたスペース・オペラ、そしてポスト・サイバーパンクだと認識しているのだが、意図したわけでもないだろうが、その三つの柱を一冊で体現した感のあるこの作品は、作者の集大成であるばかりでなく、ハリスンが若い世代に対して投げつけた挑戦状、このバーを越えてみろと突きつけた高い目標であるといえるのかもしれない。ちなみに、軍配はクリストファー・プリーストの『双生児』に上がったが、アーサー・C・クラーク賞ではどちらが受賞するのか作家たちの間でも大きな話題になっていたし、三人の主人公が提示する男性性・女性性の視点に対し、ジェイムズ・ティプトリー・ジュニア賞が与えられている。

厭世的な暗さがトレードマークだった一時期とは異なり、決して暗いばかりでない結末を自信を持って書き始めたイギリスSF。そのなかでもひときわ明るい、三原色が重なり合って生まれる白光のように、眩いオープン・エンドの結末が心地よい力作である。

このあたりで、ハリスンのほかの著作について触れておこう。

1　The Commited Men (1971)

2　The Pastel City (1971)《ヴィリコニウム》邦訳『パステル都市』(大和田始訳、サンリオSF文庫、一九八一年)

3　The Centauri Device（1974）
4　The Machine in Shaft Ten（1975）　短編集
5　A Storm of Wings（1980）《ヴィリコニウム》
6　In Viriconium（1982）《ヴィリコニウム》
7　The Ice Monkey（1983）　短編集
8　Viriconium Nights（1984）《ヴィリコニウム》ものの短編集
9　Climbers（1989）
10　The Course of the Heart（1990）
11　Signs of Life（1997）
12　Travel Arrangements（2000）　短編集
13　Light（2002）　＊本書
14　Things That Never Happen（2002）　7と12に新作を加えた決定版の短編集
15　Viriconium（2005）《ヴィリコニウム》ものをすべてまとめた決定版
16　Nova Swing（2006）　13の姉妹編

ニューウェーヴの牙城となったマイケル・ムアコックの「ニュー・ワールズ」誌の編集者を務めていた一九六八年から七五年の間は、作者にとってジャンル作品の時代といえようか。1は破滅もので、3は今では古典としての評価が定着している、当時のイギリスＳＦでは珍しいスペース・オペラ。2は唯一の邦訳のあるヴィリコニウムものの第一巻で、まだムアコックのヒロイック・ファンタジイの影響が色濃い作品である。

一九八〇年代には、ヴィリコニウムものの長編二作が出版され、ばらばらに発表された七つの短編も一冊に集められている。これらは後年一巻本としてまとめられ、15の決定版が合本としては最新の版となる。

八〇年代後半以降、作者はストレートなＳＦからは離れ、9は作者の趣味であるというロック・クライミングを題材にしたメインストリーム作品。10と11も、ＳＦ的題材は扱いながら、一般小説の世界で評価を得たメインストリーム色の濃い作品となっている。

作者がＳＦに復帰した二〇〇二年の本書『ライト』以降は、再評価の機運も高まり、かなりの作品が再入手可能となった。本書が気に入って作者のほかの作品も……と思われる向きには、14と15をお薦めする。最新の16は、本書の世界を背景にした、直接の続編というよりは姉妹編といった趣きの作品となる。

上記以外に、ジェイン・ジョンスン（日本ではジュード・フィッシャーの名前で知られたファンタジイ作家）との合作で、ガブリエル・キングのペンネームで発表した猫が主役のファンタジイのシリーズも手掛けている。

このほか、特筆すべき経歴としてひとつ付け加えておくと、ハリスンの最近の活躍の場は、ガーディアン紙を初めとした一般紙での書評の世界に広がっている。それもＳＦを対象としたジャンル作品ではなく、現代文学全般を扱ったもので、日本では未紹介の大家アラン・ウォールやティム・エッチエルズの境界作品、チャック・パラニュークやウィル・セルフの新作、あるいは作者が絶賛してやまないロマンス作家ジョアンナ・トロロープの作品など、バラエティに富んだセレクションが特色となっている。ニューウェーヴの生き証人としての役目だけでなく、ジャンルとメインストリームの架け橋としても働いているといえるかもしれない。

さて、後進の信頼篤いハリスンだが、その影響力の程はどんなものだろうか。ベテラン・中堅では、イギリスSFの低迷期に一人でスペースオペラを書いてジャンルを支えたイアン・M・バンクスや、九〇年代にオフビートなSFで独自の路線を開拓したマイケル・マーシャル・スミス、あるいは、アメリカに目を転じると、日本では紹介されなくなってしまったが、ダーク・ファンタジイに転じて新境地を見出したエリザベス・ハンドなどが、M・ジョン・ハリスンへの信奉を公言してやまない作家の代表格となる。

若手の実力派ということでは、直接影響を受けたものだけでも枚挙にいとまがない。チャイナ・ミエヴィルが構築した異世界バス・ラグや、アメリカのジェフ・ヴァンダーミアが作品の舞台に取る都市アンバーグリスは、ハリスンのヴィリコニウムなくしては生まれなかったものである。ほかにもアレステア・レナルズやリチャード・モーガン、直接の弟子ともいえるジャスティナ・ロブスンなど、ハリスンの周辺には二十一世紀のイギリスSF界を代表する作家たちの名前が並ぶ。ステフ・スウェインストンなどは、異次元からの昆虫人の侵略に苛まれる世界を描いた、《ヴィリコニウム》への直接のオマージュともいえる作品まで書いてしまったほどである。

ハリスンの影響力を示すエピソードの一つとして、数年前に彼の一言がきっかけとなって起こったニュー・ウィアード論争がある。チャイナ・ミエヴィルが自らの作品を「ウィアード・フィクション」と呼んでいたことを捉えて、ひとつの流れを形作りつつあった幻想系の作品群に、「ニュー・ウィアード」でもなんでもいいが、名前を付けてみてはどうかとハリスンが提案したのである。これに対して、ジャンルの囲い込みに反対し、ラベル付けを拒むジェフ・ヴァンダーミアが噛み付いた。そして、新しいことを試みて表現の限界を押し広げているのはイギリス作家ばかりというハリスンの挑発的な発言で、ミエヴィルやロブスンのイギリス勢と、ヴァンダーミアやジェフリイ・フォードのアメリカ勢との対立は決定的となった。その後態度を和らげたヴァンダーミアは、半ば客観的にニュー・ウィアードという言葉を使うようにはなったが、この呼称が十分に市民権を得られず、現在に至るまで宙ぶらりんな状態で言及される背景には、このときの論争が影を落としているのである。新時代のSFやファンタジイの流れの形成に、ハリスンの作品や発言が大きな役目を担っている証左といえるだろう。

そう、時代の要請に答えたとでもいえそうなハリスンのSF界への復帰は、現代のメンタリティを多分に反映したモダンな作品『ライト』という形で結実した。この成功に気を良くしたのかどうか、続くSF作品 *Nova Swing* も、あまり間を置くことなく二〇〇六年に発表されている。『ライト』の後日譚という体裁を取っているが、本書を読み終えた読者なら容易に推測がつくように、普通の意味での続編はあり得ないし、同じことを繰り返すような安易な作者でもない。ケファフチ宙域にある、浜辺に異次元が広がる港町という魅力的な設定は共通するものの、別の登場人物による別のテーマの物語を、異なるアプローチで処理した、独立して読める作品として書かれている。

作者がここで意図したスタイルはノワールへのオマージュだろうか。ユーモアのトーンを少し押さえたロス・トーマスばりの極上の文章で語られるのは、時間が静止したような港町サウダージの一角にある場末のバー〈黒猫白猫〉にたむろする、不景気な酔客の物語。倦怠と、距離を置いた人肌の温かさが奇妙に同居する、どこか懐かしい風景である。

ストーリーの核となるのは、浜辺に伸びた時空間の混乱した光の帯。時々出現する異星人の遺物を追って宝探しするかたわら、観光ガイドを務める主人公の下を、様々な思惑を抱えた人々が訪れる。

異空間に自らの過去を探すもの、亡くした妻を追い求めるもの、ご禁制の生物や遺伝子、特殊なアルゴリズムを狙うギャングたち、そして、その動きに警戒を強める警官の面々。去っていったKシップのパイロットを待ち続ける酒場の女将も、内に屈託を抱えたひとりといえるだろうか。

とはいえ、ノワールの舞台設定で始まりながらも、物語はそれぞれのしこりをほぐしながら明るい方向へと向かう。ストルガツキー兄弟の『路傍のピクニック』（映画「ストーカー」の原作）に想を借りた理解不能な空間を設定することで、登場人物の動きでプロットを推し進めるよりは、異空間により直接間接に感化されていく人々の状況に重きを置いた展開は、街の名前に示されているごとく、サウダージの物語なのである。懐旧の念、愛惜の念、手の届かぬ憧れといった意味合いを同時に含んだ、ほかの言語には相当する言葉がないといわれるポルトガル語のサウダージ（saudade）、登場人物たちのつきせぬ思いが、それぞれの形でここでは実現するのだ。

力業ともいえる『ライト』の「動」の対極に置かれた *Nova Swing* の「静」、チャーミングな、姉妹編としてはごくふさわしいものといえるだろう。ちなみにこの作品は、『ライト』がなしえなかったクラーク賞とディック賞の受賞を果たしている。合わせて日本語で読めるようになることを心待ちにしたいところだ。

著者　M・ジョン・ハリスン　M. John Harrison
1945年生まれ。68年、〈ニュー・ワールズ〉で短編“Baa Baa Blocsheep”を発表、同誌にて編集者・批評家としても活動。第3長編 *The Centauri Device*（74年）は新しいスペースオペラとして高い評価を受ける。代表作にファンタジー大作〈ヴィリコニウム〉シリーズ（71〜84年）があり、現在のイギリスSF作家たちに多大な影響を与えた（第1巻は『パステル都市』として邦訳［サンリオSF文庫］）。本書『ライト』は著者ひさびさの長編SFであり、刊行時には大熱狂をもって迎えられ、2002年ジェイムズ・ティプトリー・ジュニア賞を受賞し、アーサー・C・クラーク賞の候補にもなった。続編 *Nova Swing*（06年）ではクラーク賞、P・K・ディック賞を受賞した。

訳者　小野田和子（おのだ　かずこ）
1951年生まれ。青山学院大学文学部英米文学科卒。英米文学翻訳家。訳書にバクスター『時間的無限大』、バーンズ『軌道通信』、ベア『火星転移』『凍月』、ランディス『火星縦断』（以上ハヤカワ文庫SF）、クラーク『イルカの島』（創元SF文庫）など。

装幀　SONICBANG CO.,
装画　安岡亜蘭

LIGHT
by
M. John Harrison

Copyright © 2002 by M. John Harrison
Japanese translation published by arrangement
with Victor Gollancz Ltd,
an imprint of The Orion Publishing Group Ltd
through The English Agency (Japan) Ltd.

ライト

2008年8月25日初版第1刷発行

著者　M・ジョン・ハリスン
訳者　小野田和子
発行者　佐藤今朝夫
発行所　株式会社国書刊行会
〒174-0056　東京都板橋区志村1-13-15
電話 03-5970-7421　ファックス 03-5970-7427
http://www.kokusho.co.jp
印刷所　株式会社シナノ
製本所　株式会社ブックアート

ISBN978-4-336-05026-7
落丁・乱丁本はお取り替えいたします。

国書刊行会SF

未来の文学

第Ⅱ期

SFに何ができるか——
永遠に新しい、不滅の傑作群

Gene Wolfe / The Island of Doctor Death and Other Stories

デス博士の島その他の物語

ジーン・ウルフ　浅倉久志・伊藤典夫・柳下毅一郎訳

〈もっとも重要なＳＦ作家〉ジーン・ウルフ、本邦初の中短篇集。「デス博士の島その他の物語」を中心とした〈島３部作〉、「アメリカの七夜」「眼閃の奇蹟」など華麗な技巧と語りを凝縮した全５篇＋ウルフによるまえがきを収録。ISBN978-4-336-04736-6

Alfred Bester / Golem100

ゴーレム100

アルフレッド・ベスター　渡辺佐智江訳

ベスター、最強にして最狂の伝説的長篇。巨大都市で召喚された新種の悪魔ゴーレムをめぐる、魂と人類の生存をかけた死闘が今始まる——軽妙な語り口と発狂したタイポグラフィ遊戯の洪水が渾然一体となったベスターズ・ベスト！　ISBN978-4-336-04737-3

アンソロジー〈未来の文学〉

The Egg of the Glak and Other Stories

グラックの卵

浅倉久志編訳

奇想・ユーモアＳＦを溺愛する浅倉久志がセレクトした傑作選の決定版。伝説の究極的ナンセンスＳＦ、ボンド「見よ、かの巨鳥を！」、スラデックの傑作中篇他、ジェイコブズ、カットナー、テン、スタントンなどの抱腹絶倒作が勢揃い！　ISBN4-336-04738-3

The Ballad of Beta-2 and Other Stories

ベータ2のバラッド

若島正編

ＳＦに革命をもたらした〈ニュー・ウェーヴＳＦ〉の知られざる中篇作を若島正選で集成。ディレイニーの幻の表題作、エリスン「プリティ・マギー・マネーアイズ」他、ロバーツ、ベイリー、カウパーの野蛮かつ洗練された傑作全６篇。ISBN4-336-04739-1

Christopher Priest / A Collection of Short Stories

限りなき夏

クリストファー・プリースト　古沢嘉通編訳

『奇術師』『魔法』で現代文学ジャンルにおいても確固たる地位を築いたプリースト、本邦初のベスト・コレクション。「ドリーム・アーキペラゴ」シリーズを中心にデビュー作、代表作を全８篇集成。書き下ろし序文を特別収録。ISBN978-4-336-04740-3

Samuel R. Delany / Dhalgren

ダールグレン

サミュエル・R・ディレイニー　大久保譲訳

「20世紀ＳＦの金字塔」「ＳＦ界の『重力の虹』」と賞される伝説的・神話的作品がついに登場！　異形の集団が跋扈する迷宮都市ベローナを彷徨し続ける孤独な芸術家キッド——性と暴力の魅惑を華麗に謳い上げた最高傑作。ISBN978-4-336-04741-0 / 04742-7